Jane
AUSTEN
1775 — 1817

АЗБУКА

Джейн ОСТИН

Гордость и предубеждение

Роман

АЗБУКА

Санкт-Петербург

УДК 821.111
ББК 84(4Вел)-44
О 76

Перевод с английского И. С. Маршака

Серийное оформление В. В. Пожидаева

Оформление обложки В. А. Гореликова

Остин Дж.
О 76   Гордость и предубеждение : роман / Джейн
Остин ; пер. с англ. И. Маршака. — СПб. : Азбука,
Азбука-Аттикус, 2020. — 480 с. — (Азбука-классика).
ISBN 978-5-389-01460-2

Книги знаменитой на весь мир английской писательницы
Джейн Остин, среди почитателей которой были В. Скотт,
В. Вулф, С. Моэм, Д. Б. Пристли, Р. Олдингтон, уже давно
снискали себе славу и читательскую любовь. Перу Остин
принадлежат такие изящные и искрометные романы, как
«Гордость и предубеждение», «Мэнсфилд-парк», «Эмма»,
«Нортенгерское аббатство» и другие. В них, как отмечал
С. Моэм, «ее интересовало обыкновенное, а не то, что зовется необыкновенным. Однако благодаря остроте зрения, иронии и остроумию все, что она писала, было необыкновенно».
И все же наиболее совершенным из всего, что создано Джейн
Остин, считается роман «Гордость и предубеждение», до сих
пор не утративший ни капли своего неподражаемого очарования и блеска. Его мы и предлагаем читателям в настоя-
щем издании.

УДК 821.111
ББК 84(4Вел)-44

ISBN 978-5-389-01460-2

В 1955 году Национальная портретная галерея в Лондоне приобрела экземпляр одного из романов Джейн Остин, вышедшего в 1816 году, за год до смерти писательницы. В книгу был вклеен женский силуэт — изящный профиль, стройные плечи, волосы, подобранные сзади на греческий манер (такова была мода начала XIX века). Над силуэтом неизвестной рукой была сделана по-французски надпись «L'aimable Jane» («Милая Джейн»). В XVIII и начале XIX века искусство портрета было широко распространено; силуэты — одиночные, парные, групповые — были для людей той поры тем же, чем для живущих в XX веке стали моментальные снимки. Биографы полагают, что в книгу был вклеен силуэт Джейн Остин. Действительно, разве иная «милая Джейн» могла по праву занять место в книге этой неподражаемой писательницы?

Этот силуэт имеет особую ценность и потому, что у нас нет ни одного изображения взрослой Джейн Остин. Единственный достоверный портрет, которым мы располагаем, — рисунок, сделанный ее сестрой Кассандрой, когда Джейн было двенадцать лет. Джейн на нем, как это обычно бывает с любительскими работами, выглядит гораздо старше своих лет, черты лица огрублены и не передают той игры ума и очарования, о котором писали все, кто ее знал. Существуют еще два рисунка, предположительно изображающих Джейн Остин. Как же случилось, что писательница, составившая славу английской литературы, писательница, которой восхищались Вальтер Скотт, Шеридан, Дизраэли, Маколей, Рескин, Вирджиния Вулф и Эдвард Морган Форстер,

5

не оставила нам своего портрета? Ответ на этот вопрос следует искать в характере самой Джейн Остин, обстоятельствах ее жизни и взглядах того времени на женское сочинительство.

Джейн Остин родилась 16 декабря 1775 года, пятью годами позже своих знаменитых современников Уильяма Вордсворта и Вальтера Скотта. Отец ее, Джордж Остин, происходил из старинной, но небогатой кентской семьи, был стипендиатом колледжа Св. Иоанна в Оксфорде, снискав популярность благодаря своим академическим успехам и — красоте (он получил прозвище «красавчик проктор»). Позже он был избран членом ученого совета своего колледжа, но потом принял сан, женился и получил приход в Стивентоне, в графстве Хэмпшир. Женой его стала Кассандра Ли, дочь дворянина из старого, но обедневшего рода. Джейн Остин была предпоследним ребенком в семье; у нее было шестеро братьев и одна сестра, Кассандра, старше ее на три года.

Детство и юность Джейн Остин прошли в провинции, в тихом приходе Стивентон, к которому она была глубоко привязана. В 1784 году Кассандру послали учиться в Аббатскую школу в Рединге. Восьмилетняя Джейн была мала для школы, но настояла, чтобы и ее отправили вместе с Кассандрой. Родители были вынуждены уступить: сестры нежно любили друг друга и не желали расставаться. «Если бы Кассандре отрубили голову, — говаривала миссис Остин, — Джейн настояла бы, чтобы с ней поступили бы точно так же».

В 1801 году Джордж Остин передал приход в Стивентоне своему старшему сыну, Джеймсу, приняв решение уехать с семьей в Бат. По семейному преданию, когда Джейн узнала, что они покидают Стивентон, она упала в обморок. Позже при любой возможности Джейн посещала Стивентон, гостила там у родных и друзей. В Бате семья прожила шесть лет — с осени 1801 года по 1806 год — и после смерти отца переехала в Саутхемптон. В 1809 году они возвращаются в любимый Хэмпшир, где Джейн и Кассандра с матерью поселяются в небольшом доме в Чотэне. С тех пор она не расставалась со скромным деревенским домом в любимом краю, лишь изредка наезжая в Лондон, чтобы повидаться с родными, рена Гастингса, лорд Лимингтон, Т. К. Фаул, старший сын лорда Портсмута, который впоследствии приглашал сестер на великолепный ежегодный бал в своем имении, и другие. Впрочем, в отличие от своих знаменитых соотечественниц Марии Эджворт и Ханны Мор Джейн Остин не была знакома с писателями и знаменитыми актерами, не путешествовала по континенту, не переписывалась с великими людьми Европы. В том кругу, в котором она жила, писание романов считалось не слишком-то серьезным делом, а незамужней девице из хорошей семьи заниматься сочинительством и вовсе не полагалось. И хотя члены семьи Остин, любя сестру и почитая ее талант, поднялись над этим предрассудком и даже взяли на себя публикацию ее произведений и отношения с издателями, все же писательница скрывала от друзей и соседей свое авторство. Ее первый роман вышел с пометкой «Сочинение дамы», последующие — с пометкой «Сочинение автора... такого-то романа» (назывались предыдущие). Имя Джейн при жизни ни разу не появилось в печати. За год до ее смерти вышла восторженная статья Вальтера Скотта, посвященная ее романам, но знакома с ним Джейн Остин не была. Вероятно, она встретилась где-то с Марией Эджворт, прославленной создательницей «Замка Рэкрент» и других романов об Ирландии, ибо, как нам известно, она послала ей экземпляр своего романа «Мэнсфилд-парк»; получила записку от Ханны Мор, когда гостила в Лондоне; возможно, видела мельком, на улице или в театре, своего любимого поэта Джорджа Крабба.

В юности Джейн была весела и хороша собой. Вот как вспоминал о ней один из друзей семьи, сэр С. Э. Бриджес: «В те годы, когда я был знаком с Джейн Остин, я и не подозревал, что она пишет. Глядя на нее, я понимал, что она привлекательна и хороша собой, стройна и изящна, только щеки ее, пожалуй, несколько слишком круглы»[1]. Ее племянник и первый биограф Дж. Э. Остин-Ли оставил нам такое описание ее внешности: «Внешне она была весьма привлекательна: высокая и стройная фигура, легкая и твердая походка, весь

---

[1] *Bridges S. E.* Autobiography. [s. l.], 1834. P. 40—41.

облик, исполненный здоровья и воодушевления. Она была шатенкой с яркими красками лица, округлыми щеками, небольшим носом и ртом хорошей формы, светло-карими глазами и вьющимися вокруг лица волосами. Черты ее лица не были столь правильны, как у ее сестры, но обладали особым очарованием»[1]. А некая миссис Митфорд, знавшая, по ее словам, сестер Остин в юности, вспоминала: «В жизни своей не видела такой хорошенькой вертушки, поглощенной поисками мужа, как Джейн». Мисс Митфорд ошибалась, впрочем, не мудрено, ибо, как выяснилось позже, в последний раз она видела Джейн, когда ей было всего восемь лет. Джейн вовсе не нужно было «охотиться за мужем», ибо в свете она всегда пользовалась большим успехом. Но сердце свое Джейн отдала молодому человеку, имени которого мы не знаем. Об этом через много лет после смерти Джейн рассказала Кассандра внучке своего старшего брата, записавшей этот рассказ. «Летом 1801 года отец и мать с дочерьми совершили путешествие в Девоншир. В Сидмауте или, возможно, в Тейнмауте они познакомились с молодым священником, гостившим в то время у своего брата. Он и Джейн полюбили друг друга. Когда семья Остин уезжала, он попросил разрешения присоединиться к ним позже, и разрешение было дано. Его ждали, но вместо него пришло письмо с известием о его смерти. В памяти тетушки Кассандры он остался как один из самых очаровательных людей, каких ей приходилось знать, достойный, по ее мнению, даже тетушки Джейн». Впоследствии Джейн отвергла несколько предложений и полностью посвятила себя семье.

Семья Остин жила скромно. Они не держали слуг; лишь время от времени приходила деревенская девушка, чтобы помочь по хозяйству. Миссис Остин коптила окорока, варила мед и пиво; Кассандра готовила; Джейн обшивала всю семью, славилась своими вышивками.

В юности Джейн любила балы, танцы, спектакли, веселье; прекрасно играла в мяч. Обладала незаурядной выдержкой и сильными чувствами; была глубоко пре-

---

[1] *Austen-Leigh J.* A memoir of Jane Austen. Oxford, 1870. Ch. V.

дана членам своей семьи. Когда Джейн и Кассандра были совсем молоды, их тетушка с материнской стороны стала жертвой шантажа. Ее обвинили в краже куска кружев в лавке, и, хотя позже было установлено, что обвинение было облыжным, ей пришлось провести девять месяцев в тюрьме. Джейн и Кассандра решили разделить ее участь и предложили пойти с ней вместе в тюрьму. Сестры были вполне серьезны в своем решении, однако родители отказали им в своем согласии. Друзья и родные Джейн вспоминали, что никогда не слышали от нее жалоб. Последние месяцы ее жизни прошли в мучениях. Единственная фраза, которой она себя выдала, была: «Боже, дай мне терпения! Молитесь за меня!»

Джейн Остин получила домашнее образование. Если не считать школы в Рединге, где они с Кассандрой пробыли около года, всему, что она знала, она обучилась у своего отца и брата.

В семье много читали — не только во время уроков, но и собравшись по вечерам у камина в гостиной. Читали большей частью книги солидные и поучительные — Сэмюэля Джонсона в изложении его биографа Босвелла (Джонсона Джейн особенно любила и называла «мой милый доктор Джонсон»), проповеди и богословские труды, «Историю Англии» Голдсмита, «Историю» Хьюма, многочисленные мемуары. Из романистов ей нравились Ричардсон, Филдинг, Стерн, Мария Эджворт, Фрэнсис Берни; из поэтов — Каупер, Поуп, Томсон, Грей, Крабб. О последнем она как-то сказала шутя, что он единственный человек, за которого она могла бы выйти замуж.

Она хорошо знала Шекспира, в ее библиотеке был «Вертер» Гете и некоторые другие переводные романы. Возможно, она знала и французскую литературу. Высказывалось предположение, что она могла читать Мариво, мадам де Севинье, Лабрюйера, Ларошфуко. На мысль эту наводят отточенность и афористичность ее стиля, а также трезвый скепсис ее наблюдений. Интересно сопоставление с Ларошфуко, которое делает Ричард Олдингтон. Он приводит выдержку из главы XIV «Нортенгерского аббатства» и сравнивает ее с известной максимой Ларошфуко. Вот эта выдержка: «Там, где хотят добиться привязанности, следует бояться знаний. Обладать знаниями и хорошо развитым умом значит лишиться возможности льстить тщеславию своих близких; разумный человек всегда старается избежать этого. Женщина, в особенности если ей случится, к несчастью, что-то знать, должна сделать все, чтобы скрыть это».

К Вальтеру Скотту Джейн Остин относилась с глубоким уважением, хотя, безусловно, как романист он был ей гораздо ближе, чем как поэт. «По какому праву Вальтер Скотт пишет романы, к тому же еще и хорошие? — восклицает она в письме к Кассандре, прикрываясь шуткой. — Это несправедливо. Ему достаточно должно быть славы и доходов поэта. К чему лишать людей последнего куска хлеба? Мне он не нравится, и Уэверли мне не понравится, — я это твердо решила и не намерена отступиться от своего решения. Боюсь только, что мне придется это сделать». Это письмо написано, когда сама Джейн была уже известной писательницей.

Конечно, Джейн Остин читала и романтиков, но они навсегда остались для нее чужды. «Не сердись, что я начинаю еще одно письмо к тебе, — пишет она в 1814 году Кассандре. — Я прочитала „Корсара“, починила нижнюю юбку, и теперь мне решительно нечего делать».

Еще более чужд ей был готический роман, и, несмотря на свое уважение к Анне Радклифф, последователей ее она высмеивала с удивительной веселостью и меткостью. Ее роман «Нортенгерское аббатство», в частности, пародирует приемы этой школы.

Писать Джейн Остин начала очень рано. От первых незавершенных опытов она с удивительной быстротой перешла к созданию зрелых произведений. При жизни писательницы были изданы четыре ее романа — «Разум и чувство» (1811), «Гордость и предубеждение» (1813), «Мэнсфилд-парк» (1814) и «Эмма» (1816). В 1818 году посмертным изданием вышли «Нортенгерское аббатство» и «Убеждение» (даты публикаций не совпадают с датами работы над романами). Все прижизненные издания вышли без имени автора. Писала Джейн Остин на небольших листках почтовой бумаги: если кто-нибудь неожиданно входил, она легко могла их спрятать или прикрыть. Дверь в холле скрипела, но Джейн не позволяла ее исправить, вероятно, потому, что скрип двери предупреждал о приходе гостей.

Обычно исследователи делят творчество Джейн Остин на два периода: ранний, когда были созданы романы «Гордость и предубеждение» (1796—1797), «Разум и чувство» (1797), «Нортенгерское аббатство» (1797—1798), и зрелый, когда она работала над романами «Мэнсфилд-парк» (1811—1813), «Эмма» (1814—1815), «Убеждение» (1815—1816). Деление это очень условно. По свидетельству самой писательницы, она не раз возвращалась к работе над ранними романами. Создавая поздние произведения, она продолжала тщательно редактировать своих первенцев, которым всегда отдавала решительное предпочтение. И те и другие вышли в свет почти одновременно; в них мало различий в манере. Только в ранних романах, пожалуй, больше непосредственности, живого веселья и остроумия, тогда как в зрелых появляется налет дидактической серьезности («Эмма», «Мэнсфилд-парк») или грусти («Убеждение»).

Над романом «Гордость и предубеждение» Джейн Остин начала работу, когда ей едва исполнился 21 год. Издатели отвергли рукопись, и она пролежала под спудом более пятнадцати лет. Лишь после успеха «Разума и чувства» Джейн Остин смогла опубликовать свой первый роман, свое «любимое детище». Перед публикацией она подвергла его тщательной переработке и достигла необычайного сочетания: веселости, непосредственности, эпиграмматичности, зрелости мысли и мастерства.

Многие считают этот роман наиболее совершенным из всего, что написала Джейн Остин.

* * *

Первым по достоинству оценил талант Джейн Остин Вальтер Скотт. В посвященной ей статье, вышедшей в марте 1816 года в журнале «Куотерли ревью», он писал: «Понимание человеческих отношений, тот особый такт, с которым она рисует характеры, столь знакомые всем нам, напоминает о достоинствах фламандской школы»[1]. Он восхищается «силой повествования, необычайной точностью и четкостью, простым и в то же время комическим диалогом, в котором собеседники выявляют свои характеры, как в настоящей драме». Особенно ценил он роман «Гордость и предубеждение». 14 марта 1826 года Вальтер Скотт записал в своем дневнике: «Снова, вот уже по крайней мере в третий раз, перечитал превосходно написанный роман мисс Остин „Гордость и предубеждение". Эта молодая дама обладает талантом воспроизводить события, чувства и характеры обыденной жизни, талантом самым замечательным из всех, которые мне приходилось встречать. О глубокомысленных и высоких материях я пишу с такой же легкостью, как и любой другой в наше время; но мне не дан тот поразительный дар, который благодаря верности чувства и описания делает увлекательными даже самые заурядные и обычные события и характеры. Какая жалость, что такое талантливое существо умерло так рано!»[2]

Чем же так поразил Скотта непритязательный, как может показаться на первый взгляд, роман? Безусловно, тем, что Джейн Остин писала о знакомых всем событиях и людях так, как до нее не писал никто.

В центре повествования находятся Элизабет Беннет и мистер Дарси, принадлежащие к разным слоям общества. Сюжет романа строится на двойной ошибке, совершенной ими из-за «гордости и предубеждения», причины которых в конечном счете кроются в сословных и имущественных отношениях. Элизабет стоит по отношению к Дарси в положении, которое Ричард Олдингтон остроумно описал как положение Золушки. И родом, и положением она ниже Дарси, к тому же бедна и страдает от вульгарности своих родных. Уязвленная гордость в сочетании со случаем (знакомство с Уикхемом) приводит Элизабет к предубеждению против Дарси. Заблуждение ее двойное: она не только считает Дарси злодеем, погубившим не одну невинную жертву; очаровательный негодяй и лицемер Уикхем ка-

---

[1] Quarterly Review. XIV. 1815 (March 1816). P. 256.
[2] Sir Walter Scott's Journal / Ed by J. G. Tait. [s. I.], 1939. P. 135.

жется ей его жертвой. Письмо Дарси заставляет Элиза-бет задуматься над правильностью ее суждений. С него начинается медленное освобождение от ложных умо-заключений. Этому способствует и связанный с Уикхе-мом случай: он соблазняет Лидию, младшую и легко-мысленную сестру Элизабет. Появляются и другие не-опровержимые доказательства его вины, с одной стороны, и благородства Дарси — с другой. Элизабет осознает всю меру собственной гордости и предубежде-ния, а осознав, поднимается над ними.

Дарси также в начале романа страдает от «гордости и предубеждения». Это гордость не только сословная, но и гордость умного, образованного и волевого чело-века, сознающего свое превосходство над окружающим обществом. Его гордость, так же как и у Элизабет, ведет к предубеждению: он предубежден против семейства Беннет, так как они неровня ему ни по общественному положению и состоянию, ни по уму, ни по образова-нию, ни по силе характера. Однако, полюбив против всех велений разума Элизабет, он решается сделать ей предложение, не скрывая от нее своих чувств по поводу ее семейства. Лишь увидев, какое тяжелое оскорбление наносит он этим Элизабет, Дарси осознает свое заблуж-дение. В конце романа он освобождается от ложных принципов и, поднявшись над ними, обретает Элизабет.

Дочь своего века, Джейн Остин строит роман по-про-светительски точно и гармонично. Действие связано сим-метричным повторением основного композиционного хода (Элизабет и Дарси — гордость; Элизабет и Дарси — заблуждение; Элизабет и Дарси — предубеждение; Элиза-бет и Дарси — осознание ошибки; Элизабет и Дарси — торжество подлинных принципов и чувств). Вынесенные в заглавие слова — «Гордость и предубеждение» — рас-крываются не однолинейно (Дарси — гордость, Элиза-бет — предубеждение); они в равной степени относятся к ним обоим.

Джейн Остин — великолепный психолог и бытописа-тель, художник глубоко трезвый и реалистический. Мысль ее проникает в скрытые причины поступков, на которые она указывает без дальних околичностей. Вспом-ним появление Дарси на балу, внимание к нему общества, вызванное не столько его внешностью, сколько известием о десяти тысячах годового дохода. Вспомним всеобщее благоволение к Бингли (Незерфилд-парк, дом в Лондоне, четверка лошадей, пять тысяч годового дохода), увлечение гарнизонными офицерами, отвращение, которое испытывала мисс Беннет к Дарси, пока не поняла, что он претендует на руку Элизабет, ее внезапную восторженность... С беспощадной иронией показывает Джейн Остин общество, мысли и чувства которого полностью подчинены материальным и сословным интересам.

Особенный смысл приобретают в этом плане образы леди де Бёр и мистера Коллинза, в которых Джейн Остин изобразила тех, кого с легкой руки Теккерея стали повсюду называть снобами. В этих характерах ясно видны черты сатирического преувеличения и гротеска. Здесь писательница идет вслед за великими романистами XVIII века, и в первую очередь за Филдингом.

Современники живо реагировали на сатирическую остроту этих образов. Джейн Остин неоднократно упрекали в том, что священники в ее романах предстают в большинстве случаев как себялюбцы и снобы. Друзья отца и брата не одобряли такой сатиры, а одна из современниц, как передают биографы, заметила, что «не следует в подобные времена создавать таких священников, как мистер Коллинз или мистер Элтон». Замечание весьма знаменательное: «подобные времена» — это начало века, время революционных потрясений на континенте и в самой Англии. Сатира Остин приобретала на этом фоне особую остроту. Интересно, что имя Коллинз стало нарицательным в английском языке, так же как Домби или Пиквик. Коллинз — это напыщенность, раболепие, упоение чужим титулом и положением.

Мастерство и новаторство Джейн Остин проявляются не столько в сюжете, сколько в том, *как* она показывает своих героев.

В «Нортенгерском аббатстве» находим следующее размышление о человеческой природе: «Как ни прелестны все романы мисс Радклифф и как ни прелестны даже романы всех ее подражателей, вряд ли в них следует искать точного описания человеческой природы, по крайней мере той, какую встретишь в центральных графствах Англии. Возможно, Альпы и Пиренеи — с их соснами и людскими пороками — очерчены там правдоподобно, а Южная Франция, Италия и Швейцария, верно, на самом деле изобилуют всяческими ужасами... Кто знает, возможно, в Альпах и Пиренеях действительно нет смешанных характеров. Возможно, тамошние жители либо невинны, как ангелы, либо, словно исчадия ада, наделены всеми мыслимыми пороками. Но в Англии это не так. Англичане, насколько это было известно Кэтрин, все без исключения представляют собой смесь, хоть далеко и не равную в пропорциях, хорошего и дурного».

При всей иронии и несерьезности этих слов (любимый прием Джейн Остин, больше всего боявшейся деклараций) перед нами, конечно, художественный манифест. Джейн Остин не делит героев на злодеев, «голубых» и резонеров, хотя этого метода придерживались все ее предшественники. «Смешанные характеры» стали основным ее принципом.

Правда, на первый взгляд может показаться, что Джейн Остин следует теории «гуморов», разработанной еще Беном Джонсоном. Элизабет в таком случае — воплощенное предубеждение, Дарси — гордость, мистер Коллинз — низкопоклонство, леди де Бёр — высокомерие, мистер Беннет — насмешка, Мэри — педантизм, Лидия — кокетство и пр. Такое впечатление, однако, может возникнуть лишь при поверхностном чтении. Джейн Остин действительно использует порой метод «гуморов», но только порой и с очень существенными ограничениями. Он применяется лишь к персонажам, которые условно можно было бы назвать комическими (или сатирическими), — мать и младшие сестры Беннет, мистер Коллинз, леди де Бёр. У них одно общее свойство — они находятся на периферии действия. Ни миссис Беннет, ни леди де Бёр, хоть ее поступки, а еще более намерения ведут к немаловажным поворотам сюжета, не находятся в центре повествования. Эти второстепенные персонажи выпуклы и ярки, однако в обрисовке их Джейн Остин нарочито «двухмерна». «Двухмерность» эта вызвана, очевидно, тем, что каждый из этих персонажей представляет собой сатиру на определенное явление. Однако и эти характеры не так просты, как кажется; все они, по меткому выражению Э. М. Форстера, «склонны к объемности». Там же, где сатиры нет, меняется и метод изображения. Вглядимся попристальнее в центральные фигуры романа. Разве Дарси — только гордость, а Элизабет — только предубеждение? Разве мистер Беннет — одна лишь насмешка и отрицание? Нет, в Дарси «смешано» множество черт: не только снобизм и сословная гордость, но и способность нежно и преданно любить (сестру, а позднее Элизабет), редкий дар дружбы (пусть с людьми, мало достойными истинной дружбы, — Бингли, милым, пустым, податливым как воск в сильных руках Дарси), знание людей и света, недюжинный ум и независимость, сила характера. Все это «смешано в разных пропорциях»; на протяжении действия мы видим, как изменяются пропорции и как меняется характер. «Смесь» и изменение пропорций поражают и в характере Элизабет, и даже — правда, не без оговорок — в характере мистера Беннета. Можно отметить склонность к «смешанным» характерам у Элизабет Беннет, с которой писательница не раз себя отождествляет. Вот одна из сцен романа — Элизабет беседует с Дарси и Бингли:

«Я и не подозревал, — продолжал Бингли, — что вы занимаетесь изучением человеческой природы. Это, должно быть, весьма интересный предмет.

— Да, особенно интересны сложные характеры. У них по крайней мере это преимущество.

— Провинция, — сказал Дарси, — дает не много материала для такого изучения. Слишком ограничен и неизменен круг людей, с которыми здесь можно соприкоснуться.

— Люди, однако, сами меняются так сильно, что то и дело можно подметить что-нибудь новое в каждом человеке».

Джейн Остин удалось создать «смешанные» характеры и показать не только различные «пропорции смеси», но и изменения в них. На рубеже XVIII и XIX веков это было принципиальным достижением. По органичности и тонкости «смесей» писательница пошла значительно дальше Филдинга с его «Томом Джонсом» и Стерна с его «Сентиментальным путешествием» и «Тристрамом Шенди». Без преувеличения можно сказать, что в этом отношении она превзошла не только своих современников и предшественников, но и тех писателей, которые творили в середине XIX века. Действительно, ни Диккенс, ни Теккерей, ни сестры Бронте, ни Гаскелл, ни Джордж Элиот не создали подобных «смесей». Их величие проявляется в других достижениях. Лишь на рубеже нового, XX века принцип «смешанных» характеров, позволяющий проникнуть в глубины человеческой души, получил (конечно, под иным названием) подлинное развитие. Возможно, этим, в частности, и объясняется тот факт, что широкая слава пришла к писательнице лишь в наши дни.

Джейн Остин обладала качеством, которое не часто встречается у романистов: она знала свои возможности и их пределы. Пятнадцатилетней девочкой, сочиняя в уголке классной комнаты свой первый, неоконченный роман, она уже твердо очертила школьным мелком тот круг тем, характеров и отношений, которые признает «своими», тот круг, который не преступит и в годы зрелого творчества.

По словам самой Джейн Остин, самой интересной для романиста темой ей представлялась «жизнь нескольких семейств, живущих в сельской местности». На этом скромном, как может показаться, материале писательнице удалось создать удивительно емкие образы и ситуации, сатирически освещающие жизнь так называемых средних классов английской провинции на рубеже столь различных веков. Джейн Остин смотрит на события эпохи в собственном своеобразном ракурсе. Она пишет только о том, что знает досконально, по своему наблюдению и опыту. Обыденная жизнь обыденных людей, мелочи жизни провинциального существования — вот неизменная сфера применения таланта Остин. Однако благодаря тонкому уму и блестящей иронии ей удалось достигнуть в этой сфере большой глубины.

Как ни скромны были «картины семейной жизни», создаваемые писательницей, уже современники ясно осознавали весь смысл ее социальных разоблачений. Направление ее творчества вызывало недовольство не только в кругах провинциальных священников и дворян.

Интересна история ее отношений с принцем-регентом, правившим в годы безумия короля Георга III (1811—1820), «первым джентльменом Европы», впоследствии королем Георгом IV, и его личным секретарем, преподобным Дж. С. Кларком. Зимой 1815 года, когда писательница гостила в Лондоне, Дж. С. Кларк передал ей разрешение принца-регента посвятить ему будущие романы. Джейн Остин ответила на это письмо через четыре месяца. Объяснив свое долгое молчание нежеланием отнимать у высоких особ время, она спрашивала, является ли дарованное ей разрешение обязательным. Ей дают понять, что ослушание невозможно. В декабре 1815 года выходит в свет «Эмма» с кратким (вспомним обычные посвящения тех лет) посвящением:

Его Королевскому Высочеству
Принцу-Регенту
С разрешения Его Королевского Высочества
труд этот
с уважением
посвящает
Его Королевского Высочества
Послушный и скромный слуга,
Автор.

В посвящении этом сказано до крайности мало: трижды повторен титул монарха, дважды повторена мысль о том, что автор посвящает роман «с разрешения» и «послушно». В ответ принц-регент просит своего секретаря выразить Остин благодарность за присланный ему издателем «красивый томик». В письме к издателю Дж. Мэррею Джейн Остин передает слова принца и добавляет: «Каково бы ни было мнение его высочества о моей доле труда, ваша получила достойную оценку». На этом дело не кончилось. Вскоре Джейн Остин получила от Дж. С. Кларка письмо, в котором делалась попытка повлиять на дальнейшее направление ее творчества. Он предлагал отказаться от пагубной страсти к сатирическому изображению и просил создать образ священника, ничем не похожего на мистера Коллинза или Элтона.

Это должен быть человек просвещенный, благочестивый, полный искреннего участия и братской любви к окружающим. Джейн Остин отвечала учтиво, но недвусмысленно: «Я чрезвычайно польщена тем, что вы считаете меня способной нарисовать образ священника, подобный тому, который вы набросали в своем письме от 16 ноября. Но, уверяю вас, вы ошибаетесь. В моих силах показать комические характеры, но показать хороших, добрых, просвещенных людей выше моих сил. Речь такого человека должна была бы временами касаться науки и философии, о которых я не знаю решительно ничего... Каково бы ни было мое тщеславие, могу похвастаться, что я являюсь самой необразованной и непросвещенной женщиной из тех, кто когда-либо осмеливался взяться за перо». Ссылка на непросвещенность была лишь вежливой отговоркой, о чем не мог не знать Дж. С. Кларк.

В марте 1816 года Дж. С. Кларк направляет Джейн Остин еще одно письмо, в котором советует написать исторический роман, прославляющий деяния Саксен-Кобургского дома, с которым принц-регент собирался породниться, и сообщает, что такое произведение в данный момент было бы очень высоко оценено при дворе. Это была попытка оказать давление на писательницу, диктовать ей выбор тем и героев, определить направление ее дальнейшего творчества. Требовалось немалое мужество, чтобы противостоять такой попытке.

В ответ Джейн Остин пишет: «Я не сомневаюсь в том, что исторический роман... гораздо более способствовал бы моему обогащению и прославлению, чем те картины семейной жизни в деревне, которыми я занимаюсь. Однако я так же не способна написать исторический роман, как и эпическую поэму. Я не могу себе представить, чтобы я всерьез принялась за серьезный роман, — разве что этого требовало бы спасение моей жизни! И если бы мне предписано было ни разу не облегчить свою душу смехом над собой или другими, я уверена, что меня повесили бы раньше, чем я успела бы кончить первую главу».

Стиль Остин необычайно сдержан и лаконичен. Она избегает излишних описаний и сцен, ненужных деталей и характеров, строго подчиняя все элементы повествования основному его развитию. В одном из писем Джейн Остин критикует романы, в которых «вводятся обстоятельства, имеющие видимое значение, которые, однако, ни к чему не ведут». В ее романах таких обстоятельств не было; в них все нужно для дальнейшего развития действия или характеров.

Она стремительно вводит читателя прямо в самое действие. Перечитайте первую страницу «Гордости и предубеждения» — как выразительно и лаконично это начало!

В романах Джейн Остин практически нет описаний внешности героев, их туалетов, убранства их жилищ; почти отсутствует пейзаж. Исключение делается лишь для того, что необходимо для характеристики, развития действия или для комического эффекта. Больше всего боявшаяся красивости, Джейн Остин избегает «поэтических» эпитетов; в тех же случаях, когда она эпитеты употребляет, они всегда подчеркнуто «смысловые», сдержанные.

Язык Джейн Остин соответствует всей рационалистической манере ее письма. Он ясен и точен, чрезвычайно тонко оттенены отдельные значения слова. Вместе с тем он прост. Джейн Остин избегает сложных и запутанных конструкций, построение ее фразы лаконично, изящно и недвусмысленно; она очень сдержанна в употреблении всяческих стилистических фигур; не выносит литературных штампов и многозначительностей.

Лаконичность и выразительность давались Джейн Остин нелегко: она тщательно редактировала свои романы. «Я резала и кромсала вовсю», — писала она в одном из своих писем. А в другом не без горечи вспоминает слова Вальтера Скотта, сравнившего ее роман с миниатюрами на слоновой кости: «Не более двух дюймов в ширину, и я пишу на них такой тонкой кистью, что, как ни огромен этот труд, он дает мало эффекта». Она грустно замечает, что читатель был бы «точно так же удовлетворен, будь узор менее тонок и закончен». Впрочем, она хорошо понимала, что «художник ничего не может делать неряшливо».

Произведения Джейн Остин отмечены тончайшей и всепроникающей иронией, которая окрашивает все события, все характеристики, все размышления в совершенно особые тона; она разлита повсюду, но неуловима; ее остро чувствуешь, но она не поддается анализу. Можно, конечно, привести примеры различных комических приемов. Джейн Остин любит прием, который англичане называют «недобором», то есть она говорит немного меньше того, что думает, или, напротив, «перебором», — то есть говорит немного больше того, что думает: примеров тому и другому можно было бы найти множество. Она постоянно употребляет еще один прием, который англичане называют «батосом» — неожиданное и резкое снижение тона (или значения) сказанного. Вспомним мистера Беннета, винящего себя в позоре своей младшей дочери, убежавшей с Уикхемом. Он говорит Элизабет, пытающейся утешить его: «Нет, Лиззи, дай мне хоть раз в жизни почувствовать всю глубину своей вины! Не бойся, это меня не сломит. Все это быстро выветрится у меня из головы».

Сама Остин не без иронии писала о «Гордости и предубеждении»: «Роман этот слишком легковесен, слишком блестит и сверкает; ему не хватает рельефности: растянуть бы его кое-где с помощью длинной главы, исполненной здравого смысла (да только где его взять!), а не то с помощью серьезной и тяжелой бессмыслицы, никак не связанной с действием, — вставить рассуждение о литературе, критику Вальтера Скотта, историю Буонапарте или еще что-нибудь, что дало бы контраст, после чего читатель с удвоенным восторгом вернулся бы к игривости и эпиграмматичности первоначального стиля»[1].

Широкая известность пришла к Джейн Остин лишь в XX веке. Романтики и критические реалисты, завладев умами XIX века, оттеснили скромную фигуру писательницы в тень, из которой она вышла лишь в канун Первой мировой войны. Начиная с 30-х годов XX века популярность Джейн Остин необычайно растет, и за последние десятилетия творчество ее получает широчайшее признание. Романы Остин выдерживают все новые и но-

---

[1] Jane Austen's Letters to her sister Cassandra and others / Coll. and ed. by R. W. Chapman, 2nd ed. L, 1952. P. 299—300.

вые издания, их ставят в театре, экранизируют (интересно, что сценарий «Гордости и предубеждения» был написан Олдосом Хаксли). В Англии создаются Музей и Общество Джейн Остин. Публикуются переводы на французский, немецкий, испанский, венгерский, итальянский и русский языки. О ней пишут крупнейшие критики и писатели, ее книги исследуют не только историки и теоретики литературы, но и лингвисты. «Из всех великих писателей Джейн Остин труднее всего поймать на величии», — заметила как-то известная английская писательница Вирджиния Вулф, восхищаясь «особой законченностью и совершенством ее искусства». А Сомерсет Моэм посвятил «Гордости и предубеждению» специальную главу в книге «Десять авторов и их романы», в которую включил десять шедевров мировой литературы. «Гордость и предубеждение» занимает почетное место в списке, куда вошли также «Том Джонс», «Красное и черное», «Отец Горио», «Дэвид Копперфилд», «Мадам Бовари», «Моби Дик», «Грозовой перевал», «Братья Карамазовы» и «Война и мир». «Ее интересовало обыкновенное, а не то, что зовется необыкновенным, — отмечал Моэм. — Однако благодаря остроте зрения, иронии и остроумию все, что она писала, было необыкновенно».

Знакомство русских читателей с творчеством этой «необыкновенной» писательницы, начатое небольшой заметкой в «Вестнике Европы» за 1816 год и продолженное лишь полтора века спустя, продолжается.

Н. Демурова

Гордость
и предубеждение

Роман

КНИГА ПЕРВАЯ

Глава I

Все знают, что молодой человек, располагающий средствами, должен подыскивать себе жену.

Как бы мало ни были известны намерения и взгляды такого человека после того, как он поселился на новом месте, эта истина настолько прочно овладевает умами неподалеку живущих семейств, что на него тут же начинают смотреть как на законную добычу той или другой соседской дочки.

— Дорогой мистер Беннет, — сказала как-то раз миссис Беннет своему мужу, — слышали вы, что Незерфилд-парк наконец больше не будет пустовать?

Мистер Беннет ответил, что он этого не слышал.

— Тем не менее это так, — продолжала она. — Только что заходила миссис Лонг и сообщила мне эту новость!

Мистер Беннет промолчал.

— А хотелось бы вам знать, кто будет нашим новым соседом? — с нетерпением спросила его жена.

— Готов вас выслушать, если вам очень хочется мне об этом сказать.

Большего от него не требовалось.

— Ну так слушайте, мой дорогой, — продолжала миссис Беннет. — Незерфилд, по словам миссис Лонг, снят очень богатым молодым человеком из Северной Англии. В понедельник он приезжал туда в карете, запряженной четверкой лошадей, осмотрел поместье и пришел в такой восторг, что тут же условился обо всем с мистером Моррисом. Он переезжает к Михайлову дню, и уже в конце будущей недели туда приедет кое-кто из его прислуги.

— А как его зовут?

— Бингли.

— Он женат или холост?

— Холост, дорогой, в том-то и дело, что холост! Молодой холостяк с доходом в четыре или пять тысяч в год! Не правда ли, удачный случай для наших девочек?

— Как так? Разве это имеет к ним отношение?

— Дорогой мистер Беннет, — ответила его жена, — сегодня вы просто невыносимы. Разумеется, вы понимаете, что я имею в виду его женитьбу на одной из них.

— Гм, таковы его планы?

— Планы! Боже мой, скажете же вы иной раз! Но ведь может вполне случиться, что он в одну из них влюбится. Поэтому, как только он приедет, вам необходимо будет нанести ему визит.

— Я, признаюсь, не вижу к тому достаточных оснований. Поезжайте-ка вы сами с девочками. Или пошлите их одних — это, возможно, будет еще лучше. Не то вдруг он вздумает влюбиться в вас — ведь вы ничуть не менее привлекательны, чем любая из наших дочек.

— Вы мне льстите, дорогой. Когда-то я и в самом деле была не лишена привлекательности. Но сейчас, увы, я уже не претендую на то, чтобы слыть красавицей. Женщине, у которой пять взрослых дочерей, не следует много думать о собственной красоте.

— В этих обстоятельствах у женщины не часто остается столько красоты, чтобы о ней приходилось особенно много думать.

— Но, мой друг, вам непременно следует навестить мистера Бингли, как только он появится.

— Едва ли я за это возьмусь.

— Но подумайте о наших девочках. Вы только представьте себе, как хорошо одна из них будет устроена. Вот увидите, сэр Уильям и леди Лукас сразу поспешат в Незерфилд. А ради чего, как вы думаете? Уж, конечно, ради своей Ша́рлот — вы же знаете, они не очень-то любят навещать незнакомых людей. Вы непременно должны поехать — ведь мы сами без этого никак не можем у него побывать.

— Вы чересчур щепетильны. Полагаю, мистер Бингли будет рад вас увидеть. Хотите, я дам вам для него записочку с обещанием выдать за него замуж любую из моих дочек, которая ему больше понравится? Пожалуй, надо будет только замолвить словечко в пользу моей крошки Лиззи.

— Надеюсь, вы этого не сделаете. Лиззи ничуть не лучше других ваших дочерей. Я уверена, что она и вполовину не так красива, как Джейн, и гораздо менее добродушна, чем Лидия. Но ей вы почему-то всегда оказываете предпочтение!

— Ни одна из моих дочек ничем особенно не примечательна, — ответил он. — Они столь же глупы и невежественны, как все другие девчонки в этом возрасте. Просто в Лиззи немножко больше толку, чем в ее сестрах.

— Мистер Беннет, как смеете вы так оскорблять ваших собственных детей? Вам доставляет удовольствие меня изводить. Конечно, вам нет никакого дела до моих истерзанных нервов.

— Вы ошибаетесь, моя дорогая. Я давно привык с ними считаться. Ведь они — мои старые друзья. Недаром вы мне толкуете о них не меньше двадцати лет.

— Ах, вы себе даже не представляете, как я страдаю.

— Надеюсь, вы все же доживете до того времени, когда в окрестностях появится множество молодых людей с доходом не менее четырех тысяч в год.

— Даже если их будет двадцать, какой в них прок, раз вы все равно отказываетесь к ним ездить?

— Ну, если их будет двадцать, моя дорогая, тогда я, конечно, соберусь да сразу и объеду их всех подряд.

В характере мистера Беннета так затейливо сочетались живость ума и склонность к иронии, замкнутость и взбалмошность, что за двадцать три года совместной жизни жена все еще не сумела к нему приноровиться. Разобраться в ее натуре было намного проще. Она была невежественной женщиной с недостаточной сообразительностью и неустойчивым настроением. Когда она бывала чем-нибудь недовольна, то считала, что у нее не в порядке нервы. Целью ее жизни было выдать дочерей замуж. Единственными ее развлечениями были визиты и новости.

Глава II

Мистер Беннет все же одним из первых навестил мистера Бингли. По правде говоря, он с самого начала имел в виду нанести ему визит, хотя все время уверял жену, будто бы ни за что к нему не поедет. И она оставалась в полном неведении относительно его намерений до конца того дня, когда визит состоялся. Истинное положение вещей раскрылось следующим образом. Наблюдая за тем, как его вторая дочь украшает лентами шляпку, мистер Беннет неожиданно заметил:

— Надеюсь, Лиззи, мистеру Бингли это понравится.

— Мы никогда не узнаем, что нравится и что не нравится мистеру Бингли, — с раздражением проговорила ее мать, — раз нам не придется бывать в Незерфилде.

— Но вы забываете, мама, — сказала Элизабет, — что мы встретим его на балу, и миссис Лонг обещала нас познакомить.

— О нет, миссис Лонг ни за что этого не сделает. У нее у самой две племянницы. Терпеть не могу эту ханжу и эгоистку!

— И я тоже, — сказал мистер Беннет. — Как приятно, что в этом важном деле вы от нее не зависите.

Миссис Беннет не снизошла до ответа; но, не будучи в силах сдержать свое раздражение, она напустилась на одну из дочерей:

— Ради бога, Китти, перестань так кашлять! Хоть чуточку подумай о моих нервах. Они этого не выдержат.

— Китти у нас ни с чем не считается, — сказал отец. — Вечно она кашляет невпопад.

— Я кашляла не для удовольствия, — обиделась Китти.

— Когда у вас следующий бал, Лиззи?

— Через две недели.

— Ах, вот как, — воскликнула мать. — Значит, миссис Лонг вернется только накануне бала! Как же она нам его представит, если даже не успеет с ним до этого встретиться?

— Тогда, дорогая моя, вы сможете оказаться полезной вашей приятельнице, представив ей мистера Бингли.

— Невозможно, мистер Беннет, невозможно, раз я сама не буду с ним знакома. Вы просто надо мной издеваетесь!

— Ваша осторожность делает вам честь. Конечно, такое недолгое знакомство почти ничего не значит. Какое суждение можно составить о человеке в течение двух недель? Однако, если ее не познакомим с мистером Бингли мы, это сделает кто-нибудь другой. По мне — пускай миссис Лонг и ее племянницы тоже попытают счастья. Я даже готов взять такое доброе дело на себя, если оно вам очень не по душе.

Девицы уставились на отца. Миссис Беннет пробормотала:

— Какой вздор!

— Что означает ваше выразительное замечание, сударыня? — спросил он с удивлением. — Считаете ли вы вздорным обычай, согласно которому, прежде чем иметь дело с незнакомым человеком, он должен быть вам представлен? Или вам не нравится существующий порядок такого представления? Боюсь, наши взгляды в этом отношении слегка расходятся. А ты, Мэри, что думаешь по этому поводу? Ты ведь у нас такая рассудительная девица, читаешь ученые книги и даже делаешь из них выписки.

Мэри хотела сказать что-нибудь глубокомысленное, но ничего не смогла придумать.

— Пока Мэри собирается с мыслями, — продолжал он, — вернемся к мистеру Бингли.

— Не могу больше слышать о мистере Бингли, — заявила жена.

— Жаль, что вы не сказали мне об этом раньше. Знай я это сегодня утром, я бы ни в коем случае к нему не поехал. Экая досада! Но раз уж я у него побывал, боюсь, избежать с ним знакомства будет не так-то легко.

Мистер Беннет добился, чего хотел, — дамы пришли в крайнее изумление. Особенно сильно была поражена миссис Беннет. Однако, когда первый порыв радости миновал, она принялась уверять, что именно этого от него и ждала.

— Вы поступили в самом деле великодушно, мой дорогой мистер Беннет! Хотя, признаюсь, я не сомневалась, что в конце концов добьюсь от вас этого. Я знала, вы настолько любите наших девочек, что не способны пренебречь подобным знакомством. Ах, как я счастлива! И как мило вы над нами подшутили. Подумать только, вы еще утром побывали в Незерфилде и до сих пор даже словом об этом не обмолвились!

— Теперь, Китти, можешь кашлять сколько угодно, — сказал мистер Беннет, выходя из комнаты, чтобы не слышать восторженных излияний своей жены.

— Какой же, девочки, у вас прекрасный отец! — воскликнула она, когда дверь закрылась. — Не знаю, право, чем вы отблагодарите его за такую доброту. Да и меня тоже. Поверьте, в наши годы не так-то приятно каждый день заводить новые знакомства. Но ради своих детей мы готовы на все. Лидия, милочка моя, хоть ты и моложе всех, сдается мне, что танцевать на балу мистер Бингли будет именно с тобой.

— Меня этим не удивишь, — храбро заявила Лидия. — Хоть я и моложе, зато я — самая высокая.

Остаток вечера прошел в рассуждениях о том, через сколько дней следует ожидать ответного визита мистера Бингли и когда после этого его можно будет пригласить на обед.

Глава III

Как ни старались миссис Беннет и ее пять дочерей, им все же не удалось добиться от главы семьи такого описания мистера Бингли, которое могло бы удовлетворить их любопытство. Они атаковали мистера Беннета самыми различными способами: вопросами напрямик, хитроумными догадками, отдаленными намеками. Но он не поддавался ни на какие уловки. И в конце концов им пришлось довольствоваться сведениями из вторых рук, полученными от их соседки, леди Лукас. Сообщения последней были весьма многообещающими. Сэр Уильям был в восторге от мистера Бингли. Он еще очень молод, хорош собой, чрезвычайно любезен и, в довершение всего, выражает намерение непременно присутствовать на ближайшем балу, куда собирается прибыть с целой компанией своих друзей.

Ничего лучшего нельзя было и желать. Кто интересуется танцами, тому ничего не стоит влюбиться.

Все питали самые радужные надежды на скорейшее завоевание сердца мистера Бингли.

— Ах, если бы мне довелось увидеть одну из моих дочерей счастливой хозяйкой Незерфилда, — сказала своему мужу миссис Беннет, — и так же удачно выдать замуж остальных — мне бы тогда нечего было больше желать.

Через несколько дней мистер Бингли отдал визит мистеру Беннету и просидел десять минут в его библиотеке. Мистер Бингли надеялся взглянуть на молодых леди, о красоте которых он уже много слышал, но ему удалось повидать только их отца. Дамы были несколько удачливее его: им посчастливилось увидеть из верхнего окна, что на нем был синий сюртук и что он приехал на вороной лошади.

Вскоре после этого было послано приглашение на обед. Миссис Беннет составила уже меню, делавшее честь ее умению вести хозяйство, как вдруг из Незерфилда пришел ответ, расстроивший все планы. Мистеру Бингли необходимо на следующий день уехать в Лондон, что, к величайшему сожалению, лишает его возможности воспользоваться оказанным ему вниманием и т. д. и т. п. Миссис Беннет была крайне разочарована. Она никак не могла представить, что́ за дела возникли у него в городе так скоро после переезда в Хартфордшир, и начала опасаться, что он вечно будет порхать с места на место и что Незерфилд никогда не станет его постоянным пристанищем. Ее тревога была до некоторой степени рассеяна предположением леди Лукас, что он мог поехать в Лондон за своими друзьями, с которыми собирался появиться на балу. Вскоре стали поговаривать, что на бал вместе с Бингли прибудут двенадцать дам и семь джентльменов. Барышень опечалило число дам, но они несколько ободрились, услышав, что вместо двенадцати спутниц с ним приехали из Лондона только шесть: пять его сестер и одна кузина. Когда незерфилдская компания

34

вступила в бальный зал, обнаружилось, что она состоит всего из пяти человек: мистера Бингли, двух его сестер, мужа старшей сестры и еще одного молодого господина.

Мистер Бингли оказался молодым человеком с благородной и приятной наружностью и непринужденными манерами. Обе сестры его — особами изящными и весьма светскими. Его зять, мистер Хёрст, с трудом мог сойти за дворянина. Зато друг мистера Бингли, мистер Дарси, сразу привлек к себе внимание всего зала своей статной фигурой, правильными чертами лица и аристократической внешностью. Через пять минут после их прихода всем стало известно, что он владелец имения, приносящего десять тысяч фунтов годового дохода. Джентльмены нашли его достойным представителем мужского пола, дамы объявили, что он гораздо привлекательнее мистера Бингли, и в течение первой половины вечера он вызывал всеобщее восхищение. Однако позднее, из-за его поведения, популярность мистера Дарси быстро пошла на убыль. Стали поговаривать, что он слишком горд, что он перед всеми задирает нос и что ему трудно угодить. И уже все его огромное поместье в Дербишире не могло искупить его неприятной и даже отталкивающей наружности. Разумеется, он не выдерживал никакого сравнения со своим другом.

Мистер Бингли вскоре перезнакомился почти со всеми присутствовавшими. Он был оживлен и любезен, участвовал в каждом танце, жалел о слишком раннем окончании бала и даже упомянул вскользь, что не мешало бы устроить бал в Незерфилде. Столь приятные качества говорили сами за себя. Как разительно отличался он от своего друга! Мистер Дарси танцевал только раз с миссис Хёрст и раз с мисс Бингли, не пожелал быть представленным другим дамам и весь остальной вечер провел, прохаживаясь по залу и изредка перекидываясь словами с кем-нибудь из своих спутников. Характер его осудили все. Дарси был признан одним из самых заносчивых и неприятных людей на свете, и все хором выражали надежду на то, что он больше никогда не появится в местном обществе. Среди злейших его противников оказалась миссис Беннет. Разделяемое этой дамой общее неудовольствие поведением мистера Дарси превратилось в личную неприязнь после того, как он отнесся пренебрежительно к одной из ее дочерей.

Из-за недостатка кавалеров Элизабет Беннет была вынуждена в течение двух танцев просидеть у стены. При этом ей невольно пришлось подслушать разговор между мистером Дарси, который стоял неподалеку, и мистером Бингли, на минуту покинувшим танцующих для того, чтобы уговорить своего друга последовать их примеру.

— Пойдемте, Дарси. Я должен заставить вас танцевать, — сказал он, подходя к своему другу. — Не могу смотреть, как вы целый вечер глупейшим образом простаиваете в одиночестве. Право же, пригласите кого-нибудь.

— Ни в коем случае! Вы знаете, танцы не доставляют мне удовольствия, если я не знаком со своей дамой. А в здешнем обществе это было бы для меня просто невыносимо. Ваши сестры приглашены, а кроме них в зале нет ни одной женщины, танцевать с которой не было бы для меня сущим наказанием.

— О, я не так привередлив, как вы! — воскликнул Бингли. — Клянусь честью, я еще ни разу не встречал за один вечер так много хорошеньких женщин; среди них есть просто красавицы!

— Вы танцуете с единственной хорошенькой девицей в этом зале, — сказал мистер Дарси, взглянув на старшую мисс Беннет.

— О, это самое очаровательное создание, какое мне когда-нибудь приходилось встречать! Но вон там, за вашей спиной, сидит одна из ее сестер. По-моему, она тоже очень недурна. Хотите, я попрошу мою даму вас познакомить?

— Про кого это вы говорите? — Обернувшись, Дарси взглянул на Элизабет, но, заметив, что она на него смотрит, отвел глаза и холодно сказал: — Что ж, она как будто мила. И все же не настолько хороша, чтобы нарушить мой душевный покой. А у меня сейчас нет охоты утешать молодых леди, которыми пренебрегли другие кавалеры. Возвращайтесь-ка к своей даме. Уверяю вас, вы теряете со мной время, которое могли бы провести, наслаждаясь ее улыбками.

Бингли последовал этому совету, его приятель отошел в другой конец комнаты, а Элизабет осталась на месте, питая не слишком добрые чувства по отношению к Дарси. Впрочем, она с удовольствием рассказала об этом случае в кругу своих друзей, так как обладала веселым нравом и была не прочь посмеяться.

Вся семья провела вечер все же очень приятно. Миссис Беннет была в восторге от внимания, которое обитатели Незерфилда оказали ее старшей дочери. Мистер Бингли танцевал с ней дважды, и она была любезно принята его сестрами. Джейн радовалась этому не меньше матери, хотя и не выражала своего восторга столь явно. Элизабет радовалась за Джейн. Мэри слышала, как кто-то в разговоре с мисс Бингли назвал ее самой начитанной девицей во всей округе; Кэтрин и Лидии посчастливилось ни разу не остаться в танцах без кавалеров — большего от бала они пока не научились желать. Таким образом, все вернулись в Лонгборн — селение, в котором они жили и где семейство Беннет занимало видное положение, — в превосходнейшем состоянии духа. Когда они приехали, мистер Беннет еще не спал. За книгой он не замечал времени; на этот же раз ему было весьма любопытно узнать, как прошел вечер, от которого столь многого ожидали его домашние. Он почти не сомневался, что замыслы его жены в отношении их нового знакомого не увенчаются успехом. Однако вскоре он понял, что ему предстоит выслушать рассказ совсем в другом роде.

— О, дорогой мистер Беннет, — входя в комнату, воскликнула его жена, — какой вечер мы провели! Бал был великолепен! Жаль только, вас не было. Джейн пользовалась необыкновенным успехом. Все только и говорили, какая она красавица. Мистер Бингли назвал ее очаровательной и танцевал с ней два раза. Вы только подумайте, мой друг, — целых два раза! И она была единственной, кого он приглашал дважды. Сначала он танцевал с мисс Лукас. Меня всю покоробило, когда я увидела его с ней в паре. Но она ему ничуть не понравилась. Да и кому она может понравиться, вы сами знаете! Зато когда стала танцевать Джейн, он как будто весь загорелся. Разузнал, кто она такая, попросил, чтобы его ей представили, и тут же пригласил ее на второй танец. В третьем танце его парой была мисс Кинг, в четвертом — Мэрайя Лукас, в пятом еще раз Джейн, в шестом — Лиззи; буланже он танцевал...

— Будь у него ко мне хоть капля сочувствия, — нетерпеливо перебил ее муж, — он бы танцевал вдвое меньше. Ради бога, не перечисляйте больше его дам. Что ему стоило подвернуть ногу при первом танце?

— Ах, дорогой мой, я от него в восторге! — продолжала миссис Беннет. — Он необыкновенно хорош собой! А сестры его — просто очаровательны! Я в жизни не видывала более элегантных нарядов! Думаю, что кружево на платье миссис Хёрст...

Здесь ее речь была снова прервана, так как мистер Беннет не пожелал выслушивать описание туалетов. Поэтому ей пришлось переменить тему, и она возмущенно и с преувеличениями рассказала про неслыханную дерзость мистера Дарси.

— Могу вас заверить, — заключила она, — Лиззи не много потеряла от того, что пришлась ему не по вкусу! Этому противному человеку и нравиться даже не стоит. Такой важный и надутый, недаром его все невзлюбили. Расхаживает туда-сюда, воображая о себе бог весть что! Недостаточно хороша, чтобы с ним танцевать!.. Хотела бы я, чтобы вы были там и осадили его как следует. Терпеть не могу этого человека!

Глава IV

Когда Джейн и Элизабет остались одни, Джейн, до того отзывавшаяся о мистере Бингли весьма сдержанно, призналась сестре, насколько он ей понравился.

— Он именно такой, каким должен быть молодой человек, — сказала она, — умный, добрый, веселый. И я никогда еще не видела подобных манер — столько свободы и вместе с тем так чувствуется хорошее воспитание!

— К тому же он недурен собой, — добавила Элизабет, — что также говорит в пользу молодого человека, если к нему это относится. Благодаря этому характер его можно считать вполне совершенным.

— Я была так польщена, когда он пригласил меня танцевать второй раз! Признаюсь, я этого совершенно не ожидала.

— Не ожидала? Зато я ожидала вместо тебя. Знаки внимания каждый раз застигают тебя врасплох, а меня — никогда. В этом — одно из различий между нами. Ну что могло быть естественнее того, что он дважды пригласил тебя танцевать? Разве он не видел, что ты самая красивая девушка в зале? Чего же тут удивляться его галантности? Впрочем, он в самом деле довольно милый молодой человек, и пусть уж он тебе нравится. Тебе не раз нравился кое-кто и похуже.

— Лиззи, дорогая!

— Ты сама знаешь, что слишком склонна расхваливать кого угодно, не замечая ни в ком малейшего изъяна. Все люди кажутся тебе добрыми и красивыми. Ну хоть раз в жизни ты отозвалась о ком-нибудь плохо?

— Мне никого не хотелось бы неосмотрительно осудить. Но ведь я всегда говорю то, что думаю.

— Я знаю. Именно это меня больше всего и удивляет. Как ты, с твоим здравым смыслом, способна не замечать слабостей и глупости окружающих? Наигранное прекраснодушие встречается достаточно часто, чуть ли не на каждом шагу. Но искренне, без всякого притворства или расчета видеть в каждом человеке лишь хорошие качества, к тому же их преувеличивая, и не замечать ничего плохого — на это способна ты одна. Значит, тебе так же понравились и его сестры? Своими манерами они ведь сильно отличаются от мистера Бингли?

— Разумеется, если судить по первому взгляду. Но достаточно с ними немного разговориться, чтобы почувствовать, какие это славные женщины. Мисс Бингли собирается жить с братом и вести его хозяйство. Мне кажется, я не ошибусь, предсказывая, что в ее лице мы приобретем необычайно приятную соседку.

Элизабет выслушала ее молча, но в душе с ней не согласилась. Поведение сестер мистера Бингли на балу отнюдь не было рассчитано на всеобщее одобрение. Обладающая большей, чем Джейн, наблюдательностью, не столь добродушная и не связанная личным чувством, Элизабет не могла ими восторгаться. Мисс Бингли и ее сестра, миссис Хёрст, были в самом деле особами весьма изысканными. Они не были лишены остроумия, когда находились в хорошем расположении духа, умели понравиться, когда это входило в их намерение, но в то же время были заносчивы и высокомерны. Обе они казались довольно красивыми, получили образование в одном из лучших частных пансионов, владели двадцатью тысячами фунтов, расходуя денег больше, чем имели в своем распоряжении, привыкли вращаться в светском обществе, а потому считали себя вправе придерживаться высокого мнения о собственных персонах и низкого — о людях окружающих. Родились они в почтенной семье, происходившей из Северной Англии, — обстоятельство, запечатлевшееся в их памяти более глубоко, чем то, что своим богатством они были обязаны торговле.

Отец мистера Бингли оставил сыну около ста тысяч фунтов. При жизни он собирался приобрести имение, но своей мечты так и не осуществил. Сам мистер Бингли тоже питал в душе такое намерение и даже как-то ездил с этой целью в родное графство. Но после того как он обзавелся хорошим домом с прилегающими охотничьими угодьями, для многих, знавших его беспечный характер, казалось вероятным, что он свою жизнь проведет в Незерфилде, отложив основание родового поместья Бингли до следующего поколения.

Его сестрам очень хотелось, чтобы он стал землевладельцем. Но хотя пока что он оставался лишь арендатором, мисс Бингли ни в коей мере не отказывалась играть роль хозяйки за его столом. Миссис Хёрст, которая вышла замуж за человека более родовитого, чем богатого, тоже ничего не имела против того, чтобы считать его дом своим, когда ей это представлялось удобным. Про Незерфилд-парк Бингли узнал благодаря случайной рекомендации через два года после своего совершеннолетия. Он обошел дом за полчаса, остался доволен его местоположением и внутренним устройством, а также изложенными хозяином преимуществами имения и тут же его арендовал.

Несмотря на различие характеров, он был связан с Дарси теснейшей дружбой. Дарси ценил Бингли за его легкую, открытую и податливую натуру, хотя эти качества резко противоречили его собственному нраву, которым сам он отнюдь не был недоволен. Бингли вполне полагался на дружбу Дарси, весьма доверяя его суждениям, более глубоким, чем его собственные. Хотя Бингли вовсе не был недалеким человеком, но Дарси был по-настоящему умен. В то же время Дарси был горд, замкнут и ему было трудно угодить. Его манеры, хотя и свидетельствовали о хорошем воспитании, не слишком располагали к себе окружающих. В этом отношении его друг имел перед ним значительное преимущество. Где бы ни показался Бингли, он сразу вызывал к себе дружеские чувства. Дарси же постоянно всех от себя отталкивал.

Отношение каждого к меритонскому балу было достаточно характерным. Бингли в жизни своей еще не встречал столь милого общества и таких очаровательных женщин; все были к нему добры и внимательны, он не ощущал никакой натянутости и вскоре близко сошелся со всеми, кто находился в зале. Что же касается мисс Беннет, то он не мог себе представить более прелестного ангела. Дарси, напротив, видел вокруг себя толпу людей довольно безобразных и совершенно безвкусных, к которым он не испытывал ни малейшего интереса и со стороны которых не замечал ни внимания, ни расположения. Он признавал, что мисс Беннет недурна собой, но находил, что она чересчур много улыбается.

Миссис Хёрст и ее сестра готовы были согласиться с такой характеристикой мисс Беннет, но все же Джейн им понравилась, и они объявили, что она премиленькая девочка и что они ничего не имеют против того, чтобы поддерживать с ней знакомство. Мисс Беннет так и осталась премиленькой девочкой, в соответствии с чем мистеру Бингли было дозволено относиться к ней, как ему заблагорассудится.

Глава V

Неподалеку от Лонгборна жила семья, с которой Беннеты поддерживали особенно близкие отношения. Сэр Уильям Лукас ранее занимался торговлей в Меритоне, где приобрел некоторое состояние, а также титул баронета, пожалованный ему в бытность его мэром, благодаря специальному обращению к королю. Последнее отличие подействовало на него, пожалуй, слишком сильно. Оно породило в нем неприязнь к прежнему образу жизни и занятиям в небольшом торговом городке. Расставшись с тем и другим, он перебрался со своей семьей в дом, расположенный в одной миле от Меритона, который с той поры стал именоваться «Лукас Лодж». Здесь сэр Уильям, не будучи обременен никакими делами, мог с удовольствием предаваться размышлениям о собственной значительности и проявлять предупредительность по отношению ко всему свету. В самом деле, хотя полученное звание и возвеличило его в собственных глазах, оно все же не сделало его высокомерным. Напротив, сэр Уильям был воплощением любезности и внимательности к каждому встречному, так как представление ко двору в Сент-Джеймсе сделало этого по природе безобидного и дружелюбного человека еще и обходительным.

Леди Лукас была добродушной женщиной, в меру недалекой, чтобы стать подходящей соседкой для миссис Беннет. У нее было несколько детей. Старшая дочь, смышленая и начитанная девушка лет двадцати семи, была большой подругой Элизабет.

Барышни Лукас и барышни Беннет неизбежно должны были встретиться, чтобы поговорить о бале. И на следующее утро первые оказались в Лонгборне, готовые слушать и рассказывать.

— Для вас, Шарлот, вечер начался неплохо, — обратилась миссис Беннет к мисс Лукас. — Ведь первый танец мистер Бингли танцевал с вами.

— Да, но он был больше доволен своей дамой во втором танце.

— Вы говорите это, потому что он пригласил Джейн еще раз? Что ж, он и впрямь вел себя так, будто она ему приглянулась. Я даже кое-что слышала по этому поводу — не помню подробностей, — что-то в связи с мистером Робинсоном.

— Быть может, вы имеете в виду его разговор с мистером Робинсоном, который я случайно подслушала? Разве я вам его не передала? Когда мистер Робинсон спрашивал его — нравится ли ему наше общество, не находит ли он, что в зале собралось много хорошеньких женщин и которая из них кажется ему самой красивой, он сразу же ответил на последний вопрос: «О, разумеется, старшая мисс Беннет! Тут даже не может быть двух мнений!»

— Честное слово, сказано довольно решительно. Можно подумать, что... Но вы знаете — все может кончиться ничем.

— Не правда ли, я была более удачливой шпионкой, чем ты, Элайза? — сказала Шарлот. — Мистер Дарси говорит менее приятные вещи, чем его друг. Бедная Элайза! Ты, оказывается, всего лишь «как будто мила»!

— Надеюсь, вы не станете вбивать Лиззи в голову, что она должна быть задета его словами? Понравиться такому несносному человеку было бы просто несчастьем. Миссис Лонг сказала вчера, что он просидел около нее полчаса кряду и за все время даже не раскрыл рта.

— Уверены ли вы в этом? — спросила Джейн. — Нет ли тут какого-то недоразумения? Я хорошо видела, как мистер Дарси с ней разговаривал.

— Пустяки! Она его под конец спросила — понравился ли ему Незерфилд. Вот ему и пришлось что-то ответить. По ее словам, Дарси сделал это весьма неохотно.

— Мисс Бингли сказала мне, — заметила Джейн, — что он терпеть не может подолгу беседовать с посторонними. Зато с близкими друзьями он держится необыкновенно приветливо.

— Вот уж не поверю здесь ни единому слову, дорогая. Если бы он умел быть приветливым, он бы поговорил с миссис Лонг. В чем тут дело, мне совершенно ясно: он лопается от гордости, а тут до него как-то дошло, что у миссис Лонг нет экипажа и что на бал она прикатила в наемной карете.

— Меня мало трогает, что Дарси не беседовал с миссис Лонг, — сказала Шарлот. — Но мне жаль, что он отказался танцевать с Элайзой.

— На твоем месте, Лиззи, — сказала мать, — в следующий раз я бы сама отказалась принять его приглашение.

— Думаю, что я могу обещать вам никогда с ним не танцевать.

— Признаюсь, — сказала мисс Лукас, — гордость мистера Дарси задевает меня не так сильно, как чья-либо другая. У него для гордости достаточные основания. Приходится ли удивляться, что столь выдающийся молодой человек, знатный и богатый, придерживается высокого мнения о своей особе. Он, если можно так сказать, имеет право быть гордым.

— Все это так, — ответила Элизабет. — И я бы охотно простила ему его гордость, если бы он не ранил мою.

— Гордость, — вмешалась Мэри, всегда отличавшаяся глубиною суждений, — представляется мне весьма распространенным недостатком. Во всех прочитанных мной книгах говорится, что человеческая природа ей очень подвержена. Весьма немногие среди нас не лелеют в своей душе чувства самодовольства, связанного с какой-то действительной или мнимой чертой характера, которая выделила бы их среди окружающих. Гордость и тщеславие — разные вещи, хотя этими словами часто пользуются как синонимами. Человек может быть гордым, не будучи тщеславным. Гордость скорее связана с нашим собственным о себе мнением, тщеславие же — с мнением других людей, которое нам бы хотелось, чтобы они составили о нас.

— Если б я был так же богат, как мистер Дарси, — воскликнул юный Лукас, который приехал в Лонгборн вместе с сестрами, — я бы не стал особенно важничать, а завел бы себе свору борзых да откупоривал каждый день по бутылочке вина!

— Ты бы при этом выпивал гораздо больше вина, чем следует, — возразила миссис Беннет. — И если бы я застала тебя за этим занятием, я бы отобрала у тебя бутылку.

Мальчик стал с ней спорить, утверждая, что она не осмелилась бы этого сделать, но она настаивала на своем, и спор прекратился только с отъездом гостей.

Глава VI

Лонгборнские леди вскоре навестили незерфилдских дам. Визит был должным образом возвращен. Приятные манеры старшей мисс Беннет расположили в ее пользу миссис Хёрст и мисс Бингли. И хотя мамаша была признана невыносимой, а о младших дочках не стоило и говорить, двум старшим дали понять, что с ними желали бы поддерживать более близкое знакомство. Такое внимание очень обрадовало Джейн. Но Элизабет, все еще чувствовавшая их высокомерное отношение ко всему местному обществу, в том числе, пожалуй, даже к ее сестре, приняла его довольно холодно, считая, что некоторая доброжелательность миссис Хёрст и мисс Бингли к Джейн, по всей вероятности, проистекает из склонности к ней мистера Бингли. В самом деле, эта склонность бросалась в глаза всякому, кто видел их вместе. Для Элизабет было также очевидно, что увлечение Джейн мистером Бингли, возникшее с самого начала их знакомства, становится все более сильным и что в скором времени она будет по уши в него влюблена. Элизабет, однако, с удовлетворением замечала, что эта влюбленность станет не скоро известна посторонним, так как большую силу чувства Джейн сочетала с таким самообладанием и приветливостью, которые должны были защитить ее от подозрений излишне любопытных знакомых. Она поделилась этим наблюдением со своей подругой мисс Лукас.

— Быть может, это неплохо, — сказала Шарлот, — настолько владеть собой, чтобы в подобных обстоятельствах не выдавать своих чувств. Однако в этой способности может таиться и некоторая опасность. Если женщина скрывает увлечение от своего избранника, она рискует не сохранить его за собой. И тогда слабым утешением для нее будет сознавать, что мир остался в таком же неведении. Почти всякая привязанность в какой-то степени держится на благодарности или тщеславии, и пренебрегать ими вовсе не безопасно. Слегка увлечься все мы готовы совершенно бескорыстно — небольшая склонность вполне естественна. Но мало найдется людей настолько великодушных, чтобы любить без всякого поощрения. В девяти случаях из десяти женщине лучше казаться влюбленной сильнее, чем это есть на самом деле. Бингли, несомненно, нравится твоя сестра. И тем не менее все может кончиться ничем, если она не поможет ему продвинуться дальше.

— Но она помогает ему настолько, насколько допускает ее характер. Неужели он так ненаблюдателен, что не замечает склонности, которая мне кажется очевидной.

— Не забывай, Элайза, что характер Джейн известен ему не так хорошо, как тебе.

— Но если женщина неравнодушна к мужчине и не пытается подавить в себе это чувство, должен же он это заметить?

— Возможно, если только он проводит с ней достаточно много времени. Но хоть Бингли и Джейн видятся довольно часто, они никогда не остаются подолгу наедине. А встречаясь в обществе, они, конечно, не могут все время разговаривать только друг с другом. Поэтому Джейн должна использовать как можно лучше каждый час, в течение которого она располагает его вниманием. Когда сердце его будет завоевано, у нее останется сколько угодно времени для того, чтобы влюбиться в него самой.

— Неплохой план, — ответила Элизабет, — для тех, кто ищет только, как бы побыстрей выйти замуж. И если бы я задумала приобрести богатого мужа или вообще какого-нибудь мужа, я бы, наверно, им воспользовалась. Но чувства Джейн совершенно иного рода. Она не строит расчетов. До сих пор она еще не уверена ни в силе своей привязанности, ни в том, насколько она разумна. С тех пор как они познакомились, прошло всего две недели. Она протанцевала с ним два танца в Меритоне, затем видела его в течение одного утра в Незерфилде. После того они еще четыре раза вместе обедали в большой компании. Этого недостаточно, чтобы она смогла изучить его характер.

— Конечно нет, если смотреть на все, как ты смотришь. Если она только обедала с ним, она может судить лишь о его аппетите. Но ты забываешь, что они при этом провели вместе четыре вечера. А четыре вечера могут значить очень многое.

— Да, эти четыре вечера позволили им установить, что оба они игру в «двадцать одно» предпочитают игре в покер. Боюсь, однако, что другие не менее важные черты характера успели им раскрыться гораздо меньше.

— Что ж, — сказала Шарлот, — желаю Джейн успеха от всего сердца. И выйди она за него замуж хоть завтра, я бы считала, что она располагает теми же шансами на счастливую жизнь, как если бы изучала характер своего будущего мужа целый год. Удача в браке полностью зависит от игры случая. Как бы хорошо ни были известны сторонам обоюдные склонности и как бы хорошо они на первый взгляд между собой ни сочетались, это никак не сказывается на счастье супругов. Со временем между ними возникнет неминуемый разлад и им выпадут все положенные на их долю огорчения. И не лучше ли в таком случае как можно меньше знать недостатки человека, с которым придется провести жизнь?

— Тебе хочется вызвать меня на спор, Шарлот. Но твои рассуждения — чистейший вздор. Ты понимаешь это сама. Едва ли ты руководствовалась бы ими в собственной жизни.

Приглядываясь к отношениям между мистером Бингли и Джейн, Элизабет была далека от мысли, что с некоторых пор стала сама предметом пристального наблюдения со стороны его приятеля. Мистер Дарси вначале едва допускал, что она недурна собой. Он совершенно равнодушно смотрел на нее на балу. И когда они встретились в следующий раз, он видел в ней одни недостатки. Но лишь только он вполне доказал себе и своим друзьям, что в ее лице нет ни одной правильной черты, как вдруг стал замечать, что оно кажется необыкновенно одухотворенным благодаря прекрасному выражению темных глаз. За этим открытием последовали и другие, не менее рискованные. Несмотря на то что своим придирчивым оком он обнаружил не одно отклонение от идеала в ее наружности, он все же был вынужден признать ее необыкновенно привлекательной. И хотя он утверждал, что поведение Элизабет отличается от принятого в светском обществе, оно подкупало его своей живой непосредственностью. Элизабет ничего об этом не знала. Для нее мистер Дарси по-прежнему оставался лишь человеком, который всем был не по душе и который считал ее не настолько красивой, чтобы он мог с ней танцевать.

У Дарси появилось желание познакомиться с ней поближе, и, для того чтобы найти повод для разговора с Элизабет, он стал прислушиваться к ее разговорам с другими людьми. Эти маневры обратили на себя ее внимание. Произошло это в гостях у сэра Уильяма Лукаса, у которого собралось в тот день большое общество.

— Зачем мистеру Дарси понадобилось подслушивать мой разговор с полковником Форстером? — спросила она у Шарлот.

— На этот вопрос может ответить только сам мистер Дарси.

— Если он себе позволит это еще раз, я непременно дам ему понять, что замечаю его уловки. У него очень насмешливые глаза, и, если я сама не буду с ним достаточно дерзкой, я стану его побаиваться.

Как раз в этот момент мистер Дарси приблизился к ним, не обнаруживая, впрочем, желания вступить в разговор, и мисс Лукас принялась подзадоривать подругу, чтобы она осуществила свое намерение. Вызов подействовал, и Элизабет, обернувшись к нему, спросила:

— Не показалось ли вам, мистер Дарси, что, убеждая сейчас полковника Форстера дать бал в Меритоне, я привела достаточно веские доводы.

— Вы говорили с большим жаром. Впрочем, какая леди не воспламенится от подобной темы!

— О, вы к нам слишком суровы.

— Ну, а теперь не попробовать ли нам убедить и тебя, — сказала мисс Лукас. — Я открываю инструмент, Элайза, и ты знаешь, что́ за этим должно последовать.

— Странная ты подруга, Шарлот, — всегда заставляешь меня играть и петь перед любым и каждым. Если бы мне вздумалось прослыть выдающейся артисткой, ты была бы просто незаменима. Но ведь я к этому не стремлюсь. Право же, я лучше не стану утруждать слух тех, кому знакомы в самом деле хорошие исполнители.

Однако когда мисс Лукас начала настаивать, она сказала:

— Ну что ж, чему быть — того не миновать! — И, хмуро глядя на мистера Дарси, добавила: — В наших краях помнят еще старое правило: чем сказать, лучше смолчать. Видно, уж надо мне смириться, да тем и кончить дело.

Пела она приятно, хоть и не особенно мастерски. После одной или двух песенок, еще до того, как она смогла что-то ответить слушателям, просившим о повторении, ее оттеснила от фортепьяно сестра Мэри — единственная в семье дурнушка, которая усиленно занималась самоусовершенствованием и всегда была рада себя показать.

У Мэри не было ни таланта, ни вкуса. И хотя тщеславие сделало ее усидчивой, оно в то же время внушило ей такие педантично-самодовольные манеры, которые повредили бы и более мастерскому исполнению. Простое и безыскусное пение Элизабет, хотя и менее совершенное, понравилось публике гораздо больше. Поэтому после затянувшегося концерта Мэри была рада заслужить аплодисменты, играя шотландские и ирландские песенки по просьбе младших сестер, которые вместе с сестрами Лукас и двумя или тремя офицерами затеяли в другом конце комнаты танцы.

Мистер Дарси находился от них неподалеку, негодуя по поводу такого препровождения времени, которое исключало возможность разумной беседы. Он был слишком поглощен своими мыслями, чтобы заметить подошедшего сэра Уильяма Лукаса, пока последний не обратился к нему со словами:

— Не правда ли, какое это прекрасное развлечение для молодежи, мистер Дарси! В самом деле, может ли быть что-нибудь приятнее танцев? Я нахожу, что танцы — одно из высших достижений цивилизованного общества.

— Совершенно верно, сэр. И в то же время они весьма распространены в обществе, не тронутом цивилизацией. Плясать умеет всякий дикарь.

Сэр Уильям улыбнулся.

— Ваш друг танцует просто превосходно, — продолжал он после некоторой паузы, увидев, что к танцующим присоединился мистер Бингли. — Не сомневаюсь, что и вы, мистер Дарси, могли бы поразить нас своим искусством.

— Вы, вероятно, видели, сэр, как я танцевал в Меритоне.

— Вы угадали, — и получил при этом немалое удовольствие! Вам часто приходится танцевать в Сент-Джеймсе?

— Никогда, сэр.

— Разве вы не находите это подходящим способом выразить свое уважение королевской фамилии?

— Я ни одной фамилии не выражаю своего уважения подобным способом, если могу этого избежать.

— У вас, должно быть, есть в столице собственный дом?

Мистер Дарси кивнул.

— Одно время я тоже подумывал о том, чтобы переселиться в Лондон, — я так люблю хорошее общество! Но, признаться, я побаиваюсь, как бы лондонский воздух не оказался вреден для леди Лукас.

Он замолчал, дожидаясь ответа. Его собеседник, однако, не был расположен продолжать разговор.

В эту минуту к ним приблизилась Элизабет, и сэру Уильяму пришла в голову мысль проявить галантность.

— Как, дорогая мисс Элайза, вы не танцуете? Мистер Дарси, я буду крайне польщен, если по моему совету вы пригласите эту очаровательную юную леди. Не правда ли, вы не сможете отказаться танцевать, когда перед вами находится олицетворение красоты. — И, схватив руку Элизабет, он хотел было уже соединить ее с рукой мистера Дарси, который, несколько растерявшись от неожиданности, был, однако, не прочь этим воспользоваться. Внезапно Элизабет отпрянула назад и, обратившись к сэру Уильяму, с неудовольствием воскликнула:

— Уверяю вас, сэр, я совершенно не предполагала принять участие в танцах. Право, я была бы очень огорчена, если бы вы подумали, что я подошла к вам, желая найти себе кавалера.

Мистер Дарси серьезно и учтиво стал просить Элизабет оказать ему честь, приняв его приглашение; но тщетно — она твердо стояла на своем, и делу также не помогла попытка уговорить ее, предпринятая сэром Уильямом.

— Вы превосходно танцуете, мисс Элайза, и с вашей стороны просто жестоко лишить меня такого приятнейшего зрелища. И хотя этот джентльмен — не большой любитель танцев, у него, конечно, не может быть возражений против того, чтобы так легко оказать нам столь большую услугу.

— Мистер Дарси — сама любезность! — улыбаясь, сказала Элизабет.

— Разумеется, это так. Но, принимая во внимание его побуждения, дорогая мисс Элайза, этому нельзя удивляться. Кто не был бы счастлив танцевать в паре с такой очаровательной дамой?

Элизабет отошла от них с лукавой усмешкой. Ее отказ не повредил ей в глазах мистера Дарси, и он размышлял о ней вполне благожелательно, когда к нему обратилась мисс Бингли:

— Хотите, я угадаю, о чем вы задумались?

— Надеюсь, вам это не удастся.

— Вы думаете, как невыносимо будет проводить таким образом много вечеров, один за другим, — в подобном обществе. И я совершенно с вами согласна. В жизни еще не испытывала такой скуки! Лезут из кожи вон, чтобы себя показать! Сколько в этих людях ничтожества и в то же время самодовольства. Чего бы я ни дала, чтобы услышать, как вы о них будете потом рассказывать.

— На этот раз, поверьте, вы не угадали. Я размышлял о гораздо более приятных вещах: скажем, о том, сколько очарования заключается в красивых глазах на лице хорошенькой женщины.

Мисс Бингли уставилась на него, требуя, чтобы он открыл ей, что за леди удостоилась чести навести его на подобные мысли. Ничуть не смутившись, мистер Дарси ответил:

— Мисс Элизабет Беннет.

— Мисс Элизабет Беннет? — повторила мисс Бингли. — Признаюсь, я поражена до глубины души! Давно ли она пользуется такой благосклонностью? И скоро ли разрешите пожелать вам счастья?

— Именно тот вопрос, которого я от вас ожидал. Какой стремительностью обладает женское воображение! Оно перескакивает от простого одобрения к любви и от любви к браку в одну минуту. Я так и знал, что вы мне пожелаете счастья.

— Что ж, если вы говорите серьезно, я буду считать дело решенным. У вас будет очаровательная теща, которая, конечно, поселится с вами в Пемберли.

Мистер Дарси слушал с совершенным безразличием, как она развлекалась подобным образом. И поскольку его спокойствие убедило ее, что на самом деле тревожиться не из-за чего, она продолжала изощряться в такого рода остроумии еще достаточно долго.

Глава VII

Почти вся собственность мистера Беннета заключалась в имении, приносившем две тысячи фунтов годового дохода. На беду его дочерей, имение это наследовалось по мужской линии и, так как в семье не было ребенка мужского пола, переходило после смерти мистера Беннета к дальнему родственнику. Средства миссис Беннет, достаточные при ее теперешнем положении, ни в коей мере не могли восполнить возможную утрату имения в будущем. Отец ее при жизни был стряпчим в Меритоне, оставив ей всего четыре тысячи фунтов.

Ее сестра вышла замуж за мистера Филипса — бывшего клерка отца, который унаследовал его контору. Брат миссис Беннет жил в Лондоне, будучи занят в солидном торговом деле.

Селение Лонгборн находилось всего в одной миле от Меритона — расстоянии, весьма удобном для девиц Беннет, которые обычно наведывались туда три-четыре раза в неделю, чтобы оказать знаки внимания тетушке, а заодно и расположенной по пути модной лавке. Особенно часто подобные вылазки совершались двумя младшими дочерьми, Кэтрин и Лидией. Наиболее легкомысленные из сестер, они, за неимением лучшего, непременно должны были побывать в Меритоне, чтобы развлечься после завтрака и запастись новостями для болтовни перед сном. И как бы окру́га ни была бедна происшествиями, у тетушки им всегда удавалось разузнать нечто достойное их внимания. В настоящее время они не терпели недостатка в новостях благодаря расположивщемуся на зиму в окрестностях Меритона полку милиции, офицеры которого были расквартированы в городке.

Теперь при посещении миссис Филипс выяснялось множество любопытных подробностей. Каждый день приносил новые сведения об именах офицеров и отношениях между ними. Квартиры офицеров недолго оставались неизвестными, и вскоре стали завязываться знакомства с их обитателями. Мистер Филипс навестил каждого из офицеров и тем самым открыл для своих племянниц новый источник блаженства, несравнимого с прежними радостями жизни. Они не могли разговаривать ни о чем, кроме офицеров. И даже все состояние мистера Бингли, любое упоминание о котором так волновало их мать, не стоило в их глазах ни гроша по сравнению с мундиром прапорщика.

Наслушавшись однажды подобной болтовни, мистер Беннет как бы между прочим заметил:

— Из ваших рассуждений я понял, что вы можете считаться двумя самыми глупыми девчонками в королевстве. Подобная мысль приходила мне в голову и раньше. Но теперь я в этом окончательно убедился.

Кэтрин смутилась и замолчала, но Лидия, не обратив на эти слова внимания, продолжала рассказывать, как она восхищена капитаном Картером и как ей хочется еще раз его увидеть, прежде чем он завтра уедет в Лондон.

— Меня удивляет, дорогой мой, — сказала миссис Беннет, — с каким пренебрежением судите вы о развитии ваших детей. Если бы я и усомнилась в достоинствах чьих-либо детей, то уж во всяком случае не своих собственных.

— Если мои дети глупы, мне хотелось бы, по крайней мере, не питать в отношении их напрасных надежд.

— К счастью, они необыкновенно умны!

— Надеюсь, мы расходимся с вами только в этом вопросе. Было бы приятнее, если бы наши взгляды полностью совпадали. Но пока, увы, я нахожу, что две наших младших дочки — препорядочные дуры.

— Дорогой мистер Беннет, нельзя требовать от юных девиц, чтобы они были так же умны, как их отец и мать. В нашем возрасте они, наверно, будут думать об офицерах не больше, чем мы с вами. Я хорошо помню время, когда мне самой очень нравились красные мундиры — в глубине души, признаюсь, я и теперь к ним неравнодушна. И если бы какой-нибудь обаятельный молодой полковник с шестью тысячами в год попросил руки моей дочери, уверяю вас, я не смогла бы ему отказать. Позавчера вечером у сэра Уильяма мне так понравился полковник Форстер в его парадной форме!

— Ах, мама! — воскликнула Лидия. — Тетя говорит, что полковник Форстер и капитан Картер уже не так часто бывают у мисс Уотсон. Теперь она их чаще видит в библиотеке Кларка.

Ответу миссис Беннет помешало появление посыльного с письмом для ее старшей дочери. Письмо было послано из Незерфилда, и слуга, который его принес, ждал ответа. Глаза миссис Беннет заблестели от радости, и, пока Джейн проглядывала письмо, она забросала дочь нетерпеливыми вопросами:

— Ах, Джейн, от кого оно? Что там такое? Что он тебе написал? Скорее, скорее, Джейн! Говори же, милочка!

— Оно от мисс Бингли, — сказала Джейн и прочла вслух:

«Моя дорогая,
если Вы не согласитесь из жалости к нам пообедать сегодня вместе со мной и Луизой, мы можем

возненавидеть друг друга на веки веков, так как пребывание двух женщин tête-à-lêt[1] в течение целого дня никогда не обходится без ссоры. Приезжайте как можно скорее. Мой брат и его друзья обедают с офицерами.

Вечно Ваша
Кэролайн Бингли».

— С офицерами! — воскликнула Лидия. — Как же тетя об этом ничего не сказала?

— Обедают в другом месте? — сказала миссис Беннет. — Какая досада!

— Могу я воспользоваться коляской? — спросила Джейн.

— Нет, дорогая, поезжай лучше верхом. Собирается дождь, и тебе там придется переночевать.

— Неплохо придумано! — сказала Элизабет. — Если только вы уверены, что ее не отвезут домой сами хозяева.

— Но ведь карета мистера Бингли будет с мужчинами в Меритоне. А у Хёрстов вовсе нет лошадей.

— Мне все же хотелось бы поехать в коляске.

— Милочка, я уверена, что папа не сможет дать лошадей. Они нужны для работы на ферме, не правда ли, мистер Беннет?

— Лошади нужны для работы на ферме гораздо чаще, чем их удается для этого получить!

— Если вы используете их там сегодня, мама будет довольна, — сказала Элизабет.

В конце концов от отца добились подтверждения того, что лошади заняты. Джейн должна была поэтому ехать верхом, и мать проводила ее до ворот, с довольным видом предсказывая ухудшение погоды. Надежды эти вполне оправдались: не успела Джейн выехать, как начался проливной дождь, который

---

[1] Наедине *(фр.)*.

понимала, что в их глазах поступок ее не заслуживал одобрения. В поведении мистера Бингли, напротив, можно было заметить признаки чего-то большего, чем простая любезность. В нем чувствовалось расположение и признательность. Мистер Дарси был немногословен, а мистер Хёрст вообще не сказал ничего. Первый размышлял о том, насколько она похорошела, разгоряченная быстрой ходьбой, и в какой мере ее побуждения оправдывали столь смелую прогулку. Мысли второго были целиком сосредоточены на завтраке.

Сведения о состоянии здоровья Джейн были малоутешительны. Мисс Беннет провела тревожную ночь и, хотя встала с постели, чувствовала себя настолько плохо, что не смогла выйти из комнаты. По просьбе Элизабет ее немедленно провели к больной. Приход сестры очень обрадовал Джейн, которая не написала, насколько ей хотелось бы ее повидать, только из опасения вызвать чрезмерную тревогу. Однако она почти не могла говорить и, когда мисс Бингли оставила их вдвоем, сумела только выразить благодарность за необычайную доброту, с которой о ней здесь заботились. Элизабет ухаживала за больной молча.

После завтрака пришли сестры мистера Бингли, и Элизабет почувствовала к ним симпатию, увидев, сколько заботы и внимания оказывают они своей подруге. Приехавший вскоре аптекарь, осмотрев больную, сказал, что, как и предполагалось, заболевание вызвано сильной простудой, потребовал принятия самых энергичных мер, предписал постельный режим и обещал прислать микстуру. Предписание было исполнено сразу, так как лихорадка и головная боль все время усиливались. Элизабет не покидала сестру ни на минуту. Другие дамы также почти не отлучались — правда, делать им было больше нечего, так как мужчин не было дома.

К трем часам Элизабет почувствовала, что ей пора возвращаться, и неохотно об этом сказала. Мисс Бингли предложила ей экипаж, и она почти готова была им воспользоваться. Однако Джейн так огорчилась предстоявшей разлукой, что мисс Бингли поневоле пригласила Элизабет провести еще некоторое время в Незерфилде. Приглашение было с благодарностью принято, и в Лонгборн послали слугу, чтобы предупредить родных и доставить необходимое платье.

Глава VIII

В пять часов дамы ушли переодеваться, и в половине шестого Элизабет позвали к столу. Отвечая на вежливые расспросы о здоровье больной, она с удовольствием отметила про себя искреннее беспокойство мистера Бингли.

К сожалению, нельзя было сообщить ничего утешительного. Состояние Джейн по-прежнему оставалось тяжелым. Услышав это, сестры мистера Бингли три или четыре раза выразили свое огорчение, порассуждали о том, какая ужасная вещь — простуда и насколько каждая из них не любит болеть, и больше уже о подруге не вспоминали. И Элизабет почувствовала к ним прежнюю неприязнь, убедившись, как мало они думают о Джейн в ее отсутствие.

Из всей компании единственным человеком, заслуживающим ее симпатию, был мистер Бингли. Элизабет сознавала, что остальные смотрят на нее как на непрошеную гостью, и только Бингли своим искренним беспокойством о больной и вниманием к ее сестре несколько смягчал это ощущение. Кроме мистера Бингли, ее едва ли кто замечал. Внимание мисс Бингли было полностью поглощено мистером Дарси, миссис Хёрст старалась не отставать от сестры, что же касается сидевшего рядом с Элизабет мистера Хёрста — бездушного человека, из тех, что живут на свете лишь для того, чтобы есть, пить и играть в карты, — то после того, как он узнал, что жаркое она предпочитает рагу, ему больше не о чем было с ней говорить.

Сразу же после обеда Элизабет вернулась к Джейн. И как только она вышла из комнаты, мисс Бингли принялась злословить на ее счет. Ее манеры были признаны вызывающими и самонадеянными, и было сказано, что она полностью лишена вкуса, красоты, изящества и умения поддерживать разговор. Миссис Хёрст думала то же самое. При этом она добавила:

— Короче говоря, единственным положительным свойством этой девицы является способность преодолевать по утрам необыкновенно большие расстояния пешком. Никогда не забуду, в каком виде она появилась сегодня — словно какая-то дикарка.

— Она и была ею, Луиза. Я едва сдержалась от смеха. Ее приход вообще — такая нелепость. Если сестра ее простудилась, ей-то зачем было бежать в такую даль? А что за вид — лицо обветренное, волосы растрепанные...

— Да, а ее юбка! Надеюсь, вы видели ее юбку — в грязи дюймов на шесть, ручаюсь. Она старалась опустить пониже края плаща, чтобы прикрыть пятна на подоле, но, увы, это не помогало.

— Быть может, это все верно, — сказал Бингли, — но я, признаюсь, ничего такого не заметил. Мне показалось, что мисс Элизабет Беннет прекрасно выглядит, когда она вошла к нам сегодня утром. А грязи на подоле я просто не разглядел.

— Вы-то, надеюсь, ее разглядели, мистер Дарси? — сказала мисс Бингли. — Я полагаю, вам не хотелось бы встретить в таком виде вашу сестру.

— Вы совершенно правы.

— Пройти пешком три, нет, четыре, да нет — пять или сколько там миль, чуть ли не по колено в грязи, к тому же в совершенном одиночестве! О чем она думала? Я в этом вижу худший вид сумасбродства — свойственное провинциалам пренебрежение всеми приличиями.

— Это могло быть также проявлением весьма похвальной привязанности к родной сестре, — сказал мистер Бингли.

— Боюсь, мистер Дарси, — тихонько сказала мисс Бингли, — как бы сегодняшнее приключение не повредило вашему мнению о ее глазах.

— Отнюдь нет, — ответил он. — После прогулки они горели еще ярче.

Наступила короткая пауза, вслед за которой миссис Хёрст начала снова:

— Мне очень нравится Джейн Беннет. Она в самом деле славная девочка. И я от души желаю ей счастливо устроиться в жизни. Но боюсь, что при таких родителях и прочей родне у нее для этого мало возможностей.

— Ты, кажется, говорила, что их дядя — стряпчий в Меритоне?

— Как же! А еще один живет в Чипсайде.

— Просто прелесть! — воскликнула мисс Бингли, и обе чуть не покатились со смеху.

— Даже если бы их дядюшки заселили весь Чипсайд, — решительно заявил Бингли, — она не стала бы от этого менее привлекательной.

— Да, но это весьма помешало бы ей выйти замуж за человека с некоторым положением в обществе, — заметил Дарси.

Бингли ничего не ответил, но его сестры горячо поддержали Дарси и продолжали еще довольно долго острить насчет вульгарных родичей их дорогой подруги.

Спустя некоторое время они все же почувствовали новый прилив нежности и опять отправились

— Как бы мне хотелось снова ее увидеть! Я не встречала никого в жизни, кто бы мне так понравился. Ее внешность и манеры очаровательны. А какая образованность в подобном возрасте! Она играет на фортепьяно не хуже подлинных музыкантов.

— Меня удивляет, — сказал Бингли, — как это у всех молодых леди хватает терпения, чтобы стать образованными.

— Все молодые леди образованные?! Чарлз, дорогой, что ты хочешь этим сказать?

— По-моему, все. Все они рисуют пейзажи, раскрашивают экраны и вяжут кошельки. Я не знаю, наверно, ни одной девицы, которая не умела бы этого делать. И мне, пожалуй, не приходилось слышать, чтобы о молодой леди не сказали, насколько она прекрасно образованна.

— Ваше перечисление совершенств молодых женщин, — сказал Дарси, — к сожалению, верно. Образованной называют всякую барышню, которая заслуживает этого тем, что вяжет кошельки или раскрашивает экраны. Но я далек от того, чтобы согласиться с вашим мнением о женском образовании. Я, например, не мог бы похвастаться, что среди знакомых мне женщин наберется больше пяти-шести образованных по-настоящему.

— Я с вами вполне согласна,— сказала мисс Бингли.

— В таком случае, — заметила Элизабет, — вы, вероятно, можете дать точное определение понятия «образованная женщина»?

— Да, оно кажется мне достаточно ясным.

— О, в самом деле! — воскликнула его преданная союзница. — По-настоящему образованным может считаться лишь тот, кто стоит на голову выше всех окружающих. Женщина, заслуживающая это название, должна быть хорошо обучена музыке, пению, живописи, танцам и иностранным языкам. И кроме всего, она должна обладать каким-то особым своеобразием внешности, манер, походки, интонации и языка — иначе это название все-таки будет заслуженным только наполовину.

— Всем этим она действительно должна обладать, — сказал Дарси. — Но я бы добавил к этому нечто более существенное — развитый обширным чтением ум.

— В таком случае меня нисколько не удивляет, что вы знаете только пять-шесть образованных женщин. Скорее мне кажется странным, что вам все же удалось их сыскать.

— Неужели вы так требовательны к собственному полу и сомневаетесь, что подобные женщины существуют?

— Мне они не встречались. Я никогда не видела, чтобы в одном человеке сочетались все те способности, манеры и вкус, которые были вами сейчас перечислены.

Миссис Хёрст и мисс Бингли возмутились несправедливостью такого упрека их полу и стали наперебой уверять, что им приходилось встречать немало женщин, вполне отвечающих предложенному описанию, пока наконец мистер Хёрст не призвал их к порядку, жалуясь на их невнимание к игре. Разговор прекратился, и Элизабет вскоре вышла из комнаты.

— Элайза Беннет, — сказала мисс Бингли, когда дверь затворилась, — принадлежит к тем девицам, которые пытаются понравиться представителям другого пола, унижая свой собственный. На многих мужчин, признаюсь, это действует. Но, по-моему, это низкая уловка худшего толка.

— Несомненно, — отозвался Дарси, к которому это замечание было обращено. — Низким является любой способ, употребляемый женщинами для привлечения мужчин. Все, что порождается хитростью, отвратительно.

Мисс Бингли не настолько была удовлетворена полученным ответом, чтобы продолжить разговор на ту же тему.

Элизабет снова вернулась к ним, сообщив, что ее сестре стало хуже и что она не сможет больше от нее отлучаться. Бингли принялся настаивать, чтобы немедленно послали за мистером Джонсом. Его сестры стали уверять, что в глуши нельзя получить должной помощи, и советовали послать экипаж за известным врачом из столицы. Элизабет и слышать не хотела об этом, но охотно согласилась с предложением мистера Бингли. Было решено, что за мистером Джонсом пошлют рано утром, если к тому времени Джейн не станет значительно лучше. Бингли был очень обеспокоен, а его сестры заявили, что чувствуют себя крайне несчастными. Однако им удалось утешить себя пением дуэтов после ужина, в то время как он нашел единственное успокоение в том, что обязал дворецкого оказывать больной гостье и ее сестре самое большое внимание.

Глава IX

Почти всю ночь Элизабет провела у постели больной и, к своему удовлетворению, утром могла сообщить довольно благоприятные сведения о ее здоровье через горничную, очень рано присланную мистером Бингли, а затем через двух элегантных особ, которые прислуживали его сестрам. Однако, несмотря на наметившийся перелом, она все же попросила помочь ей передать в Лонгборн записку, в которой настаивала на приезде матери, чтобы та сама оценила положение. Записка была послана незамедлительно, и так же быстро исполнена содержавшаяся в ней просьба. Миссис Беннет в сопровождении двух дочек прибыла в Незерфилд вскоре после того, как семья позавтракала.

Если бы мать нашла Джейн в опасном состоянии, она, несомненно, была бы этим удручена. Но, успокоенная тем, что болезнь Джейн не была угрожающей, она не желала, чтобы дочь выздоровела слишком быстро, так как это заставило бы ее вскоре покинуть Незерфилд. Поэтому она даже слушать не захотела, когда Джейн попросила, чтобы ее перевезли домой. Приехавший следом аптекарь тоже не счел переезд разумным. После того как миссис Беннет немного побыла с Джейн, к ним поднялась мисс Бингли и пригласила ее и трех ее дочек в комнату для завтрака. Мистер Бингли, встретив их там, выразил надежду, что состояние Джейн не оказалось более тяжким, чем ожидала миссис Беннет.

— Увы, сэр, именно так! — отвечала она. — Бедняжка слишком плоха, чтобы ее можно было перевезти в Лонгборн. По мнению мистера Джонса, об этом нельзя и думать. Придется нам еще некоторое время пользоваться вашим гостеприимством.

— Перевезти в Лонгборн! — воскликнул Бингли. — Об этом не может быть и речи. Моя сестра, я уверен, не захочет и слышать о переезде.

— Можете не сомневаться, сударыня, — с холодной учтивостью заметила мисс Бингли. — Если мисс Беннет останется в нашем доме, ей будет уделено необходимое внимание.

Миссис Беннет весьма пылко выразила свою признательность.

— О, я уверена, — добавила она, — не будь вокруг нее близких друзей, с нею бы уже случилось бог знает что. Бедняжка в самом деле плоха — она так страдает, несмотря на присущее ей терпение. Но ведь это свойство ее ангельского характера, с каким вы едва ли где-нибудь встретитесь. Я часто говорю моим девочкам, что им до Джейн далеко. Мне очень нравится эта комната, мистер Бингли! Какой очаровательный вид на главную парковую дорожку. Не знаю, есть ли в нашем графстве уголок, подобный Незерфилду. Вам не захочется скоро его покинуть, не так ли, хоть вы и арендовали его ненадолго?

— Я всегда отличался стремительностью, — ответил он. — Если я решусь покинуть Незерфилд, меня, возможно, не будет здесь уже через пять минут. В данное время, однако, мне кажется, что я устроился основательно.

— Именно этого я от вас и ожидала, — сказала Элизабет.

— Вы начинаете разбираться в моем характере, не правда ли? — ответил, обернувшись к ней, Бингли.

— О да, я вас вполне понимаю.

— Хотелось бы мне считать это комплиментом. Но человек, которого видно насквозь, кажется, наверно, немного жалким.

— Это зависит от обстоятельств. Характеры скрытные и сложные не обязательно оцениваются выше или ниже, чем натуры, подобные вашей.

— Лиззи, — вмешалась мать, — пожалуйста, не забывай, где ты находишься, и не болтай всякие глупости, которые ты себе позволяешь дома.

— Я и не подозревал, — сказал Бингли, — что вы занимаетесь изучением человеческой природы. Должно быть, это интересный предмет?

— Особенно интересны сложные характеры. Этого преимущества у них не отнять.

— Провинция, — сказал Дарси, — дает немного материала для такого изучения. Слишком ограничен и неизменен круг людей, с которыми здесь можно соприкоснуться.

— Люди, однако, меняются сами так сильно, что то и дело в каждом человеке можно подметить что-нибудь новое.

— О, в самом деле, — воскликнула миссис Беннет, задетая тоном Дарси, которым он говорил о провинциальном обществе, — смею вас уверить, что в провинции всего этого ничуть не меньше, чем в городе!

Все были изумлены, и Дарси, бросив на нее взгляд, молча отвернулся. Однако гостье, вообразившей, что ею одержана решительная победа, захотелось развить успех.

— Я, со своей стороны, вовсе не считаю, что у Лондона есть какие-нибудь серьезные преимущества перед провинцией, — конечно, если не иметь в виду магазинов и развлечений. В провинции жить приятнее, не правда ли, мистер Бингли?

— Когда я нахожусь в провинции, — ответил он, — мне не хочется из нее уезжать. Но когда я попадаю в столицу, со мной происходит то же самое. У того и у другого — свои хорошие стороны. Я мог бы быть одинаково счастлив и тут и там.

— Да, но это потому, что вы обо всем здраво судите. А вот этот джентльмен, — она взглянула на Дарси, — смотрит на провинциальную жизнь свысока.

— Вы ошибаетесь, сударыня, — вмешалась Элизабет, краснея за свою мать. — Вы неправильно поняли мистера Дарси. Он хотел лишь сказать, что в провинции встречаешься с меньшим разнообразием людей, чем в городе, — а с этим вы, разумеется, согласитесь.

— Конечно, дорогая моя, никто и не говорит о большем разнообразии. Впрочем, что касается круга знакомств, то мне не верится, что он здесь меньше, чем где-нибудь в другом месте. Нас приглашают обедать в двадцать четыре дома.

Едва ли мистеру Бингли удалось бы сохранить при этом серьезное выражение лица, если бы он не счел необходимым пощадить чувства Элизабет. Его сестра была не столь деликатна и посмотрела на Дарси с весьма выразительной улыбкой. Пытаясь придумать что-нибудь, что могло бы направить мысли матери по новому руслу, Элизабет спросила у миссис Беннет, не заходила ли в ее отсутствие Шарлот Лукас.

— О да, вчера она была у нас со своим отцом. Что за милейший человек этот сэр Уильям — не правда ли, мистер Бингли? Настоящая светскость: благородство и любезность! У него всегда найдется что сказать каждому человеку. Вот, по-моему, образец хорошего тона! Особы, которые воображают о себе бог знает что и даже не желают раскрыть рта, напрасно предполагают, что они хорошо воспитаны.

— Шарлот с вами обедала?

— Нет, она спешила домой. Наверно, ей нужно было помочь готовить пирог. Что касается нас, мистер Бингли, то я у себя держу таких слуг, которые сами справляются со своей работой. О да, мои девочки воспитаны по-другому. Каждый, впрочем, поступает как может. Девицы Лукас все же очень милы, могу вас уверить. Так обидно, что они некрасивы. Я не говорю, что Шарлот совсем безобразна — она наш большой друг.

— Кажется, она очень приятная молодая женщина, — сказал Бингли.

— О, еще бы! Но не станете же вы отрицать, что она дурнушка. Это признает сама леди Лукас, завидуя красоте моей Джейн. Не хотелось бы хвалиться собственной дочерью, но, если уж говорить о Джейн, не часто найдешь такую красавицу. Об этом слышишь на каждом шагу — себе самой я бы не поверила. Когда ей только минуло пятнадцать, мы жили у моего брата Гардинера в Лондоне. И, представьте, там был один джентльмен, который влюбился в нее без памяти. Невестка ждала уже, что он вот-вот сделает ей предложение — еще до того, как мы уедем. Правда, этого не случилось. Быть может, он считал, что Джейн чересчур молода. Зато он посвятил ей стихи — знаете, просто очаровательные.

— Тем этот роман и кончился, — поспешно вмешалась Элизабет. — Я думаю, это не единственное увлечение, нашедшее подобный конец. Интересно, кто первый открыл, что поэзия убивает любовь?

— Я привык считать поэзию питательной средой для любви, — сказал Дарси.

— Да — прочной, здоровой и страстной любви — возможно. То, что уже окрепло, может питаться чем угодно. Но если говорить о легкой склонности, — я уверена, что после одного хорошего сонета от нее может не остаться и следа.

Дарси улыбнулся. В наступившем молчании Элизабет с тревогой ждала, что мать произнесет какую-нибудь новую бестактность. Миссис Беннет в самом деле очень хотелось поговорить, но ей ничего не пришло в голову. И после некоторой паузы она стала снова благодарить мистера Бингли за его заботу о Джейн и извиняться за беспокойство, которое ему причиняет еще и Лиззи. Бингли был искренне любезен в своих ответах, заставив быть вежливой и свою младшую сестру, которая произнесла все, что подобало при таких обстоятельствах. И хотя свою роль она исполнила без особого рвения, миссис Беннет все же осталась вполне довольна и вскоре попросила подать экипаж. В то же мгновение, как по сигналу, выступила ее младшая дочка. Китти и Лидия в течение всего визита перешептывались между собой. При этом они договорились, что младшая должна напомнить мистеру Бингли про обещание устроить бал в Незерфилде, которое он дал по приезде в Хартфордшир.

Лидия, рослая, недурная собой пятнадцатилетняя девица, была любимицей матери. Именно благодаря этой привязанности она начала выезжать в свет в столь юном возрасте. Ее природные предприимчивость и общительность развились в самонадеянность благодаря вниманию офицеров, которых привлекали хорошие обеды дядюшки и ее врожденное легкомыслие. Поэтому ей ничего не стоило заговорить с мистером Бингли о бале и прямо напомнить ему про его обязательство, добавив, что с его стороны было бы позорнейшим упущением, если бы он не сдержал слова. Его ответ на этот неожиданный выпад был весьма приятен для слуха миссис Беннет.

— Поверьте, я с радостью выполню свое обещание. И как только мисс Беннет поправится, я попрошу, чтобы именно вы соблаговолили выбрать день для этого праздника. Но пока она больна, вам, я полагаю, и самой не захотелось бы танцевать.

Лидия сказала, что вполне удовлетворена его словами.

— О да, гораздо лучше подождать, пока Джейн выздоровеет. К тому же за это время в Меритон может вернуться капитан Картер. А после вашего бала, — добавила она, — я заставлю их устроить свой. Так и скажу полковнику Форстеру, что ему стыдно уклоняться.

После этого миссис Беннет и ее младшие дочки уехали, а Элизабет сразу вернулась к Джейн, предоставив двум леди и мистеру Дарси возможность беспрепятственно злословить о ней и ее родных. Впрочем, несмотря на все остроты мисс Бингли по поводу ее «очаровательных глазок», дамы так и не смогли заставить мистера Дарси что-нибудь в ней осудить.

Глава X

В остальном день прошел почти так же, как предыдущий. Миссис Хёрст и мисс Бингли провели в первой половине дня несколько часов у больной, которая продолжала мало-помалу поправляться. Вечером Элизабет спустилась в гостиную, где собралось остальное общество. На этот раз карточного стола не было. Мистер Дарси писал письмо, а сидевшая рядом с ним мисс Бингли следила за его пером и постоянно отвлекала его внимание различными пожеланиями, которые она просила передать его сестре. Мистер Хёрст и мистер Бингли играли в пикет, а миссис Хёрст наблюдала за их игрой.

Элизабет, принявшись за шитье, испытала немалое удовольствие, прислушиваясь к тому, что происходило между Дарси и его соседкой. Непрерывные восторженные замечания леди по поводу его почерка, ровности строчек или пространности письма и полные равнодушия к похвалам ответы джентльмена составили любопытный диалог и в точности соответствовали представлению, сложившемуся у Элизабет, о характерах его участников.

— Этому письму так обрадуется мисс Дарси!
Молчание.

— Вы пишете необыкновенно бегло.

— Вы ошибаетесь. Я пишу довольно медленно.

— Сколько писем приходится вам написать на протяжении года! Да еще деловые письма! Представляю себе, какое это изнурительное занятие.

— Что ж, ваше счастье, что оно досталось на мою долю.

— Напишите, ради бога, вашей сестре, как мне хочется ее повидать.

— Я уже написал это по вашей просьбе.

— По-моему, у вас плохое перо. Дайте, я его очиню. Я научилась отлично чинить перья.

— Благодарю вас, но я всегда чиню перья собственноручно.

— Как это вы ухитряетесь так ровно писать?
Он промолчал.

— Сообщите вашей сестре, что меня очень обрадовали ее успехи в игре на арфе. И, пожалуйста, передайте, что я в восторге от ее прелестного узора для скатерти и считаю его гораздо более удачным, чем рисунок мисс Грантли.

— Вы позволите отложить ваши восторги до следующего письма? Здесь у меня уже не осталось для них подобающего места.

— О, пусть вас это не беспокоит. Я увижусь с ней в январе. Скажите, вы ей всегда пишете такие восхитительные длинные письма, мистер Дарси?

— Да, они довольно пространные, но насколько они восхитительны, не мне судить.

— Мне кажется само собой разумеющимся, что человек, который способен с легкостью написать длинное письмо, не может написать его плохо.

— Для Дарси это не комплимент, Кэролайн, — вмешался ее брат, — письма даются ему не так-то легко. Слишком уж он старается все время выискивать четырехсложные словечки, — не правда ли, Дарси?

— Стиль моих писем, разумеется, отличается от вашего.

— О, — воскликнула мисс Бингли, — так небрежно, как пишет Чарлз, не пишет никто. Одну половину слов он пропускает, а вторую — зачеркивает.

— В моей голове мысли проносятся так стремительно, что я не успеваю их выразить. Оттого-то мои письма иной раз не доносят никаких мыслей до тех, кому они адресованы.

— Ваша скромность, мистер Бингли, — сказала Элизабет, — разоружила бы любого вашего критика.

— Нет ничего более обманчивого, — сказал Дарси, — чем показная скромность. Под ней часто скрывается равнодушие к посторонним мнениям, а иногда и замаскированная похвальба.

— Чем же вы назовете мое смиренное суждение?

— Разумеется, замаскированной похвальбой. Ведь в глубине души вы гордитесь недостатками своих писем. Вы считаете, что их порождает быстрота мысли и небрежность исполнения — свойства хоть и не похвальные, но все же не лишенные привлекательности. Способность делать что-либо быстро всегда высоко ценится ее обладателем, зачастую независимо от качества исполнения. Сегодня утром вы ведь хотели представить себя в самом выгодном свете, заявив миссис Беннет, что не задержались бы в Незерфилде и пяти минут, если бы вам вздумалось его покинуть. По существу же, что похвального в поспешности, из-за которой важные дела могут остаться незаконченными и от которой никакого проку нет ни вам самому, ни кому-либо другому?

— Ну, это уж чересчур, — воскликнул Бингли, — упрекать вечером за вздор, сказанный поутру. Впрочем, клянусь честью, я верил в то, что говорил о себе тогда, и продолжаю в это верить сейчас. И уж, во всяком случае, я говорил о своей излишней торопливости не с тем, чтобы порисоваться перед дамами.

— Не сомневаюсь, вы в это верили. Но я-то вовсе не убежден, что вы бы уехали с такой стремительностью. Ваше поведение точно так же зависело бы от обстоятельств, как и поведение любого другого человека. И если бы в тот момент, когда вы вскакивали бы на коня, поблизости нашелся друг, который сказал бы: «Бингли, а не лучше ли вам на недельку задержаться?» — быть может, вы так бы и поступили и никуда не поехали — другими словами, застряли бы еще на целый месяц.

— Вы только доказали, — воскликнула Элизабет, — что мистер Бингли несправедлив сам к себе. И превознесли его больше, чем это сделал он сам.

— Мне приятно, что вы обращаете слова моего друга в похвалу мягкости моего характера, — сказал Бингли. — Но, боюсь, ваше толкование его слов прямо противоположно мысли, которую вкладывал в них Дарси. Он-то, разумеется, думает, что при таких обстоятельствах для меня лучше всего было бы наотрез отказаться и ускакать как можно быстрее.

— Разве мистер Дарси находит, что опрометчивость вашего первоначального решения искупалась бы упрямством, с которым вы его выполнили?

— Честное слово, мне трудно вам объяснить, в чем тут дело. Пусть лучше Дарси говорит за себя.

— Вы хотите, чтобы я защищал мнение, которое мне приписываете, но которого я не высказывал. Допустим, однако, дело обстоит так, как вы говорите. Вы помните, мисс Беннет, мы предположили, что друг, который захотел отсрочить отъезд, выразил только желание, просьбу и даже ничем этой просьбы не объяснил.

— А разве вы не видите заслуги в готовности легко уступить настояниям друга?

— Неразумная уступка не сделала бы чести умственным способностям обоих.

— Мне кажется, мистер Дарси, вы недооцениваете влияние дружбы или привязанности. А между тем уважение к просителю нередко может заставить человека выполнить просьбу, даже не вникая в то, насколько она обоснована. Я не имею в виду случай, который вы предположили в отношении мистера Бингли. Мы можем подождать, пока подобные обстоятельства возникнут в действительности, и уже тогда будем судить о разумности его действий. Но, говоря вообще, если бы кто-то попросил друга отказаться от не слишком важного шага и тот ему уступил, не дожидаясь логических доказательств, неужели ли бы вы за это его осудили?

— А не следует ли нам, прежде чем обсуждать вопрос дальше, точнее определить значительность просьбы, так же как и степень близости между друзьями?

— Совершенно необходимо! — воскликнул Бингли. — Давайте условимся обо всех мелочах, не забывая даже о росте и силе друзей, — это, мисс Беннет, может иметь гораздо большее значение, чем кажется на первый взгляд. Поверьте, если бы Дарси не выглядел по сравнению со мной таким верзилой, я бы с ним меньше считался. При известных обстоятельствах и в определенных местах он, признаюсь, заставляет себя бояться, особенно в собственном доме и когда ему нечего делать в воскресный вечер.

Дарси улыбнулся, но Элизабет почувствовала, что в глубине души он уязвлен, и сдержала улыбку. Мисс Бингли была возмущена нанесенным ему оскорблением и разбранила брата за его глупую болтовню.

— Я разгадал ваш замысел, Бингли, — сказал его друг. — Вам не нравится наш спор, и вы решили таким способом с ним покончить.

— Быть может. Споры слишком похожи на диспуты. Если вы и мисс Беннет отложите ваши пререкания до тех пор, пока я уйду из комнаты, я буду вам премного обязан. И тогда вы сможете говорить обо мне все, что вам вздумается.

— Ваша просьба, — сказала Элизабет, — не требует жертвы с моей стороны. А для мистера Дарси было бы гораздо лучше, если бы ему удалось закончить письмо.

Мистер Дарси воспользовался ее советом и дописал письмо до конца.

Освободившись, он попросил мисс Бингли и Элизабет немного развлечь компанию музыкой. Мисс Бингли устремилась к фортепьяно и, любезно предложив Элизабет выступить первой — от чего та столь же любезно, но более искренне отказалась, — уселась за инструмент.

Миссис Хёрст пела с сестрой. И пока обе они были заняты, Элизабет, перебирая разбросанные на инструменте ноты, невольно заметила, как часто останавливается на ней взор мистера Дарси. Она никак не могла предположить, что этот самодовольный человек ею любуется. Вместе с тем мысль, что он смотрит на нее, испытывая к ней неприязнь, казалась столь же несообразной. В конце концов ей осталось объяснить его внимание тем, что среди присутствовавших в доме людей в ней он чаще всего подмечал несоответствие своим вкусам и взглядам. Эта догадка ничуть ее не огорчила. Он был ей настолько неприятен, что с его мнением о себе она не собиралась считаться.

Исполнив несколько итальянских арий, мисс Бингли для разнообразия начала играть веселую шотландскую мелодию. Почти тотчас же мистер Дарси подошел к Элизабет и сказал:

— А не желаете ли вы, мисс Беннет, воспользоваться случаем и протанцевать рил?

Она улыбнулась, ничего не ответив. Удивленный ее молчанием, он повторил свой вопрос.

— Я вас прекрасно расслышала, — сказала она. — Просто я не сразу нашла ответ. Вам, конечно, хотелось, чтобы, приняв приглашение, я дала вам желанный повод убедиться в моих низменных вкусах. Но я всегда любила разгадывать такого рода ловушки, лишая их авторов предвкушаемого удовольствия. Вот почему мне пришло в голову сказать, что я вообще терпеть не могу танцевать рил. А теперь осуждайте меня, если можете!

— Поверьте, я при всех случаях не мог бы вас осудить!

Элизабет, считавшая, что ее слова должны были его задеть, была удивлена его любезностью. Но прелестное лукавство, сквозившее в ее поведении, едва ли могло задеть кого бы то ни было. Дарси чувствовал, что он еще никогда не был так сильно очарован никакой другой женщиной. И ему было ясно, что, если бы у Элизабет оказались более подходящие родичи, его сердцу угрожала бы некоторая опасность.

Мисс Бингли заметила или заподозрила достаточно, чтобы почувствовать ревность. Поэтому ее горячая забота о скорейшем выздоровлении ее дорогой подруги Джейн соединилась в ней с желанием поскорее отделаться от ее сестры.

Она часто пыталась настроить Дарси против Элизабет болтовней об их предполагаемом браке и рассуждениями о том, насколько он будет счастлив с такой женой.

— Надеюсь, — сказала мисс Бингли, когда они на следующее утро прогуливались вдвоем по обсаженным кустами дорожкам около дома, — после того как столь желанное событие совершится, вам удастся намекнуть вашей теще, как полезно иногда держать язык за зубами. А когда с этим вы справитесь — отучите младших сестер от привычки бегать за офицерами. И если только мне позволено затронуть столь деликатную тему, постарайтесь избавить вашу избранницу от чего-то такого, что граничит с высокомерием и наглостью.

— Может быть, вы посоветуете мне еще что-нибудь полезное для моего семейного счастья?

— О, разумеется! Непременно повесьте портрет дядюшки Филипса в галерее Пемберли. Где-нибудь рядом с портретом судьи — дяди вашего отца. Они ведь — представители одной и той же профессии, не правда ли, хотя и разных ее сторон? Что же касается портрета вашей Элизабет, то даже не пытайтесь его заказывать. Разве какой-нибудь художник сумеет достойно запечатлеть на полотне эти прекрасные глазки?

— Их выражение в самом деле будет не так-то легко передать. Но их форму, цвет, необыкновенно длинные ресницы хороший художник сможет изобразить.

В эту минуту они встретились с самой Элизабет и миссис Хёрст, которые шли по другой дорожке.

— Я не знала, что вы собираетесь на прогулку! — воскликнула мисс Бингли, несколько обеспокоенная тем, что слова их могли быть услышаны.

— Как вам не стыдно! Убежали из дому втихомолку, — ответила миссис Хёрст.

И, уцепившись за свободную руку мистера Дарси, она предоставила Элизабет дальше идти одной — ширины дорожки как раз хватало для трех человек. Мистер Дарси, заметив ее бестактность, тотчас же сказал:

— Эта тропинка недостаточно широка для нашей компании. Давайте выйдем на аллею.

Однако Элизабет, которой очень хотелось от них отделаться, весело ответила:

— Нет, нет, пожалуйста, останьтесь! Вы образуете необыкновенно живописную группу. Гармония будет нарушена, если к вам присоединится четвертый. Прощайте!

И она с радостью убежала от них, довольная тем, что через день или два сможет наконец вернуться домой. Джейн чувствовала себя настолько лучше, что уже в этот вечер собиралась ненадолго покинуть свою комнату.

Глава XI

Когда дамы после обеда вышли из-за стола, Элизабет поднялась к Джейн и, хорошенько ее закутав, спустилась с ней в гостиную, где больная была встречена радостными возгласами своих подруг. За все время знакомства Элизабет с сестрами мистера Бингли они еще никогда не казались ей такими приветливыми, как в течение того часа, пока дамы ждали прихода мужчин. Обе они великолепно умели поддержать разговор, могли подробно описать какое-нибудь развлечение, с юмором рассказать анекдот, с задором высмеять кого-нибудь из знакомых.

Однако, когда мужчины появились, Джейн сразу же отошла на второй план, взгляд мисс Бингли остановился на Дарси, и не успел он сделать нескольких шагов, как ей уже нужно было что-то ему сказать. Подойдя к Джейн, Дарси любезно поздравил ее с выздоровлением. Мистер Хёрст также ей слегка поклонился, пробормотав нечто вроде: «Я весьма рад». Зато приветствие Бингли было пылким и многоречивым. Он был полон забот и восторга. Первые полчаса он потратил на разведение огня в камине, чтобы Джейн не было холодно. По его настоянию она перешла в кресло около камина, чтобы находиться подальше от дверей. Затем он расположился подле нее и в течение всего вечера разговаривал почти только с ней. Элизабет, сидевшая за шитьем в противоположном углу, следила за всеми его хлопотами с большим удовлетворением.

После чая мистер Хёрст тщетно пытался напомнить невестке о карточном столике. Кэролайн знала доподлинно, что у мистера Дарси нет желания сесть за игру. Громкое обращение мистера Хёрста ко всем собравшимся было отклонено. Мисс Бингли ответила ему, что играть никому не хочется. И так как это подтверждалось общим молчанием, мистеру Хёрсту не осталось ничего иного, как растянуться на диване и сразу заснуть. Дарси взял книгу, мисс Бингли сделала то же самое, а миссис Хёрст занялась тем, что стала перебирать свои браслеты и кольца, изредка вставляя словечко в разговор брата и Джейн.

Внимание мисс Бингли в равной степени было поглощено чтением собственной книги и наблюдением за тем, как читал свою книгу мистер Дарси. Она то и дело о чем-нибудь его спрашивала и заглядывала в раскрытую перед ним страницу. Однако вовлечь его в беседу ей не удавалось: он кратко отвечал на вопросы и продолжал читать. Наконец, совершенно обессиленная тщетными попытками сосредоточиться на собственной книге, выбранной только потому, что она стояла на полке рядом с томом, который читал Дарси, мисс Бингли, широко зевнув, сказала:

— Как приятно так провести вечер! Говоря откровенно, я не знаю удовольствий, подобных чтению. Насколько быстрее устаешь от всякого другого занятия! Когда я обзаведусь собственным домом, я почувствую себя несчастной, если у меня не будет хорошей библиотеки.

Никто не ответил. Она зевнула еще раз, отшвырнула книгу и оглядела комнату в поисках какого-нибудь развлечения. Услышав, что брат говорит с мисс Беннет о бале, она внезапно повернулась к нему и сказала:

— Между прочим, Чарлз, ты в самом деле намерен устраивать танцы в Незерфилде? Прежде чем принять такое решение, я бы тебе советовала узнать, как к этому относятся присутствующие в этой комнате. Думаю, что не ошибусь, если скажу, что среди нас может найтись кто-то, кому бал едва ли будет по вкусу.

— Ты, видимо, имеешь в виду Дарси, — ответил мистер Бингли. — Что ж, если ему будет угодно, он может отправиться спать. А что касается самого бала, это вопрос решенный. И как только все будет готово и Николс наготовит достаточно белого супа, я немедленно разошлю приглашения.

— Я бы любила балы гораздо больше, — сказала мисс Бингли, — если бы они устраивались по-другому. Нынешние балы невыносимо скучны. Насколько было бы разумнее, если бы во время бала танцы были заменены серьезной беседой.

— Конечно, разумнее, дорогая. Но, осмелюсь сказать, это вряд ли было бы похоже на бал.

Мисс Бингли, не снизойдя до ответа, вскоре поднялась и стала прохаживаться по комнате. У нее была стройная фигура и красивая походка. Однако Дарси, для которого предназначался показ этих качеств, был по-прежнему поглощен чтением. В отчаянии она предприняла еще один маневр и, повернувшись к Элизабет, сказала:

— Мисс Элайза Беннет, позвольте вам предложить последовать моему примеру и немножко пройтись. Уверяю вас, после того как долго сидишь на одном месте, это действует ободряюще.

Элизабет удивилась, но уступила ее просьбе. Мисс Бингли добилась успеха и в отношении истинного предмета своих маневров. Дарси поднял глаза. Проявление внимания мисс Бингли по этому адресу было для него не меньшей новостью, чем для самой Элизабет, и он бессознательно захлопнул книгу. Ему тотчас же предложили присоединиться к их компании, но он отказался. По его словам, эта прогулка по комнате могла быть вызвана только двумя причинами, причем в обоих случаях его участие сделалось бы для них помехой.

«Что он хотел этим сказать? Она умирает от желания узнать, что он имел в виду!» — И мисс Бингли обратилась к Элизабет с вопросом, догадывается ли она, что бы это могло означать.

— Конечно нет, — ответила та. — Но можете быть уверены — чем-то он хотел нас задеть. И самый верный способ вызвать разочарование мистера Дарси — это ни о чем его не расспрашивать.

Мисс Бингли, однако, не могла чем бы то ни было разочаровать мистера Дарси. Поэтому она продолжала настаивать, чтобы ей объяснили скрытый смысл его слов.

— Ничего не имею против, — сказал мистер Дарси, как только ему позволили говорить. — Вы выбрали этот вид препровождения времени, так как либо весьма доверяете друг другу и должны поделиться каким-то секретом, либо думаете, что выглядите особенно красиво, когда прогуливаетесь. В первом случае я буду для вас помехой, во втором же — я с бо́льшим успехом могу любоваться вами, сидя здесь у камина.

— Какой ужас! — воскликнула мисс Бингли. — Я никогда в жизни не слышала ничего более дерзкого. Как наказать нам его за эти слова?

— Нет ничего проще, стоит лишь захотеть по-настоящему, — сказала Элизабет. — Мы все можем легко друг друга задеть. Дразните его, смейтесь над ним. Вы же с ним близкие друзья — должны же вы знать его слабые стороны.

— Честное слово, не знаю. Уверяю вас, наше знакомство меня этому не научило. Дразнить само хладнокровие и присутствие духа! Нет, нет, я чувствую, из этого ничего не выйдет. Не захотим же мы выглядеть дурочками, смеясь без всякого повода. О нет, мистер Дарси может быть спокоен.

— Разве над мистером Дарси нельзя смеяться? — удивилась Элизабет. — Какое редкое преимущество! Настолько редкое, что, я надеюсь, оно останется исключением. Мне бы пришлось плохо, если бы у меня оказалось много таких знакомых — я очень люблю смешное.

— Мисс Бингли, — отвечал Дарси, — приписывает мне неуязвимость, которой я, увы, вовсе не обладаю. Мудрейшие и благороднейшие из людей, нет, мудрейшие и благороднейшие их поступки могут быть высмеяны теми, для кого главное в жизни — насмешка.

— Конечно, такие люди бывают, — сказала Элизабет. — Надеюсь, я не принадлежу к их числу. Мне кажется, я никогда не высмеивала мудрость и благородство. Глупость и причуды, капризы и непоследовательность кажутся мне смешными, и, когда мне это удается, я над ними смеюсь. Но всё это качества, которых вы, по-видимому, полностью лишены.

— Этого, наверно, нельзя сказать ни о ком. Но на протяжении своей жизни я немало потрудился над тем, чтобы избавиться от недостатков, которые могут сделать смешным даже неглупого человека.

— Таких, например, как гордость и тщеславие?

— Да, тщеславие — это в самом деле недостаток. Но гордость... Что ж, тот, кто обладает настоящим умом, может всегда удерживать гордость в должных пределах.

Элизабет отвернулась, чтобы скрыть улыбку.

— Вы как будто успели разобраться в характере мистера Дарси, не так ли? — спросила мисс Бингли. — Хотелось бы узнать ваше мнение.

— Что ж, я вполне убедилась, что мистер Дарси свободен от недостатков. Да он этого и сам не скрывает.

— Подобных притязаний, — ответил Дарси, — я не высказывал. Слабостей у меня достаточно. Я только надеюсь, что от них избавлен мой ум. А вот за нрав свой я бы не поручился. Возможно, я недостаточно мягок — во всяком случае, с точки зрения удобства тех, кто меня окружает. Я не умею забывать глупость и пороки ближних так быстро, как следовало бы, так же как и нанесенные мне обиды. Я не способен расчувствоваться, как только меня захотят растрогать. Меня, вероятно, можно назвать обидчивым. Если кто-нибудь лишается моего уважения, то уже навсегда.

— Вот это в самом деле серьезный порок! — воскликнула Элизабет. — Неумеренная обидчивость — безусловно, отрицательная черта характера. Но вы удачно выбрали свой недостаток. Смеяться над ним я не способна. Вы можете меня не бояться.

— Наверно, всякому человеку свойственна склонность к какому-то недостатку — природная слабость не может быть преодолена даже отличным воспитанием.

— Ваша слабость — это готовность ненавидеть людей.

— А ваша, — отвечал он с улыбкой, — намеренно их не понимать.

— Мне хочется немножко послушать музыку, — сказала мисс Бингли, устав прислушиваться к разговору, в котором она не принимала участия. — Луиза, ты не рассердишься, если я разбужу твоего мужа?

Ее сестра ничего не имела против, и Кэролайн подняла крышку фортепьяно. Дарси, поразмыслив, не стал об этом жалеть, так как чувствовал, что уделяет Элизабет слишком много внимания.

Глава XII

Как было условлено между сестрами, наутро Элизабет написала матери, чтобы за ними в этот же день прислали экипаж. Миссис Беннет, однако, рассчитывала, что ее дочери останутся в Незерфилде до вторника, с тем чтобы Джейн провела там целую неделю, и, следовательно, не испытывала никакого удовольствия от того, что они собираются приехать раньше. Ее ответ поэтому оказался малоблагоприятным — по крайней мере для Элизабет, с нетерпением ждавшей возвращения домой. В письме говорилось, что миссис Беннет едва ли удастся послать экипаж раньше вторника, причем в постскриптуме добавлялось, что, если мистер Бингли и его сестры станут уговаривать их остаться подольше, она отлично обойдется без старших дочерей и более долгое время. Элизабет, однако, и думать не могла о задержке — она даже не вполне была уверена в том, что их об этом попросят. Напротив, боясь, как бы не показалось, что их пребывание затянулось, она стала уговаривать Джейн сразу же попросить экипаж у Бингли. В конце концов было решено сказать, что им хотелось бы вернуться домой в это же утро и одновременно обратиться с просьбой об экипаже.

Известие об их отъезде вызвало всеобщее сожаление. При этом была высказана уверенность, что для полного выздоровления больной им следует пробыть в Незерфилде хотя бы еще один день. И под конец сестры согласились задержаться до следующего утра. Мисс Бингли вскоре стала жалеть о том, что предложила отложить их отъезд, так как ревность и неприязнь, вызванные в ней одной из сестер, были гораздо сильнее ее привязанности ко второй.

Хозяин дома был искренне опечален предстоящей разлукой и горячо доказывал мисс Беннет, что она недостаточно поправилась для переезда. Но тщетно — Джейн, когда она была уверена в правильности своих действий, умела проявить твердость.

Мистер Дарси был доволен этим решением. Элизабет пробыла в Незерфилде достаточно долго. Чары ее действовали на него гораздо сильнее, чем ему бы хотелось. К тому же мисс Бингли была с ней чересчур резка, а к самому Дарси приставала чаще, чем в обычные дни. Он весьма мудро рассудил, что ему следует избегать всяческих знаков внимания по отношению к Элизабет, которые позволили бы ей заподозрить, что от нее может зависеть его счастье. При этом он сознавал, что, если подобные догадки уже успели зародиться в ее голове, их подтверждение в значительной степени зависит от того, как он себя поведет накануне ее отъезда. Укрепившись в своем намерении, он сказал ей за всю субботу не более десятка слов, и, хотя им пришлось около получаса пробыть вдвоем в одной комнате, он в течение всего времени с таким усердием читал книгу, что даже не взглянул в ее сторону.

В воскресенье, сразу после утреннего богослужения, наступила наконец желанная для большинства минута разлуки. Любезность мисс Бингли к Элизабет, так же как и ее привязанность к Джейн, перед самым отъездом заметно возросла. При расставании старшую сестру заверили, что встреча с ней — в Лонгборне или Незерфилде — всегда будет радостным событием. После того как мисс Бингли нежнейшим образом обняла Джейн и даже протянула руку ее сестре, Элизабет рассталась со всей компанией в прекрасном расположении духа.

Мать встретила их не очень приветливо. Миссис Беннет была удивлена их приездом, полагая, что они весьма неразумно причинили всем столько хлопот, и не сомневалась, что Джейн опять заболеет. Отец, напротив, хотя и в сдержанной форме, дал им понять, что он доволен их возвращением — ему сильно не хватало старших дочерей при семейных беседах. В отсутствие Джейн и Элизабет вечерние разговоры потеряли значительную часть своего остроумия и почти весь свой смысл.

Они застали Мэри, как обычно, погруженной в изучение музыкальной гармонии и основ человеческой природы и выслушали несколько новых цитат и нравоучительных изречений. Совсем в ином роде были сообщения Кэтрин и Лидии. С прошлой среды в полку произошло множество событий: несколько офицеров обедали у их дядюшки, был подвергнут телесному наказанию рядовой и распространились самые упорные слухи, что полковник Форстер намерен жениться.

Глава XIII

— Надеюсь, моя дорогая, вы позаботились, чтобы у нас был сегодня хороший обед? — спросил на следующее утро за завтраком мистер Беннет. — Я полагаю, что за нашим столом может появиться некое новое лицо.

91

— О ком вы говорите, мой друг? Насколько мне известно, никто к нам не собирается. Разве заглянет Шарлот Лукас... Но для нее, я надеюсь, наши обеды всегда достаточно хороши. Не думаю, чтобы она особенно привыкла к подобному столу у себя дома.

— Я имею в виду приезжего джентльмена.

Глаза миссис Беннет заблестели.

— Приезжего джентльмена? Уверена, что это мистер Бингли! Ах, Джейн, негодница, как же ты не сказала раньше? Ну что ж, я буду рада увидеть мистера Бингли. Но, боже мой, какой ужас — у нас не будет рыбного блюда! Лидия, душенька моя, дерни, пожалуйста, колокольчик. Надо сию же минуту отдать распоряжение миссис Хилл.

— Речь идет не о мистере Бингли, — отвечал ее муж.— Я жду человека, которого еще никогда не видел.

Слова эти вызвали общее удивление, и, к полному удовольствию мистера Беннета, все члены семейства забросали его вопросами. Позабавившись всеобщим любопытством, он в конце концов дал следующее разъяснение:

— Около месяца назад я получил вот эту эпистулу, на которую ответил две недели спустя. Дело казалось настолько тонким, что я предпочел его предварительно обдумать. Ее написал мой кузен, мистер Коллинз, тот самый, который после моей смерти сможет вышвырнуть вас из этого дома, как только ему заблагорассудится.

— Ах, мой друг, — воскликнула миссис Беннет, — я о нем не желаю слышать! Ради бога, не говорите об этом чудовище. Можно ли совершить что-нибудь более несправедливое, чем выгнать из принадлежавшего вам имения собственных ваших детей? Будь я на вашем месте, я бы, конечно, уже давно постаралась что-нибудь предпринять.

Джейн и Элизабет попытались объяснить матери сущность закона о майорате. Подобные попытки делались ими и раньше. Но предмет этот выходил за пределы ее разумения, и она продолжала горько сетовать на жестокость законов, отнимающих дом у семьи с пятью дочерьми в пользу человека, до которого никому нет ни малейшего дела.

— Это, конечно, крайне несправедливо, — сказал мистер Беннет. — И мистеру Коллинзу ничем не удастся снять с себя вины в наследовании Лонгборна. Однако, если вы позволите мне прочесть его послание, быть может, вас несколько примирит с ним тон, в котором оно написано.

— Уверена, что со мной этого не случится! Как вообще у него хватило наглости и лицемерия вам писать! Терпеть не могу фальшивых друзей! Лучше бы он враждовал с вами, подобно его отцу.

— Вы услышите, что он и впрямь ощущает некоторые сыновние обязательства в этом смысле:

«Хансфорд, около Уэстерхема,
Кент,
15 октября.

Дорогой сэр,
недоразумения, существовавшие между Вами и моим высокочтимым покойным родителем, причиняли мне всегда много огорчений, и с тех пор как я имел несчастье его потерять, я не раз испытывал желание устранить разделяющую нас пропасть. В течение некоторого времени меня все же одолевали сомнения, как бы я нечаянно не оскорбил память отца, установив хорошие отношения с теми, с кем ему было угодно находиться в размолвке».

— Вы видите, миссис Беннет!

«Однако теперь у меня созрело решение. Приняв на прошлую Пасху пасторский сан, я оказался тем счастливым смертным, который удостоился прихода в поместье ее светлости леди Кэтрин де Бёр, вдовы

93

сэра Льюиса де Бёра. Благодаря щедрости и благорасположению этой леди я стал священником здешнего прихода, в каковой роли моим самым искренним стремлением будет вести себя с надлежащим уважением по отношению к ее светлости и осуществлять обряды и церемонии, подобающие пастырю англиканской церкви. В качестве служителя церкви я также считаю своим долгом сеять мир и благоволение среди всех семейств, на которые может простираться мое влияние. По этой причине я льщу себя надеждой, что Вы благожелательно отнесетесь к моему настоящему изъявлению доброй воли и не отвергнете протянутую мною оливковую ветвь, великодушно закрыв глаза на то, что я являюсь наследником Лонгборна. Я весьма печалюсь о том, что невольно служу орудием нанесения ущерба благополучию Ваших прелестных дочерей, и, позволяя себе принести им мои извинения, спешу также заверить Вас в моей готовности сделать все от меня зависящее, чтобы как-то восполнить этот ущерб... Но об этом позднее. Если у Вас не будет возражений против моего визита, я доставлю себе удовольствие посетить Вас и Ваше семейство в понедельник 18 ноября в четыре часа и воспользоваться Вашим гостеприимством, возможно, до субботы на следующей неделе, — что я могу себе позволить без существенных жертв, ибо леди Кэтрин отнюдь не возражает против того, чтобы я изредка отсутствовал в воскресенье, разумеется, если какое-нибудь другое духовное лицо выполнит за меня подобающие этому дню церковные обязанности.

Остаюсь, дорогой сэр, с почтительнейшим поклоном Вашей супруге и дочерям, Ваш доброжелатель и друг.

Уильям Коллинз».

— Итак, в четыре часа мы можем ждать у себя этого миротворца, — сказал мистер Беннет, складывая письмо. — По-видимому, он необычайно добропорядочный и благовоспитанный молодой человек. Я полагаю, мы будем дорожить этим знакомством, особенно если леди Кэтрин и впредь будет столь любезно отпускать его в наши края.

— В том, что он пишет о наших девочках, есть, мне кажется, какой-то смысл. Если он хочет что-то для них сделать, я не собираюсь его отговаривать.

— Трудно представить, — сказала Джейн, — как он собирается восполнить наносимый нам ущерб. Но уже одно такое желание делает ему честь.

Элизабет больше всего бросилось в глаза его крайнее почтение к леди Кэтрин и добрые намерения крестить, венчать и хоронить, по мере надобности, свою паству.

— Ну и диковина, должно быть, этот наш троюродный братец, — сказала она. — Сразу его и не поймешь. Что за напыщенный слог! И для чего он вздумал извиняться в своих наследственных правах? Трудно поверить, чтобы он нам помог, даже если бы был на это способен. Вы думаете, сэр, он человек разумный?

— Нет, моя дорогая, совсем не думаю. Я предвкушаю нечто прямо противоположное. Письмо его — такая смесь раболепия и самодовольства, которая служит прекрасным предзнаменованием. Потому-то мне очень любопытно на него посмотреть.

— Что касается стиля, — сказала Мэри, — его письмо безукоризненно. Идея об оливковой ветви, пожалуй, не блещет новизной, но выражена неплохо.

Для Кэтрин и Лидии письмо и его автор не представляли ни малейшего интереса. Нельзя было ожидать, что кузен появится в алом мундире, а за последние недели общество мужчин в одежде другого цвета не доставляло им никакого удовольствия. Прочитанное письмо настолько рассеяло в душе миссис Беннет недоброжелательство по отношению к мистеру Коллинзу, что она усердно стала готовиться к встрече, чем немало удивила мужа и дочерей.

Мистер Коллинз прибыл точно в назначенное время и был принят всей семьей с большим радушием. Хозяин дома, правда, ограничился лишь кратким приветствием, зато дамы были достаточно словоохотливы, а мистер Коллинз не нуждался в ободрении и не отличался молчаливостью. Он оказался высоким и полным молодым человеком лет двадцати пяти, важного вида и с солидными манерами. Не прошло и нескольких минут знакомства, как он уже преподнес миссис Беннет комплимент по поводу необычайной красоты ее дочерей, о которой слышал так много. При этом он признался, что в данном случае молва даже приуменьшила истинные их достоинства, и выразил уверенность, что они в недалеком будущем сделают прекрасные партии. Такая галантность пришлась, правда, не совсем по вкусу некоторым из его слушателей. Но миссис Беннет, которой всякий комплимент доставлял удовольствие, приняла его вполне благосклонно.

— Вы в самом деле, сэр, очень добры. Я всей душой желаю, чтобы ваше предсказание сбылось, — иначе их ждет печальная судьба. Обстоятельства сложились так нелепо!..

— Быть может, вы имеете в виду мои наследственные права?

— О, сэр, разумеется! Вы сами понимаете, как это ужасно для моих бедных девочек. Я вовсе не считаю вас виноватым — такие вещи зависят только от случая. Когда имение переходит по мужской линии, оно может достаться кому угодно.

— Я, сударыня, вполне сочувствую моим прелестным кузинам в связи с этим неблагоприятным обстоятельством и мог бы нечто сказать по этому поводу. Однако, чтобы не опережать событий, я пока воздержусь. Могу только заверить молодых леди, что я прибыл сюда, готовый восхищаться их красотой. Сейчас я ничего не прибавлю, но когда мы познакомимся ближе...

Тут его речь была прервана приглашением к обеду. Барышни пересмеивались друг с другом. Их красота была не единственным предметом восхищения мистера Коллинза. Гостиная, столовая, обстановка — все подверглось внимательному осмотру и получило высокую оценку. Похвалы эти, несомненно, тронули бы миссис Беннет, если бы ее душу не леденила мысль, что мистер Коллинз смотрит на все как на свою будущую собственность. Обед, в свою очередь, вызвал поток самых восторженных суждений, причем мистер Коллинз пожелал узнать, кулинарным способностям какой из своих кузин они обязаны столь отменными кушаньями. Тут, однако, хозяйка дома поставила гостя на место, с достоинством заявив, что она вполне может держать хорошего повара и что ее дочерям нечего делать на кухне. Гость не преминул попросить у нее прощения за допущенный промах, и миссис Беннет, смягчившись, сказала, что нисколько на него не обиделась. Однако мистер Коллинз еще в течение четверти часа продолжал извиняться.

Глава XIV

На протяжении всего обеда мистер Беннет почти ни с кем не разговаривал. Но когда прислуга удалилась, он решил, что для беседы с гостем наступило подходящее время. Коснувшись темы, которая, несомненно, должна была воспламенить мистера Коллинза, он заметил, что последний, по-видимому, очень доволен своей патронессой. Сочувствие леди Кэтрин де Бёр всем его желаниям и ее забота об удобствах мистера Коллинза кажутся на первый взгляд из ряда вон выходящими. Мистер Беннет едва ли мог найти более удачный предмет для разговора. Гость говорил о леди де Бёр с величайшим восторгом. Тема эта сделала его слог необычно высокопарным даже для него самого. С полной убежденностью он объявил, что за всю жизнь ему не приходилось наблюдать подобного поведения высокопоставленных особ — такой снисходительности и благосклонности, с какими отнеслась к нему леди Кэтрин. Она милостиво одобрила обе его проповеди, которые он уже имел честь произнести в ее присутствии. Дважды она приглашала его к обеду в Розингсе и всего только неделю назад присылала за ним, чтобы он принял участие в ее вечерней игре в кадриль. Многие, как известно, находят, что леди Кэтрин не в меру горда. Однако по отношению к нему она всегда была необыкновенно приветлива. Ее светлость всегда разговаривала с ним так же, как с любым другим джентльменом. Она ничуть не возражала ни против его знакомства с окрестным обществом, ни против того, чтобы он время от времени оставлял на неделю-другую приход ради визита к родственникам. Она даже снизошла до того, что порекомендовала ему по возможности поскорее жениться, конечно, с подобающей осмотрительностью, а однажды посетила мистера Коллинза в его скромном обиталище. Там она вполне одобрила все предпринятые им усовершенствования и даже снабдила его кое-какими советами по части устройства полок в каморке на втором этаже.

— Все это необыкновенно похвально с ее стороны и, разумеется, крайне любезно, — заметила миссис Беннет. — Осмелюсь сказать, это, должно быть, чрезвычайно приятная женщина. Как жаль, что большинство важных дам на нее не похожи! И она живет, сэр, неподалеку от вас?

— Сад, в котором находится мое скромное обиталище, только аллеей отделен от Розингс-парка — резиденции ее светлости.

— Вы как будто сказали, что она вдова, сэр? Есть ли у нее дети?

— У нее всего одна дочь — наследница Розингса, весьма значительного имения.

— Увы, — воскликнула миссис Беннет, покачав головой. — В таком случае она гораздо счастливее многих других барышень. А что собой представляет эта благородная особа? Хороша ли она собой?

— Воистину это очаровательнейшая юная леди! Ее мать, леди Кэтрин, сама говорит, что по части красоты мисс де Бёр намного превзошла других прелестнейших представительниц своего пола, так как в ней есть что-то такое, что сразу отличает молодую особу высокого происхождения. К несчастью, у нее довольно слабое сложение, которое помешало ей преуспеть во многих искусствах. По мнению дамы, занимавшейся ее воспитанием, мисс де Бёр пошла бы весьма далеко, будь только она покрепче здоровьем. И она настолько мила, что нередко удостаивает своим посещением мое скромное обиталище, когда выезжает на прогулку в своем запряженном пони маленьком фаэтоне.

— Она уже была представлена ко двору? Я не встречала ее имени в списках придворных дам.

— Увы, здоровье, к несчастью, не позволяет ей переселиться в город. Это обстоятельство, как я однажды уже сказал самой леди Кэтрин, лишило двор Британии его лучшего украшения. Ее светлости очень понравилось мое замечание. Должен признаться, я часто прибегаю к такого рода изящным комплиментам, которые столь нравятся дамам. Например, я не раз говаривал леди Кэтрин, что ее прелестная дочь рождена, чтобы стать герцогиней и украсить собой любое место, которое само украсило бы всякую другую особу. Я считаю священным долгом свидетельствовать подобными милыми мелочами свое внимание к ее светлости.

— Вы рассуждаете весьма здраво, — сказал мистер Беннет. — И ваше счастье, что вы обладаете талантом льстить с такой деликатностью. А позвольте спросить, рождаются ли у вас эти милые свидетельства внимания в результате мгновенного проблеска мысли или вы их придумываете заблаговременно?

— Обычно они всегда имеют отношение к происходящему. И хотя иногда, ради развлечения, я на досуге занимаюсь изобретением изящных маленьких сюрпризов, которые могут подойти к различным случаям жизни, но, преподнося их, я всегда стараюсь придать им форму экспромта.

Ожидания мистера Беннета целиком подтвердились. Глупость кузена вполне оправдала его надежды. И, слушая гостя с серьезнейшим выражением лица, он от души развлекался. При этом, если не считать редких случаев, когда он бросал взгляд на Элизабет, он вовсе не нуждался в партнере, с которым мог бы разделить удовольствие. Ко времени вечернего чаепития принятая им доза оказалась, однако, уже настолько значительной, что мистер Беннет был рад спровадить своего кузена в гостиную, попросив его почитать что-нибудь дамам. Мистер Коллинз с готовностью согласился, и ему была принесена книга. Однако, взглянув на нее (легко было видеть, что это книга из общественной библиотеки), он сразу же от нее отпрянул и, попросив прощения, заявил, что никогда не читает романов. Китти изумленно на него уставилась, а Лидия даже от удивления вскрикнула. Были извлечены другие книги, и после некоторого раздумья он остановился на проповедях Фордайса. Как только том был раскрыт, Лидию одолела зевота. И не успел он прочесть монотонным голосом трех страниц, как она, перебив его на полуслове, воскликнула:

— Вы слышали, мама, дядя Филипс хочет уволить Ричарда? Если он на это решится, Ричарда сразу возьмет к себе полковник Форстер. Мне об этом в субботу сказала тетушка. Нужно будет завтра же сходить в Меритон и расспросить обо всем подробнее. А заодно узнать, когда же вернется из города мистер Денни.

Две старшие сестры попросили Лидию придержать язык, но мистер Коллинз, оскорбленный до глубины души, отложил книгу и сказал:

— Мне часто приходилось наблюдать, как мало интересуют молодых леди книги серьезного содержания, написанные, увы, для их же пользы. И, признаюсь, меня это удивляет. В самом деле, может ли быть для них что-нибудь благотворнее хорошего нравоучения? Но я больше не стану утруждать слух моих юных кузин... — И, повернувшись к мистеру Беннету, он предложил ему сыграть партию в триктрак. Мистер Беннет принял приглашение, заметив, что кузен поступает весьма разумно, предоставляя девчонкам заниматься своими пустячными забавами. Миссис Беннет и ее дочери самым искренним образом извинились за выходку Лидии, обещая, если он возобновит чтение, впредь не допустить ничего подобного. Однако, сказав, что он не затаил против юной кузины ни малейшей обиды и что ее поступок вовсе не был для него оскорбителен, мистер Коллинз уселся с мистером Беннетом за другой столик и приготовился к игре.

Глава XV

Мистер Коллинз не был одаренной натурой. И это упущение природы не было восполнено в нем воспитанием и общением с людьми. Большую часть жизни он провел под надзором отца — человека необразованного и мелочного. Находясь в университете, он прослушал курс наук, но не завел сколько-нибудь полезных знакомств. Подавленный отцовским воспитанием, первоначально привившим его характеру раболепие, он приобрел со временем самодовольство недалекого человека, который живет сам по себе, и неожиданно рано преуспел в жизни. Благодаря счастливой случайности он подвернулся вдове сэра Льюиса де Бёра в тот момент, когда освободился хансфордский приход. Почтение к ее высокому рангу, благоговение перед личностью патронессы и вместе с тем высокое мнение о собственной персоне, авторитете священнослужителя и правах главы церковного прихода сделали из него человека, в характере которого своеобразно переплелись высокомерие и угодничество, самодовольство и униженность.

Обзаведясь приличным жильем и вполне достаточным доходом, он возымел намерение жениться. В поисках же примирения с семьей мистера Беннета он задумал взять себе в жены одну из его дочерей, при условии, если знакомство с ними подтвердит дошедшие до него сведения об их красоте и благонравии. В этом-то и заключался его план восполнения ущерба, который наносился семье Беннет его наследственными правами. Сам мистер Коллинз считал, что ему пришел в голову необыкновенно удачный и для всех приемлемый план, который свидетельствовал в то же время о его великодушии, ибо не представлял для него никакой личной выгоды.

План этот не изменился после того, как он познакомился с семьей своего родственника. Созерцание прелестного личика мисс Беннет-старшей, напротив, укрепило мистера Коллинза в его намерениях, подтвердив в то же время его строгие взгляды на права, связанные со старшинством. Таким образом, в течение первого вечера его избранницей сделалась Джейн. Следующее утро, однако, внесло в его замыслы некоторую поправку. Перед завтраком он провел четверть часа tête-à-tête с миссис Беннет. Беседа между ними коснулась пасторского дома в Хансфорде и естественным образом перешла к надежде мистера Коллинза найти будущую хозяйку этого дома в Лонгборне. И среди приятнейших улыбок, свидетельствовавших, что она, вообще говоря, вполне одобряет его намерения, миссис Беннет смогла все же предостеречь гостя в отношении той своей дочери, на которой он было остановил свой выбор: она-де ничего не может позволить себе сказать в отношении младших девочек, — возможно, она недостаточно осведомлена, — но ей неизвестно о существовании у них каких-либо душевных привязанностей. Что же касается старшей дочери, — она просто должна предупредить его, так как чувствует себя обязанной по отношению к Джейн, — весьма вероятно, что в скором времени она будет обручена.

Мистеру Коллинзу потребовалось только сменить одну кузину на другую. И это было сделано за то время, пока миссис Беннет перемешивала угли в камине. Почти равная Джейн годами и внешностью, Элизабет стала естественной преемницей прав старшей сестры.

Миссис Беннет высоко оценила намерения, на которые намекал мистер Коллинз, поверив, что в скором времени у нее будут две замужние дочери. И человек, имени которого она еще накануне не могла слышать, приобрел теперь ее полное расположение.

Лидия не забыла о своем желании отправиться в Меритон, и вместе с нею решили прогуляться также все ее сестры, кроме Мэри. По просьбе мистера Беннета мистер Коллинз должен был их сопровождать. Хозяину дома очень хотелось от него избавиться и получить в свое распоряжение библиотеку, куда гость последовал за ним после завтрака и где, якобы заинтересованный одной из самых толстых книг, он почти без перерыва докучал своему родственнику болтовней о доме и саде в Хансфорде. Такое поведение кузена совершенно вывело мистера Беннета из терпения. В библиотеке он всегда мог найти покой и тишину. И хотя, как мистер Беннет признавался Элизабет, он постоянно был готов столкнуться с проявлениями глупости и самодовольства в любой другой части дома, здесь он привык от них отдыхать. Поэтому предложение совершить прогулку с девицами Беннет было высказано мистеру Коллинзу самым настоятельным образом. Более расположенный к прогулке, чем к чтению, мистер Коллинз с не меньшей охотой это предложение принял и тут же захлопнул свой огромный фолиант.

Разговор по пути в Меритон почти все время поддерживал один мистер Коллинз, высокопарная болтовня которого лишь изредка прерывалась вежливыми замечаниями его кузин. Однако, очутившись в городке, младшие сестры совершенно перестали обращать на него внимание и принялись оглядываться по сторонам в поисках офицеров, так что отвлечь их от этого занятия могли только выставленная в окне лавки особенно нарядная шляпка или образчик только что привезенного муслина.

Внимание барышень вскоре привлек неизвестный молодой человек благородной наружности, который прогуливался вместе с каким-то офицером по противоположной стороне улицы. Когда они поравнялись, офицер поклонился. Это был сам мистер Денни, о времени приезда которого Лидия хотела разузнать в Меритоне. Его спутник произвел на девиц неотразимое впечатление, и они принялись гадать, кто бы это мог оказаться. Китти и Лидия решили выяснить это не откладывая и пересекли улицу, как бы направляясь в находившуюся неподалеку лавку. Им посчастливилось перейти на другую сторону как раз в ту минуту, когда молодые люди, повернув назад, подошли к тому же самому месту. Мистер Денни сразу с ними заговорил, попросив разрешения представить своего друга, мистера Уикхема, который прибыл с ним накануне в Меритон и, как он счастлив сообщить, был зачислен в их полк. Все складывалось самым благоприятным образом, ибо, чтобы стать окончательно неотразимым, молодому человеку не хватало лишь полкового мундира. Внешность его вполне располагала в его пользу. В ней все было хорошо: правильные черты лица, отличная фигура, приятные манеры. Представленный дамам, он сразу обнаружил склонность к непринужденной беседе — счастливую склонность, в которой не чувствовалось ни малейшей искусственности. Компания продолжала стоять, любезно болтая, когда послышалось цоканье копыт и вдали показались скакавшие вдоль улицы Дарси и Бингли. Увидев знакомых дам, всадники подъехали ближе и засвидетельствовали им свое почтение. Говорил главным образом Бингли, речь которого почти целиком была обращена к старшей мисс Беннет. По его словам, они направлялись в Лонгборн, чтобы осведомиться о ее здоровье. Мистер Дарси подтвердил это кивком головы и, вспомнив о своем намерении не засматриваться на Элизабет, внезапно остановил взгляд на незнакомце. Элизабет, которая в это время случайно посмотрела на того и другого, была поражена действием на них этой встречи; оба изменились в лице — один побледнел, другой покраснел. Через несколько секунд мистер Уикхем притронулся рукой к шляпе — приветствие, на которое мистер Дарси едва ответил. Что это могло означать? Придумать этому объяснение было невозможно. И так же невозможно было удержаться от желания проникнуть в скрывавшуюся за этим тайну.

Через минуту мистер Бингли попрощался и ускакал вместе со своим другом, как будто так и не заметив происшедшего.

Мистер Денни и мистер Уикхем проводили молодых леди до дома мистера Филипса и здесь раскланялись с ними, несмотря на настойчивые приглашения Лидии зайти в дом, поддержанные громкими восклицаниями высунувшейся из окна миссис Филипс.

Эта дама всегда была рада видеть своих племянниц. А недавнее отсутствие двух старших мисс Беннет делало приход Джейн и Элизабет особенно желанным. Она тут же стала говорить о том, как удивило ее их раннее возвращение в Лонгборн. Они вернулись в чужом экипаже, и миссис Филипс могла бы об этом ничего не узнать, не попадись ей на улице мальчишка из аптеки мистера Джонса, который сказал, что он больше не носит лекарств в Незерфилд, так как обе мисс Беннет оттуда уехали. В эту минуту ее внимание было привлечено к мистеру Коллинзу, которого ей представила Джейн. Миссис Филипс встретила его самым любезным образом, на что гость отвечал еще большей любезностью. Извиняясь за то, что он вторгся в дом, не имея чести быть с ней знакомым, мистер Коллинз льстил себя надеждой, что его поступок может быть все же оправдан родством с молодыми леди, представившими его ее вниманию. Миссис Филипс почувствовала благоговение перед столь воспитанным гостем. Однако ее тут же отвлекли от одного незнакомца расспросами относительно другого, о котором она, увы, могла сообщить своим племянницам только уже известные им сведения: что его привез из Лондона мистер Денни и что он собирается вступить лейтенантом в ***ширский полк. По ее словам, она вела наблюдения за ним уже в течение часа, пока он разгуливал по их улице, и, если бы мистер Уикхем снова оказался перед окнами, Китти и Лидия, несомненно, тотчас бы продолжили это занятие. К несчастью, однако, на улице не появилось больше никого, кроме одного-двух офицеров, которые, по сравнению с заинтересовавшим их юношей, показались «невзрачными и не стоящими внимания». Кое-кто из полка должен был на следующий день прийти к Филипсам, и тетушка взялась уговорить мужа, чтобы он позвал также мистера Уикхема, если к ней приедут ее родственники из Лонгборна. Приглашение было немедленно принято, и миссис Филипс обещала, что они смогут весело поиграть в лото, прежде чем будет подан легкий горячий ужин. Все были очень обрадованы ожиданием столь приятных развлечений и расстались весьма довольные друг другом. Перед уходом мистер Коллинз снова принес свои извинения, которые были любезно отклонены хозяйкой дома.

По пути в Лонгборн Элизабет рассказала Джейн, что произошло на ее глазах между двумя молодыми людьми. Но так как ее сестра была готова защищать от любого возможного обвинения каждого из них в отдельности и обоих одновременно, понять эту сцену ей было еще труднее.

Мистер Коллинз доставил большое удовольствие их матери, превознося манеры и любезность миссис Филипс. Если не считать леди Кэтрин и мисс де Бёр, он, по его мнению, еще никогда не встречал более благовоспитанной дамы. Мало того, что она так любезно приняла его в своем доме. Она пригласила его еще и на завтрашний вечер, хотя до сих пор он не имел чести быть с ней знакомым. В какой-то степени это объяснялось его родством с семьей Беннет, но все же ему никогда еще не приходилось видеть подобного внимания к своей особе.

Глава XVI

Поскольку желание всех мисс Беннет отправиться к тетушке было одобрено их родителями, а возражения мистера Коллинза, опасавшегося покинуть на один вечер хозяина и хозяйку дома, были решительно отклонены, карета в надлежащее время доставила молодого человека и его пять кузин в Меритон. По прибытии барышни с удовольствием узнали, что мистер Уикхем принял приглашение мистера Филипса и уже находится среди гостей.

Когда, выслушав это сообщение, все вступили в гостиную и расселись по местам, мистер Коллинз обрел наконец возможность осмотреться и прийти в восторг от своих наблюдений. По его словам, он был настолько поражен величиной зала и великолепием обстановки, что мог вообразить себя находящимся в меньшей летней комнате для завтрака в самом Розингсе.

Такое сравнение на первый взгляд показалось миссис Филипс не особенно лестным. Однако когда он дал ей понять, что собой представляет Розингс и кому принадлежит это поместье, когда она услышала описание лишь одной из гостиных в доме леди Кэтрин и узнала, что только камин в ней обошелся владелице в восемьсот фунтов, миссис Филипс смогла оценить значение преподнесенного ей комплимента в столь полной мере, что вряд ли была бы даже обижена сравнением своей парадной гостиной с комнатой дворецкого в доме патронессы его преподобия.

Описывая величие леди Кэтрин и ее владений и позволяя себе изредка вставить словечко о собственном скромном обиталище и предпринятых в нем усовершенствованиях, мистер Коллинз весьма приятно провел время до прихода мужчин. В лице миссис Филипс он нашел необыкновенно внимательного слушателя. Мнение этой дамы о его персоне возрастало с каждым словом рассказчика вместе с желанием как можно скорее поделиться полученными сведениями со своими знакомыми. Для девиц, которым уже надоело слушать кузена и которым не оставалось ничего другого, как с нетерпением ждать музыки и рассматривать собственные посредственные имитации китайских рисунков на камине, время тянулось гораздо медленнее. Но вот наконец минуты ожидания кончились. Появились мужчины, и, когда Уикхем вошел в комнату, Элизабет поняла, что она смотрела на него при первой встрече и думала о нем впоследствии не без некоторого бессознательного восхищения. Офицеры ***ширского полка были в большинстве славными молодыми людьми, из которых на вечере присутствовали самые избранные. Однако мистер Уикхем настолько же превосходил любого из них своим видом, фигурой, манерами и походкой, насколько сами они выгодно отличались от вошедшего следом за ними выдыхавшего пары портвейна, располневшего и обрюзгшего дядюшки Филипса.

Мистер Уикхем был тем счастливым представителем мужского пола, к которому обратились глаза всех присутствующих в зале дам. А Элизабет оказалась среди них той счастливицей, возле которой он в конце концов нашел себе место. Усевшись, он тотчас же вступил с ней в беседу, приятнейший характер которой, хотя она и касалась всего-навсего вечерней сырости и приближения дождливой погоды, позволил ей почувствовать, что самая скучная и избитая тема может приобрести значительность при надлежащем искусстве собеседника.

Такие соперники в борьбе за внимание со стороны прекрасного пола, как мистер Уикхем и его приятели-офицеры, заставили мистера Коллинза почти совсем стушеваться. Для барышень он и в самом деле перестал существовать. Однако время от времени он все же обретал чуткого слушателя в лице миссис Филипс и благодаря ее заботам не испытывал недостатка в кофе и булочках.

Когда были расставлены карточные столы, он получил возможность в свою очередь оказать ей любезность, приняв участие в игре.

— Я еще пока недостаточно опытный партнер, — сказал он, — но мне необходимо усовершенствоваться. Ибо при моем положении в жизни...

Миссис Филипс была ему очень признательна за принятое приглашение, но не смогла дослушать его до конца.

Мистер Уикхем не играл в вист и был с восторгом принят за другим столом, где сел между Лидией и Элизабет. Вначале существовала опасность, что способная без умолку болтать Лидия завладеет им полностью. Однако игра интересовала ее ничуть не меньше. И вскоре она настолько увлеклась ею и с таким жаром начала выкрикивать ставки и выигрыши, что перестала обращать внимание на кого бы то ни было. Благодаря этому мистер Уикхем получил возможность, насколько позволяла игра, разговаривать с Элизабет, которая слушала его с большой охотой, хотя и не надеялась, что разговор коснется предмета, интересовавшего ее больше всего — его знакомства с мистером Дарси. Она даже не смела назвать имени этого человека. Совершенно неожиданно, однако, ее любопытство было удовлетворено. Мистер Уикхем сам коснулся этой темы. Осведомившись о расстоянии между Незерфилдом и Меритоном и получив ответ на этот вопрос, он с некоторой неуверенностью спросил, давно ли здесь находится мистер Дарси.

— Около месяца, — сказала Элизабет. И, не желая упустить волновавшую ее тему, добавила: — У него, я слышала, большое имение в Дербишире?

— О да, — ответил Уикхем, — отличное поместье — чистых десять тысяч годовых! Вряд ли вы могли встретить кого-нибудь, кроме меня, кто дал бы вам на этот счет более точные сведения. С его семейством я связан известным образом с раннего детства.

Элизабет не могла не выразить удивления.

— Еще бы вам не удивляться, мисс Беннет! Должны же вы были вчера заметить, как холодно мы с ним встретились. Вы с ним близко знакомы?

— Ровно настолько, чтобы не желать знакомства более близкого! — с чувством ответила Элизабет. — Мне довелось провести с ним под одной кровлей четыре дня, и он показался мне человеком весьма неприятным.

— Не смею судить — приятный или неприятный он человек, — сказал Уикхем. — Мне даже не подобает иметь такого мнения. Слишком долго и хорошо я его знаю, чтобы быть беспристрастным судьей. И все же, мне кажется, ваше мнение о Дарси удивило бы многих. Быть может, где-нибудь в другом месте вы бы его даже не высказали. Здесь, конечно, другое дело. Вы находитесь среди своих...

— Честное слово, я не сказала ничего, что не могла бы повторить в любом доме нашей округи, за исключением Незерфилда. Он никому в Хартфордшире не нравится. Гордость этого человека оттолкнула от него решительно всех. И едва ли вы найдете кого-нибудь, кто отозвался бы о мистере Дарси лучше, чем я.

— Не стану прикидываться огорченным, что мистера Дарси или кого бы то ни было другого оценивают по заслугам, — сказал после небольшой паузы мистер Уикхем. — Однако с мистером Дарси это случается довольно редко. Люди обычно бывают ослеплены его богатством и властью или подавлены его высокомерными барскими замашками. Его видят таким, каким он желает выглядеть сам.

— Даже поверхностное знакомство позволило почувствовать, насколько у него тяжелый характер.

Уикхем только покачал головой.

Когда ему удалось снова заговорить с Элизабет, он спросил:

— И долго мистер Дарси проживет в этих местах?

— Вот уж не знаю. Когда я была в Незерфилде, о его отъезде не говорили. Надеюсь, его пребывание по соседству не отразится на вашем намерении поступить в ***ширский полк?

— О нет! Мне незачем уступать ему дорогу. Пусть сам уезжает, если не хочет со мной встречаться. Мы не состоим в дружеских отношениях, и мне всегда тяжело его видеть. Но других причин избегать его, кроме тех, которые я могу открыть всему свету, не существует. Прежде всего это сознание причиненной мне жестокой обиды. А еще — мне мучительно больно оттого, что он сделался таким человеком. Его отца, покойного мистера Дарси, я считал лучшим из смертных. Он был моим самым близким другом. И меня мучают тысячи трогательнейших воспоминаний, когда судьба сталкивает нас с молодым мистером Дарси. Он причинил мне немало зла. Но я все бы ему простил, если бы он не опозорил память отца и не обманул так сильно его надежд.

Элизабет слушала его, затаив дыхание, чувствуя, что разговор захватывает ее все больше и больше. Однако деликатность темы помешала ее расспросам.

Мистер Уикхем перешел к предметам более общим: к городу Меритону, его окрестностям и, наконец, к его жителям. Одобрив все, что ему удалось повидать, он высказал тонкий, но вполне ощутимый комплимент местному обществу.

— При поступлении в ***ширский полк я прежде всего имел в виду завести здесь постоянные и притом приятные дружеские связи. Я знал, что это прославленная и достойная войсковая часть. Но мой друг Денни особенно соблазнял меня своими рассказами о городе, в котором полк в настоящее время расквартирован. Сколько внимания проявляют здесь к офицерам! И как много приобрели они здесь приятных знакомств! Да, общество, признаюсь, мне необходимо. Я — человек, разочарованный в жизни, и душа моя не терпит одиночества. У меня непременно должны быть занятия и общество. Меня не готовили к военной карьере. Но, волею обстоятельств, теперь это — лучшее, на что я могу рассчитывать. Увы, моей сферой должна была стать церковь. Меня воспитывали для духовной стези. И я бы уже располагал отличным приходом, будь это угодно джентльмену, которого мы упомянули в нашей беседе.

— Неужели это возможно?

— О да, покойный мистер Дарси предназначал для меня лучший приход в своих владениях — сразу же после того, как в нем должна была открыться вакансия. Он был моим крестным отцом и не чаял во мне души. Заботу его обо мне нельзя описать словами. Он так хотел меня обеспечить и верил, что это ему удалось! Но приход освободился и... достался другому.

— Боже правый! — воскликнула Элизабет. — Это неслыханно! Как мог мистер Дарси пренебречь волей отца?! И вы для своей защиты не обратились к закону?

— Формальные недоговоренности в посмертных бумагах не позволили мне искать в нем опоры... Человек чести не усомнился бы в воле покойного, но мистер Дарси предпочел подвергнуть ее своему толкованию. Эту часть завещания он объявил только условной рекомендацией и осмелился утверждать, что я утратил свои права из-за моего легкомыслия, моей расточительности, короче говоря, решительно всех пороков или же попросту никаких. Верно лишь то, что два года тому назад приход оказался свободным — как раз тогда, когда я по возрасту мог этим воспользоваться, — но я его не получил. И столь же верно, что я не могу обвинить себя в каком-нибудь проступке, из-за которого я должен был бы его лишиться. У меня горячий, несдержанный нрав. И, быть может, я слишком вольно высказывал свое мнение о молодом Дарси, признаюсь, иногда даже прямо ему в лицо. Ничего худшего я не припомню. Все дело в том, что мы с ним слишком разные люди и что он меня ненавидит.

— Но это чудовищно! Он заслуживает публичного осуждения!

— Рано или поздно он этого дождется. Но это не будет исходить от меня. Пока я помню Дарси-отца, я не могу очернить или разоблачить Дарси-сына.

Элизабет вполне оценила его благородные чувства, отметив про себя, как хорош он был в тот момент, когда о них говорил. После некоторой паузы она спросила:

— Но какие же у него для этого могли оказаться причины? Что толкнуло его на столь гнусный поступок?

— Решительная и глубокая неприязнь ко мне. Неприязнь, которую я не могу в какой-то мере не приписывать чувству ревности. Если бы покойный мистер Дарси любил меня не так сильно, его сын, быть может, относился бы ко мне лучше. Но необычайная привязанность ко мне отца стала, по-видимому, раздражать сына с раннего возраста. Ему не нравилось возникшее между нами своеобразное соперничество, и он не мог смириться с тем, что мне нередко оказывалось предпочтение.

— Мне и в голову не приходило, что мистер Дарси такой недостойный человек. Честно говоря, он мне и раньше не нравился. И все же так плохо я о нем не судила. Конечно, я замечала, с каким презрением он относится к окружающим. Но я никогда не предполагала, что он способен на такую низкую месть, такую несправедливость, такую бесчеловечность. — Подумав, она добавила: — Я, правда, припоминаю, как однажды в Незерфилде он признался в своей неумеренной обидчивости и злопамятстве. Что за ужасный характер!..

— Не стану высказывать своего мнения по этому поводу, — ответил Уикхем. — Мне трудно быть к нему справедливым.

Элизабет снова погрузилась в раздумье и после некоторой паузы воскликнула:

— Так обойтись с крестником, другом, любимцем родного отца! — Она могла бы добавить: «С юношей, самая внешность которого располагает к нему людей с первого взгляда», — но ограничилась словами: — С человеком, который к тому же с самого детства был его ближайшим товарищем! И который, как я вас поняла, связан с ним теснейшими узами!

— Мы родились в одном приходе, в одном и том же поместье. И провели вместе детские годы — жили под одной кровлей, играли в одни игры, радовались общей отеческой ласке. В юности мой отец избрал тот жизненный путь, на котором с таким успехом подвизается ваш дядюшка, мистер Филипс. Но он пренебрег всем, стремясь оказаться полезным покойному мистеру Дарси и посвятил свою жизнь заботам о Пемберли. Зато как высоко ценил его мистер Дарси! Какими задушевными друзьями были наши отцы! Мистер Дарси всегда признавал, скольким он обязан своему другу. И незадолго до смерти моего отца мистер Дарси по собственной воле обещал ему обеспечить мое будущее. Он поступил так, я убежден, столько же из чувства благодарности к отцу, сколько и из привязанности к сыну.

— Неслыханно! — воскликнула Элизабет. — Чудовищно! Казалось бы, одна лишь гордость должна была заставить младшего мистера Дарси выполнить по отношению к вам свой долг! Если ему несвойственны лучшие чувства, то как его гордость позволила ему поступить так бесчестно? О да, бесчестно — его поведению нет другого названия!

— Это и в самом деле странно, — подтвердил Уикхем. — Ведь почти все его поступки так или ина-

115

че объясняются гордостью. Гордость нередко была его лучшим советчиком. Из всех чувств она его больше всего приблизила к добродетели. Но не бывает ведь правил без исключений: в отношениях со мной им руководили более сильные побуждения.

— Неужели его непомерная гордость когда-нибудь могла принести ему пользу?

— О да. Она часто заставляла его поступать снисходительно и великодушно — щедро раздавать деньги, оказывать гостеприимство, поддерживать арендаторов, помогать бедным. Всему этому способствовала фамильная гордость и сыновняя гордость — настолько он гордится своим отцом. Опасение лишить былой славы свой род, ослабить влияние и популярность дома Пемберли сыграло немалую роль в его жизни. Ему свойственна и гордость старшего брата, которая в соединении с известной братской привязанностью сделала из него доброго и внимательного опекуна своей сестры. И вы могли бы услышать, как его называют самым лучшим и заботливым братом.

— А что собой представляет мисс Дарси?

Он покачал головой:

— Как бы хотелось отозваться о ней хорошо! С именем Дарси больно связывать что-то дурное. Но, увы, она слишком похожа на своего брата — так завладела ею гордыня. А какая это была милая, ласковая маленькая девочка, как нежно она была ко мне привязана! И кто скажет — сколько часов потратил я, заботясь о ее развлечениях? Теперь она для меня — ничто. Это довольно смазливая девица лет пятнадцати-шестнадцати, получившая, насколько я могу судить, недурное воспитание. С тех пор как скончался ее отец, она постоянно живет в Лондоне в обществе какой-то дамы, которая руководит ее занятиями.

После нескольких пауз, прерывавшихся попытками найти другие темы для разговора, Элизабет не смогла удержаться от того, чтобы еще раз не вернуться к мистеру Дарси.

— Меня удивляет, — сказала она, — его близость к мистеру Бингли. Как это мистер Бингли, который кажется мне самим воплощением добропорядочности и, я уверена, обладает превосходным характером, может поддерживать дружбу с подобным человеком? Неужели они могут друг с другом ладить? Кстати, вы знакомы с мистером Бингли?

— Нет, мы друг друга не знаем.

— О, это в самом деле милейший человек. Он и не догадывается о том, что собой представляет мистер Дарси.

— Вполне вероятно. Если мистер Дарси желает, он умеет понравиться. Он не лишен способностей. Когда нужно, он оказывается превосходным собеседником. Вообще среди равных себе он совсем другой, нежели среди тех, кто стоит ниже его на общественной лестнице. Гордость не оставляет его никогда. Но к богатым он более справедлив и снисходителен. С ними он бывает искренен, порядочен и даже, пожалуй, приветлив, отдавая дань их положению и средствам.

Вскоре после этого игра в вист кончилась и ее участники собрались вокруг другого стола. Мистер Коллинз расположился при этом между своей кузиной Элизабет и ее тетушкой, которая, разумеется, не преминула осведомиться о его карточных успехах. Последние оказались отнюдь не блестящими — он не выиграл ни одной ставки. Однако в ответ на выраженное ею сочувствие он с серьезнейшим видом попросил ее нисколько не огорчаться, ибо он не придает значения деньгам и вполне может пренебречь небольшим проигрышем.

— Мне достаточно известно, сударыня, — сказал он, — что, садясь за карточный стол, человек должен быть готов к подобного рода неудачам. К счастью, мои обстоятельства не таковы, чтобы я должен был много думать о пяти шиллингах. Конечно, есть немало людей, которые не смогли бы сказать то же самое. Но благодаря леди Кэтрин де Бёр я достаточно обеспечен, чтобы не обращать внимания на подобные пустяки.

Слова эти привлекли внимание Уикхема. Взглянув на мистера Коллинза, он вполголоса спросил у Элизабет, насколько ее родственник близко знаком с семейством де Бёр.

— Леди Кэтрин де Бёр, — ответила она, — совсем недавно предоставила ему церковный приход. Мне неизвестно, каким образом она обратила на него свое внимание, но знакомство их не может быть продолжительным.

— Вы, разумеется, знаете, что леди Кэтрин де Бёр и леди Энн Дарси были родными сестрами? Леди Кэтрин приходится теткой мистеру Дарси.

— О нет, я этого не знала. Я вообще не имею понятия о родственных связях леди Кэтрин. До позавчерашнего дня я не догадывалась о ее существовании.

— Ее дочь, мисс де Бёр, получит огромное наследство. Полагают, что она и ее кузен соединят два состояния.

При этих словах Элизабет улыбнулась, невольно вспомнив о бедной мисс Бингли. Тщетными были, оказывается, все ее усилия привлечь внимание мистера Дарси. Тщетными и бесполезными были проявления привязанности к его сестре и восхищение им самим. Мистер Дарси был предназначен для другой.

— Мистер Коллинз, — сказала она, — всячески превозносит леди Кэтрин и ее дочь. Но некоторые странности в его рассказах о своей благодетельнице заставили меня заподозрить, что чувство признательности ввело его в заблуждение. Несмотря на всю благосклонность к моему кузену, ее светлость представляется мне дамой взбалмошной и самодовольной.

— Думаю, что то и другое верно. Я не видел ее уже много лет, но припоминаю, что мне никогда не нравились ее деспотические и вызывающие манеры. Она слывет женщиной необычайно умной и рассудительной. Но я полагаю, что этим она отчасти обязана своему рангу и состоянию, отчасти самоуверенности, а в остальном — гордости племянника, которому хочется, чтобы вся его родня славилась выдающимся умом.

Отзыв этот показался Элизабет вполне убедительным. Молодые люди, очень довольные друг другом, не переставали болтать до тех пор, пока начавшийся ужин не прервал игру, позволив и другим дамам воспользоваться долей внимания мистера Уикхема. За столом миссис Филипс обычно царил такой шум, что разговаривать было почти невозможно. Однако манеры мистера Уикхема понравились всем. Что бы он ни сказал, было сказано хорошо, что бы ни сделал, было сделано с изяществом. Элизабет уехала домой, думая только о нем. Дорогой мысли о мистере Уикхеме и о том, что он ей рассказал, не покидали ее ни на минуту. И все же ей не удалось даже произнести его имени, так как Лидия и мистер Коллинз болтали без умолку. Лидия непрерывно тараторила о своих номерах во время игры в лото, о ставках, которые она проиграла, и ставках, которые выиграла, а мистер Коллинз превозносил любезность мистера и миссис Филипс, убеждал всех, что его совершенно не огорчил карточный проигрыш, перечислял все поданные на стол блюда и беспрестанно осведомлялся, не очень ли он потеснил кузин в экипаже. Круг этих тем был слишком обширен для того, чтобы он успел с ними покончить до остановки кареты перед домом в Лонгборне.

Глава XVII

На следующий день Элизабет рассказала Джейн о своем разговоре с Уикхемом. Джейн была удивлена и расстроена: она не могла поверить, что мистер Дарси столь недостоин дружбы мистера Бингли. И вместе с тем ей было несвойственно сомневаться в правдивости молодого человека с такой привлекательной внешностью, какой обладал мистер Уикхем. Одной мысли о нанесенном ему ущербе было достаточно, чтобы вызвать ее горячие симпатии. Поэтому ей ничего не оставалось, как попытаться оправдать обоих, приписав все, что могло бросить на них тень, недоразумениям или ошибкам.

— Я думаю, — сказала она, — что оба они были неизвестным нам образом введены в заблуждение. Быть может, какие-то люди, преследуя корыстные цели, создали у них друг о друге ложное представление. Но что именно вызвало между ними разлад, в котором нам лучше не обвинять ни того, ни другого, навсегда останется для нас тайной.

— Ты совершенно права. А теперь, дорогая Джейн, что ты скажешь в защиту тех, кто был в этом деле замешан и преследовал корыстные цели? Не следует ли оправдать также и этих людей? Иначе нам все же придется о ком-то плохо подумать.

— Можешь смеяться надо мной сколько угодно, но переубедить меня тебе не удастся. Лиззи, дорогая, ты только на минуту подумай, какую тень это бросает на мистера Дарси! Так обойтись с любимцем отца, с юношей, жизнь которого его отец обещал обеспечить. Это просто невероятно. Ни один человек, который дорожит своей репутацией, не способен на такой поступок. Разве самые близкие друзья могли бы в нем так обмануться? О нет, это невозможно.

— Мне гораздо легче представить себе, что в нем обманулся мистер Бингли, чем вообразить, что рассказанная вчера история — выдумка мистера Уикхема. Он называл имена, обстоятельства, факты без малейшей запинки. Пусть мистер Дарси попытается, если сможет, все опровергнуть. В его рассказе каждое слово дышало правдой.

— Все это настолько неприятно и запутанно — прямо не знаешь, что и подумать.

— Прости, пожалуйста, но мне-то ясно, что́ об этом следует думать.

Для Джейн, однако, ясно было только одно — что мистер Бингли, если он и в самом деле был введен в заблуждение, будет глубоко огорчен, когда ему станут известны все обстоятельства.

Этот разговор происходил на обсаженной кустарником дорожке около дома, которую молодым девицам пришлось покинуть из-за приезда некоторых лиц, упоминавшихся в их беседе. Мистер Бингли и его сестры явились в Лонгборн для того, чтобы лично пригласить всех на долгожданный бал в Незерфилде, имевший состояться в ближайший вторник. Обе леди были счастливы снова увидеть свою дорогую подругу, с которой, как им казалось, они не виделись целую вечность. И они наперебой расспрашивали ее, чем она занималась с тех пор, как они расстались. На других Беннетов они почти не обращали внимания, стараясь находиться подальше от хозяйки дома, по возможности не разговаривать с Элизабет и не сказать ни единого слова ее младшим сестрам. Вскоре они поднялись, поразив брата своей поспешностью, и сейчас же уехали. Уходя, они так торопились, как будто им хотелось уклониться от обмена любезностями с миссис Беннет.

Мысли о незерфилдском бале чрезвычайно занимали всех дам в семействе Беннет. Миссис Беннет была склонна считать, что он устраивается в честь ее старшей дочери, и чувствовала себя необыкновенно польщенной тем, что вместо письменного приглашения мистер Бингли лично явился в Лонгборн просить их пожаловать на бал. Джейн рисовала в своем воображении счастливый вечер, который она проведет в обществе двух подруг, принимая знаки внимания со стороны мистера Бингли. Элизабет с удовольствием представляла себе, как она будет танцевать с мистером Уикхемом, находя доказательство всего, что он ей рассказал, в выражении лица и поведении мистера Дарси. Блаженство, которое предвкушали Кэтрин и Лидия, в меньшей степени было связано с какими-нибудь определенными людьми или обстоятельствами. И хотя каждая из них, подобно Элизабет, собиралась половину вечера танцевать с Уикхемом, он ни в коей мере не был для них единственным возможным кавалером — бал должен быть балом при любых обстоятельствах. Даже Мэри уверяла родных, что у нее нет против него возражений.

— С меня достаточно, если я могу располагать своими утренними часами. И я вовсе не считаю, что приношу особенно большую жертву, время от времени принимая участие в вечерних развлечениях. Общество ко всем предъявляет свои права. И я отношусь к тем его членам, которые позволяют себе изредка отвлечься и отдохнуть.

Элизабет была в превосходном настроении. И хотя обычно она старалась разговаривать с мистером Коллинзом как можно меньше, на этот раз она не сдержалась, спросив у него, думает ли он воспользоваться приглашением Бингли и подобает ли его сану участвовать в подобных забавах. Она была немало удивлена, услышав, что ее кузен не испытывал на этот счет ни малейших сомнений и вовсе не опасался упреков со стороны архиепископа или леди Кэтрин де Бёр по поводу своего участия в танцах.

— Позвольте вам заметить, — добавил он, — что бал подобного рода, устроенный вполне достойным молодым человеком для респектабельной публики, не может, по моему мнению, таить в себе зловредных начал. Будучи далек от того, чтобы относиться к танцам с неодобрением, я питаю надежду танцевать в течение вечера с каждой из моих прелестных кузин. И, пользуясь случаем, мисс Элизабет, я имею честь уже сейчас пригласить вас на первый танец — особая привилегия, которая, как я полагаю, будет правильно понята моей кузиной Джейн и отнюдь не воспринята ею за недостаток уважения с моей стороны.

Элизабет смекнула, что попала впросак. Она была уверена, что на первый танец ее непременно пригласит Уикхем. И что же, — вместо этого ей придется танцевать с Коллинзом! Никогда еще она не проявляла своей общительности так не вовремя. Но делать было уже нечего. Счастливые для нее и для мистера Уикхема минуты должны были, таким образом, наступить несколько позднее. Приглашение мистера Коллинза было принято со всей любезностью, на которую она была способна. Оттого что в его разглагольствованиях проскользнуло нечто бо́льшее, чем простая галантность, они не стали приятнее. Ей впервые пришло в голову, что из всех дочерей мистера Беннета именно она может оказаться достойной стать хозяйкой хансфордского прихода, а заодно — и четвертым участником карточной партии в Розингсе при отсутствии более подходящих партнеров. Подозрение это превратилось в уверенность по мере того, как она стала замечать все возраставшие знаки внимания со стороны кузена и его частые комплименты по поводу ее живости и остроумия. Она была скорее встревожена, нежели обрадована действием своих чар, в особенности после того, как миссис Беннет дала ей понять, что весьма приветствует возможность такой партии. Сознавая, какая буря будет вызвана в доме ее отказом, Элизабет предпочла вести себя так, как будто она не понимала намеков. Могло случиться, что мистер

Коллинз не соберется сделать предложение. И пока он ни на что не решился, не было смысла поднимать шум по этому поводу.

Без надежды на бал в Незерфилде, к которому нужно было готовиться и о котором можно было вдоволь наговориться, младшие мисс Беннет чувствовали бы себя в это время крайне несчастными. С самого дня приглашения и до того дня, когда бал наконец состоялся, почти непрерывно лил дождь, лишая их возможности добираться до Меритона. Ни тетушки, ни офицеров, ни новостей — даже банты для бальных башмаков были приобретены с помощью посыльного! Испытанию подверглось также терпение Элизабет, ибо плохая погода воздвигла непреодолимое препятствие ее дальнейшему знакомству с мистером Уикхемом. Только ожидание танцев во вторник позволило Китти и Лидии как-то пережить совершенно несносные пятницу, субботу, воскресенье и понедельник.

Глава XVIII

До тех пор пока Элизабет не вступила в незерфилдскую гостиную, тщетно выискивая мистера Уикхема среди собравшихся красных мундиров, ей и в голову не приходила мысль, что он может туда не явиться. Встреча с ним казалась ей настолько само собой разумеющейся, что она даже не подумала о некоторых обстоятельствах, которые могли воспрепятствовать его появлению в Незерфилде. Она наряжалась к балу с особой тщательностью и в самом превосходном настроении готовилась к завоеванию всех оставшихся непокоренными уголков его сердца, будучи уверена, что эта задача может быть легко решена в течение одного вечера. Но как только она вошла, у нее зародилось зловещее подозрение, что в угоду своему другу Бингли не включил Уикхема в список приглашенных на бал офицеров. И хотя в действительности дело обстояло не совсем так, отсутствие Уикхема было тут же подтверждено его другом, мистером Денни, на которого с нетерпеливыми расспросами набросилась Лидия. Сообщив, что Уикхему пришлось накануне уехать по делам в Лондон и что он до сих пор не вернулся, Денни с многозначительной улыбкой добавил:

— Не думаю, чтобы дела были способны оторвать его от нас именно в такой день, если бы он не стремился избежать встречи с неким присутствующим здесь джентльменом.

Это замечание едва ли дошло до ушей Лидии, но было понято ее сестрой. Оно доказывало, что Дарси не менее виновен в отсутствии Уикхема, чем если бы подтвердилась ее первоначальная догадка. И, разочарованная во всех своих ожиданиях, Элизабет почувствовала к Дарси такую неприязнь, что с трудом принудила себя вежливо ответить на любезное приветствие, с которым он устремился к ней навстречу. Внимание, сочувствие, снисходительность к этому человеку были равносильны предательству по отношению к Уикхему. Она настолько отвергала всякую возможность беседы с Дарси, что, отвернувшись от него, не смогла преодолеть свой гнев даже в разговоре с мистером Бингли, слепая привязанность которого к своему другу казалась ей непростительной.

Однако Элизабет не была создана для меланхолии. И хотя все ее связанные с балом надежды рухнули, она не могла предаваться мрачным мыслям чересчур долго. Поведав свои огорчения Шарлот Лукас, с которой они не виделись больше недели, она охотно перешла к рассказу о своем необыкновенном кузене, представив его вниманию своей подруги. Первый танец, однако, снова поверг ее в полное уныние. Это была убийственная церемония. Мистер Коллинз, важный и неуклюжий, делающий все время неверные па и то и дело извиняющийся, вместо того чтобы следить за танцевальными фигурами, заставил ее почувствовать все унижение и досаду, какие только способен вызвать на протяжении одного танца неугодный партнер. Минута, когда она от него наконец отделалась, принесла ей несказанное облегчение.

После Коллинза она танцевала с одним из офицеров. Она несколько пришла в себя, разговорившись с ним об Уикхеме и узнав, что молодой человек пользуется всеобщей симпатией. Оставив своего кавалера, она вернулась к мисс Лукас и, поглощенная беседой, не сразу заметила, что к ней обращается мистер Дарси, приглашая ее на следующий танец. От неожиданности Элизабет растерялась и в замешательстве приняла приглашение. Дарси отошел, и она осталась наедине с подругой, крайне удрученная тем, что не проявила достаточной находчивости. Шарлот попыталась ее успокоить:

— Думаю все же, что он окажется приятным партнером.

— Упаси боже! Это было бы самым большим несчастьем. Найти приятным человека, которого решилась ненавидеть! Ты не могла пожелать мне ничего худшего.

Когда танцы возобновились и Дарси приблизился к ним, предложив ей свою руку, Шарлот все же не удержалась и тихонько предостерегла подругу, чтобы она вела себя разумно и из симпатии к Уикхему не уронила себя в глазах несравненно более значительного человека. Элизабет ничего не ответила и заняла место среди танцующих, удивляясь, как это она удостоилась стоять в паре с мистером Дарси и замечая то же удивление в глазах окружающих. Некоторое время они танцевали молча. Она уже стала думать, что молчание это продлится до конца танца, и хотела сперва ничем его не нарушать. Но, вообразив вдруг, что могла бы досадить партнеру сильнее, если бы заставила его говорить, она произнесла несколько слов по поводу исполнявшейся фигуры. Дарси ответил и замолчал. После паузы, длившейся одну-две минуты, она обратилась к нему опять:

— Теперь, мистер Дарси, ваша очередь поддержать разговор. Я отозвалась о танце — вы могли бы сделать какое-нибудь замечание о величине зала или числе танцующих пар.

Он улыбнулся и выразил готовность сказать все, что она пожелала бы услышать.

— Ну вот и отлично, — ответила она. — На ближайшее время вы сказали вполне достаточно. Быть может, немного погодя я еще замечу, что частные балы гораздо приятнее публичных. Но пока мы вполне можем помолчать.

— А вы привыкли разговаривать, когда танцуете?

— Да, время от времени. Нужно ведь иногда нарушать молчание, не правда ли? Кажется очень нелепым, когда два человека вместе проводят полчаса, не сказав друг другу ни слова. И все же для кого-то будет лучше, если мы поведем разговор таким образом, чтобы сказать друг другу как можно меньше.

— Говоря это, вы предполагали мои желания или подразумевали, что это угодно вам?

— И то и другое, — уклончиво ответила Элизабет. — Я давно замечаю частые совпадения в нашем образе мыслей. Оба мы малообщительны и не склонны к разговору, если только нам не представляется случай сказать что-нибудь из ряда вон выходящее — такое, что может вызвать изумление всех присутствующих и наподобие пословицы из уст в уста передаваться потомству.

— Что касается вашего характера, — сказал он, — вы, по-моему, обрисовали его не вполне точно. Не мне решать, насколько правильно вы охарактеризовали меня. Впрочем, вы сами находите, наверно, этот портрет удачным.

— Не могу судить о собственном искусстве.

Дарси ничего не сказал, и они опять замолчали, пока во время следующей фигуры танца он не спросил у нее, часто ли ее сестрам и ей приходится бывать в Меритоне. Ответив утвердительно, она не удержалась от того, чтобы не добавить:

— Когда мы с вами на днях там встретились, мы только что завели на улице новое знакомство.

Действие этих слов сказалось незамедлительно. На лице Дарси появилось надменное выражение. Но он ничего не сказал, а у Элизабет, как она ни ругала себя за свое малодушие, не хватило решимости пойти дальше. Немного погодя Дарси холодно заметил:

— Мистер Уикхем обладает такими счастливыми манерами и внешностью, что весьма легко *приобретает* друзей. Достаточно ли он способен их *сохранять* — вот что кажется мне более сомнительным.

— Он имел несчастье потерять вашу дружбу, — многозначительно заметила Элизабет. — Быть может, это наложит тяжелый отпечаток на всю его жизнь.

Дарси ничего не ответил, но было видно, что ему хотелось переменить тему разговора. В эту минуту рядом с ними очутился Уильям Лукас, пробиравшийся через толпу танцующих на противоположную сторону. Заметив мистера Дарси, он чрезвычайно любезно с ним раскланялся и тут же рассыпался в комплиментах по поводу его манеры танцевать и красоты его дамы.

— Я получил, дорогой сэр, высочайшее удовольствие. Как редко приходится видеть танцующих с таким изяществом. Ваша принадлежность к высшему обществу бросается в глаза. Но разрешите заметить, что прелестная дама, с которой вы сейчас танцуете, кажется мне вполне достойной своего партнера, и я надеюсь получать теперь подобное наслаждение особенно часто. Конечно, после того, как произойдет определенное и, разумеется, столь желанное — не правда ли, дорогая мисс Элайза? — событие! — При этом он посмотрел в сторону Бингли и Джейн. — Сколько оно вызовет поздравлений! Но — я обращаюсь к мистеру Дарси — не позволяйте мне вас задерживать, сэр. Вы не станете благодарить меня за то, что я мешаю вашей беседе с очаровательной молодой леди, сверкающие глазки которой уже начинают посматривать на меня с явным укором.

Последняя часть этой тирады едва ли была услышана Дарси. Но предположение сэра Уильяма относительно его друга сильно на него подействовало. Его лицо приняло очень серьезное выражение, и он пристально посмотрел на танцевавших неподалеку Бингли и Джейн. Придя, однако, в себя, он обернулся к своей даме и сказал:

— Вмешательство сэра Уильяма заставило меня потерять нить нашего разговора.

— По-моему, мы вовсе не разговаривали. Едва ли сэр Уильям мог найти в этом зале двух танцующих, которые хотели бы так мало сказать друг другу. Мы безуспешно пытались коснуться нескольких тем. И мне даже в голову не приходит, о чем бы мы могли поговорить теперь.

— Что вы думаете о книгах? — спросил он с улыбкой.

— О книгах? О нет, я уверена, что мы с вами одних и тех же книг не читали. И уж во всяком случае не испытывали при чтении одинаковых чувств.

— Мне жалко, что вы так думаете. Но даже если бы вы были правы, тем легче нам было бы найти тему для разговора. Мы могли бы сопоставить различные мнения.

— Нет, я не в состоянии говорить о книгах во время бала. Здесь мне на ум приходят другие мысли.

— Они всегда относятся к тому, что вас непосредственно окружает, не так ли? — сказал он с сомнением.

— Да, да, всегда, — машинально ответила Элизабет. На самом деле мысли ее блуждали весьма далеко от предмета разговора, что вскоре подтвердилось внезапным замечанием:

— Помнится, мистер Дарси, вы признались, что едва ли простили кого-нибудь в своей жизни. По вашим словам, кто однажды вызвал ваше неудовольствие, не может надеяться на снисхождение. Должно быть, вы достаточно следите за тем, чтобы не рассердиться без всякого повода?

— О да, разумеется, — уверенно ответил Дарси.

— И никогда не становитесь жертвой предубеждения?

— Надеюсь, что нет.

— Для тех, кто не поступается своим мнением, особенно важно судить обо всем здраво с самого начала.

— Могу я узнать, что вы имеете в виду?

— О, я просто пытаюсь разобраться в вашей натуре, — ответила она, стараясь сохранить на лице непринужденное выражение.

— И вам это удается?

Она покачала головой:

— Увы, ни в малейшей степени. Я слышала о вас настолько различные мнения, что попросту теряюсь в догадках.

— Что ж, могу представить себе, что полученные вами сведения весьма противоречивы, — сказал он очень серьезно. — Я бы предпочел, мисс Беннет, чтобы вы пока не рисовали в своем воображении моего духовного облика. В противном случае полученная вами картина не сделает чести ни вам, ни мне.

— Но если я сейчас не подмечу самого главного, быть может, мне никогда не представится другого случая.

— Не хотел бы лишать вас какого бы то ни было удовольствия, — холодно сказал Дарси.

Она ничего не ответила. И, закончив танец, они молча разошлись с чувством взаимной неприязни. Впрочем, мистер Дарси уже питал в своем сердце достаточно сильную склонность к Элизабет, благодаря которой он быстро нашел ей оправдание, сосредоточив свой гнев на другом лице.

Вскоре после этого к Элизабет подошла мисс Бингли и обратилась к ней с любезно-высокомерным видом:

— Итак, мисс Элайза, вы в восторге от Джорджа Уикхема, не правда ли? Я слышала об этом от Джейн. Она буквально засыпала меня вопросами о вашем новом приятеле. Однако из ее слов я поняла, что среди прочих своих сообщений молодой человек забыл вам сказать, что он сын старого Уикхема, служившего дворецким у покойного мистера Дарси. Я бы все же хотела дружески вас предостеречь, чтобы вы не очень доверяли его высказываниям. Все, что он говорит о плохом обращении с ним мистера Дарси, — чистейший вымысел. Мистер Дарси, напротив, проявил необыкновенное благородство. Зато Джордж Уикхем поступил по отношению к мистеру Дарси самым непорядочным образом. Я не знакома с подробностями, но хорошо знаю, что мистера Дарси едва ли можно в чем-нибудь упрекнуть. Недаром он даже не переносит упоминания о Джордже Уикхеме! И хотя моему брату казалось невозможным исключить Уикхема из числа приглашенных офицеров, он очень обрадовался, узнав, что тот сам уклонился от приглашения. Появление Уикхема в этих местах — неслыханная дерзость. Непонятно, как он мог на это осмелиться! Мне очень жаль, мисс Элайза, что я должна была разоблачить пороки вашего нового знакомого. Но, пожалуй, учитывая его происхождение, от него едва ли можно было ожидать лучшего.

— Из ваших слов, сударыня, я поняла, что порок мистера Уикхема заключается в его происхождении, — резко ответила Элизабет. — Вы не смогли ничего поставить ему в вину, кроме того, что отец его служил дворецким у мистера Дарси. Но об этом, смею вас заверить, он мне сообщил сам.

— Прошу прощенья, — саркастически заметила, отходя от нее, мисс Бингли. — Извините за вмешательство — я руководствовалась лучшими побуждениями.

«Какая наглость! — произнесла про себя Элизабет. — Но вы, сударыня, глубоко заблуждаетесь, рассчитывая повлиять на меня столь недостойной выходкой. Кроме вашего самодовольного невежества и злокозненности мистера Дарси, вы ничего ею не доказали».

Она тут же разыскала Джейн, которая уже успела поговорить на интересовавшую их тему с мистером Бингли. Сестра встретила ее сияющей улыбкой, свидетельствовавшей о том, сколько радости доставил ей этот вечер. Догадавшись о мыслях Джейн по выражению лица, Элизабет поняла, что все ее сочувствие неудачам мистера Уикхема, негодование против его врагов и прочее значат очень немного по сравнению с надеждой на грядущее счастье сестры.

— Мне, конечно, хотелось бы узнать, — сказала она с не менее приветливой улыбкой, — удалось ли тебе что-нибудь выяснить о мистере Уикхеме. Но, быть может, ты провела время так приятно, что могла думать лишь об одном человеке? Я на тебя не обижусь.

— Я вовсе про него не забыла, Лиззи, — ответила Джейн. — Но, увы, не могу сказать тебе ничего утешительного. Мистеру Бингли эта история мало знакома. В чем именно мистер Уикхем виноват перед мистером Дарси, он не знает. Но он готов поручиться за добропорядочность, честность и благородство своего друга. И он убежден, что мистер Уикхем не заслуживал даже той заботы, которую проявил по отношению к нему мистер Дарси. Меня это огорчает, но из его слов, так же как из слов мисс Бингли, следует, что мистера Уикхема нельзя считать порядочным человеком. Боюсь, он вел себя слишком неосмотрительно и тем самым лишился уважения мистера Дарси вполне заслуженно.

— А мистер Бингли знаком с мистером Уикхемом?

— Нет, он его ни разу не видел до встречи в Меритоне.

— В таком случае его взгляды на Уикхема заимствованы у мистера Дарси? Что ж, я вполне удовлетворена. Ну-с, а какие у него сведения о церковном приходе?

— Он не припоминает в точности обстоятельств, хотя не раз слышал о них от своего друга. Приход, кажется, был оставлен за Уикхемом только условно.

— Я не сомневаюсь в искренности мистера Бингли, — сказала Элизабет как можно мягче. — Но извини меня, если я не удовлетворюсь общими фразами. Мистер Бингли, конечно, должен добросовестно защищать интересы своего друга. Но так как некоторые части этой истории ему неизвестны, а с остальными он знаком только со слов самого мистера Дарси, я позволю себе относиться к обоим молодым людям по-прежнему.

После этого она перевела разговор на гораздо более приятную тему, которая не вызывала между ними никаких расхождений. С радостью услышала она от Джейн, сколько счастливых и вместе с тем робких надежд вызывает в ней ухаживание мистера Бингли. И Элизабет высказала все, что было возможно, чтобы поддержать в ней эти надежды. Когда к сестрам присоединился мистер Бингли, Элизабет отошла в сторону и отыскала мисс Лукас. Она едва успела ответить на вопрос подруги о том, понравился ли ей последний партнер по танцам, как к ним подошел мистер Коллинз и в крайнем возбуждении сообщил, что он имел удовольствие только что сделать важнейшее открытие.

— Благодаря чистейшей случайности, — сказал он, — я обнаружил в этой комнате близкого родственника моей патронессы. Мне посчастливилось услышать, как он в разговоре с молодой леди, являющейся украшением этого дома, упомянул имена его кузины мисс де Бёр и ее матери леди Кэтрин. Случаются же на свете подобные чудеса! Кто бы мог подумать, что здесь, на этом балу, я встречусь чуть ли не с племянником леди Кэтрин? Я благодарю небо за то, что у меня вовремя раскрылись глаза и я могу засвидетельствовать ему мое почтение! Конечно, я не премину совершить это сию же минуту. И я уповаю на то, что он простит мне медлительность, которая оправдывается лишь моей неосведомленностью.

— Не собираетесь ли вы представиться мистеру Дарси?

— О, разумеется. Я буду покорнейше просить у него прощения за то, что не сделал этого раньше. Думаю, что он в самом деле приходится племянником леди Кэтрин. И я буду в состоянии заверить его, что всего неделю тому назад здоровье ее светлости не оставляло желать лучшего.

Элизабет попыталась по возможности удержать мистера Коллинза от этого шага. Она доказывала, что Дарси сочтет обращение к нему незнакомого человека скорее непозволительной вольностью, нежели данью уважения к своей тетке, что здесь они вполне могут не обращать друг на друга внимания и, наконец, что если бы даже в этом и возникла необходимость, то первый шаг к знакомству должен был сделать мистер Дарси, занимающий более высокое положение в обществе. Мистер Коллинз выслушал ее с видом человека, твердо решившего поступить по-своему, и, когда она замолчала, ответил:

— Дорогая моя мисс Элизабет! Я питаю самое высокое мнение относительно вашей превосходной способности судить о вещах, в которых вы хорошо разбираетесь. Но позвольте мне сказать, что имеется глубокое различие между нормами человеческих отношений, принятыми среди мирян, и теми, которые определяют поведение священнослужителей. Я должен присовокупить к этому, что ставлю служение церкви, в смысле почетности, вровень с исполнением самых высоких обязанностей в королевстве, — конечно, если только не забывать, что это служение должно осуществляться с подобающим смирением. А потому разрешите мне следовать в данном случае голосу совести, который призывает меня совершить то, что я нахожу своим долгом. Простите меня за нежелание воспользоваться вашим советом, которым я готов руководствоваться в любом другом деле. Но при сложившихся обстоятельствах я полагаю себя по образованию и опыту более способным судить о правильности своего поведения, нежели подобная вам юная леди.

Отвесив глубокий поклон, мистер Коллинз покинул Элизабет и направился прямо к мистеру Дарси. С тревогой стала она наблюдать, какое действие произведет на Дарси это неожиданное обращение. При первых же словах кузена Дарси явно удивился. Мистер Коллинз начал с торжественного расшаркивания, и, хотя речь его до нее не долетала, ей казалось, что она слышит фразу за фразой, по мере того как по движению его губ разгадывала произносимые им слова: «извинения», «Хансфорд» и «леди Кэтрин де Бёр». Ей было крайне досадно видеть, что ее родственник выступает перед мистером Дарси в столь комической роли. Последний смотрел на Коллинза с нескрываемым изумлением и, когда тот наконец позволил Дарси заговорить, ответил ему очень холодно. Это, однако, нисколько не обескуражило мистера Коллинза и не удержало его от новой тирады, продолжительность которой, казалось, еще больше увеличила презрение к нему мистера Дарси, так что, когда она закончилась, он только слегка кивнул головой и пошел прочь, в то время как Коллинз возвратился к Элизабет.

— Поверьте, я ни в коей мере не разочарован оказанным мне приемом, — сказал он, подойдя. — Мистер Дарси весьма доволен моей почтительностью. Он разговаривал со мной необыкновенно любезно и даже отплатил мне комплиментом, сказав, что достаточно знает разборчивость леди Кэтрин и не сомневается, что ее благосклонностью могут пользоваться только истинно достойные люди. Как это прекрасно сказано! Право, мне он очень понравился.

Так как самой Элизабет уже нечего было ждать от бала, она почти все внимание сосредоточила на сестре и мистере Бингли. Это навело ее на приятнейшие мысли, от которых она почувствовала себя почти такой же счастливой, как Джейн. В своем воображении она уже видела сестру хозяйкой этого дома, живущей в довольстве и счастье, которое может возникнуть только в браке, основанном на настоящей любви. При таких обстоятельствах она считала себя даже способной полюбить сестер мистера Бингли. Было очевидно, что мысли миссис Беннет сосредоточены на том же, и Элизабет твердо решила держаться от нее поодаль, боясь, как бы мать не сказала ей чего-нибудь лишнего. Однако, усаживаясь за стол, Элизабет, к своему огорчению, оказалась почти рядом с миссис Беннет. С досадой услышала она, что непрекращающийся громкий разговор матери с самым неподходящим человеком — леди Лукас — посвящен не чему иному, как предстоящей женитьбе мистера Бингли на Джейн. Тема была настолько увлекательной, что в своем перечислении преимуществ будущей партии миссис Беннет была совершенно неутомима. Прежде всего она поздравляла себя с тем, что Бингли такой милый молодой человек, что он так богат и живет всего в трех милях от Лонгборна. Далее она с восторгом говорила о том, как привязались к Джейн сестры мистера Бингли и как они должны радоваться возможности взаимно породниться. Более того, как много хорошего это событие сулит ее младшим дочерям, которые после замужества Джейн окажутся на виду у других богатых мужчин. И, наконец, как будет удобно ей, в ее возрасте, оставлять своих незамужних дочерей на попечение замужней сестры и появляться в обществе только когда ей заблагорассудится — обстоятельство, которое, в соответствии с общепринятыми взглядами, следовало непременно выдавать за приятное, хотя трудно было найти человека, менее охотно сидящего дома, чем миссис Беннет. В заключение выражалось множество пожеланий, чтобы леди Лукас оказалась столь же счастлива в ближайшем будущем, хотя всем своим видом миссис Беннет отчетливо и с торжеством давала понять, что считает это совершенно невероятным.

Тщетно дочка пыталась унять поток материнского красноречия или хотя бы упросить мать, чтобы она выражала свои восторги не таким громким шепотом, ибо он, как замечала к своей невыразимой досаде Элизабет, почти полностью доходил до ушей сидевшего напротив мистера Дарси. Мать только сердилась на нее, говоря, что она несет чепуху.

— Кто такой для меня твой мистер Дарси, чтобы мне его бояться? Разве мы у него в долгу за любезное обращение, чтобы стараться не сказать ему чего-нибудь не по вкусу?

— Мама, ради бога, попытайтесь говорить тише. Для чего оскорблять мистера Дарси? Разве вы этим хорошо зарекомендуете себя перед его другом?

Уговоры, однако, не производили на мать никакого действия. Миссис Беннет продолжала во всеуслышание разглагольствовать о питаемых ею надеждах, и Элизабет то и дело приходилось краснеть от стыда и досады. Ей было трудно удерживаться от того, чтобы время от времени не бросать взгляд на Дарси, каждый раз убеждаясь, насколько основательны ее опасения. Хотя Дарси и не всегда смотрел в сторону миссис Беннет, она была убеждена, что его внимание сосредоточено именно на ней. При этом выражение его лица постепенно менялось: если вначале на нем было написано негодующее презрение, то под конец оно было исполнено мрачной и неуклонной решимости.

В конце концов, однако, красноречие миссис Беннет иссякло, и леди Лукас, которая во время этих, едва ли разделяемых ею, восторженных излияний неоднократно подавляла зевки, получила наконец возможность спокойно сосредоточиться на курице и ветчине. Элизабет начала было уже приходить в себя. Однако передышка оказалась короткой. Когда ужин окончился, заговорили о музыке, и ей пришлось перенести еще одно унижение, увидев, как Мэри после недолгих уговоров приготовилась ублажать публику своим искусством. Элизабет попыталась взглядом предотвратить такую самоотверженность с ее стороны, но тщетно. Обрадовавшись возможности показать себя во всем блеске, Мэри не хотела ничего понимать и тут же уселась за фортепьяно. С крайней досадой Элизабет, не отрывая глаз, наблюдала за сестрой и нетерпеливо следила, как та переходит от куплета к куплету. Окончание песни, впрочем, не принесло облегчения — уловив среди одобрительных возгласов намек на просьбу продлить доставленное удовольствие, сестра тотчас же принялась за новую. Мэри не обладала никакими данными для выступлений перед публикой: голос у нее был слабый, манера исполнения — вымученная. Элизабет была в отчаянии. Она посмотрела на старшую сестру, чтобы узнать, как эту же муку переживает Джейн. Но Джейн очень мило болтала с Бингли. Элизабет взглянула на его сестер и увидела, что они делают насмешливые знаки друг другу и мистеру Дарси, который, однако, сохранял непроницаемо мрачное выражение. Наконец она бросила взгляд на отца, умоляя его вмешаться, так как иначе Мэри могла бы продолжать свое пение до утра. Он понял ее и, когда Мэри закончила вторую песню, громко сказал:

— Этого вполне хватит, дитя мое. Ты уже достаточно долго услаждала наш слух. Позволь теперь другим молодым девицам себя показать.

Хотя Мэри и сделала вид, что его слова до нее не дошли, она все же была ими несколько сконфужена. А Элизабет, переживая обиду за сестру и досадуя на отца, чувствовала, что своим вмешательством только ухудшила дело. Между тем стали искать нового исполнителя.

— Если бы мне, — произнес мистер Коллинз, — посчастливилось обладать музыкальными способностями, я, несомненно, счел бы для себя удовольствием порадовать общество какой-нибудь арией. Ибо я нахожу музыку самым невинным развлечением, вполне совместимым с положением служителя церкви. Разумеется, я не считаю, что мы вправе уделять музыке слишком много времени — существует столько дел, требующих от нас внимания. Если бы вы знали, сколько обязанностей у пастыря церковного прихода! Во-первых, ему нужно распределить десятину, заботясь при этом о своих интересах и не нарушая в то же время интересов своего патрона. Далее, ему необходимо сочинять проповеди. Остального времени едва хватает на исполнение церковных обрядов и заботу об усовершенствовании своего жилища, комфортом которого он ни в коем случае не вправе пренебрегать. Столь же важно для него проявлять внимание и участие ко всем окружающим и в особенности к тем из них, кому он обязан своим положением. И я отнюдь не освобождаю себя от подобного долга, так же как не стал бы хорошо думать о человеке, который упускает возможность выразить почтение любой особе, находящейся в родственных отношениях с его патроном!

И он заключил свою речь, произнесенную таким громким голосом, что ее услышала половина собравшегося общества, поклоном в сторону мистера Дарси. Кое-кто из присутствующих пристально посмотрел на мистера Коллинза, кое-кто улыбнулся. Но никого его речь не позабавила больше, чем мистера Беннета, в то время как миссис Беннет вполне серьезно ее одобрила, поведав тихим голосом своей соседке леди Лукас, что мистер Коллинз необыкновенно умный и достойный молодой человек.

Элизабет казалось, что, если бы все члены ее семейства нарочно сговорились выставить в этот вечер напоказ свои недостатки, им едва ли удалось бы выполнить это с большим блеском и добиться более значительного успеха. К счастью для мистера Бингли и Джейн, некоторые номера этого спектакля, по-видимому, ускользнули от внимания молодого человека, не слишком чувствительного к проявлениям человеческой глупости. Однако достаточным злом было уже и то, что для его сестер и мистера Дарси открывалась великолепная возможность высмеивать ее родню. И Элизабет не могла решить, что для нее было более невыносимо: вызывающие улыбки двух леди или молчаливое презрение джентльмена.

Остаток вечера принес ей мало приятного. Ее продолжал мучить мистер Коллинз, неотлучно следовавший за ней по пятам. Не будучи в состоянии уговорить ее танцевать, он своим присутствием лишал ее возможности принять приглашение какого-нибудь другого кавалера. Тщетно уговаривала она его воспользоваться обществом других барышень, предлагая познакомить его с любой из присутствовавших на балу. Мистер Коллинз утверждал, что он равнодушен к танцам и что больше всего ему бы хотелось выразить свое внимание дорогой кузине, надеясь тем самым как можно лучше зарекомендовать себя в ее глазах. По этой причине он предпочел бы до конца бала с ней не разлучаться. Против такого желания было трудно что-нибудь возразить. Поэтому Элизабет была благодарна мисс Лукас за то, что она часто к ним подходила и самоотверженно принимала на себя труд поддерживать разговор с мистером Коллинзом.

Элизабет, по крайней мере, была рада избавиться от знаков внимания со стороны мистера Дарси, который, хотя нередко и прохаживался без всякого дела неподалеку от нее, больше уже не пытался с ней заговаривать. Было приятно предположить, что она добилась этого намеками на мистера Уикхема.

Гости из Лонгборна покинули зал последними. Благодаря особой уловке миссис Беннет их экипаж был подан спустя четверть часа после того, как все остальные приглашенные уже уехали. Это дало им возможность заметить, с каким нетерпением ждал их отъезда кое-кто из обитателей Незерфилда. Миссис Хёрст и ее сестра открывали рот лишь для того, чтобы посетовать на свою усталость, всем видом показывая, насколько им хочется наконец остаться одним. Уклоняясь от попыток миссис Беннет завязать разговор, они наводили оцепенение на всех присутствующих. Сцена эта слабо оживлялась пространными рассуждениями мистера Коллинза, полными комплиментов по адресу мистера Бингли и его сестер, по поводу изысканности только что закончившегося вечера и любезности и гостеприимства хозяев дома. Мистер Дарси вообще ничего не говорил. Мистер Беннет также молчал, смакуя развернувшееся перед ним зрелище. Мистер Бингли и Джейн, стоя несколько поодаль от других, разговаривали только между собой. Элизабет хранила молчание не менее упорно, чем миссис Хёрст и мисс Бингли. И даже Лидия была настолько утомлена, что не произнесла ни слова, если не считать отрывочных восклицаний вроде: «Боже, как я устала!» — сопровождавшихся энергичным зевком.

Когда все наконец направились к выходу, миссис Беннет любезнейшим образом выразила непременное желание вскоре увидеть незерфилдскую компанию в Лонгборне. Обращаясь главным образом к мистеру Бингли, она сказала, что ее семья будет счастлива в любое время разделить с ним и его близкими скромный обед — без церемоний и формальных приглашений. Мистер Бингли искренне ее поблагодарил и охотно обещал навестить их при первом удобном случае после возвращения из короткой деловой поездки в Лондон, куда он должен был выехать на следующее утро.

Миссис Беннет была вполне удовлетворена. Покидая Незерфилд, она питала счастливую уверенность, что ее дочь переедет сюда спустя три-четыре месяца, которые понадобятся для приобретения новых экипажей и обстановки и приготовления свадебных нарядов. В той же мере она была убеждена в скором замужестве и второй дочери. Надежда на этот брак также доставляла ей немалое удовольствие, хотя и не столь сильное, как предвкушение замужества Джейн. Миссис Беннет любила Элизабет меньше других дочерей. И хотя она ничего не имела против Коллинза и его пасторского домика, они, конечно, не шли ни в какое сравнение с мистером Бингли и Незерфилдом.

Глава XIX

На следующее утро в Лонгборне произошли новые важные события. Мистер Коллинз сделал формальное предложение второй дочери мистера Беннета. Срок его пребывания в Лонгборне истекал в ближайшую субботу, и он решил не терять времени. Он не отличался застенчивостью, которая помешала бы ему свободно выразить свои чувства, а потому осуществил это намерение весьма продуманно, сопровождая свои действия всеми подобающими условностями.

Застав миссис Беннет после завтрака в обществе Элизабет и одной из ее младших сестер, он обратился к хозяйке дома со следующим вопросом:

— Могу ли я надеяться, сударыня, что вы употребите ваше влияние на прелестную мисс Элизабет, если я попрошу ее оказать мне сегодня особую честь, позволив побеседовать с ней наедине?

Элизабет успела только покраснеть от неожиданности, ибо миссис Беннет сейчас же воскликнула:

— Ах, боже мой! Ну конечно! Само собой разумеется! Я уверена, что Лиззи выслушает вас с большим удовольствием. У нее не может быть никаких возражений. Пойдем, Китти, ты мне понадобишься наверху.

И, собрав свое шитье, она заторопилась к выходу. Элизабет попробовала ее остановить:

— Пожалуйста, не уходите отсюда. Я вас очень прошу. Мистер Коллинз меня извинит. Он не скажет мне ничего, что не мог бы услышать в этом доме любой человек. Я лучше уйду сама.

— Какие глупости. Мне нужно, чтобы ты осталась в этой комнате. — И, увидев, что смутившаяся и растерявшаяся Элизабет может и в самом деле сбежать, добавила: — Лиззи, я требую, чтобы ты осталась и выслушала мистера Коллинза.

У Элизабет не хватило духу нарушить столь безоговорочный приказ. И так как короткое размышление подсказало ей, что умнее всего будет покончить с делом возможно быстрее и с наименьшим шумом, она снова присела и углубилась в шитье. Ей хотелось смеяться и плакать. И как только миссис Беннет и Китти вышли, Коллинз приступил к объяснению.

— Поверьте, дорогая мисс Элизабет, ваша скромность не только не роняет вас в моих глазах, но даже еще сильнее подчеркивает ваше совершенство. Вы не казались бы мне столь очаровательной, если бы не обнаружили некоторого нежелания пойти мне навстречу. Позвольте, однако, вас заверить, что, обращаясь к вам, я уже заручился согласием вашей почтенной матушки. Вы едва ли заблуждаетесь в отношении преследуемых мною целей, хотя, быть может, и станете это отрицать ввиду вашей природной застенчивости. В самом деле, я слишком явно оказывал вам свое предпочтение, чтобы вы могли не понять моих намерений. Почти в ту самую минуту, как я переступил порог этого дома, я понял, что вам суждено стать спутницей моей жизни. Но, прежде чем дать волю моим пламенным чувствам, быть может, мне следовало бы поделиться с вами мотивами, по которым я собираюсь жениться и которые заставили меня приехать в Хартфордшир, чтобы найти в этом доме свою будущую подругу?

Мысль, что ее рассудительный и напыщенный кузен может дать волю своим пламенным чувствам, чуть не заставила Элизабет рассмеяться. Из-за этого она не смогла воспользоваться небольшой паузой и удержать мистера Коллинза от дальнейших излияний, позволив ему продолжить свой монолог.

— Итак, я собираюсь жениться, считая, во-первых, что всякий служитель церкви, не стесненный, подобно мне, в средствах, должен быть примерным семьянином в своем приходе. Во-вторых, я уверен, что этот шаг сделает мою жизнь еще более счастливой. И наконец, в-третьих, — хотя, быть может, мне следовало упомянуть об этом прежде всего, — я особо руководствуюсь в данном случае советом и пожеланиями весьма благородной леди, которую имею честь называть своей патронессой. Она уже дважды снизошла до того, чтобы высказать (без всякой просьбы с моей стороны!) свои взгляды по этому поводу. И даже в субботу, накануне моего отъезда из Хансфорда, когда миссис Дженкинсон, в перерыве между двумя партиями кадрили, поправляла скамеечку в ногах миссис де Бёр, леди Кэтрин сказала мне: «Мистер Коллинз, вам следует жениться. Служитель церкви вашего склада должен быть женатым человеком. Выбирайте разумно, выбирайте достойную. Учтите мой вкус, считаясь, конечно, и со своим. Пусть это будет порядочная и работящая женщина, неизбалованная, такая, которая способна сводить концы с концами при скромном доходе. Я вам это советую. Найдите себе возможно скорее подходящую жену, привезите ее в Хансфорд, и я нанесу ей визит». Я бы хотел, кстати, заметить, моя прелестная кузина, что отнюдь не ставлю внимание и доброту леди Кэтрин де Бёр на последнее место в ряду тех преимуществ, которые я в состоянии предложить вместе с моей рукой. Познакомившись с леди Кэтрин, вы поймете, что я не мог описать вам ее манеры так, как они того заслуживают. И я надеюсь, что ей понравятся свойственные вам живость и остроумие, которые, разумеется, будут должным образом смягчены сдержанностью и уважением, внушаемыми ее высоким рангом. Вот к чему сводятся общие соображения, которые побуждают меня к женитьбе. Мне остается только сказать — почему я обратил свои взоры именно в сторону Лонгборна, а не окружающих Хансфорд селений, в которых, смею вас уверить, имеется немало приятных молодых леди. Суть дела в том, что после смерти вашего высокочтимого батюшки (да проживет он еще многие лета!) мне предстоит унаследовать его имение. И дабы успокоить в этом отношении мою щепетильность, я решил сделать своей женой одну из его дочерей. Я бы хотел, чтобы они как можно меньше почувствовали потерю тогда, когда произойдет, увы, столь печальное событие, которое, однако, как я уже говорил, может совершиться еще очень не скоро. Таковы были мои побуждения, прелестная кузина, и я льщу себя надеждой, что они не уронят меня в ваших глазах. Мне остается только уверить вас самым пламенным образом в необыкновенной силе моей привязанности. Я вполне равнодушен к деньгам и не собираюсь предъявлять никаких претензий по этому поводу вашему батюшке, ибо достаточно знаю, сколь мало они могут быть удовлетворены. Я также осведомлен, что одна тысяча фунтов из четырех процентов годовых, и то переходящая к вам только после кончины миссис Беннет, — все, чем вы можете располагать в будущем. По этому поводу я буду нем как рыба, и вы можете быть уверены, что ни один неблаговидный упрек вовеки не сорвется с моих уст.

Было необходимо остановить его как можно скорее.

— Вы торопитесь, сэр! — вскричала Элизабет. — Вы забыли, что я еще ничего не ответила. Разрешите мне это сделать без промедления. Примите, сэр, благодарность за оказанную мне честь. Я глубоко сознаю, поверьте, сколь лестно для меня ваше предложение, но я вынуждена его отклонить.

— О, мне приходилось слышать, — перебил ее мистер Коллинз с выразительным жестом, — что молодые леди, когда мужчина впервые просит их составить его счастье, нередко отклоняют предложение, которое в глубине души готовы принять. В некоторых случаях отказ повторяют во второй и даже в третий раз. Поэтому меня ничуть не обескураживают ваши слова, и я искренне надеюсь, что в недалеком будущем поведу вас к алтарю.

— Однако после моего ответа, сэр, — воскликнула Элизабет, — ваша надежда не кажется обоснованной. Уверяю вас, я не отношусь к числу молодых женщин (если они вообще существуют), у которых хватает смелости рисковать своим счастьем, рассчитывая на повторное предложение. Я ответила вам вполне серьезно. Вы не можете сделать счастливой меня, и, по моему глубокому убеждению, из всех женщин на свете я меньше всех могла бы составить счастье такого человека, как вы. Не сомневаюсь, если бы меня узнала ваш друг леди Кэтрин, она ни в коем случае не одобрила бы ваш выбор.

— Неужели леди Кэтрин в самом деле так бы к вам отнеслась? — проговорил мистер Коллинз с серьезной миной. — Но я не могу себе представить, чтобы вы не понравились ее светлости. Можете быть уверены, когда я буду иметь честь с ней встретиться, я опишу вашу скромность, хозяйственность и прочие положительные качества в самом выгодном свете.

— Увы, мистер Коллинз, похвалы по моему адресу будут напрасными. Позвольте мне самой решить мою судьбу и соблаговолите поверить моим словам. Я от души желаю вам богатства и счастья и, отказываясь выйти за вас замуж, делаю все, что только зависит от меня, чтобы эти пожелания сбылись. Предложив мне руку, вы должны были успокоить свою щепетильность в отношении нашей семьи. И теперь вы сможете вступить во владение Лонгборнским имением, когда оно к вам перейдет, без угрызений совести. Таким образом, вопрос этот можно считать вполне решенным.

С этими словами она уже было хотела покинуть комнату, но мистер Коллинз заговорил опять:

— Когда я буду иметь честь беседовать с вами на ту же тему еще раз, я буду надеяться получить более благоприятный ответ, чем тот, который вы мне дали сейчас. Вместе с тем я далек от того, чтобы обвинить вас в бесчувственности, хорошо зная, насколько свойственно вашему полу отвечать отказом мужчине, когда он делает предложение в первый раз. Быть может, вы даже обнадежили меня в той мере, какую допускает истинная деликатность женской души.

— Вы меня в самом деле обескураживаете, мистер Коллинз, — с некоторым волнением проговорила Элизабет. — Если мой ответ показался вам обнадеживающим, я не представляю себе, как мне выразить свой отказ, чтобы он стал для вас убедительным.

— Позвольте мне, кузина, утешиться мыслью, что вы отклонили мое предложение лишь на словах. Коротко говоря, я убежден в этом по следующим причинам. Мне вовсе не кажется, что я недостоин вашей руки или что условия жизни, которые я в состоянии вам предложить, могут вас не устраивать. Мне особо благоприятствует мое положение в обществе, связи с семьей де Бёр и родство с вашим семейством. И, несмотря на все ваши достоинства, вы должны понимать, что вам может не представиться нового случая выйти замуж. Незначительность вашего приданого может ослабить всю притягательную силу вашей красоты и прочих положительных качеств. Поэтому я считаю, что в глубине души вы вовсе не намерены мне отказать. И я склонен объяснить ваш ответ желанием сильнее воспламенить мои чувства посредством очаровательного кокетства, свойственного хорошеньким женщинам.

— Уверяю вас, сэр, я совершенно не претендую на успех, которого можно добиться игрой на чувствах серьезного человека. Мне больше хотелось бы, чтобы вы оценили мою искренность. Я еще раз благодарю вас за честь, оказанную мне вашим любезным предложением, но принять его для меня решительно невозможно. Все мои чувства восстают против этого. Могу ли я выразиться яснее? Перестаньте же смотреть на меня как на завлекающую вас в сети кокетку и постарайтесь увидеть перед собой разумное существо, говорящее правду от всего сердца!

— Вы просто прелесть! — воскликнул он, проявляя несвоевременную галантность. — И я убежден, что, когда мое предложение будет одобрено вашими высокочтимыми родителями, вы отнесетесь к нему вполне благожелательно.

Элизабет поняла, что совершенно бессильна сколько-нибудь поколебать самоуверенность мистера Коллинза. И она тут же вышла из комнаты, решив, если он и дальше будет принимать ее отказ за обнадеживающие поощрения, обратиться к отцу, который сможет ему ответить достаточно определенно, не опасаясь, что его поведение будет истолковано как кокетство хорошенькой женщины.

Глава XX

Мистеру Коллинзу не пришлось долго предаваться размышлениям о своих любовных успехах. Исхода переговоров нетерпеливо ожидала в прихожей миссис Беннет. И как только ее дочь, распахнув дверь, пробежала мимо нее, она устремилась к Коллинзу, горячо поздравляя его и себя по поводу того, что между ними в скором времени установится самое близкое родство. Мистер Коллинз выслушал это пылкое обращение и ответил на него столь же восторженно, а затем пересказал ей подробности состоявшегося объяснения, результатами которого он, как ему казалось, мог быть вполне удовлетворен. В самом деле, упорный отказ его кузины естественно объяснялся ее застенчивостью и деликатностью ее натуры.

У миссис Беннет это сообщение вызвало все же некоторую тревогу. Ей хотелось бы надеяться, что Элизабет отвергла сватовство мистера Коллинза с намерением еще больше воспламенить его чувства. Однако она не смела этому верить и не могла скрыть своих опасений от собеседника.

— Но положитесь, мой дорогой, на меня! — сказала она. — Уж я-то сумею ее образумить. Сию же минуту поговорю с ней начистоту. Экая упрямая и своенравная девчонка — сама не понимает своего счастья. Но она у меня *научится* его понимать.

— Простите, сударыня, что я позволю себе вас перебить, — заметил мистер Коллинз. — Но если она в самом деле упряма и своенравна, я не уверен, что она вообще способна стать подходящей супругой человека моего положения, который, естественно, ищет в брачном союзе благополучия. Поэтому, если она будет и дальше отказываться принять мое предложение, нам, быть может, лучше не принуждать ее к этому? Боюсь, что, страдая подобными недостатками, она едва ли сможет сделать меня счастливым.

— Ах, сэр, вы меня поняли совершенно превратно, — ответила встревоженная миссис Беннет. — Лиззи бывает упряма только в подобных исключительных случаях. При всех других обстоятельствах — это самое покладистое существо на земле. Я сейчас переговорю с мистером Беннетом, и, ручаюсь вам, очень скоро мы все уладим.

Не давая ему времени для ответа, она опрометью бросилась к мужу, заговорив прямо с порога библиотеки:

— О, мистер Беннет, вы должны немедленно мне помочь! Все мы в полном смятении. Бегите и заставьте Лиззи выйти замуж за мистера Коллинза, так как она не согласна стать его женой. И если вы не вмешаетесь в это сию же минуту, он может раздумать и не пожелает стать ее мужем.

При ее появлении мистер Беннет оторвался от книги и невозмутимо посмотрел на супругу, ничем не показывая, что он сколько-нибудь встревожен ее сообщением.

— К сожалению, моя дорогая, я не имел удовольствия уразуметь смысл ваших слов, — сказал он, когда она замолчала. — О чем вы толкуете?

— О мистере Коллинзе и Лиззи. Лиззи заявила, что она не хочет выходить замуж за мистера Коллинза, а мистер Коллинз уже начал говорить, что он не женится на Лиззи.

— И что же при таких обстоятельствах я могу предпринять? Дело выглядит достаточно безнадежным.

— О, вы должны поговорить с Лиззи! Потребуйте от нее, чтобы она вышла за него замуж.

— Пусть ее позовут сюда. Я выскажу ей свое мнение.

Миссис Беннет позвонила, и мисс Элизабет была приглашена в библиотеку.

— Подойди ко мне, дитя мое, — произнес отец, когда она вошла. — Я послал за тобой ради важного дела. Насколько я понимаю, мистер Коллинз предложил тебе выйти за него замуж. Верно ли это?

Элизабет ответила утвердительно.

— Очень хорошо. И ты ему отказала?

— Да, сэр.

— Прекрасно. Теперь мы подходим к самому главному. Твоя мать требует, чтобы ты приняла его предложение, — не правда ли, миссис Беннет?

— О да. Иначе я больше не хочу ее видеть.

— Итак, моя дочь, ты поставлена перед трагическим выбором. С этой минуты ты лишаешься одного из родителей. Твоя мать не желает видеть тебя, если ты не пойдешь за мистера Коллинза, а я больше никогда на тебя не взгляну, если ты вздумаешь с его предложением согласиться.

Элизабет не могла удержаться от улыбки при подобном завершении разговора, начатого столь торжественно. Но миссис Беннет, которая внушила себе, что ее муж смотрит на дело так же, как и она, была крайне обескуражена.

— Что вы имеете в виду, мистер Беннет, рассуждая подобным образом? Разве вы не обещали мне заставить эту девчонку выйти за него замуж?

— Дорогая моя, — ответил ее супруг, — у меня к вам две небольшие просьбы. Во-первых, я бы хотел, чтобы вы мне разрешили свободно располагать в данном случае собственным здравым смыслом, а во-вторых — собственной комнатой. Мне было бы очень приятно, если бы библиотека как можно скорее оказалась в моем распоряжении.

Несмотря на то что миссис Беннет была разочарована своим мужем, она все же не собиралась сдаваться. Снова и снова она заговаривала с Элизабет, то и дело переходя от увещеваний к угрозам. Мать попробовала было найти поддержку у Джейн, но Джейн, с присущей ей мягкостью, отказалась вмешаться. Элизабет отражала атаки матери то вполне серьезно, то пытаясь от них отшутиться. Но сколько бы она ни меняла форму своих ответов, решение ее оставалось неизменным.

Между тем мистер Коллинз обдумывал в одиночестве все, что с ним в это утро произошло. Он был слишком высокого мнения о своей особе, чтобы понять причину, из-за которой кузина не захотела принять его предложение. И хотя его самолюбие, несомненно, было уязвлено, других огорчений он не испытывал. Его склонность к ней была только воображаемой. И, предполагая, что упреки, брошенные матерью в ее адрес, могли быть заслуженными, он едва ли мог о чем-нибудь сожалеть.

Семейство Беннет пребывало в смятении, когда их навестила Шарлот Лукас. В прихожей ее встретила Лидия. Бросившись к гостье, она объявила громким шепотом:

— Хорошо, что ты приехала. У нас тут такое творится! Что бы ты думала случилось сегодня утром? Мистер Коллинз сделал предложение Лиззи, а она ему отказала!

Прежде чем Шарлот успела ответить, в прихожую вбежала Китти, сообщившая ту же новость. И как только девицы вошли в комнату для завтрака, в которой одиноко восседала хозяйка дома, миссис Беннет снова заговорила на ту же тему, взывая к сочувствию мисс Лукас и умоляя ее воздействовать на подругу, чтобы Лиззи уступила наконец чаяниям всей семьи.

— Ради бога, дорогая мисс Лукас, сделайте это, — добавила она удрученно. — Меня никто не поддерживает. Я ни в ком не вижу сочувствия — все ведут себя просто безжалостно. Хоть бы кто-нибудь вспомнил о моих истерзанных нервах!

Ответу Шарлот помешало появление Джейн и Элизабет.

— Вот и она сама, — продолжала мисс Беннет. — С нее как с гуся вода. Ей и дела нет до всех нас, будто бы мы все живем где-нибудь в Йорке. Лишь бы ее не трогали! Но я вам вот что скажу, дорогая мисс Лиззи: ежели вы себе вбили в голову, что можете и впредь отказывать всякому жениху, кто бы к вам ни посватался, то вы и вовсе не выйдете замуж! И клянусь вам, мне неизвестно, кто станет о вас заботиться, когда умрет ваш отец. Мне это будет не под силу, запомните. С этого дня я с вами покончила. Больше я с вами не стану разговаривать — я уже вам это сказала в библиотеке. И вы убедитесь, я сумею сдержать свое слово. Что за удовольствие разговаривать с неблагодарной девчонкой? И вообще, чего ради мне разговаривать с кем бы то ни было? Люди, страдающие больными нервами, не очень-то склонны к разговорам. Увы, моих мучений не понимают! Но этому нельзя удивляться. Кто сам не пожалуется, не дождется сочувствия.

Дочки слушали эти излияния молча, зная, что всякая попытка успокоить и урезонить мать только увеличит ее раздражение. Поэтому миссис Беннет продолжала сетовать на судьбу, пока к ним не присоединился мистер Коллинз, казавшийся еще более напыщенным, чем обычно. При виде его миссис Беннет сказала девицам:

— А теперь я хочу, чтобы вы — да, да, вы все — попридержали языки и позволили нам с мистером Коллинзом хоть немножко поговорить по душам.

Элизабет вышла из комнаты, Джейн и Китти последовали за ней, а Лидия не тронулась с места, решив услышать все, что только будет возможно. Шарлот задержалась, отвечая сначала на любезности мистера Коллинза, который самым подробным образом расспросил обо всех ее родственниках и поинтересовался ее собственным самочувствием, а затем, одолеваемая любопытством, отошла к окну, сделав вид, что оттуда ей ничего не слышно.

Миссис Беннет начала подготовленный разговор страдальческим возгласом:

— О мистер Коллинз!

— Сударыня, — отвечал он, — не будем больше касаться этой темы. Я далек от того, чтобы обидеться на поведение вашей дочери, — продолжал он тоном, в котором все же проскальзывало известное неудовольствие. — Покорность перед неизбежным злом — наш общий долг. Тем более она приличествует молодому человеку, которому, подобно мне, посчастливилось рано выдвинуться в обществе. И потому я заставляю себя покориться. Быть может, правда, с тем большей легкостью, что у меня возникло сомнение, — нашел бы я истинное счастье, если бы прелестная кузина удостоила меня своей руки. Ибо я часто наблюдал, что покорность никогда не бывает столь полной, как тогда, когда благо, коего мы лишились, начинает в нашем представлении терять свою ценность. Надеюсь, сударыня, вы не сочтете, что я проявляю неуважение к вашей семье своим отказом от благосклонности вашей дочери, не затруднив вас и мистера Беннета просьбой употребить ради меня родительскую власть. То, что я счел себя свободным, основываясь на ответе вашей дочери, а не ее родителей, может, я опасаюсь, бросить тень на мое поведение. Но всем нам свойственно ошибаться. Во всяком случае, в своих поступках я руководствовался лучшими намерениями. Мне хотелось приобрести приятную спутницу жизни и оказать в то же время услугу вашей семье. И если в чем-то мое поведение все же заслуживает упрека, я, сударыня, умоляю о снисхождении.

Глава XXI

Волнения по поводу сватовства мистера Коллинза подходили к концу. Элизабет страдала теперь только от оставленного этим событием неприятного осадка и ворчливых упреков, которые еще иногда высказывала по ее адресу миссис Беннет. Что касается самого джентльмена, то он вовсе не выглядел

155

смущенным или подавленным и даже не избегал общества кузины, обнаруживая свои чувства лишь некоторой скованностью и негодующим молчанием. Он почти не разговаривал с ней и в течение всего вечера уделял столь высоко ценимое им внимание одной лишь мисс Лукас. И, охотно поддерживая с ним беседу, Шарлот оказала подруге и всей ее семье весьма своевременную услугу.

Следующее утро не улучшило здоровья и настроения миссис Беннет. Весь вид мистера Коллинза по-прежнему говорил об уязвленном самолюбии. Элизабет надеялась, что обида заставит его преждевременно покинуть Лонгборн, но планы гостя не изменились: его отъезд был назначен на субботу, и именно в субботу он намеревался от них уехать.

После завтрака девицы отправились в Меритон, чтобы узнать, вернулся ли уже мистер Уикхем, и выразить сожаление по поводу его отсутствия на незерфилдском балу. Он встретил их на окраине города и зашел вместе с ними к миссис Филипс, где его собственная досада и огорчение всех остальных были высказаны достаточно красноречиво. Однако в разговоре с Элизабет он признался, что необходимость его отъезда была преувеличена.

— Когда до бала осталось немного дней, — сказал он, — я понял, что мне лучше не встречаться с мистером Дарси. Я мог бы не вынести длительного пребывания с ним в одной комнате и в одном обществе. А это привело бы к сценам, неприятным не только мне одному.

Элизабет высоко оценила его благоразумие. Им удалось вдоволь наговориться на эту тему и высказать друг другу взаимные комплименты, пока Уикхем и еще один офицер сопровождали девиц до Лонгборна. Во время этой прогулки молодой человек оказывал Элизабет особое внимание. Его готовность следовать за ней до самого ее дома была вдвойне приятна Элизабет: во-первых, она была лестна сама по себе, а во-вторых, создавала удобную возможность представить мистера Уикхема ее родителям.

Вскоре после их возвращения старшей мисс Беннет принесли письмо из Незерфилда. Оно было тотчас же распечатано. В конверте лежал красивый листок лощеной бумаги, исписанный изящным дамским почерком.

Пока сестра, задерживаясь на отдельных фразах, читала письмо, Элизабет видела, как менялось выражение ее лица. Джейн вскоре взяла себя в руки и, спрятав письмо, постаралась с обычной веселостью присоединиться к общей беседе. Однако письмо настолько заинтересовало Элизабет, что отвлекло ее внимание даже от Уикхема. Едва Уикхем и его приятель покинули Лонгборн, Джейн взглядом пригласила сестру последовать за ней наверх и, когда они вошли в свою комнату, сказала, снова вынув письмо:

— Оно от Кэролайн Бингли. Я, признаюсь, удивлена его содержанием. К этому времени вся их компания уже, должно быть, покинула Незерфилд и находится на пути в Лондон. И они не собираются возвращаться. Послушай, что здесь написано.

Она прочла первую фразу о том, что сестры мистера Бингли решили последовать за братом в Лондон и намереваются обедать в этот день в доме мистера Хёрста на Гровнор-стрит. В следующих строчках говорилось: «Не хочу от Вас скрывать, моя бесценная подруга, что, покидая Хартфордшир, я не жалею ни о чем, кроме Вашего общества. Но будем надеяться, что когда-нибудь нам доведется еще не раз насладиться восхитительной близостью, подобной той, которая существовала между нами в этих местах. А пока что облегчим боль разлуки самой частой и доверительной перепиской. В этом отношении я очень на Вас надеюсь». Эти фальшивые и высокопарные фразы Элизабет выслушала равнодушно. И хотя ее удивила внезапность отъезда сестер мистера Бингли, в полученном известии она не нашла ничего неприятного. Из него вовсе не следовало, что отсутствие мисс Бингли и миссис Хёрст может помешать их брату вернуться в Незерфилд. А разлуку с этими дамами, Элизабет не сомневалась, Джейн перестанет ощущать достаточно быстро, наслаждаясь обществом мистера Бингли.

— Разумеется, жаль, что вам не довелось попрощаться, — сказала она после короткой паузы. — Но разве мы не можем рассчитывать, что счастливая встреча, о которой мечтает мисс Бингли, произойдет раньше, чем она думает? И что восхитительная близость, пережитая вами, когда вы были подругами, возникнет вновь, став еще более приятной, когда вы превратитесь в сестер? Не удержат ведь они мистера Бингли в Лондоне.

— Кэролайн ясно пишет, что никто из них не вернется в Хартфордшир этой зимой. Позволь, я тебе прочту это место.

«Покидая нас вчера, брат воображал, что с делом, вызвавшим его в Лондон, он сможет покончить за какие-нибудь три дня. Но мы хорошо знаем, что это не так. Будучи уверены, что, приехав в город, Чарлз не станет торопиться снова его покинуть, мы решили последовать за ним и избавить его от необходимости проводить часы досуга в неуютной гостинице. Многие из моих знакомых уже съезжаются в город на зиму. Мне бы очень хотелось услышать, что и Вы, моя бесценная подруга, предполагаете оказаться в их числе, но, увы, я не смею на это рассчитывать. Надеюсь от души, что Рождество в Хартфордшире принесет Вам все радости, свойственные этому времени года, и что многочисленность ваших кавалеров не даст Вам ощутить потерю тех трех, которых мы вас лишаем».

— Из этих слов очевидно, — добавила Джейн, — что он не приедет обратно этой зимой.

— Из этих слов очевидно лишь, что он не должен приехать по мнению мисс Бингли.

— Но почему ты так думаешь? Тебе, наверно, кажется, что это его собственное дело, что он сам собой распоряжается? Но ты не знаешь всего. Я прочту тебе то место, которое ранило меня особенно сильно. Мне нечего от тебя скрывать.

«Мистеру Дарси не терпится повидать свою сестру, и, откровенно говоря, нам хочется встретиться с ней не меньше, чем ему. Я в самом деле не думаю, чтобы кто-нибудь сравнился с Джорджианой Дарси красотой, изяществом и прочими качествами. Но привязанность, которую она своими совершенствами вызывает во мне и Луизе, становится чем-то более значительным благодаря лелеемой нами надежде, что она станет со временем нашей сестрой. Не помню, говорила ли я Вам раньше о своих предположениях, но мне бы не хотелось покинуть провинцию, не рассказав Вам о них, и я верю, что Вы не поймете их превратно. Мой брат и прежде восхищался мисс Дарси. Теперь же он будет иметь возможность часто встречаться с ней в самой непринужденной обстановке. Все ее родные, так же как и его, желают этой партии. И надеясь, что меня не обманывают родственные чувства, я считаю Чарлза вполне способным завоевать любое женское сердце. При всех обстоятельствах, способствующих возникновению такой привязанности, и отсутствии каких-либо помех, разве я не права, моя бесценная Джейн, питая надежду на событие, которое столь многим принесет счастье?»

— Что ты скажешь по поводу этой фразы, Лиззи, дорогая? Разве она недостаточно ясна? — спросила Джейн, складывая письмо. — Разве Кэролайн не заявляет без околичностей, что она не хочет стать моей сестрой и не считает это возможным? И что, убежденная в безразличии ко мне мистера Бингли и подозревая, быть может, характер моего чувства к нему, она хочет меня деликатно предостеречь? Можно ли это объяснить по-другому?

— Да, и совсем легко. Я, например, смотрю на это иначе. Сказать тебе, что я думаю?

— Ради бога, скажи.

— Это можно выразить весьма кратко. Мисс Бингли видит, что ее брат влюблен в тебя, но хочет его женить на мисс Дарси. Она следует за ним в Лондон, надеясь, что сможет там его удержать, и старается тебя уверить, что ему до тебя нет дела.

Джейн покачала головой.

— Джейн, милая, ты должна мне поверить! Никто из видевших вас вместе не мог усомниться в его чувствах. В них, конечно, не сомневается и мисс Бингли — для этого у нее ума хватает. Если бы она заметила в мистере Дарси хоть малую толику тех же чувств к собственной персоне, она бы уже заказывала свадебное платье. Суть дела, однако, в том, что мы для них недостаточно богаты и родовиты. А мисс Бингли хотела бы женить брата на мисс Дарси еще и потому, что, как она полагает, при одной родственной связи между семьями ей будет легче добиться второй. План этот в самом деле не лишен остроумия. Пожалуй, он мог бы увенчаться успехом, не будь у нее на пути дочки леди де Бёр. Но ты же не можешь серьезно думать, что, раз мисс Бингли описала тебе, как ее брат восхищается сестрой мистера Дарси, мистер Бингли стал ценить тебя хоть на йоту меньше, чем когда прощался с тобой после бала во вторник. Или что во власти мисс Бингли внушить ему, что он любит не тебя, а ее обожаемую подругу.

— Если бы мы судили о мисс Бингли одинаково, — ответила Джейн, — твое толкование письма меня бы успокоило. Но я знаю, ты исходишь из неверных предположений. Кэролайн не способна нарочно обманывать. Я могу надеяться только на то, что она сама заблуждается.

— Ну и отлично. Раз мои объяснения для тебя неприемлемы, ты не могла придумать ничего лучшего. Ради бога, считай, что это ее заблуждение. Ты исполнила свой долг и можешь ни о чем не тревожиться.

— Но, Элизабет, дорогая, предположим самое лучшее. Буду ли я счастлива, выходя замуж за человека, сестры и друзья которого хотят, чтобы он женился на другой?

— Это дело твое, — сказала Элизабет. — И если, по зрелом размышлении, ты решишь, что счастливое замужество будет для тебя значить меньше, чем неудовольствие его сестер, я бы тебе советовала ответить ему отказом.

— Как можешь ты так говорить? — сказала Джейн со слабой улыбкой. — Ты же знаешь, сколько бы ни огорчало меня их неодобрение, я бы не колебалась в своем ответе.

— Я в этом уверена. Потому я и не принимаю твоего горя близко к сердцу.

— Но если он не возвратится в течение всей зимы, мой ответ, быть может, даже не потребуется. За шесть месяцев могут возникнуть тысячи новых обстоятельств!

Предположение, что мистер Бингли не вернется в Незерфилд, казалось Элизабет невероятным и представлялось ей вымыслом заинтересованной в этом Кэролайн. Элизабет ни на минуту не допускала, чтобы желание сестры, как бы искусно и настойчиво она ни внушала его брату, могло повлиять на мистера Бингли, человека вполне самостоятельного.

Она убеждала Джейн в своей правоте так горячо, что вскоре с радостью заметила благоприятное действие своих слов. Джейн от природы была не склонна к унынию, и сестре удалось заронить в ней надежду — правда, робкую и иногда омрачаемую сомнениями, — что Бингли возвратится в Незерфилд и ответит каждому движению ее сердца.

Они решили сказать матери лишь об отъезде сестер мистера Бингли из Незерфилда, ничего не говоря о намерениях самого молодого человека. Но даже эти неполные сведения чрезвычайно расстроили миссис Беннет, которая горько сетовала на роковое стечение обстоятельств, заставившее мисс Бингли и миссис Хёрст уехать как раз тогда, когда ее семья так близко с ними сошлась. Однако, погоревав в течение некоторого времени, она утешилась мыслью, что мистер Бингли в скором времени вернется и будет обедать в Лонгборне. И, успокоившись, она в заключение заявила, что, хотя молодой человек приглашен всего-навсего на семейный обед, она не преминет позаботиться, чтобы количество блюд в этот день было удвоено.

Глава XXII

Беннеты были приглашены отобедать у Лукасов, и мисс Лукас опять была настолько добра, что в течение большей части дня выслушивала излияния мистера Коллинза. Элизабет воспользовалась случаем, чтобы поблагодарить подругу.

— Разговаривая с тобой, он находится в прекрасном расположении духа, — сказала она. — Я тебе так обязана за эту помощь.

Шарлот заверила ее, что ей приятно оказаться полезной своим друзьям и что этим с лихвой окупается приносимая ею незначительная жертва. Все это было очень мило с ее стороны. Но великодушие Шарлот простиралось дальше, чем могла себе представить Элизабет. Ни много ни мало, она имела в виду вовсе избавить подругу от угрозы возобновления мистером Коллинзом его ухаживаний, обратив их на себя самое. И дело подвигалось у нее настолько успешно, что, когда Шарлот в этот вечер расставалась со своим кавалером, она могла бы почти не сомневаться в достижении цели, не будь срок его пребывания в Хартфордшире столь кратким. Она, однако, недооценила прямолинейности и стремительности его характера, благодаря которым мистер Коллинз на следующее же утро с изумительной ловкостью улизнул из Лонгборна, чтобы поспешить в Лукас Лодж и броситься к ее ногам. Он постарался выбраться из дома тайком, опасаясь, что, если его уход будет замечен, его намерения, которые до того, как они увенчаются успехом, он хотел сохранить в тайне, будут преждевременно разгаданы. Ибо, хотя он почти не сомневался в исходе дела (притом не без основания, так как Шарлот его достаточно поощрила), в нем все же после случившегося появилась известная неуверенность. Он был принят, однако, самым лестным для себя образом. Заметив его из верхнего окна, когда он подходил к Лукас Лоджу, мисс Лукас выбежала из дома, чтобы как бы невзначай встретиться с ним на садовой дорожке. Едва ли, однако, она осмеливалась предположить, сколько любовного красноречия ожидало ее на месте встречи.

К обоюдному удовлетворению, молодые люди договорились обо всем настолько быстро, насколько это допускали пространные словесные обороты мистера Коллинза. Когда они входили в дом, он уже со всей настойчивостью умолял ее назвать день, который сделает его счастливейшим из смертных. И хотя в данную минуту это его желание еще не могло быть удовлетворено, девица вовсе не была склонна отнестись легкомысленно к счастью своего кавалера. Глупость, которой жених был наделен от природы, лишала предсвадебную пору всякого очарования, ради которого невесте захотелось бы сделать ее более продолжительной. И для мисс Лукас, которая согласилась выйти за него замуж только для того, чтобы устроить свою судьбу, было безразлично, когда именно ее замысел осуществится.

Немедленно было испрошено согласие сэра Уильяма и леди Лукас, данное ими с полной готовностью. Положение мистера Коллинза, занимаемое им даже в настоящее время, делало эту партию весьма удачной для их дочери, за которой они могли дать очень небольшое приданое. К тому же ему предстояло так разбогатеть в будущем! Леди Лукас с интересом, гораздо большим, чем она испытывала к данному предмету когда-либо раньше, стала прикидывать, сколько лет способен протянуть мистер Беннет, а сэр Уильям весьма убежденно заявил, что, когда мистер Коллинз вступит во владение Лонгборном, он и его жена вполне смогут появляться в Сент-Джеймском дворце. Короче говоря, радости всей семьи не было границ. Младшие сестры стали надеяться, что их вывезут в свет на год-два раньше, чем они могли прежде рассчитывать. Братья перестали бояться, что Шарлот умрет старой девой. Сама она казалась достаточно спокойной. Она достигла своей цели и старалась теперь обдумать создавшееся положение. Выводы ее были в основном удовлетворительными. Мистера Коллинза, разумеется, нельзя было считать ни умным, ни симпатичным человеком; общество его было тягостным, а его привязанность к ней — несомненно воображаемой. Но тем не менее ему предстояло стать ее мужем. Несмотря на то что она была невысокого мнения о браке и о мужчинах вообще, замужество всегда было ее целью. Только оно создавало для небогатой образованной женщины достойное общественное положение, в котором, если ей не суждено было найти свое счастье, она хотя бы находила защиту от нужды. Такую защиту она теперь получала. И в свои двадцать семь лет, лишенная привлекательности, она прекрасно сознавала, насколько ей повезло. Самой неприятной стороной предстоявшего брака было предчувствие того, как к нему отнесется Элизабет Беннет, чьей дружбой Шарлот особенно дорожила. Ее подруге новость должна была показаться совершенно невероятной и, возможно, вызвать с ее стороны резкое осуждение. И хотя это обстоятельство не поколебало бы решимости Шарлот, все же оно могло нанести ей глубокую душевную рану. Она захотела рассказать обо всем подруге сама и потому потребовала от мистера Коллинза, чтобы, вернувшись к обеду в Лонгборн, он ни словом не обмолвился о случившемся. Обещание хранить тайну было дано, разумеется, с полной готовностью. Выполнить его оказалось, однако, не так легко. Долгое отсутствие мистера Коллинза возбудило столько любопытства в семье Беннетов, что по возвращении в Лонгборн он был подвергнут самому тщательному допросу. Уклончивые ответы потребовали от него некоторой изобретательности и в то же время большой самоотверженности, ибо ему очень хотелось похвастаться перед ними своими любовными успехами.

Так как мистеру Коллинзу предстояло на следующее утро покинуть Лонгборн слишком рано, чтобы повидать кого-нибудь из семьи Беннетов при отъезде, церемония прощания произошла перед тем, как дамы должны были отправиться спать. При этом миссис Беннет самым любезным и приветливым образом сказала ему, насколько она будет рада видеть его в Лонгборне, когда дела позволят ему снова их навестить.

— Вашим приглашением, сударыня, — ответил мистер Коллинз, — я особенно дорожу, ибо мечтал его получить. А потому можете не сомневаться, что я им воспользуюсь, как только это станет для меня возможным.

Его ответ удивил всех. Мистер Беннет, которого отнюдь не устраивало быстрое возвращение мистера Коллинза, не замедлил сказать:

— Но не опасаетесь ли вы, сэр, вызвать этим неодобрение леди Кэтрин? Лучше вам пренебречь родственными связями, чем рискнуть обидеть свою патронессу.

— Премного вам обязан, сэр, за дружеское предостережение, — отвечал мистер Коллинз. — Будьте покойны, разумеется, я не предприму столь ответственного шага без соизволения ее светлости.

— Едва ли вы можете оказаться излишне осторожным. Жертвуйте чем угодно, но только не давайте ей повода для малейшего неудовольствия. И если вы увидите, что такой повод может возникнуть из-за нового приезда в Лонгборн — что я считаю вполне вероятным, — спокойно оставайтесь дома. Не тревожьтесь, мы ни в коей мере на вас не обидимся.

— Поверьте, дорогой сэр, вы возбудили во мне самую горячую признательность столь исключительным вниманием к моей особе. И знайте, что в скором времени вы получите от вашего покорного слуги письмо с выражением благодарности за этот и за все другие знаки внимания, оказанные мне во время моего пребывания в Хартфордшире. Что же касается прелестных кузин, то, хотя мое отсутствие может продлиться не столь долго, чтобы сделать это необходимым, я все же позволю себе пожелать им здоровья и благополучия, не исключая и кузину Элизабет.

Вслед за тем дамы с подобающими церемониями удалились, каждая в равной степени изумленная его намерением вскоре вернуться в Лонгборн. Миссис Беннет хотелось объяснить это тем, что он имеет в виду обратить свое внимание на одну из ее младших дочерей. И ей казалось, что Мэри скорее всего согласилась бы принять его предложение. Мэри оценивала его способности значительно выше, чем ее сестры, нередко восхищаясь основательностью его суждений. И, не считая его ум равным своему, она все же полагала, что, последовав ее примеру и занимаясь самоусовершенствованием, он мог бы сделаться достойным ее общества. Увы, все надежды подобного рода были развеяны на следующее же утро. Вскоре после завтрака в доме появилась мисс Лукас и, уединившись с Элизабет, сообщила ей о происшедшей накануне помолвке.

Мысль о том, что мистер Коллинз способен вообразить себя влюбленным в Шарлот, приходила уже как-то Элизабет в голову. Но подруга, по ее мнению, могла поощрить мистера Коллинза не больше, чем она сама. Ее удивление поэтому было так велико, что в первый момент, нарушив все границы приличия, она воскликнула:

— Помолвлена с мистером Коллинзом? Шарлот, дорогая, это немыслимо!

Под влиянием столь прямого упрека выдержка, с которой мисс Лукас рассказала ей эту новость, на миг сменилась растерянностью. Но восклицание Элизабет не превосходило того, к чему ее подруга заранее подготовилась, и, овладев собой, Шарлот спокойно ответила:

— Неужели это тебя так удивляет, дорогая Элайза? Разве тебе кажется невероятным, чтобы мистер Коллинз заслужил благосклонность какой-либо женщины, если он потерпел неудачу с тобой?

Элизабет опомнилась и, взяв себя в руки, сказала вполне уверенным голосом, как она счастлива породниться с подругой, а также пожелала ей всяческого благополучия.

— Я представляю себе, что ты сейчас должна чувствовать, — сказала Шарлот. — Ты, вероятно, изумлена, бесконечно изумлена. Ведь еще недавно мистер Коллинз хотел жениться на тебе. Но когда ты сможешь все обдумать, ты, надеюсь, поймешь, что я поступила разумно. Ты знаешь, насколько я далека от романтики. Мне она всегда была чужда. Я ищу крова над головой. И, обдумав характер мистера Коллинза, его образ жизни и положение в обществе, я пришла к выводу, что мои надежды на счастливую семейную жизнь ничуть не уступают надеждам почти всех людей, вступающих в брак.

Элизабет тихо ответила: «О да, разумеется», — и после неловкой паузы подруги вернулись к остальному обществу.

Шарлот пробыла в Лонгборне совсем недолго, и после ее ухода Элизабет могла поразмыслить над тем, что ей довелось услышать. Прошло немало времени, прежде чем она как-то примирилась с мыслью об этом браке. Два предложения мистера Коллинза, последовавшие одно за другим на протяжении трех дней, по своей нелепости не шли ни в какое сравнение с тем, что второе его предложение было принято. Ей всегда было ясно, что взгляды ее подруги на замужество не совпадают с ее собственными. Но она не могла предположить, что Шарлот и впрямь решится пожертвовать всеми лучшими чувствами ради мирского благополучия. Ее самая близкая подруга — жена мистера Коллинза! Какая удручающая картина! И боль, вызванная тем, что Шарлот унизила себя подобным образом, так сильно упав в ее мнении, усугублялась мрачной уверенностью в ее злосчастной судьбе.

Глава XXIII

Элизабет сидела с матерью и сестрами и размышляла об услышанной новости, а также о том, вправе ли она рассказать о ней своим родным, когда в Лонгборн явился сам сэр Уильям Лукас. Шарлот послала его объявить о ее помолвке с родственником семейства Беннет. Украсив речь множеством адресованных к ним комплиментов и неоднократно поздравив себя с тем, что их семьям суждено породниться, сэр Уильям сообщил изумленным и недоверчивым слушателям о совершившемся событии. Миссис Беннет излишне самоуверенно и недостаточно вежливо заметила, что он глубоко заблуждается, а всегда несдержанная и часто резкая Лидия воскликнула:

— Боже мой! Сэр Уильям, как можете вы рассказывать подобную чепуху? Разве вы не знаете, что мистер Коллинз хочет жениться на Лиззи?

Чтобы без раздражения стерпеть подобные выходки, требовалась обходительность истинного придворного. Однако сэр Уильям был настолько хорошо воспитан, что сумел остаться невозмутимым. И, уверяя их в достоверности своего сообщения, он перенес все дерзкие замечания по своему адресу вполне снисходительно.

Элизабет сочла своим долгом помочь ему выйти из неприятного положения и подтвердила его слова, сказав, что она еще раньше обо всем узнала от самой Шарлот. Желая прекратить поток удивленных возгласов матери и младших мисс Беннет, она обратилась к сэру Уильяму с подобающими поздравлениями, к которым затем от души присоединилась ее старшая сестра. Свои поздравления Элизабет сопроводила пожеланием счастья жениху и невесте, а также несколькими фразами о превосходном характере мистера Коллинза и о близости Хансфорда к Лондону.

Миссис Беннет и в самом деле была так сильно потрясена, что до ухода сэра Уильяма не сказала почти ни слова. Зато как только он ушел, ее чувства тотчас же прорвались. Во-первых, она принялась настаивать, что все это совершенно неправдоподобно. Во-вторых, она не сомневалась, что мистера Коллинза обвели вокруг пальца. В-третьих, она была увена, что этот брак не принесет счастья. И, наконец, в-четвертых, ей было ясно, что помолвка будет расторгнута. Из всего этого, естественно, вытекали два следствия. Первое — что истинной виновницей всех бед была Элизабет, а второе — что все с ней обращаются просто безжалостно. Оба положения послужили основой для ее высказываний в течение всего дня. Ее нельзя было умиротворить или утешить. И ее негодование не улеглось за день. Прошла неделя, прежде чем она смогла смотреть на Элизабет, не осыпая ее упреками, месяц, прежде чем она стала разговаривать с сэром Уильямом и леди Лукас, не допуская в своей речи колкостей, и много месяцев, прежде чем она нашла возможным простить Шарлот. Мистер Беннет отнесся к событию гораздо спокойнее. По его словам, оно даже доставило ему известное удовольствие. Особенно его радовало, что в Шарлот Лукас, которую он привык считать разумной девицей, оказалось ума не больше, чем у его жены, и даже меньше, чем у его собственной дочки.

Джейн не могла не признать, что повторное сватовство мистера Коллинза ее несколько поразило. Но она гораздо меньше говорила о своем удивлении, чем о том, сколько счастья желает она жениху и невесте. Даже Элизабет была не в силах ее убедить, что этот брак вряд ли окажется счастливым. Китти и Лидии не приходило в голову завидовать мисс Лукас, так как мистер Коллинз был всего лишь священником. Для них эта помолвка была одной из новостей, которую следовало разнести по Меритону.

Леди Лукас не могла не торжествовать, получив возможность, в свою очередь, похвастаться перед соседкой удачным замужеством дочери. И она чаще, чем прежде, навещала Лонгборн, чтобы поделиться своими счастливыми переживаниями, хотя хмурые взгляды и ядовитые замечания хозяйки дома могли, казалось, расстроить кого угодно.

Между Элизабет и Шарлот возникла натянутость, заставлявшая их обходить деликатную тему, и Элизабет была убеждена, что они уже никогда не смогут по-прежнему относиться друг к другу с доверием. Разочаровавшись в подруге, Элизабет почувствовала еще большую привязанность к Джейн, порядочность и душевное благородство которой, несомненно, не изменили бы ей при любых обстоятельствах. День ото дня она все больше тревожилась о счастье сестры. После отъезда Бингли прошла уже целая неделя, а о нем не было ни слуху ни духу.

Джейн без промедления ответила на письмо Кэролайн и гадала теперь, когда она может ждать от подруги новых вестей. Обещанное благодарственное письмо от мистера Коллинза было получено во вторник. Оно было адресовано мистеру Беннету и содержало выражение такой глубокой признательности, которая у обычного человека могла бы возникнуть после пребывания в чужой семье в течение, по крайней мере, целого года. Исполнив свой долг, мистер Коллинз самым восторженным тоном сообщал, что ему посчастливилось приобрести расположение их прелестной соседки мисс Лукас, добавляя при этом, что только ради возможности наслаждаться ее обществом он с такой готовностью принял великодушное приглашение еще раз навестить Лонгборн, куда, если обстоятельства сложатся благоприятно, он прибудет через две недели в понедельник. Ибо, как он добавлял, леди Кэтрин всем сердцем одобряет его предстоящую женитьбу и желает, чтобы бракосочетание состоялось возможно скорее. Это обстоятельство, бесспорно, послужит весьма веским доводом для его дражайшей Шарлот, чтобы приблизить день, который сделает его счастливейшим из смертных.

Возвращение мистера Коллинза в Хартфордшир не могло больше радовать миссис Беннет. Напротив, теперь у нее было не меньше причин к неудовольствию по случаю приезда нежеланного гостя, чем у ее мужа. Намерение Коллинза остановиться не в Лукас Лодже, а в Лонгборне казалось достаточно странным и было сопряжено с множеством неудобств и забот. При плохом самочувствии всегда трудно оказывать гостеприимство кому бы то ни было, а влюбленные молодые люди особенно несносны. Таковы были непрерывные сетования миссис Беннет, разнообразившиеся только вспышками еще большего раздражения по поводу длительного отсутствия мистера Бингли.

Джейн и Элизабет были также встревожены этим обстоятельством. День проходил за днем, не принося от Бингли никаких вестей, если не считать распространившегося по Меритону слуха о том, что он вообще не приедет в Незерфилд в течение всей зимы. Слух этот вызывал у миссис Беннет крайнее возмущение, и она не пропускала случая его опровергнуть, называя его скандальной выдумкой.

Даже Элизабет начала опасаться — не равнодушия мистера Бингли, нет, — но того, как бы его сестрам и вправду не удалось задержать его в Лондоне. Она всячески старалась отогнать от себя эту мысль, столь гибельную для счастья Джейн и подвергавшую сомнению стойкость ее избранника. Но мысль эта упорно закрадывалась ей в голову. И Элизабет в самом деле стала бояться, что совместное воздействие его враждебно настроенных сестер и его властного друга, усиленное чарами мисс Дарси и столичными развлечениями, окажется чересчур сильным для его привязанности.

Что касается самой Джейн, неизвестность мучила ее, конечно, еще сильнее, чем Элизабет. Но какие бы чувства ей ни приходилось испытывать, она всячески их скрывала, так что тема эта никогда больше не поднималась в разговорах между сестрами. Миссис Беннет, напротив, не отличалась подобной деликатностью, и редкий час проходил без того, чтобы она не заговорила о Бингли, выражая нетерпение по поводу его задержки или даже требуя, чтобы Джейн подтвердила, как жестоко она будет обманута, если он вообще не вернется. Только безмерная кротость Джейн позволяла ей выносить эти нападки, сохраняя внешнее спокойствие.

Мистер Коллинз вернулся в понедельник, через две недели после его отъезда. Его приняли далеко не так радушно, как при первом появлении в Лонгборне. Однако он настолько был полон своими чувствами, что едва ли нуждался во внимании. Целиком занятый ухаживанием за Шарлот, он, ко всеобщему удовольствию, весьма редко обременял семью Беннет своим обществом. Большую часть дня он проводил в Лукас Лодже и нередко, возвратясь в Лонгборн, едва только успевал принести извинения за свое долгое отсутствие, как все члены семейства расходились по своим спальням.

Миссис Беннет поистине пребывала в самом жалком состоянии. Малейшее упоминание о чем-нибудь, имеющем отношение к женитьбе мистера Коллинза, приводило ее в величайшее расстройство, а вместе с тем, куда бы она ни пошла, всюду только и говорили об этой женитьбе. Самый вид мисс Лукас вызывал в ней отвращение. Достаточно было Шарлот заглянуть в Лонгборн, как бедной миссис Беннет начинало казаться, что та уже предвкушает час, когда сделается хозяйкой этого дома. И если Шарлот о чем-нибудь тихо беседовала с Коллинзом, то в воображении миссис Беннет разговор у них непременно шел об их поместье и о выдворении из него хозяйки вместе со всеми ее дочерьми тотчас же после смерти ее мужа. На все это она горько пожаловалась мистеру Беннету.

— Подумайте, мой дорогой, — сказала она, — как тяжело сознавать, что Шарлот Лукас когда-нибудь окажется здесь хозяйкой. Я увижу ее на своем месте и вынуждена буду убраться восвояси!

— Незачем давать волю столь мрачным мыслям, моя дорогая. Давайте лучше думать о чем-нибудь более приятном и позволим себе надеяться на то, что я переживу Коллинза.

Слова эти не успокоили миссис Беннет в достаточной мере, и вместо ответа она снова заговорила на ту же тему:

— Для меня невыносима мысль, что наше имение достанется этим людям. Если бы оно далось им не по праву наследования по мужской линии, я бы еще могла согласиться...

— С чем именно вы могли бы согласиться?

— Я бы могла согласиться с чем угодно!

— Возблагодарим же небо за то, что вы спасены от подобного состояния полной неопределенности.

— Я, мистер Беннет, никогда не смогу почувствовать благодарность за что-то, имеющее отношение к наследованию по мужской линии. Не могу понять, как только у людей хватает совести отнимать поместье у родных дочерей его владельца. И чтобы это делалось ради какого-то мистера Коллинза! Разве он чем-нибудь это заслужил?

— Предоставляю вам ответить на этот вопрос без моей помощи, — сказал мистер Беннет.

КНИГА ВТОРАЯ

Глава I

От мисс Бингли было получено письмо, рассеявшее всякие сомнения. В первой же фразе сообщалось, что Бингли и его сестры обосновались в Лондоне на всю зиму. Их брат, говорилось далее, весьма сожалел, что перед отъездом ему не удалось засвидетельствовать свое почтение хартфордширским друзьям.

Никаких, решительно никаких надежд больше не оставалось. И когда Джейн смогла вникнуть в окончание письма, она не нашла ничего, что могло бы ее порадовать, кроме вымученных выражений дружеской привязанности. В остальном письмо почти целиком было посвящено прославлению мисс Дарси. Снова подробнейшим образом перечислялись ее многочисленные достоинства. Кэролайн хвалилась возросшей близостью между ними и выражала надежду на осуществление своих чаяний, о которых упоминала раньше. Она также с удовольствием сообщала, что брат ее стал в доме мистера Дарси своим человеком, и добавляла несколько восторженных слов о намерении хозяина дома приобрести новую обстановку.

Элизабет, которой Джейн сразу же пересказала суть письма, выслушала сестру с молчаливым негодованием. Она в равной мере сочувствовала Джейн и сердилась на всех, кто был упомянут в этом письме. Сообщению Кэролайн, что ее брат неравнодушен к мисс Дарси, она не верила. Его чувство к Джейн казалось ей, как и раньше, несомненным. Но хотя ей хотелось относиться к мистеру Бингли по-прежнему благожелательно, она не могла без гнева и даже без некоторого презрения думать о его безволии и нерешительности, превративших его в игрушку коварных друзей. В угоду их прихотям его заставляли жертвовать своим счастьем. Если бы речь шла только о его собственной судьбе, он имел бы право распоряжаться ею, как ему заблагорассудится. Но ведь одновременно — и он должен был это сознавать — решалась и судьба ее сестры! Подобные мысли не выходили у нее из головы, не давая никакого успокоения. И сколько бы Элизабет ни думала о том, действительно ли Бингли охладел к Джейн или он поступается своей привязанностью под влиянием близких ему людей, сознает ли он, как глубоко Джейн его полюбила, или ее чувство осталось от него скрытым, — все это могло лишь изменить ее мнение о Бингли, но не смягчало участи бедной Джейн, сердцу которой в любом случае наносилась тяжелая рана.

Целых два дня у Джейн не хватало смелости заговорить с Элизабет о своих переживаниях. Но как-то раз, когда миссис Беннет после особенно пространных рассуждений о Незерфилде и его хозяине оставила их вдвоем, Джейн, не удержавшись, сказала:

— Как бы мне хотелось, чтобы наша дорогая мама умела лучше владеть собой! Ей и в голову не приходит, какую боль она причиняет мне своими непрерывными разговорами о мистере Бингли. Но я не должна впадать в отчаяние. Скоро с этим будет покончено. Он будет забыт, и мы заживем по-прежнему.

Элизабет недоверчиво посмотрела на сестру, но ничего не сказала.

— Ты мне не веришь! — воскликнула Джейн, слегка покраснев. — Но ты ошибаешься. Разве он не может сохраниться в моей памяти только как самый милый из знакомых мне молодых людей? Мне не на что надеяться, нечего опасаться и не в чем его упрекнуть. От этой муки я, слава богу, избавлена. Пройдет лишь короткое время, и я почувствую себя лучше. — Вскоре она добавила более твердым голосом: — Я утешаю себя, по крайней мере, тем, это все это было лишь игрой моего воображения и, кроме меня, никому не причинило вреда.

— Джейн, дорогая, — воскликнула Элизабет, — ты слишком добра! Твоя доброта и самоотверженность поистине ангельские. Я не нахожу подходящих слов, но, мне кажется, я никогда тебя не ценила и не любила так, как ты этого заслуживаешь.

Мисс Беннет категорически отвергла подобное восхваление своих достоинств, объяснив его родственными чувствами своей сестры.

— Послушай, Джейн, — отвечала Элизабет, — ведь это несправедливо. Сама ты готова хвалить решительно всех на свете и расстраиваешься, если я хоть о комнибудь выскажусь неодобрительно, а когда я всегонавсего назвала совершенством одну мою бедную сестричку, ты сразу начала со мной спорить. Не бойся, это не распространится на многих, я вовсе не покушаюсь на твою привилегию — смотреть на мир сквозь розовые очки. Этому не бывать — слишком мало людей на свете пользуется моей любовью А таких, которых я по-настоящему уважаю, еще меньше. Чем больше я наблюдаю мир, тем меньше он мне нравится. Каждый день подтверждает мне несовершенство человеческой натуры и невозможность полагаться на кажущиеся порядочность и здравый смысл. Два отличных урока я получила в последние дни. Об одном я не хочу говорить. А другой дала мне своим обручением Шарлот. Оно для меня до сих пор остается непостижимым, как бы я на него ни смотрела.

— Лиззи, милая, не давай воли подобным чувствам. Они разобьют твое сердце. Ты не принимаешь во внимание жизненные обстоятельства и характер каждого человека. Подумай, какое достойное место занимает мистер Коллинз в обществе и как свойственны характеру Шарлот здравый смысл и благоразумие. Вспомним, как много у нее братьев и сестер и насколько это замужество устраивает ее при ограниченных средствах ее семьи. И постарайся ради нас всех поверить, что она в самом деле может в какой-то мере уважать нашего кузена и относиться к нему с некоторым расположением.

— Ради тебя я, кажется, готова поверить во что угодно. Но от этого едва ли кому-нибудь станет легче. В самом деле, если бы меня убедили, что Шарлот чувствует к Коллинзу расположение, я стала бы думать о ее уме еще хуже, чем думаю сейчас об ее сердце. Джейн, дорогая, ты не меньше меня знаешь, что мистер Коллинз — человек самодовольный, напыщенный, бездарный и глупый. А потому ты, подобно мне, должна сознавать, что женщина, выходящая за него замуж, не может руководствоваться естественными побуждениями. Не пытайся ее защищать, если этой женщиной оказалась Шарлот Лукас. Ради одного человека нельзя менять взгляды на порядочность и добродетель. И ты не можешь убедить меня или себя в том, что корыстолюбие — это благоразумие, а пренебрежение здравым смыслом — верный путь к счастью.

— Мне кажется, ты судишь о каждом из них слишком сурово, — ответила Джейн. — И, надеюсь, сама в этом убедишься, когда увидишь, как хорошо сложится у них жизнь. Но довольно об этом. Говоря о двух полученных тобою уроках, ты ведь намекнула еще на одного человека. Я не могла тебя не понять. Умоляю тебя, Лиззи, дорогая, не делай мне больно, обвиняя его и говоря, что он упал в твоем мнении. Мы не должны склоняться к предположению, что нам причинили зло умышленно. Нельзя требовать от жизнерадостного юноши, чтобы он всегда был осмотрителен и следил за каждым своим поступком. Нас часто обманывает собственное тщеславие. Женщины придают слишком большое значение единственному восхищенному взгляду.

— А мужчины стараются их в этом заблуждении поддержать.

— Если мужчиной руководит расчет, он не заслуживает оправдания. Но я не могу поверить, что мир настолько расчетлив, как некоторые думают.

— Я далека от мысли хоть в какой-то мере объяснять расчетом поведение мистера Бингли, — сказала Элизабет. — Но даже не стремясь ко злу и не стараясь сделать кого-то несчастным, можно совершить ошибку и нанести душевную рану. Стоит лишь проявить легкомыслие, недостаток внимания к чувствам других людей, бесхарактерность.

— И ты находишь, что ему свойственно какое-нибудь из этих качеств?

— От первого до последнего. Но я причиню тебе боль, если стану говорить все, что думаю о людях, которыми ты так дорожишь. Постарайся остановить меня, пока не поздно.

— Ты продолжаешь считать, что на него влияют его сестры?

— О да, так же как и его приятель.

— Не могу этому поверить. К чему это им? Они должны желать ему счастья. А если бы он в самом деле меня полюбил, он бы не нашел счастья ни с какой другой женщиной.

— Ошибка заключается в исходной посылке. Кроме его счастья, они могут преследовать и другие цели, например, увеличение его богатства и веса в обществе или его женитьбу на девушке из хорошего рода, обладающей большими деньгами и связями.

— Конечно, им хотелось бы, чтобы выбор его пал на мисс Дарси, — ответила Джейн. — Но это можно объяснить более благородными чувствами, чем те, которые ты им приписываешь. С ней они познакомились много раньше, чем со мной. Понятно поэтому, что они должны были сильнее к ней привязаться. Но каковы бы ни были их намерения, не станут же они препятствовать стремлениям самого мистера Бингли. Какая сестра, не будучи к этому вынуждена, поступила бы так со своим братом? Если бы они считали, что он меня любит, они не пытались бы нас разлучить — такая попытка не имела бы успеха. Предполагая в нем такую склонность, ты приписываешь всем ложные и неестественные поступки, а меня ранишь в самое сердце. Не заставляй же меня страдать, настаивая на этой мысли. Я не стыжусь своей ошибки, или, по крайней мере, это чувство стыда — ничто по сравнению с той болью, которую мне пришлось бы испытать, подумай я плохо о нем или о его сестрах. Позволь же мне смотреть на все в благоприятном свете — в таком, в котором их поведение выглядит вполне естественным.

Элизабет не могла отказать ей в этой просьбе. И с этого времени в разговорах между старшими мисс Беннет имя мистера Бингли почти не упоминалось.

Миссис Беннет все еще продолжала удивляться и горько сетовать по поводу его отсутствия. И хотя почти каждый день Элизабет растолковывала ей истинное положение вещей, трудно было надеяться, что ее мать когда-нибудь сможет отнестись к отсутствию мистера Бингли с большим спокойствием. Сама не веря своим словам, дочь старалась убедить мать, что ухаживание Бингли за Джейн было следствием легкого и преходящего увлечения, которое исчезло, как только он перестал с ней встречаться. Но хотя миссис Беннет со временем и стала признавать правдоподобность такого взгляда, Элизабет приходилось по крайней мере раз в день повторять ей все с начала до конца. По-настоящему ее утешала только мысль о том, что мистер Бингли должен вернуться в Незерфилд к началу лета.

Мистер Беннет отнесся к случившемуся совсем иначе.

— Итак, Лиззи, — сказал он как-то раз, — у твоей сестры, насколько я понимаю, немного разбито сердечко. Поздравь-ка ее от моего имени. Барышни любят время от времени разбивать себе сердце — почти так же, как выходить замуж. Это дает пищу для размышлений и чем-то выделяет их среди подруг. Ну, а когда придет твой черед? Ты ведь не допустишь, чтобы Джейн намного тебя опередила, не так ли? Пора, пора. В Меритоне хватит офицеров, чтобы разбить сердца всем девицам в округе. Не остановиться ли тебе на Уикхеме, а? Отличнейший малый — может вскружить голову кому угодно.

— Благодарю вас, сэр, но меня устроит и не столь блестящий кавалер. Не всем же должно везти так, как Джейн.

— Это верно, — сказал мистер Беннет. — А как приятно сознавать, что у тебя есть заботливая мамаша, которая при подобных обстоятельствах ничего не упустит...

Общество мистера Уикхема принесло жителям Лонгборна немалое облегчение, рассеяв уныние, в которое впали многие члены семьи Беннет под влиянием печальных событий последнего времени. Они видели его весьма часто, и в их представлении к остальным его положительным качествам добавилась еще одна черта: полная откровенность. Все, что Элизабет когда-то услышала от него — о его обиде на мистера Дарси и о причиненном ему этим человеком ущербе, — было объявлено теперь Уикхемом во всеуслышание и обсуждалось публично. И окрестные жители с удовлетворением сознавали, насколько они были правы в своей неприязни к Дарси еще задолго до того, как раскрылось его подлинное лицо.

Старшая мисс Беннет была единственным существом, которое допускало, что в этой истории могут быть какие-то неизвестные хартфордширскому обществу смягчающие обстоятельства. Неизменная кротость побуждала ее ко всему относиться снисходительно и всякое зло объяснять недоразумением. Но все остальные осуждали мистера Дарси как последнего негодяя.

Глава II

Наступила суббота, и после недели, потраченной на изъяснения в любви и предвкушение будущего блаженства, мистер Коллинз вынужден был расстаться со своей дорогой Шарлот. Боль разлуки, однако, сглаживалась для него заботами о подготовке дома к приему невесты, ибо он имел все основания надеяться, что вскоре после его следующего приезда в Хартфордшир наступит наконец день, который сделает его счастливейшим из смертных. Со своими родственниками в Лонгборне он расстался не менее торжественно, чем в предыдущий раз, снова пожелав здоровья и благополучия своим прелестным кузинам и пообещав прислать второе благодарственное письмо их отцу.

В следующий понедельник миссис Беннет имела удовольствие принять у себя брата и его жену, которые прибыли, чтобы, по обыкновению, провести в Лонгборне Рождество. Мистер Гардинер был рассудительным и достойным человеком, неизмеримо превосходившим свою сестру умственным развитием и душевными качествами. Незерфилдским дамам было бы трудно поверить, что человек, занятый торговлей и проживающий неподалеку от собственного склада товаров, мог быть так хорошо воспитан и так приятен в обращении. Умная, приветливая и изящная миссис Гардинер была на несколько лет моложе миссис Беннет и миссис Филипс. Лонгборнские племянницы ее обожали. Особенно близкая дружба связывала ее с двумя старшими мисс Беннет, которые нередко гостили у нее в Лондоне.

Первым делом миссис Гардинер по приезде в Лонгборн было раздать привезенные подарки и описать новейшие столичные моды. Покончив с этим, она должна была исполнить более скромную роль слушательницы. Миссис Беннет, горько сетуя на судьбу, сообщила ей о множестве печальных событий. Со времени последней их встречи все они натерпелись стольких обид и огорчений! Подумать только, две ее дочери уже вот-вот должны были выйти замуж. И вдруг все пошло прахом...

— Мне не в чем упрекнуть Джейн, — продолжала она. — Если бы она могла, она бы вышла за мистера Бингли. Но Лиззи! Вы не можете себе представить, сестра, как тяжело сознавать, что, если бы не ее дурной нрав, она уже сейчас называлась бы миссис Коллинз! Он сделал ей предложение в этой самой комнате, а она ему отказала. И теперь у леди Лукас дочь окажется замужем раньше, чем у меня! А Лонгборнское имение так и уйдет по мужской линии. Эти Лукасы — удивительно ловкий народ, никогда не упустят своего. Мне грустно говорить о них подобные вещи, но, увы, это в самом деле правда. Я и так совсем больна и издергана, а мне то и дело перечат в собственном доме. Да еще под боком живут соседи, которые думают прежде всего о собственной выгоде. Как хорошо, что вы приехали именно сейчас, иначе от кого бы мы вовремя узнали, что теперь опять носят длинные рукава!

Миссис Гардинер, уже знакомая по письмам Джейн и Элизабет с большинством этих новостей, постаралась ответить возможно более кратко и из сочувствия к племянницам переменила тему разговора.

Оставшись с Элизабет наедине, она снова заговорила о прошедших событиях.

— По-видимому, это и в самом деле была бы для Джейн прекрасная партия, — сказала она. — Как жаль, что она расстроилась! Но такие вещи часто случаются. Молодые люди, подобные мистеру Бингли, — я его себе представила по вашим рассказам, — легко могут влюбиться на короткое время в хорошеньких девушек. А затем, стоит им только куда-нибудь уехать, так же легко их забывают. Непостоянство этого рода наблюдается на каждом шагу.

— Прекрасное утешение при описанных вами обстоятельствах, — сказала Элизабет. — Но к нам оно неприменимо. Мы пострадали не случайно. Не так часто вмешательство друзей заставляет вполне независимого молодого человека перестать думать о девушке, в которую он был влюблен по уши.

— Выражение «влюблен по уши» настолько избито, обманчиво и неопределенно, что почти ничего не означает. Его одинаково часто употребляют, описывая чувство, возникшее в результате получасового знакомства, и истинно глубокую привязанность. Скажи мне, пожалуйста, мистер Бингли в самом деле был очень влюблен в Джейн?

— Мне еще никогда не приходилось наблюдать более явного увлечения. Он становился все невнимательнее по отношению к окружающим, и его мысли сосредоточивались на ней одной. С каждой их встречей это становилось заметнее. Устроив бал в своем доме, он обидел двух или трех девиц, не пригласив их танцевать. Я сама дважды заговаривала с ним и не получала ответа. Можно ли требовать более убедительных признаков? Разве невнимание к окружающим не лучшее доказательство влюбленности?

— О да! Именно такой влюбленности, которую, по моим представлениям, должен был испытывать мистер Бингли. Бедная Джейн! Мне так ее жаль — при ее характере она не скоро оправится. Лучше бы это случилось с тобой, Лиззи! При твоем чувстве юмора ты бы справилась с этим гораздо быстрее. Но как тебе кажется, не сможем ли мы уговорить Джейн поехать с нами в Лондон? Перемена обстановки и некоторый отдых от домашних забот могут подействовать на нее благотворно.

Это предложение очень обрадовало Элизабет, и она была убеждена, что Джейн охотно на него согласится.

— Надеюсь, — добавила миссис Гардинер, — она не будет связывать эту поездку с мыслями о молодом человеке. Мы живем в другой части города и не имеем с ним общих знакомых. Ты знаешь, мы настолько редко выезжаем из дому, что их встреча в Лондоне кажется почти невероятной — разве только ему самому вздумается ее навестить.

— Это совершенно исключено. Он находится под надзором своего друга. А мистер Дарси не допустит, чтобы его приятель отправился с визитом в такие места. Тетя, дорогая, как вы могли об этом подумать? Быть может, мистер Дарси что-то и слышал о Грейсчёрч-стрит. Но он наверняка считает, что ему и за месяц не удалось бы очиститься от грязи, которая пристала бы к нему в этих местах, доведись ему когда-нибудь там побывать. А относительно мистера Бингли вы можете быть совершенно спокойны — он и шагу не смеет ступить без позволения своего наставника.

— Ну что ж, тем лучше. Надеюсь, они больше не встретятся. Впрочем, разве Джейн не переписывается с его сестрой? Мисс Бингли все же не сможет уклониться от визита.

— Я думаю, она вообще покончит с этим знакомством.

Хотя Элизабет высказала последнюю мысль — как и более важную предыдущую, что мистеру Бингли не позволят встретиться с Джейн — достаточно решительно, ей бы хотелось продолжить обсуждение этой темы. Поразмыслив, она поняла, что дело вовсе не кажется ей безнадежным. Могло случиться, и иногда это представлялось ей вполне вероятным, что в душе мистера Бингли снова заговорит чувство к Джейн и он преодолеет влияние своих близких под действием более сильной и естественной привязанности к ее сестре.

Мисс Беннет с радостью приняла приглашение тетки. Так как Кэролайн жила отдельно от брата, Джейн могла надеяться изредка проводить с ней утренние часы, не рискуя встретиться со своим бывшим поклонником, — питать другие связанные с этой семьей надежды она себе не позволяла.

Гардинеры прожили в Лонгборне неделю. Благодаря Филипсам, Лукасам и офицерам ***ширского полка за это время не прошло дня без какого-нибудь визита. Миссис Беннет так усердно старалась развлечь брата и невестку, что им ни разу не пришлось пообедать в узком семейном кругу. Если компания собиралась в Лонгборне, там непременно присутствовало несколько офицеров, и в их числе, разумеется, мистер Уикхем. Восторженные отзывы Элизабет об этом молодом человеке показались миссис Гардинер подозрительными и заставили ее пристальнее приглядеться к нему и к своей племяннице. Хотя на основании этих наблюдений нельзя было предположить, что они питают друг к другу серьезную привязанность, их очевидная взаимная склонность не могла ее не встревожить. И миссис Гардинер решила непременно поговорить перед отъездом с Элизабет, объяснив ей, насколько неблагоразумно с ее стороны было бы дать волю подобному увлечению.

Случайное обстоятельство стало причиной того, что мистер Уикхем заинтересовал миссис Гардинер не только своей внешностью. Лет десять — двенадцать тому назад, еще до своего замужества, она довольно долго прожила в той самой части Дербишира, откуда Уикхем был родом. У них поэтому оказалось много общих знакомых. И хотя за последние пять лет, с тех пор как умер отец мистера Дарси, Уикхем почти не бывал в родных краях, он все же мог сообщить миссис Гардинер более свежие сведения о ее прежних друзьях, чем те, которыми располагала она сама.

Когда-то миссис Гардинер довелось побывать в Пемберли, и она много знала о его покойном владельце. Это могло служить неисчерпаемой темой для беседы между ними. Обоим доставляло немалое удовольствие сравнивать сохранившиеся у нее воспоминания о Пемберли с более точным описанием поместья, которое мог предложить ее собеседник, и обмениваться восторженными отзывами о покойном мистере Дарси. Узнав, как жестоко поступил с Уикхемом молодой мистер Дарси, она попыталась восстановить в памяти все, что слышала о наследнике Пемберли в то время, когда он был еще подростком. И в конце концов она убедила себя, что припоминает разговоры о гордом и неприятном характере юного Фицуильяма Дарси.

Глава III

Миссис Гардинер не забыла о своем намерении предостеречь Элизабет и при первой же возможности поговорить с племянницей наедине деликатно поделилась с ней своей тревогой. Откровенно высказав все, что ее беспокоило, она продолжала:

— Ты достаточно умна, Лиззи, чтобы влюбиться только из-за того, что тебя от этого предостерегают. Поэтому я не боюсь говорить напрямик. Мне бы очень хотелось, чтобы ты была начеку. Не увлекайся сама и не старайся увлечь его — это будет весьма неблагоразумно, принимая во внимание, какими ничтожными средствами вы оба располагаете. Мне не в чем его упрекнуть. Разумеется, он весьма интересный молодой человек. И если бы он был так богат, как того заслуживает, я считаю, ты не могла бы сделать более удачного выбора. Но при существующих обстоятельствах ты не должна давать воли своему воображению. У тебя есть здравый смысл, и мы все уверены, что ты сумеешь им руководствоваться в своих поступках. Я знаю, как твой отец полагается на твой рассудок и хорошее поведение. Он не должен в тебе разочароваться.

— Тетя, дорогая, вы говорите о таких серьезных вещах!

— Конечно. И я надеюсь, что ты так же серьезно их воспримешь.

— В таком случае вы можете не тревожиться. Я позабочусь о себе и о мистере Уикхеме. И он ни за что в меня не влюбится, если только я смогу этому помешать.

— Элизабет, ты пытаешься отшутиться.

— Прошу прощения. Начну сначала. Сейчас я не влюблена в мистера Уикхема. Могу это заявить вполне уверенно. Но он, безусловно, самый привлекательный молодой человек из всех, которых мне приходилось встречать. И если бы он всерьез почувствовал ко мне склонность... — я полагаю, было бы гораздо лучше, если бы сего не случилось. Я очень хорошо сознаю, насколько это неблагоразумно. Ах, этот ужасный мистер Дарси!.. Отцовское доверие, конечно, обязывает меня ко многому. И я чувствовала бы себя несчастной, если бы мне пришлось его обмануть. Однако отец весьма расположен к мистеру Уикхему. Короче говоря, тетя, дорогая, мне было бы очень больно кого-нибудь из вас огорчить. Но ведь мы чуть ли не каждый день бываем свидетелями того, что никакая нужда не препятствует влюбленным молодым людям связывать свои судьбы. Как же я могу дать слово, что окажусь перед подобным искушением мудрее моих сверстниц? И ведь мне даже неизвестно, действительно ли я поступлю мудро, заставив себя перед ним устоять. Поэтому все, что я вам могу обещать, это — не торопиться. Я не буду спешить с выводом, что действительно завладела его сердцем. Находясь в его обществе, я не буду к этому стремиться. Короче говоря, я сделаю все, что смогу.

— А не стоит ли ему намекнуть, что он не должен так часто бывать в этом доме? По крайней мере, тебе не следует напоминать матери, чтобы она его приглашала.

— Как я поступила вчера, не так ли? — спросила Элизабет со смущенной улыбкой. — О да, вы правы. С моей стороны было бы гораздо разумнее этого не делать. Но не подумайте, тетя, что он всегда проводит у нас столько времени. На этой неделе его приглашали так часто только из-за вашего приезда. Разве вы не знаете, как мама заботится, чтобы наши друзья были всегда окружены обществом? Право же, даю вам слово по возможности поступать так, как мне будет казаться наиболее разумным. Надеюсь, вы этим довольны?

Тетка заверила ее, что полностью удовлетворена ответом Элизабет, племянница поблагодарила миссис Гардинер за дружескую заботу, и они расстались, вполне расположенные друг к другу, явив миру редчайший пример того, как может быть принят, и притом без всякого негодования, совет столь деликатного свойства.

Мистер Коллинз вернулся в Хартфордшир вскоре после отъезда Гардинеров и Джейн. Но так как на этот раз он уже поселился у Лукасов, его приезд не причинил миссис Беннет больших неудобств. Бракосочетание его теперь быстро приближалось, и хозяйка Лонгборна наконец настолько смирилась, что стала относиться к этому событию как к неизбежному и даже время от времени с кислым видом говорила, насколько ей бы хотелось, чтобы этот брак оказался счастливым.

Свадьба была назначена на четверг, а в среду мисс Лукас нанесла прощальный визит в Лонгборн. Когда она собралась уходить, Элизабет, устыдившись скудных и нелюбезных напутствий, высказанных на прощанье миссис Беннет, и чувствуя себя искренне взволнованной, проводила подругу до крыльца. На лестнице Шарлот сказала:

— Обещай, Элайза, что будешь мне часто писать.

— Конечно, можешь быть в этом уверена.

— И прошу тебя еще об одном одолжении. Не согласишься ли ты меня навестить?

— Надеюсь, мы будем часто встречаться в Хартфордшире?

— Едва ли я смогу покинуть Кент в ближайшее время. Поэтому обещай мне приехать в Хансфорд.

Элизабет не смогла ей отказать, хотя не предвкушала никаких радостей от подобной поездки.

— Мой отец и Мэрайя должны побывать у меня в марте, — добавила Шарлот. — Надеюсь, ты сможешь приехать вместе с ними. Поверь, Элайза, твой приезд обрадует меня не меньше.

Бракосочетание состоялось, молодые отбыли в Кент прямо из церкви, и, как обычно, по поводу этого события было немало толков. Вскоре Элизабет получила от подруги письмо. И они стали обмениваться мыслями и наблюдениями не менее часто, чем в прежние времена, хотя и без прежней откровенности. Принимаясь за письмо, Элизабет никогда не могла избавиться от ощущения, что вся прелесть их старой душевной близости утрачена безвозвратно. И, заботясь о постоянстве переписки, она сознавала, что делает это не ради настоящей, а лишь ради их прошлой дружбы. Первые письма Шарлот прочитывались, разумеется, с большим интересом. Было весьма любопытно узнать, что она расскажет о своем новом доме, как ей понравилась леди Кэтрин и в какой мере осмелится она говорить о своем семейном счастье. Однако, читая их, Элизабет замечала, что по каждому поводу Шарлот высказывается именно так, как можно было заранее ожидать. Письма были бодрыми, в них говорилось, что она живет, окруженная всеми удобствами, и не упоминалось ничего, что не заслуживало одобрения. Дом, обстановка, соседи и дороги — все пришлось ей по вкусу, а отношение к ней леди Кэтрин было самым дружеским и любезным. Картина, которую рисовала Шарлот, выглядела так, будто это было разумно смягченное ею изображение Хансфорда и Розингса, вышедшее из-под пера самого мистера Коллинза. Было очевидно, что правильное представление о жизни подруги Элизабет сможет получить, только навестив Хансфорд сама.

Джейн сразу прислала сестре несколько строк, извещая о своем благополучном приезде в Лондон. Элизабет надеялась, что в следующем письме она уже сможет сообщить что-нибудь о семействе Бингли.

Нетерпение, с которым она ждала второго письма, было вознаграждено так, как обычно вознаграждается всякое нетерпение. Проведя неделю в столице, ее сестра ни разу не встретилась с Кэролайн и ничего о ней не слышала. Джейн объяснила это тем, что ее письмо, отправленное подруге еще из Лонгборна, по какой-то причине затерялось.

«Тетушка, — продолжала она, — собирается завтра побывать в той части города, и я воспользуюсь случаем, чтобы нанести визит на Гровнор-стрит».

Следующее письмо было написано после этого визита и встречи с мисс Бингли.

«Кэролайн, по-видимому, была не в духе, — говорилось в письме, — но она очень обрадовалась встрече со мной и упрекнула меня за то, что я не сообщила ей о своем приезде из Лонгборна. Я поэтому была права, предположив, что мое последнее письмо до нее не дошло. Разумеется, я у нее спросила, как поживает ее брат. Он здоров, но так много времени проводит с мистером Дарси, что его сестры почти с ним не видятся. В этот день у них должна была обедать мисс Дарси. Признаюсь, мне очень хотелось на нее посмотреть! Визит мой продолжался недолго, так как Кэролайн и миссис Хёрст куда-то спешили. Смею надеяться, что скоро увижу их теперь у себя».

Прочтя это письмо, Элизабет покачала головой. Было ясно, что о приезде ее сестры в город мистер Бингли сможет узнать только случайно.

Четыре недели прошли со времени приезда Джейн в Лондон, но ей так и не довелось его повидать. Джейн пыталась уверить себя, что нисколько этим не огорчена, но уже не могла не замечать невнимания к себе его сестер. Целых две недели она провела в ожидании мисс Бингли, каждый вечер придумывая для нее новые оправдания, пока наконец Кэролайн не появилась у Гардинеров. Краткость визита и сухость ее манер лишили Джейн возможности обманывать себя дольше. Ее чувства достаточно отразились в письме, которое она написала после этой встречи:

«Я уверена, моя любимая Лиззи не станет торжествовать, убедившись, что она оказалась права и что я глубоко заблуждалась, принимая за чистую монету дружбу мисс Бингли. Но, дорогая сестра, хотя жизнь и доказала твою правоту, не считай меня упрямицей, если я утверждаю и сейчас, что, основываясь на ее прежнем поведении, мое доверие к ней было не менее естественным, чем твоя подозрительность. Для меня остаются непонятными причины, из-за которых она старалась со мной сблизиться. Но если бы прежние обстоятельства повторились, я, несомненно, была бы во второй раз введена в заблуждение. Визит мой не был возвращен Кэролайн до вчерашнего дня. И за все это время я не получала от нее никаких известий, ни одной строчки. С самого ее прихода было очевидно, что встреча ее нисколько не радовала. Она холодно и небрежно извинилась, что до сих пор не удосужилась меня навестить, ни слова не сказала о намерении впредь со мной видеться и казалась настолько изменившейся, что после ее ухода я твердо решила не продолжать с ней знакомства. К моему глубокому сожалению, я не могу ее не осуждать. Ей вовсе не следовало завязывать со мной такую дружбу — уверяю тебя, каждый новый шаг к сближению делался с ее стороны. Но мне ее жаль, потому что она должна сознавать, как нехорошо поступает. А еще потому, что ее поведение, несомненно, вызвано беспокойством за брата. Нет нужды объясняться более подробно. И хотя мы с тобой знаем, что беспокойство ее ни на чем не основано, но, если Кэролайн его испытывает, это вполне объясняет ее обращение со мной. Притом что брат так заслуживает ее любви, всякая ее забота о нем кажется естественной и простительной. Меня, однако, удивляют ее опасения в настоящее время, потому что, если бы он хоть немножко меня помнил, мы бы уже давно встретились. Он знает о моем приезде, я в этом уверена, — она даже сама что-то об этом сказала. И все же, судя по ее тону, ей приходится убеждать себя в том, что он на самом деле любит мисс Дарси. Мне это непонятно. И если бы я не боялась судить слишком резко, у меня был бы большой соблазн сказать, что все это слишком похоже на двойную игру. Но я постараюсь отогнать от себя все мрачные мысли и думать только о радостных вещах: о нашей с тобой дружбе и о бесконечной доброте ко мне моих дорогих дяди и тети. Напиши мне как можно скорее. Мисс Бингли дала мне понять, правда, не совсем уверенно, что ее брат никогда не вернется в Незерфилд и откажется от аренды. Об этом, пожалуй, лучше дома не говорить. Меня очень обрадовали хорошие вести от наших друзей в Хансфорде. Непременно проведай их вместе с сэром Уильямом и Мэрайей. Уверена, что тебе там понравится.

Твоя и т. д.»

Это письмо причинило Элизабет некоторую боль. Но она воспряла духом, когда подумала, что Джейн не будет больше обманываться хотя бы в мисс Бингли. Всякие надежды в отношении самого молодого человека исчезли окончательно. Элизабет даже не хотела, чтобы он возобновил свое ухаживание за ее сестрой — так низко он пал в ее глазах. И она искренне пожелала скорейшего заключения его брака с мисс Дарси, который принес бы успокоение Джейн и явился карой для него самого, так как, судя по отзывам Уикхема, Джорджиана быстро заставила бы его пожалеть о той, чьей любовью он так легкомысленно пренебрег.

В эти же дни пришло письмо от миссис Гардинер, где она напоминала Элизабет о ее обещании относительно мистера Уикхема и просила сообщить ей новости. То, что Элизабет могла написать по этому поводу, было гораздо приятнее ее тетке, нежели ей самой. Очевидная склонность к ней Уикхема исчезла, он перестал оказывать ей внимание и ухаживал за другой. У Элизабет хватило наблюдательности, чтобы вовремя это заметить, но она отнеслась к этому спокойно и так же спокойно написала обо всем тетке. Сердце ее было задето несильно, а ее тщеславие было вполне удовлетворено мыслью, что он остановил бы на ней свой выбор, если бы располагал необходимыми средствами. Внезапное приобретение десяти тысяч фунтов было главным достоинством девицы, которой он теперь старался понравиться. Однако Элизабет, быть может менее объективная в данном случае, нежели в истории с Шарлот, не упрекала Уикхема за его стремление к независимости. Напротив, что могло быть естественнее? И даже допуская в душе, что отказ от нее стоил ему некоторой внутренней борьбы, она была готова согласиться с разумностью этого шага, отвечавшего общим интересам, и искренне желала ему счастья.

Все это она сообщила миссис Гардинер. Изложив все обстоятельства, она продолжала:

«Я убедилась, дорогая тетушка, что не была влюблена по-настоящему. Ведь если бы я в самом деле пережила это возвышенное и чистое чувство, то сейчас должна была бы содрогаться даже при упоминании его имени и желать ему всяческих бед. А между тем я отношусь дружески не только к нему самому, но даже к мисс Кинг. Я не могу в себе заметить никакой ненависти к ней и даже не считаю, что о ней нельзя сказать доброго слова. Разве это могло быть любовью? Мое самообладание сослужило мне службу. И хотя для всех знакомых я представляла бы больший интерес, будь я безнадежно в него влюблена, я не могу сказать, что меня печалит моя скромная участь. Слава покупается иногда чересчур дорогой ценой. Китти и Лидия приняли его измену гораздо ближе к сердцу, чем я. Они еще слишком юны, и их глазам еще не открылась беспощадная истина, в силу которой самые привлекательные молодые люди должны иметь средства к существованию в той же мере, как и самые заурядные».

Глава IV

Январь и февраль промелькнули без новых важных событий в семье Беннетов и не внесли другого разнообразия в их жизнь, кроме прогулок в Меритон, совершавшихся иногда по замерзшим дорогам, а иногда и по грязи. В марте Элизабет предстояло навестить Хансфорд. Сначала она не думала об этой поездке всерьез. Но мало-помалу она убедилась, что Шарлот в самом деле ждет ее приезда, и постепенно привыкла смотреть на этот визит как на неизбежную и не такую уж неприятную необходимость. Разлука усилила ее тягу к подруге и ослабила неприязнь к мистеру Коллинзу. Поездка сулила новые впечатления, а так как жизнь с матерью и несносными младшими сестрами едва ли можно было назвать приятной, кратковременная смена обстановки была желательна сама по себе. Путешествие, кроме того, давало ей возможность взглянуть на Джейн. Короче говоря, когда срок визита приблизился, она уже была бы огорчена, если бы его пришлось отложить. Никаких препятствий к поездке, однако, не возникло, и в конце концов все было устроено согласно первоначальному замыслу Шарлот. Элизабет должна была выехать в сопровождении сэра Уильяма и его второй дочери. Предложение провести ночь в Лондоне было внесено вовремя, и составленный окончательно план путешествия казался безукоризненным.

Единственно, что ее огорчало, — это разлука с отцом, который должен был сильно почувствовать ее отсутствие. И когда пришло время, мистеру Беннету так не хотелось с ней расставаться, что он велел дочке ему написать и чуть ли не обещал прислать ответ.

Прощание с Уикхемом было вполне дружеским — с его стороны, пожалуй, даже больше, чем дружеским. Новая привязанность не заставила его забыть, что Элизабет первая обратила на себя его внимание, первая его выслушала и выразила ему сочувствие и первая заслужила его восхищение. И в манере, с которой он с ней простился, пожелав ей всяческих радостей, напомнив, чего она может ожидать от леди Кэтрин де Бёр, и выразив уверенность в совпадении их мнений об этой даме и обо всех прочих общих знакомых, заключалось дружеское внимание, которым он, казалось, навсегда завоевал самое искреннее расположение Элизабет. Расставаясь с ним, она была убеждена, что, холостой или женатый, он навсегда останется для нее образцом обаятельного молодого человека.

Спутники Элизабет, составившие ей компанию на следующий день, отнюдь не могли вытеснить в ее душе приятное впечатление, оставленное прощанием с Уикхемом. Сэр Уильям Лукас и его дочь Мэрайя, девица добродушная, но такая же пустоголовая, как и ее папаша, не могли сказать ничего заслуживающего внимания, и к их болтовне Элизабет прислушивалась почти с тем же интересом, как к дребезжанию экипажа. Человеческие причуды всегда привлекали ее внимание, но с сэром Уильямом она была знакома слишком давно. И, рассказывая о церемонии своего представления ко двору, он уже не мог открыть ей ничего нового. А его любезности были такими же затасканными, как и его повествование.

Им предстояло проехать всего двадцать четыре мили, и они выехали достаточно рано, чтобы уже к полудню прибыть на Грейсчёрч-стрит. Когда они подъезжали к дому мистера Гардинера, Джейн стояла у окна гостиной в ожидании их приезда. Она встретила их у входа. Вглядевшись в ее лицо, Элизабет была обрадована цветущим видом сестры. На лестнице их поджидали несколько ребятишек. Желание посмотреть, как выглядит их кузина, заставило их покинуть гостиную, а застенчивость, вызванная годичной разлукой, помешала спуститься ниже. Встреча была проникнута радостью и весельем, и день прошел очень приятным образом: первая его часть — в суматохе и беготне по магазинам, а вторая — в театре.

Элизабет удалось занять место рядом с миссис Гардинер. Их разговор прежде всего коснулся ее сестры. И она была скорее опечалена, нежели удивлена, когда из настойчивых расспросов узнала, что Джейн хотя и старается держать себя в руках, все же иногда впадает в уныние. Вместе с тем можно было надеяться, что это продлится не так долго. Тетушка подробно рассказала о визите мисс Бингли и своих многочисленных беседах со старшей племянницей, свидетельствовавших, что Джейн от всего сердца решила покончить с этим знакомством.

Миссис Гардинер не преминула пошутить над Элизабет по поводу измены Уикхема, одновременно поздравив ее с тем, как прекрасно она эту измену перенесла.

— Кстати, дорогая, что за девица эта мисс Кинг? Мне бы не хотелось обнаружить, что наш друг оказался человеком расчетливым.

— Но, тетя, разве можно в матримониальных делах найти точную грань между расчетливостью и благоразумием? Кто знает, где кончается рассудительность и начинается алчность? В дни Рождества вы боялись, как бы он по неблагоразумию не женился на мне. А теперь, когда он пытается заполучить невесту, у которой за душой всего десять тысяч фунтов, вы уже видите в этом корыстолюбие.

— Если ты мне скажешь, что собой представляет мисс Кинг, я смогу составить правильное суждение.

— По-моему, это очень славная девушка. Не могу сказать о ней ничего дурного.

— Но он и внимания не обращал на нее, пока смерть деда не сделала ее обладательницей этой суммы?

— Нет, да и с какой бы стати? Если из-за моей бедности он был не вправе добиваться моего сердца, зачем ему было волочиться за девушкой не богаче меня, не чувствуя к ней расположения?

— Но не кажется ли тебе неприличным, что он обратил на нее внимание тотчас же после получения ею наследства?

— В стесненных обстоятельствах человек не может позволить себе соблюдать все приличия, которые другим кажутся столь обязательными. Если она сама не имеет ничего против, нам-то какое дело?

— Снисходительность мисс Кинг не оправдывает мистера Уикхема. Она лишь доказывает, что ей недостает чего-то самой — ума или такта.

— Ну что ж, — воскликнула Элизабет, — пусть все будет, как вам угодно: он — стяжатель, а она — дура.

— Это вовсе мне не угодно, Лиззи. Неужели ты не понимаешь, что мне бы не хотелось думать плохо о молодом человеке родом из Дербишира?

— Ах, вот что! Ну, если дело только в этом, я не придерживаюсь особенно высокого мнения о молодых людях из Дербишира. И их закадычные друзья, проживающие в Хартфордшире, не намного лучше их самих. Все они мне достаточно отвратительны. Слава богу, завтра я увижу человека без единого положительного качества, не отличающегося ни умом, ни манерами. В конце концов, знаться стоит только с глупцами.

— Берегись, Лиззи. Твои слова слишком отдают разочарованием.

Прежде чем их беседу прервал конец пьесы, Элизабет была неожиданно обрадована, получив приглашение сопровождать мистера и миссис Гардинер во время их летней поездки по стране.

— Мы еще не решили, как далеко заберемся, — сказала миссис Гардинер. — Возможно, мы доедем до Озерного края.

Никакой план не мог бы так обрадовать Элизабет. Она приняла его с готовностью и искренней благодарностью.

— Тетя, милая, дорогая, — воскликнула она с восторгом, — как это замечательно! Вы вдохнули в меня свежие силы, подарили мне жизнь. Прощайте, разочарование и сплин! Что значат люди по сравнению с холмами и скалами? Сколько впереди упоительных часов! И ведь мы — не то что другие путешественники, которые и двух слов связать не могут по возвращении. Уж мы-то, когда вернемся, сумеем рассказать, где мы были, и вспомнить, что повидали. Озера, горы и реки не смешаются в нашей памяти, и мы не станем пререкаться, как это принято, описывая какой-нибудь примечательный вид. А потому наш рассказ не покажется слушателям таким же несносным, как рассказы большинства путешественников.

Глава V

Все, что на другой день во время поездки обращало на себя взгляд Элизабет, казалось ей новым и интересным. Сердце ее радостно билось. Вид Джейн доказывал, что за ее здоровье можно не опасаться, а предвкушение путешествия на север служило постоянным источником радостных мыслей.

Когда карета с главной дороги свернула на проселок, ведущий к Хансфорду, путники стали искать глазами приходский домик, который мог теперь открыться за каждым поворотом. Они проехали мимо ограды Розингс-парка, и, вспомнив рассказы об его жителях, Элизабет не могла удержаться от улыбки.

Наконец показалось и само жилище мистера Коллинза. Сад, спускавшийся к дороге, с домом в глубине, зеленая ограда, лавровый кустарник — все свидетельствовало о приближении к цели путешествия. Кланяющиеся и улыбающиеся мистер Коллинз и Шарлот появились в дверях, и экипаж с кланяющимися и улыбающимися пассажирами остановился у небольшой калитки, отделенной от дома короткой гравиевой дорожкой. Приезжие тотчас вышли из кареты и вместе с хозяевами дома принялись с наслаждением друг друга рассматривать. Миссис Коллинз встретила подругу самым сердечным образом, а Элизабет, видя, как радушно ее принимают, почувствовала еще большее удовлетворение оттого, что решилась на эту поездку. Она сразу заметила, что женитьба нисколько не изменила манер ее кузена, который обычными многоречивыми приветствиями задержал их на несколько минут у калитки, обстоятельно расспрашивая Элизабет обо всех членах ее семьи. Затем они были введены в дом без дальнейших проволочек, если не считать того, что мистер Коллинз обратил внимание приезжих на красоту парадного входа. И как только они оказались в прихожей, он снова напыщенно приветствовал их по поводу вступления в его скромное обиталище, дословно повторив сказанное его женой касательно предстоящего отдыха путешественников.

Элизабет заранее готовилась увидеть Коллинза во всем блеске его величия. И ей трудно было избавиться от мысли, что, указывая на размеры помещения, вид из окон и обстановку, он обращался главным образом к ней, давая почувствовать, чего она лишилась, отказавшись выйти за него замуж. Но хотя все выглядело уютно и мило, она все же была не способна порадовать его ни единым знаком сожаления и поглядывала на подругу, удивляясь, как это ей удается сохранять жизнерадостность, имея такого спутника жизни. Когда мистер Коллинз произносил что-нибудь, от чего его жена могла бы прийти в смущение, — а это случалось нередко, — Элизабет невольно бросала взгляд на Шарлот. Раз или два она заметила, что подруга слегка покраснела, но в большинстве случаев Шарлот мудро пропускала подобные высказывания мимо ушей. Просидев в гостиной столько, сколько было необходимо, чтобы воздать должное каждому находившемуся в комнате предмету — от буфета до каминной решетки, — описать их путешествие и рассказать обо всем, что они видели в Лондоне, гости вместе с хозяином вышли в просторный, прекрасно разбитый сад, который мистер Коллинз обрабатывал собственными руками. Работа в саду была для него одним из любимых развлечений, и Элизабет с восхищением наблюдала, как великолепно Шарлот владеет собой, рассуждая о пользе физического труда и признаваясь, что она всей душой поддерживает эту склонность супруга. Проведя гостей по всем продольным и поперечным дорожкам и не давая им возможности высказать одобрение, которого сам же добивался, мистер Коллинз обратил их внимание на каждый открывавшийся глазам вид, сообщая подробности, от которых самая привлекательная картина теряла всякое очарование. Он мог точно определить, какие поля простираются в каждом направлении, сколько стволов насчитывается в любой самой отдаленной купе деревьев. Но из всех прекрасных видов, которые могли прославить его сад, графство и даже королевство, ни один не мог сравниться с изумительным видом на Розингс, открывавшийся почти перед самым его домом в прогалине среди окаймлявших парк деревьев. Это было в самом деле красивое современное здание, удачно расположенное на склоне холма.

Из сада мистер Коллинз хотел было провести гостей по двум своим пастбищам, но, так как обувь дам не могла уберечь их ноги от еще не вполне растаявшего снега, с хозяином отправился один сэр Уильям, а Шарлот позвала сестру и подругу осматривать дом, радуясь возможности сделать это в отсутствие мужа. Дом оказался небольшим, но удобным и отлично спланированным. Все в нем было обставлено и устроено с основательностью и вкусом, свидетельствовавшими о хозяйственных способностях Шарлот. Отвлекаясь от мыслей о мистере Коллинзе, во всем можно было усмотреть дух благополучия. А по удовлетворенному виду Шарлот Элизабет заключила, что ее подруга и в самом деле нередко о нем забывает.

Элизабет уже было известно, что леди Кэтрин до сих пор не перебралась из своего поместья в Лондон. Разговор об этом зашел за обедом, и принимавший участие в беседе мистер Коллинз заметил:

— О да, мисс Элизабет, в воскресенье вы будете иметь честь лицезреть леди Кэтрин де Бёр в церкви, и мне нет нужды говорить о том, как сильно вы будете ею восхищены. Моя патронесса — само воплощение любезности и снисходительности, и я не сомневаюсь, что после окончания службы вы удостоитесь какого-нибудь знака внимания с ее стороны. Я даже, почти не колеблясь, могу сказать, что все приглашения, которыми она почтит нас за время вашего пребывания в Кенте, она распространит на вас и на мою сестру Мэрайю. Она необыкновенно внимательна к моей дорогой Шарлот. Мы обедаем в Розингсе два раза в неделю и никогда не возвращаемся домой пешком: экипаж ее светлости всегда к нашим услугам. Мне следовало сказать — один из экипажей ее светлости, поскольку их у нее, разумеется, несколько.

— Леди Кэтрин в самом деле весьма степенная и рассудительная дама, — подтвердила Шарлот. — К тому же она очень внимательная соседка.

— Совершенно верно, дорогая, это как раз то, что я имел в виду. Никакое почтение к столь высокой особе не может оказаться чрезмерным.

Вечер был посвящен главным образом разговорам об уже известных читателю хартфордширских новостях. Перед сном, оставшись в своей комнате одна, Элизабет смогла обдумать, насколько ее подруга удовлетворена своей судьбой, разобраться в образе действий, избранном Шарлот по отношению к мужу, и прийти к выводу, что он является наилучшим. Она могла также мысленно представить себе, как будет дальше протекать ее визит в Хансфорд: размеренный ход домашних занятий и бесед с подругой, назойливость мистера Коллинза, курьезные встречи в Розингсе — картины эти одна за другой промелькнули в ее воображении.

В середине следующего дня, когда Элизабет одевалась в своей комнате перед прогулкой, снизу донесся неожиданный шум. Ей показалось, что весь дом мистера Коллинза пришел в смятение. Прислушавшись, она разобрала, что кто-то весьма поспешно поднимается по ведущей в ее комнату лестнице, выкрикивая на ходу ее имя. Элизабет распахнула дверь и увидела на площадке Мэрайю, которая, захлебываясь от возбуждения, выпалила:

— Элайза, дорогая, ради бога, скорее! Бегите в столовую. Если бы вы знали, что́ вы увидите из окна! Я вам ни за что не скажу. Скорее, скорее, сию же минуту!

Элизабет тщетно пыталась расспросить Мэрайю о случившемся. Девица не желала ничего говорить, и обе прибежали в столовую смотреть на чудо через окно, которое выходило на проезжую дорогу. Они увидели двух дам, сидевших в низеньком фаэтоне, который остановился у садовой калитки.

— И это все? — воскликнула Элизабет. — Я ожидала, что в сад, по крайней мере, забралась свинья, а это всего лишь леди Кэтрин и ее дочка.

— Ну что вы, дорогая Элайза! — отвечала Мэрайя, явно возмущенная ее ошибкой. — Какая же это леди Кэтрин? Пожилая дама — это миссис Дженкинсон, ее компаньонка, а та, что помоложе, — сама мисс де Бёр! Вы только на нее посмотрите. До чего она крошечная! Кто бы мог подумать, что она такая худенькая и маленькая!

— С ее стороны крайне нелюбезно заставлять Шарлот стоять на таком ветру. Неужели ей трудно зайти в дом?

— Шарлот говорит, что она почти никогда к ним не заходит. Появление мисс де Бёр в доме — особая милость с ее стороны.

— Мне ее вид понравился, — сказала Элизабет под действием вновь нахлынувших мыслей. — Она выглядит болезненной и раздражительной. Что ж, она отлично ему подойдет — будет как раз такой женой, какой он заслуживает.

Стоявшие у калитки Шарлот и мистер Коллинз беседовали с дамами в коляске. В то же время сэр Уильям, к полному удовольствию Элизабет, расположился на крыльце, почтительно созерцая находившуюся перед ним величественную особу и отвешивая поклоны всякий раз, когда на него устремлялся взгляд мисс де Бёр.

В конце концов все было сказано, коляска отъехала, и хозяева вернулись в дом. Лишь только мистер Коллинз увидел обеих барышень, он тут же поздравил их с радостной новостью. Как пояснила Шарлот, эта новость заключалась в том, что все они приглашены завтра на обед в Розингс.

Глава VI

Торжество мистера Коллинза по поводу полученного приглашения было поистине полным. Больше всего ему хотелось показать гостям величие своей патронессы и дать им воочию убедиться в знаках ее внимания по отношению к миссис Коллинз и его собственной особе. И то, что он столь быстро получил соответствующую возможность, свидетельствовало о таком расположении со стороны леди Кэтрин, которому он никак не мог достаточно надивиться.

— Признаюсь, — говорил он, — мне не показалось бы странным, если бы ее светлость предложила нам выпить с ней чаю и провести в Розингсе воскресный вечер. Более того, зная ее беспредельную доброту, я, говоря откровенно, был даже к этому подготовлен. Но кто бы мог подумать, что она окажет нам столь большое внимание! Кто бы вообразил, что мы получим приглашение на обед, к тому же приглашение на обед для всей нашей компании, почти тотчас же после вашего приезда!

— Меня это ничуть не удивило, — откликнулся сэр Уильям. — Благодаря моему положению в обществе я, слава богу, немного знаком с обычаями великих мира сего. И должен сказать, подобные примеры обходительности при дворе вовсе не считаются редкостью.

В течение остального дня и следующего утра в доме только и было разговоров что о визите к ее светлости. Мистер Коллинз тщательнейшим образом готовил своих гостей к тому, что их ждет в Розингсе, дабы они не утратили присутствия духа при виде огромных зал, большого количества прислуги и великолепной сервировки.

Прежде чем дамы ушли переодеваться, он нашел нужным дать Элизабет следующий совет:

— Вы можете не тревожиться, дорогая кузина, по поводу вашего костюма. Леди Кэтрин вовсе не ждет от нас той изысканности туалетов, которая свойственна ее светлости и мисс де Бёр. Я бы посоветовал вам просто выбрать платье, которое вам кажется несколько более нарядным, — ничего другого не требуется. Уверяю вас, леди Кэтрин вовсе не подумает о вас хуже, если вы будете скромно одеты. Напротив, ей даже нравится, когда заметно различие в положении.

Пока все одевались, он по два-три раза подходил к каждой двери, советуя поторопиться, так как ее светлость очень не любит, когда ее задерживают с обедом. Столь устрашающее описание леди Кэтрин и ее привычек вконец смутило не привыкшую к обществу Мэрайю Лукас, так что она стала смотреть на свое появление в Розингсе с тем же трепетом, с каким отец ее ждал когда-то представления ко двору.

Воспользовавшись прекрасной погодой, они около полумили прошли по парку пешком. Каждый парк имеет особую красоту и очарование. И Элизабет с удовольствием любовалась представившейся ей картиной, хотя и без того восторга, которого ждал от нее мистер Коллинз. Она не была потрясена даже названным им числом окон на фасаде дома и стоимостью их остекления, когда-то произведенного покойным сэром Льюисом де Бёром.

Робость Мэрайи возрастала с каждым шагом по парадной лестнице дома, и даже сам сэр Уильям не казался в эти минуты вполне спокойным. Элизабет, напротив, не испытывала тревоги. Она не слыхала о каких-либо исключительных талантах или особых добродетелях леди Кэтрин, а что касается признаков знатности и богатства, считала, что сможет созерцать их без особого волнения.

Миновав прихожую, в которой торжествующий мистер Коллинз обратил их внимание на размеры помещения и изящество орнаментов, они следом за слугами прошли через холл в комнату, в которой уже сидели ее светлость, мисс де Бёр и миссис Дженкинсон. Леди Кэтрин снизошла до того, чтобы подняться им навстречу, и, так как Шарлот заранее условилась с мужем, что она сама представит гостей хозяйке дома, церемония знакомства совершилась естественным образом, без излишних извинений и оправданий, которые не преминул бы высказать по такому случаю мистер Коллинз.

Хотя сэр Уильям когда-то имел честь побывать даже в Сент-Джеймсе, он был сейчас настолько подавлен окружавшим его великолепием, что мог лишь отвесить низкий поклон и затем молча занял предложенное ему место. Его дочка, напуганная почти до бесчувствия, уселась на самый краешек стула, не смея поднять глаза. И только Элизабет не испытывала особого волнения и могла спокойно рассмотреть трех находившихся перед нею дам. Леди Кэтрин оказалась высокой, полной женщиной с резкими чертами лица, которое в давние годы могло быть красивым. Она ничем к себе не располагала, и в ее манерах не чувствовалось желания хозяйки, чтобы ее гости забыли о своем более низком общественном положении. Она не наводила страха молчанием, но все, что она говорила, произносилось не допускающим возражений тоном, подчеркивавшим значительность ее особы, — именно так, как рассказывал мистер Уикхем. И, наблюдая ее в течение всего вечера, Элизабет решила, что леди Кэтрин вполне соответствует нарисованному им портрету.

Рассмотрев хозяйку дома, в лице и жестах которой она вскоре уловила нечто общее с мистером Дарси, Элизабет взглянула на ее дочь и была удивлена ее худобой и тщедушием почти в такой же степени, как Мэрайя Лукас. Между матерью и дочерью не замечалось никакого сходства ни в лице, ни в фигуре. Мисс де Бёр была барышней бледной и болезненной. Лицо ее, хотя и с довольно правильными чертами, казалось невыразительным. Она почти все время молчала, если не считать нескольких фраз, обращенных к миссис Дженкинсон, ничем не примечательной женщине, занятой только разговором с воспитанницей и тем, чтобы получше установить перед ее глазами защитный экран.

Гости не просидели и пяти минут, как их пригласили подойти к окну и полюбоваться открывавшимся из него видом. Мистер Коллинз принялся при этом расхваливать его красоты, а леди Кэтрин снисходительно пояснила, что смотреть на этот вид еще приятнее в летнее время.

Обед оказался превосходным, и, пока он продолжался, им были представлены все предметы сервировки и вся прислуга, обещанные мистером Коллинзом. Как он и предвидел, ему, по желанию ее светлости, пришлось занять место напротив хозяйки дома. При этом он выглядел так, как будто удостоился высочайшей почести в мире. Он орудовал ножом, ел и восхищался каждым подаваемым блюдом. Сначала мнение высказывал мистер Коллинз, а следом за ним — сэр Уильям, который достаточно пришел в себя, чтобы как эхо повторять слова зятя. К удивлению Элизабет, леди Кэтрин не только переносила все это, но даже казалась довольной их чрезмерным восхищением и смотрела на них с самой снисходительной улыбкой, особенно в тех случаях, когда поданное блюдо оказывалось для них совершенно незнакомым. Никакой беседы за столом так и не завязалось. Элизабет была готова поддержать разговор, но она сидела между Шарлот и мисс де Бёр. Первая была целиком занята тем, что прислушивалась к словам хозяйки, а вторая ни разу на протяжении обеда не обратилась к Элизабет. Внимание миссис Дженкинсон было полностью поглощено тем, чтобы ее подопечная больше ела, уговорами попробовать еще одно блюдо и расспросами о ее самочувствии. Мэрайя не могла произнести ни слова, а джентльмены все время ели и восторгались.

Когда дамы вернулись в гостиную, Элизабет не оставалось ничего другого, как выслушивать рассуждения леди Кэтрин, продолжавшиеся без перерыва до тех пор, пока не подали кофе. Хозяйка дома высказывала мнения с такой уверенностью, которая свидетельствовала о том, что она не привыкла к возражениям. Она подробнейшим и самым нескромным образом расспрашивала Шарлот о ее домашних делах, давала ей всевозможные советы, объясняла, как следует вести ее маленькое хозяйство, и наставляла ее в отношении ухода за птицей и коровами. Элизабет поняла, что для этой важной дамы не существовало мелочей, недостойных ее внимания, если только эти мелочи служили ей поводом поучать окружающих. Отвлекаясь от обсуждения различных дел миссис Коллинз, леди Кэтрин обращалась со всевозможными вопросами к Мэрайе и Элизабет. В особенности ее интересовала мисс Беннет, о родне которой ей было известно меньше всего и которую она охарактеризовала, обращаясь к Шарлот, как вполне приличную и миловидную девицу. Постепенно она разузнала у Элизабет, сколько у нее сестер, старше они или моложе, можно ли надеяться, что какая-нибудь из них выйдет замуж, красивы ли они и где получили воспитание, какой экипаж у ее отца и какова была девичья фамилия ее матери. И хотя Элизабет сознавала бесцеремонность подобного допроса, она давала хозяйке дома каждый раз исчерпывающие ответы. Далее леди Кэтрин заметила:

— Я слышала, имение вашего батюшки наследуется по мужской линии и должно перейти к мистеру Коллинзу? В данном случае, имея в виду ваши интересы, миссис Коллинз, — сказала она, обращаясь к Шарлот, — я, конечно, не могу этому не радоваться. Но вообще я не одобряю, когда женщин в семье лишают наследственных прав. В семействе сэра Льюиса де Бёра, слава богу, не сочли нужным заводить этот порядок. Вы поете и играете, мисс Беннет?

— Немножко.

— Мы в таком случае будем рады как-нибудь вас послушать. У меня, знаете, превосходный инструмент, верно, получше, чем... Вы сами в этом убедитесь. А ваши сестры тоже поют и играют?

— Да, одна из них.

— Почему же только одна? Нужно было научить всех. У мистера Уэбба музыкой занимались все дочери, а доход у него даже меньше, чем у вашего отца. Вы рисуете?

— К сожалению, нет.

— Как, ни одна из вас?

— Ни одна.

— Странно. У вас, должно быть, не было возможности научиться. Вашей матери следовало каждую весну привозить вас в столицу, чтобы вы могли брать уроки.

— Моя мать не имела бы ничего против, но отец ненавидит Лондон.

— Ваша гувернантка от вас уехала?

— У нас никогда не было гувернантки.

— Не было гувернантки? Просто немыслимо! Пять дочерей воспитаны без гувернантки! Никогда не слыхала ничего подобного. Ваша мать, должно быть, не имела минуты покоя, заботясь о вашем воспитании!

Элизабет едва удержалась от улыбки, заверив леди Кэтрин, что она ошибается.

— Но кто же тогда занимался вашим обучением? Кто за вами следил? Без гувернантки вы были предоставлены самим себе?

— По сравнению с некоторыми семьями это, наверно, так и было. Но те из нас, кто хотел учиться, имели для этого все, что требовалось. Нас всегда поощряли к чтению, и у нас были необходимые учителя. Конечно, если одна из нас предпочитала бездельничать, для этого у нее оставалась полная возможность.

— Еще бы, нисколько не сомневаюсь. С этим-то гувернантке и следует бороться. Если бы я была знакома с вашей матерью, я бы самым решительным образом посоветовала ей нанять гувернантку. Я уже много раз говорила, что в образовании ничего нельзя достигнуть без каждодневных настойчивых упражнений, а это возможно только при наличии гувернантки. Просто удивительно, скольким семьям принесли пользу мои советы. И я всегда с удовольствием помогаю подыскать место молодым особам. Мне, например, удалось отлично пристроить четырех племянниц миссис Дженкинсон. Совсем на днях я порекомендовала одной семье девицу, которую мне только случайно назвали, и, представьте, ею оказались очень довольны. Миссис Коллинз, я не рассказывала вам, что вчера ко мне заезжала леди Меткаф и очень меня благодарила? Подумайте только, она находит, что мисс Поуп — настоящее сокровище. Она прямо так и сказала: «Леди Кэтрин, вы мне подарили сокровище». Ну, а выезжает кто-нибудь из ваших сестер в свет, мисс Беннет?

— Да, сударыня, все.

— Как все? Что же — все пять одновременно? Странно! И вы только вторая дочка в семье! Младшие сестры выезжают в свет, прежде чем старшие вышли замуж! Ваши младшие сестры должны быть еще совсем юными?

— Да, самой младшей нет еще и шестнадцати. Возможно, она и в самом деле слишком молода, чтобы бывать в обществе. Но, по совести говоря, было бы слишком жестоко по отношению к младшим сестрам, если бы они лишились своей доли светских развлечений только из-за того, что старшие не имели возможности или охоты рано выйти замуж. Та, которая родилась последней, имеет такое же право радоваться молодости, как и родившаяся первой. Оказаться лишенной этих радостей из-за того, что ты моложе других! При этом, я полагаю, трудно было бы рассчитывать, чтобы между сестрами существовала достаточная привязанность и они обладали необходимыми душевными качествами.

— Честное слово, вы высказываетесь довольно решительно для столь юной особы, — проговорила леди Кэтрин. — Интересно, сколько вам лет?

— Учитывая, что у меня три взрослые младшие сестры, — ответила Элизабет, улыбаясь, — ваша светлость едва ли полагает, что я назову свой возраст.

Леди Кэтрин, казалось, совершенно опешила, не получив прямого ответа, и Элизабет заподозрила, что ей суждено было быть первым человеком, осмелившимся дать отпор бесцеремонности столь важной особы.

— Вам, я уверена, не может быть больше двадцати. А потому вам незачем скрывать свои годы.

— Увы, мне уже и не двадцать один.

Джентльмены присоединились к ним, и после чаепития появились карточные столы. Леди Кэтрин, сэр Уильям, мистер и миссис Коллинз уселись за кадриль. А так как мисс де Бёр захотелось сыграть в казино, двум приезжим девицам вместе с миссис Дженкинсон выпала честь составить ей партию. За их столом царила отменная скука. Едва ли на протяжении всей партии было произнесено хотя бы одно слово, не относившееся к игре, если не считать того, что миссис Дженкинсон иногда беспокоилась, не холодно ли или не жарко ее воспитаннице или не слишком ли ей светло или темно. Другой стол зато отличался значительно большим оживлением. Леди Кэтрин говорила почти беспрерывно, то отмечая ошибки своих партнеров, то рассказывая им какой-нибудь случай из своей жизни. Мистер Коллинз был занят тем, что соглашался со словами ее светлости, благодарил ее за каждое выигранное очко и извинялся, когда полагал, что выиграл их слишком много. Сэр Уильям говорил мало, начиняя память услышанными анекдотами и аристократическими именами.

Когда хозяйке дома и ее дочери игра стала надоедать, столы были убраны. Леди Кэтрин предложила Шарлот экипаж, и, так как гостья с благодарностью это приняла, хозяйка дала необходимые указания. Вслед за тем все собрались около камина послушать, как леди Кэтрин распорядится относительно завтрашней погоды. Ее предсказания были прерваны прибытием кареты, и после множества благодарственных речей мистера Коллинза и поклонов сэра Уильяма они наконец отбыли. Не успели они отъехать, как мистер Коллинз осведомился у Элизабет о ее впечатлениях от Розингса. Ради подруги она постаралась несколько смягчить свое мнение по сравнению с тем, какое сложилось у нее в действительности. Но, несмотря на сделанные ею усилия, выводы ее ни в коей мере не могли удовлетворить мистера Коллинза, которому вскоре пришлось самому приняться за восхваление ее светлости.

Глава VII

Сэр Уильям провел в Хансфорде только одну неделю. Но и за этот срок он мог вполне удостовериться в благополучии своей дочери, имевшей счастье приобрести такого супруга и такую соседку, какие нечасто встречаются на свете. В продолжение всего визита тестя мистер Коллинз ежедневно выезжал с ним по утрам в своем шарабане, чтобы показать ему окрестные места. Но когда тесть уехал, обитатели Хансфорда вернулись к обычным занятиям. К радости Элизабет, перемена эта не заставила ее проводить в обществе кузена больше времени, чем прежде. В часы между завтраком и обедом хозяин дома теперь либо копался в саду, либо уходил к себе в ка-

214

бинет и там читал или писал, а то и просто смотрел из окна на дорогу. Дамы проводили время в комнате, окна которой выходили во двор. Сначала Элизабет показалось странным, что Шарлот предпочитала эту небольшую комнату просторной столовой с более красивым видом. Однако вскоре она поняла, что у ее подруги имелись для такого выбора достаточные основания: будь общая комната расположена так же удачно, как кабинет мистера Коллинза, последний, несомненно, проводил бы гораздо меньше времени в одиночестве. И она вполне согласилась с разумным выбором Шарлот.

Из своей гостиной дамы не могли наблюдать за дорогой. Поэтому сведениями о проезжающих мимо экипажах, и в частности о прибытии фаэтона мисс де Бёр, они были целиком обязаны мистеру Коллинзу. Подобные сообщения делались неукоснительно, несмотря на то что мисс де Бёр заезжала в Хансфорд отнюдь не редко. Обычно она задерживалась около дома и обменивалась несколькими фразами с Шарлот, почти никогда не покидая своего экипажа.

Дни, в которые мистер Коллинз не отправлялся в Розингс, выпадали нечасто. И почти всегда его жена считала необходимым его сопровождать. Такая готовность Шарлот жертвовать своим временем оставалась непонятной Элизабет до тех пор, пока она не сообразила, что у леди Кэтрин могли в будущем появиться и другие вакантные церковные приходы. Изредка Коллинзов удостаивала своим визитом сама леди Кэтрин. Во время этих посещений ни одно обстоятельство не ускользало от внимания ее светлости. Бесцеремонно вмешиваясь в их дела, она рассматривала дамское рукоделие, советуя пользоваться иными приемами, находила недостатки в расстановке мебели и разоблачала недобросовестность прислуги. А если она соглашалась разделить с ними трапезу, то, казалось, делала это лишь для того, чтобы обратить внимание на слишком большой кусок жаркого, подаваемый к обеду столь малочисленного семейства.

Элизабет вскоре заметила, что, хотя заботы о судьбах местных жителей могли бы и вовсе не обременять эту важную даму, она тем не менее принимала горячее участие в делах прихода, и все даже самые мелкие из этих дел непременно доводились до ее сведения мистером Коллинзом. И если кто-нибудь из прихожан оказывался недовольным, несговорчивым или, скажем, стесненным в средствах, ее светлость всегда была готова немедленно помчаться в деревню, чтобы рассудить спорщиков, заставить умолкнуть жалобщиков и должным образом водворить общее благополучие и согласие.

Раза два в неделю жителям Хансфорда выпадала честь обедать в Розингсе. И, не считая отсутствия сэра Уильяма, а вместе с ним и второго карточного стола, все последующие обеды ничем не отличались от первого. Иных развлечений жители Хансфорда были лишены почти полностью, так как образ жизни большинства соседних семейств не соответствовал возможностям Коллинзов. Впрочем, Элизабет вовсе от этого не страдала, проводя дни достаточно приятно. Время от времени она могла с удовольствием поболтать полчаса со своей подругой. А необыкновенно хорошая для ранней весны погода позволяла ей почти ежедневно наслаждаться прогулками. И когда все остальные отправлялись с визитом в Розингс, она чаще всего уходила в примыкавшую к ближней стороне парка открытую рощу и бродила там по густо обсаженной деревьями полюбившейся ей дорожке, прелесть которой, казалось, оценила только она одна и где она чувствовала себя достаточно защищенной от любопытства ее светлости.

Так, спокойно, без всяких происшествий, протекли первые две недели ее пребывания в Кенте.

Приближалась Пасха, и за неделю до праздника население Розингса, прежде столь немногочисленное, заметно пополнилось. Еще вскоре после своего прибытия в Хансфорд Элизабет услышала об ожидающемся в ближайшие недели визите мистера Дарси. И хотя у нее было мало знакомых, с которыми бы она встретилась менее охотно, чем с племянником леди Кэтрин, его приезд обещал дать новую пищу для наблюдений во время визитов в Розингс. При этом, увидев его обращение с кузиной, которую леди Кэтрин прочила ему в жены, она могла бы порадоваться беспочвенности надежд, питаемых в отношении мистера Дарси сестрой мистера Бингли. Леди Кэтрин была весьма довольна ожидавшимся приездом племянника, отзывалась о нем в самых восторженных выражениях и была чуть ли не рассержена, обнаружив, что мисс Лукас и Элизабет успели с ним познакомиться в другом месте.

О приезде Дарси тут же стало известно в Хансфорде, так как мистер Коллинз, жаждавший узнать об этом событии как можно раньше, в течение всего назначенного для приезда утра прогуливался по дороге, с которой можно было беспрепятственно наблюдать за воротами парка. Отвесив поклон прибывшему экипажу в тот самый момент, когда он заворачивал к дому, мистер Коллинз сразу устремился к себе, желая поскорее сообщить важное известие. На следующее утро он поспешил в Розингс, чтобы засвидетельствовать свое почтение. Его приветствие было принято сразу двумя племянниками леди Кэтрин, ибо вместе с мистером Дарси в Розингс приехал еще и младший сын его дяди, лорда***, полковник Фицуильям. И, ко всеобщему изумлению, мистер Коллинз вернулся домой в сопровождении обоих молодых людей. Шарлот увидела их из окна кабинета в тот момент, когда они пересекали дорогу, и, тотчас же перебежав в гостиную, сообщила девицам об ожидавшей их чести, добавив при этом:

— Этим знаком внимания я, конечно, обязана только тебе, Элайза. Мистер Дарси ни за что не навестил бы так скоро меня одну.

У Элизабет едва хватило времени, чтобы отказаться от комплимента, как зазвенел колокольчик, возвестивший о приходе гостей. И тотчас же после этого трое мужчин вступили в комнату. Вошедшему первым полковнику Фицуильяму можно было дать лет тридцать. Он был не слишком хорош собой, но по обращению и внешности казался истинным джентльменом. Мистер Дарси был в точности таким же, каким его привыкли видеть в Хартфордшире. С обычной сдержанностью он засвидетельствовал свое почтение миссис Коллинз. И каковы бы ни были его чувства к ее подруге, он встретил ее взгляд с полным самообладанием. Элизабет ответила ему едва заметным поклоном, не проронив при этом ни слова.

С легкостью, свойственной хорошо воспитанному человеку, полковник Фицуильям сразу завязал беседу, доставившую удовольствие всем присутствовавшим. Его кузен, обменявшись несколькими словами с Шарлот по поводу ее дома и сада, хранил в течение некоторого времени полное молчание. В конце концов, однако, у него хватило любезности осведомиться у Элизабет о здоровье ее семейства. Ответив ему подобающим образом, она, после короткой паузы, добавила:

— Моя старшая сестра последние три месяца провела в Лондоне. Вам не приходилось встречаться?

Она заранее знала, что ответ будет отрицательным. Но ей было любопытно, не выдаст ли он своей осведомленности о том, что произошло между семьей Бингли и Джейн. И, как ей показалось, Дарси слегка смутился, ответив, что ему не посчастливилось увидеть в столице мисс Беннет. Больше об этом не говорилось, и молодые люди вскоре покинули Хансфорд.

Глава VIII

Манеры полковника Фицуильяма произвели в Хансфорде самое благоприятное впечатление, и дамы почувствовали, что удовольствие от посещений Розингса с его приездом должно значительно возрасти. Прошло, однако, несколько дней, прежде чем они были туда приглашены. Пока у леди Кэтрин жили ее племянники, она вполне могла обходиться без гостей из пасторского домика. Только в первый день Пасхи, почти через неделю после приезда молодых людей, Коллинзы наконец удостоились приглашения: покидая церковь, леди Кэтрин просила их провести вечер в Розингсе. В последнюю неделю им почти не доводилось видеть леди Кэтрин и ее дочь. Полковник Фицуильям, правда, несколько раз навестил пасторский домик, но мистера Дарси они встретили только в церкви.

Приглашение было, разумеется, принято, и в должный час они появились в гостиной Розингса. Леди Кэтрин встретила их любезно, однако чувствовалось, что их общество уже далеко не так дорого ее сердцу, как в те дни, когда она не могла рассчитывать на чье-либо другое. Сейчас внимание хозяйки было главным образом поглощено обоими племянниками, с которыми — особенно с Дарси — она разговаривала гораздо больше, чем с остальными присутствующими.

По-настоящему их появлением был доволен только полковник Фицуильям. Его радовало все, что хоть как-то помогало ему рассеять скуку пребывания в Розингсе. К тому же хорошенькая подруга миссис Коллинз не на шутку вскружила ему голову. И теперь, усевшись около нее, он так мило болтал с ней о Кенте и Хартфордшире, о домашней жизни и путешествиях, о новых книгах и музыке, что Элизабет впервые испытала удовольствие от посещения этого дома. Живостью и непринужденностью своей беседы они привлекли внимание самой леди Кэтрин и мистера Дарси. Его взгляд не раз останавливался на них с любопытством. То же чувство откровенно выразила хозяйка дома, которая не постеснялась спросить:

— Что это ты там говоришь, Фицуильям? О чем вы толкуете? Нельзя ли и нам услышать, что ты рассказываешь мисс Беннет?

— Мы, сударыня, беседуем о музыке, — сказал он, когда больше уже невозможно было уклоняться от ответа.

— О музыке! Так, ради бога, говорите же громче. Музыка для меня превыше всего. Я не могу молчать, когда говорят о музыке. Я полагаю, в Англии немного людей, которые ценят и понимают музыку больше меня. Если бы только меня с детства ей обучили, я стала бы великой артисткой. Так же как Энн, будь она только покрепче здоровьем. Уверена, что ее игра доставила бы всем несравнимое наслаждение. А как, Дарси, обстоят дела у Джорджианы?

Мистер Дарси весьма одобрительно отозвался об успехах своей сестры.

— Что ж, я рада услышать о ней столь похвальный отзыв, — произнесла леди Кэтрин. — Пожалуйста, предупреди ее от моего имени, что ей ничего не добиться без достаточного усердия.

— Ручаюсь вам, сударыня, она не нуждается в подобном предостережении, — ответил мистер Дарси. — Она упражняется очень прилежно.

— Тем лучше. Упражнения никогда не могут быть лишними. Когда я буду писать ей в следующий раз, я посоветую ей ни в коем случае не пренебрегать упражнениями. Мне постоянно приходится втолковывать молодым девицам, что без прилежных занятий в музыке нельзя добиться успехов. Ведь вот столько раз я объясняла мисс Беннет: она не сможет играть по-настоящему хорошо, если перестанет упражняться. И раз у миссис Коллинз нет своего инструмента, она вполне может ежедневно приходить в Розингс и играть на фортепьяно в комнате миссис Дженкинсон. В этой части дома она никому не помешает.

Мистер Дарси, казалось, был несколько смущен бестактностью своей тетки и ничего не ответил.

Когда с кофе было покончено, полковник Фицуильям напомнил Элизабет о ее обещании поиграть ему, и она села за фортепьяно. Он придвинул свое кресло поближе. Леди Кэтрин прослушала пьесу до середины, а затем, так же как и раньше, принялась болтать с другим племянником, пока тот не оставил ее и, перейдя с обычным для него задумчивым видом к инструменту, не расположился таким образом, чтобы лучше видеть лицо хорошенькой исполнительницы. Элизабет это заметила и при первой же удобной паузе сказала ему с лукавой улыбкой:

— Вы хотели меня смутить, мистер Дарси, приготовившись слушать с таким вниманием мою игру. Но я вас нисколько не боюсь, хоть ваша сестра играет столь превосходно. Упрямство не позволяет мне проявлять малодушие, когда того хотят окружающие. При попытке меня устрашить я становлюсь еще более дерзкой.

— Мне незачем доказывать, что вы ошибаетесь, — ответил мистер Дарси. — Не могли же вы в самом деле считать меня на это способным. Я достаточно с вами знаком, чтобы знать, как часто вы утверждаете то, чего вовсе не думаете.

Такой отзыв о ней заставил Элизабет от души рассмеяться. И, обращаясь к полковнику Фицуильяму, она сказала:

— Мистер Дарси может неплохо обрисовать мой характер, научив вас не верить ни одному моему слову. Мне на редкость не посчастливилось; в тех местах, где я надеялась хоть немного пользоваться доброй славой, я встретилась с человеком, способным вывести меня на чистую воду. В самом деле, мистер Дарси, с вашей стороны невеликодушно припоминать все дурное, что вы разузнали обо мне в Хартфордшире. Могу добавить, что это и неосторожно, так как может вынудить меня дать вам отпор. И тогда как бы и в отношении вас не открылось нечто такое, что не обрадует ваших близких.

— Я этого не боюсь, — сказал он с улыбкой.

— Ради бога, откройте нам, в чем его можно обвинить, — воскликнул полковник Фицуильям. — Должен же я знать, как он ведет себя за пределами родного дома.

— Ну так вы об этом узнаете! Но приготовьтесь услышать нечто чудовищное. Могу вам сообщить, что в первый раз мы встретились с мистером Дарси в Хартфордшире во время бала. И чем, вы полагаете, он на этом балу отличился? Несмотря на недостаток молодых людей, он соизволил принять участие только в каких-нибудь четырех танцах! Мне жаль вас огорчить, но дело обстояло именно так. Он танцевал лишь четыре раза. И это в то время, когда многие молодые леди вынуждены были сидеть из-за отсутствия кавалеров. Надеюсь, вы не станете этого отрицать, мистер Дарси?

— В тот вечер я не имел чести быть знакомым ни с одной из присутствовавших дам, кроме тех, с которыми приехал на бал.

— О, разумеется. И ведь нельзя же было допустить, чтобы вас с кем-нибудь познакомили! Полковник Фицуильям, что я играю дальше? Мои пальцы ждут ваших приказаний.

— Быть может, — сказал Дарси, — обо мне судили бы лучше, если бы я потрудился кому-нибудь представиться. Но я не стремлюсь навязывать свое общество незнакомым людям.

— Не объяснит ли мне ваш кузен, чем это вызвано? — спросила Элизабет, по-прежнему обращаясь к полковнику. — Может быть, он в силах назвать причину, по которой образованный и неглупый человек, к тому же принятый в обществе, не вправе рассчитывать на расширение знакомств?

— Пожалуй, я смог бы ответить на ваш вопрос, не обращаясь к нему, — сказал Фицуильям. — Это, конечно, не относится к мистеру Дарси! Причина может состоять в нежелании доставить беспокойство себе самому.

— Я и вправду лишен присущего некоторым людям таланта, — отвечал Дарси, — свободно болтать с человеком, которого прежде никогда не встречал. Мне нелегко, подобно другим, подлаживаться к тону его рассуждений или делать вид, что меня интересуют его дела.

— Мои пальцы, — сказала Элизабет, — движутся по клавишам этого инструмента не с тем мастерством, какое мне приходилось наблюдать у других музыкантов. Моей игре недостает ни силы удара, ни выразительности, ни беглости. Но мне всегда казалось, что я виновата в этом сама, не дав себе труда поупражняться как следует. Мысль о том, что у меня неподходящие пальцы, почему-то не приходила мне в голову.

Улыбнувшись, Дарси сказал:

— Совершенно с вами согласен. Время, которым вы располагали, вы употребили гораздо лучше. Те, кто пользуется привилегией слушать вашу игру, едва ли заметят ее недостатки. А при посторонних мы с вами не выступаем.

Здесь они были прерваны хозяйкой дома, которая потребовала, чтобы ее посвятили в содержание их разговора. Элизабет тотчас начала новую пьесу. Леди Кэтрин подошла ближе и, немного послушав ее игру, снова заговорила с Дарси:

— Мисс Беннет играла бы неплохо, если бы больше практиковалась и пользовалась указаниями лондонского маэстро. У нее даже есть некоторая беглость, но ей не хватает вкуса, которым отличается Энн. Из моей дочери вышла бы превосходная исполнительница, если бы только здоровье позволяло ей заниматься музыкой.

Элизабет взглянула на Дарси, надеясь понять по его лицу, насколько он присоединяется к восхвалению кузины. Но ни в эту минуту, ни в какую другую она не могла заметить в нем признаков сердечного увлечения. Отношение Дарси к своей кузине позволяло сделать вывод, который весьма порадовал бы мисс Бингли: при равных родственных связях она могла бы с тем же успехом выйти за него замуж, как и мисс де Бёр.

Леди Кэтрин продолжала еще в течение некоторого времени высказывать замечания о музыкальных способностях Элизабет, сопровождая их различными советами о манере игры и музыкальном вкусе. Мисс Беннет переносила это с подобающим госте терпением. И, подчиняясь просьбам джентльменов, она просидела за инструментом до того времени, когда была подана карета ее светлости, чтобы доставить их в Хансфорд.

Глава IX

На следующее утро, когда миссис Коллинз и Мэрайя отправились по делам в деревню, а Элизабет, сидя в одиночестве, писала письмо старшей сестре, ее вдруг потревожил колокольчик, возвестивший о приходе гостей. Хотя она не слышала шума подъехавшего экипажа, ей пришло в голову, что это могла нагрянуть леди Кэтрин. И чтобы избежать назойливых расспросов бесцеремонной посетительницы, она быстро спрятала недописанное письмо. Дверь распахнулась, и, к ее глубочайшему изумлению, в комнату вошел мистер Дарси, притом совершенно один. Гость, казалось, был тоже озадачен тем, что нашел ее в одиночестве, и, принеся свои извинения, сказал, что надеялся застать в этой комнате сразу всех дам.

Они оба сели, и после заданных ею вопросов о здоровье обитателей Розингса наступило молчание, грозившее затянуться на неопределенно долгое время. Совершенно необходимо было придумать какую-нибудь тему для разговора. В эту критическую минуту Элизабет вспомнила, при каких обстоятельствах она в последний раз видела Дарси в Хартфордшире, и ей захотелось узнать, чем он объяснит свой внезапный отъезд из Незерфилда.

— Как неожиданно вы все покинули наши места в ноябре, мистер Дарси! И каким, наверно, приятным сюрпризом для мистера Бингли было увидеть всех вас так скоро после разлуки. Он сам, помнится, выехал в Лондон всего лишь за день до вас, не так ли? Надеюсь, он и его сестры были здоровы, когда вы покинули Лондон?

— Благодарю вас, вполне здоровы.

Она почувствовала, что больше он ничего не скажет, и после короткой паузы продолжала:

— Как мне говорили, у мистера Бингли нет больше желания опять поселиться в Незерфилде?

— Я не слышал, чтобы он об этом упоминал. Но весьма вероятно, что ему не придется проводить там в будущем много времени. У него немало друзей, а сейчас он вступил в тот период жизни, когда число друзей и занятость увеличиваются день ото дня.

— Раз он не намерен жить в Незерфилде, для его соседей было бы лучше, если бы он вообще распрощался с нашим краем. Это поместье могла бы тогда занять другая семья. Впрочем, быть может, мистер Бингли арендовал Незерфилд, заботясь о собственных удобствах больше, чем об удобствах соседей? И следует ждать, что он удержит за собой Незерфилд или откажется от него, руководствуясь теми же побуждениями.

— Меня бы не удивило, — сказал Дарси, — если бы Бингли в самом деле покинул Незерфилд навсегда, представься ему подходящая возможность приобрести дом в другом месте.

Элизабет промолчала. Боясь продолжить разговор о его приятеле и не имея сказать ничего другого, она решила переложить теперь заботу о поддержании беседы на мистера Дарси.

Тот понял намек и вскоре сказал:

— Дом этот выглядит очень уютным. Леди Кэтрин, я полагаю, немало в нем потрудилась, когда мистер Коллинз здесь поселился.

— Думаю, что вы правы. Но она, я уверена, не могла бы уделить внимание более благодарному человеку.

— Мистер Коллинз, кажется, удачно женился.

— Еще бы. Его друзья могут порадоваться, что он встретил одну из немногих разумных женщин, которая согласилась за него выйти и обеспечила ему счастливую жизнь. Моя подруга очень неглупа. Хотя я не уверена, что замужество было самым мудрым из ее поступков. Она, однако, выглядит вполне счастливой, а с точки зрения здравого смысла брак для нее может считаться весьма удачным.

— Особенно благоприятным кажется то обстоятельство, что она поселилась так близко от родителей и друзей.

— Вы находите, что отсюда до Меритона «так близко»? Но ведь здесь чуть ли не пятьдесят миль.

— Что значат пятьдесят миль хорошей дороги? Чуть больше, чем полдня пути. Мне кажется, это весьма короткое расстояние.

— Мне бы не пришло в голову оценивать преимущества брака милями, — сказала Элизабет. — И я вовсе не считаю, что миссис Коллинз поселилась поблизости от родителей.

— Это свидетельствует о вашей привязанности к Хартфордширу. Все, что находится не совсем рядом с Лонгборном, кажется вам отдаленным.

Он проговорил это с улыбкой, которая его собеседнице показалась понятной. По-видимому, он считал, что ее слова относятся к Незерфилду и к Джейн. И, покраснев, она ответила:

— Я вовсе не хотела сказать, что, выйдя замуж, женщина любое расстояние от дома своих родителей должна воспринимать как большое. Близость и отдаленность — понятия относительные, зависящие от обстоятельств. Там, где богатство делает дорожные расходы несущественными, расстояние перестает быть злом. Но в данном случае это отнюдь не так. Коллинзы имеют приличный доход, которого не может, однако, хватить для частых разъездов. И я убеждена, что моя подруга не считала бы, что она живет близко от родительского дома, даже если бы расстояние до него было вдвое короче пути из Кента в Хартфордшир.

Мистер Дарси подвинул свой стул немного ближе и сказал:

— Не следует так привязываться к родным местам. Не сможете же вы всю жизнь провести в Лонгборне!

Элизабет была удивлена его словами. Но настроение Дарси переменилось, он отодвинулся, взял со стола газету и, глядя поверх нее, произнес более холодным тоном:

— Как вам понравился Кент?

За этим последовал обмен мнениями о здешних местах, достаточно краткий и сдержанный с обеих сторон. Он был прерван возвращением Шарлот и ее сестры, которые немало удивились столь неожиданному tête-à-tête. Мистер Дарси объяснил им свою ошибку, из-за которой мисс Беннет пришлось прервать свои занятия, и, просидев почти в полном молчании еще несколько минут, удалился.

— Что бы это могло означать? — спросила Шарлот, как только он ушел. — Элайза, дорогая, он, должно быть, в тебя влюблен — иначе он ни за что бы так запросто к нам не пришел.

Но когда она узнала от Элизабет, как мало он ей сказал, подобная догадка уже не показалась убедительной даже заинтересованной Шарлот. И после ряда предположений визит Дарси в конце концов пришлось объяснить только отсутствием у него лучшего способа провести время. В самом деле, охотничий сезон уже миновал. В Розингсе была леди Кэтрин, книги и бильярд. Но не могут же мужчины проводить весь день взаперти! Привлеченные близостью пасторского дома, или прелестью ведущей к нему дороги, или, наконец, удовольствием от встречи с его обитателями, но с этих пор оба кузена стали наведываться туда чуть ли не ежедневно. Они приходили в утренние часы, иногда врозь, иногда вместе, а иной раз и в сопровождении своей тетки. Для дам было ясно, что появления полковника Фицуильяма объясняются тем, что ему нравится их общество — качество, особенно его рекомендовавшее. Удовольствие, которое получала Элизабет в его присутствии, и впечатление, которое она на него производила, напомнили ей о ее прежнем избраннике, Джордже Уикхеме. И хотя, сравнивая обоих, она видела, что в манерах полковника недостает подкупающей задушевности ее меритонского приятеля, ей казалось, что он зато значительно лучше образован.

Но почему в Хансфорде так часто появлялся мистер Дарси, было решительно непонятно. Он явно не нуждался в собеседниках, так как нередко в течение многих минут не произносил ни единого слова. И даже когда он наконец начинал говорить, казалось, что он делает это лишь по необходимости, а не из душевной потребности, ради приличия, а не для собственного удовольствия. Он редко бывал по-настоящему оживленным. Миссис Коллинз просто не знала, что и подумать. Поскольку полковник Фицуильям время от времени подтрунивал над его рассеянным видом, можно было предположить, что обычно он ведет себя по-другому. Собственное ее знакомство с Дарси не позволяло ей судить об этом с уверенностью. Разумеется, она была бы не прочь объяснить эту перемену влюбленностью в ее подругу и всячески старалась в этом удостовериться. Шарлот стала внимательно следить за Дарси, когда им случалось навещать Розингс или когда он приходил в Хансфорд, но так и не смогла добиться в своих наблюдениях заметного успеха. Несомненно, он часто останавливал взор на Элизабет, однако выражение его лица при этом можно было толковать по-разному. Этот взор был пристальным и серьезным, но Шарлот нередко сомневалась, заключает ли он в себе какое-то чувство. Иногда ей просто казалось, что, глядя на ее подругу, Дарси думает о чем-то другом.

Раз или два она пыталась поделиться с Элизабет своими догадками относительно возможной влюбленности Дарси, но та обращала этот разговор в шутку. И Шарлот не сочла более возможным настаивать, опасаясь вызвать надежды, которые могли бы привести к напрасному разочарованию. В самом деле, она нисколько не сомневалась, что неприязнь, питаемая ее подругой к мистеру Дарси, сразу бы исчезла, как только она вообразила бы, что он находится в ее власти.

Желая своей подруге всяческого добра, Шарлот иногда задумывалась о возможности ее брака с полковником Фицуильямом. Это был, вне всякого сомнения, приятнейший человек. Элизабет ему явно нравилась, и он занимал прекрасное положение в обществе. Однако, в противовес этим преимуществам, Дарси был патроном многих церковных приходов, тогда как у его кузена не имелось в распоряжении ни одного.

Глава X

Гуляя по парку, Элизабет несколько раз неожиданно сталкивалась с мистером Дарси. Первую встречу в той части парка, в которой она до сих пор никогда никого не видела, она объяснила досадной случайностью. Чтобы избежать в будущем таких недоразумений, Элизабет с первого же раза дала ему понять, что постоянно выбирает для прогулки эти места. Каким образом подобные встречи могли повториться, было совершенно необъяснимо. Тем не менее Дарси оказался на ее пути во второй и даже в третий раз. Можно было подумать, что он делает это ей назло или занимается самоистязанием, так как, увидев ее, вместо того чтобы сказать несколько общих фраз и после неловкой паузы удалиться, он находил нужным свернуть со своей тропинки и пойти с ней рядом. Он всегда был немногословен, Элизабет тоже не утруждала себя поисками тем для беседы. Однако при третьей встрече она обратила внимание на его странные, бессвязные вопросы о том, нравится ли ей Хансфорд, любит ли она гулять в одиночестве и что она думает о супружеском счастье мистера и миссис Коллинз. Он говорил о Розингсе и о том, что у нее должно было сложиться не вполне правильное представление об этом доме, как будто предполагал, что при новом визите в Кент ей предстоит там остановиться. Это как бы подразумевалось в его словах. Неужели он намекал на полковника Фицуильяма? Ей казалось, что дело клонится к этому, если он действительно что-то имел в виду. И, почувствовав себя задетой, она была рада наконец оказаться у садовой калитки неподалеку от пасторского домика.

Во время одной из прогулок, когда она перечитывала последнее письмо Джейн, раздумывая над теми его строками, где печаль сестры звучала особенно сильно, она была вновь потревожена приближающимися шагами. Однако, подняв глаза, вместо мистера Дарси она увидела идущего ей навстречу полковника Фицуильяма. Быстро спрятав письмо и заставив себя улыбнуться, она воскликнула:

— Не думала я, что могу встретить вас в этих местах!

— Раз в году я обычно совершаю обход всего парка, — ответил полковник. — А сейчас мне бы хотелось навестить Хансфорд. Вы далеко направляетесь?

— Нет, я как раз собиралась идти обратно.

И она действительно повернула и пошла с ним к дому священника.

— Вы в самом деле уезжаете в субботу? — спросила Элизабет.

— Да, если только Дарси снова не отложит отъезд. Я вынужден к нему приноравливаться. А он подчиняется своим прихотям.

— И, будучи господином прихотливым, он находит удовлетворение в том, что подчиняет себе окружающих? Мне еще не приходилось видеть человека, который больше него дорожил бы правом всегда поступать по собственному усмотрению.

— Да, он хочет сам распоряжаться своей судьбой, — отвечал полковник Фицуильям. — Но ведь это свойственно каждому. Отличие Дарси заключается в том, что у него больше возможностей удовлетворить это желание. Он достаточно богат, тогда как многие другие бедны. Я это знаю слишком хорошо. Младший сын должен привыкнуть к зависимости и необходимости отказывать себе на каждом шагу.

— А мне казалось, что младшему сыну графа ни то ни другое не знакомо. Скажите честно, много ли вы знали зависимости и лишений? Разве из-за отсутствия денег вам когда-нибудь не удавалось отправиться в задуманное путешествие или приобрести вещь, которую вам хотелось иметь?

— Все это относится к жизни в семье. И, быть может, я не вправе утверждать, что пережил много затруднений такого рода. Но в более значительном деле нехватка средств способна причинить серьезные огорчения. Младшие сыновья, например, не могут жениться на девушке, которая им пришлась по душе.

— Если только им не пришлась по душе достаточно богатая наследница, что, я думаю, с ними обычно случается.

— Привычка жить на широкую ногу делает нас слишком зависимыми от денег. Между людьми моего круга не много смельчаков, позволяющих себе вступить в брак, не задумываясь о средствах, которыми они смогут в дальнейшем располагать.

«Неужели эти слова предназначены для меня?» — подумала Элизабет, покраснев. Однако, взяв себя в руки, она ответила, улыбаясь:

— Но скажите мне, ради бога, почем теперь младшие сыновья графа? Если старший брат не дышит на ладан, младший, я полагаю, едва ли стоит больше пятидесяти тысяч?

Он ответил в том же духе, и разговор прекратился.

Чтобы нарушить молчание, которое он мог приписать действию высказанного им намека, она сказала:

— Мне кажется, ваш кузен захватил вас с собой главным образом, чтобы кем-нибудь распоряжаться.

Но я не понимаю, почему бы ему не жениться и не обеспечить себя постоянным удобством такого рода. Впрочем, возможно, для этой цели ему пока подходит его сестра. Мистер Дарси ее единственный опекун — он вправе командовать ею, как ему вздумается.

— О нет, — сказал полковник Фицуильям, — этой привилегией ему приходится делиться со мной. Ответственность за судьбу мисс Дарси лежит на мне так же, как и на нем.

— В самом деле? Ну и как же вы справляетесь с вашей обязанностью? Много ли она причиняет хлопот? Молодыми девицами ее возраста иногда не так-то просто руководить. А если еще у нее настоящая натура Дарси, она вполне может захотеть поступить по-своему.

Произнеся это, она заметила, что он взглянул на нее очень внимательно. Серьезность, с которой он спросил, почему она считает, что мисс Дарси способна причинить беспокойство, подтвердила, что ее предположение недалеко от истины. Элизабет ответила без промедления:

— Можете не тревожиться — ничего дурного я о ней не слыхала. Хоть я и вправе считать, что едва ли о какой-нибудь девице говорится так много, как о мисс Дарси. В ней души не чают две знакомые мне особы — миссис Хёрст и мисс Бингли. Кажется, вы говорили, что вам приходилось с ними встречаться?

— Я с ними немножко знаком. Их брат — большой друг Дарси, славный молодой человек.

— О да, — хмуро произнесла Элизабет. — Мистер Дарси необыкновенно добр по отношению к мистеру Бингли и очень о нем заботится.

— Очень заботится? Что ж, я и в самом деле думаю, что Дарси неплохо о нем позаботился — как раз тогда, когда Бингли в этом нуждался. Из нескольких слов, сказанных Дарси на пути в Кент, я понял, что его друг перед ним в немалом долгу. Впрочем, как бы мне не пришлось просить у Дарси прощения, — я толком не знаю, что речь шла о Бингли. Это всего лишь мои предположения.

— А что вы имеете в виду?

— Так, одно обстоятельство, сведения о котором Дарси не захотел бы сделать всеобщим достоянием. Они могли бы дойти до семейства одной особы, что было бы весьма неприятно.

— Будьте спокойны, я о них не проговорюсь.

— Не забывайте при этом, что, может быть, он подразумевал вовсе не Бингли. Он сказал лишь, что вправе поздравить себя со спасением друга от неприятностей, связанных с неразумной женитьбой. Но ни имен, ни подробностей я от него не слышал. Я заключил, что дело касается Бингли, только потому, что, как мне кажется, тот вполне способен попасть в подобное положение. К тому же они с Дарси провели вместе прошлое лето.

— И назвал ли вам мистер Дарси причины, которые заставили его вмешаться в дела его друга?

— Насколько я понял, девица вызывала серьезные возражения.

— Каким же способом вашему кузену удалось их разлучить?

— Он об этом не говорил, — улыбаясь, сказал Фицуильям. — Я вам передал все, что известно мне самому.

Элизабет ничего не ответила. Сердце ее кипело от гнева. Подождав немного, Фицуильям осведомился о причине ее задумчивости.

— Я размышляю о том, что сейчас узнала, — ответила она. — Поступок вашего кузена мне не очень понравился. Кто он такой, чтобы считать себя судьей?

— По-вашему, его вмешательство было бесцеремонным?

— Я просто не понимаю, какое право имел мистер Дарси решать, разумна или неразумна привязан-

234

ность его друга. Как мог он один судить, с кем Бингли найдет свое счастье. Однако, — добавила она, опомнившись, — раз мы не знаем подробностей, мы не вправе его упрекать. Должно быть, привязанность была с обеих сторон не очень глубокой.

— Вполне разумное предположение! — воскликнул Фицуильям. — Хотя и не слишком лестное для оценки его заслуг.

Слова эти были сказаны в шутку. Но эта шутка настолько соответствовала ее представлению о мистере Дарси, что, не доверяя своему самообладанию, Элизабет побоялась на нее ответить. Она перевела разговор на случайную тему и продолжала его до самых дверей пасторского дома. Закрывшись после ухода Фицуильяма в своей комнате, она могла без помех обдумать услышанное во время прогулки. Трудно было предположить, что речь шла не о близких ей людях. В мире не могло существовать двух человек, находившихся под таким неограниченным влиянием мистера Дарси. О некотором его участии в событиях, разлучивших Бингли и Джейн, она подозревала и раньше. Но руководство и главную роль в этих событиях она всегда приписывала мисс Бингли. Оказывалось, однако, если только Дарси не обманывало собственное тщеславие, что именно он, именно его высокомерие и самонадеянность были причиной всех прошлых и будущих горестей Джейн. Не кто иной, как он, лишил всякой надежды на близкое счастье самое нежное и благородное сердце на свете. И едва ли можно было предугадать, как долго оно не оправится от полученной раны.

«Девица вызывала серьезные возражения!» — сказал полковник. По-видимому, эти серьезные возражения состояли в том, что один ее дядя был провинциальным стряпчим, а второй — лондонским коммерсантом.

— Против самой Джейн никто не посмел бы ничего возразить! — воскликнула Элизабет. — Сколько в ней прелести и обаяния! Настолько она разумна и так хорошо умеет себя держать! Ничего нельзя было бы сказать и против нашего отца. При всех его причудах, даже мистер Дарси не мог отрицать его здравого смысла, его высокой порядочности — такой, которой самому мистеру Дарси, наверное, никогда не достичь!

Элизабет вспомнила о матери и почувствовала себя менее уверенно. Но она все же не допускала мысли, что Дарси серьезно покоробили недостатки миссис Беннет. Гордость Дарси, очевидно, страдала бы сильнее, породнись его друг с людьми неподобающего круга, нежели — ограниченного ума. И мало-помалу она убедила себя, что поступок Дарси объяснялся его крайним высокомерием и желанием выдать за Бингли свою сестру.

Пережитое ею душевное потрясение привело к слезам и головной боли, которая к вечеру еще больше усилилась. Это обстоятельство, так же как нежелание встретиться с Дарси, заставило ее отказаться от посещения Розингса, куда Коллинзы были приглашены к чаю. Видя, что подруге ее в самом деле нездоровится, миссис Коллинз не стала настаивать и по возможности оградила ее от назойливых уговоров своего мужа. Последний, впрочем, не посмел умолчать, что отсутствие Элизабет может вызвать неудовольствие леди Кэтрин.

Глава XI

Когда они ушли, Элизабет, как бы желая еще больше настроить себя против мистера Дарси, стала перечитывать полученные ею в Кенте письма Джейн. В них не было прямых жалоб. Сестра не вспоминала о недавних событиях и ничего не говорила о своих теперешних переживаниях. Но любое письмо, почти любая строка свидетельствовали об исчезновении обычной для прежних писем Джейн жизнерадостности, которая была так свойственна царившему в ее душе миру и расположению к людям. Каждую проникнутую печалью фразу Элизабет замечала теперь гораздо явственнее, чем при первом чтении. Бесстыдная похвальба мистера Дарси столь успешным вмешательством в чужую судьбу позволила ей еще острее осознать глубину горя, пережитого ее бедной сестрой. И ей искренне хотелось, чтобы оставшиеся до его отъезда два дня миновали возможно скорее. То, что через две недели ей предстояло снова встретиться с Джейн и при этом предпринять для восстановления ее душевного спокойствия все, к чему способна истинная привязанность, было единственно приятной стороной ее размышлений.

При мысли об отъезде из Кента мистера Дарси она не могла не вспомнить, что вместе с ним Кент должен покинуть и его кузен. Но полковник Фицуильям достаточно ясно намекнул ей на отсутствие каких-либо серьезных намерений с его стороны. И, как бы ни было ей приятно его общество, она вовсе не собиралась расстраиваться по поводу предстоящей разлуки.

Именно тогда, когда она вполне уяснила для себя это обстоятельство, она вдруг услышала звонок колокольчика. Подумав, что неожиданный посетитель — сам полковник Фицуильям, который однажды примерно в этот же час уже навещал их и мог зайти снова, чтобы справиться о ее здоровье, Элизабет почувствовала легкое волнение. Но ее предположение рассеялось и мысли приняли другой оборот, когда, к величайшему изумлению, она увидела вошедшего в комнату мистера Дарси. Гость сразу же осведомился о ее недомогании и объяснил свой визит желанием удостовериться, что ее самочувствие улучшилось. Она ответила с холодной учтивостью.

Он немного посидел, затем встал и начал расхаживать по комнате. Элизабет была озадачена, но ничего не говорила. После нескольких минут молчания он стремительно подошел к ней и сказал:

— Вся моя борьба была тщетной! Ничего не выходит. Я не в силах справиться со своим чувством. Знайте же, что я вами бесконечно очарован и что я вас люблю!

Невозможно описать, как его слова ошеломили Элизабет. Растерянная и покрасневшая, она смотрела на него и молчала. И, обнадеженный ее молчанием, Дарси поторопился рассказать ей обо всем, что пережил за последнее время и что так волновало его в эту минуту. Он говорил с необыкновенным жаром. Но в его словах был слышен не только голос сердца: страстная любовь звучала в них не сильнее, чем уязвленная гордость. Его взволнованные рассуждения о существовавшем между ними неравенстве, об ущербе, который он наносил своему имени, и о семейных предрассудках, до сих пор мешавших ему открыть свои чувства, убедительно подтверждали силу его страсти, но едва ли способствовали успеху его признания.

Несмотря на глубокую неприязнь к мистеру Дарси, Элизабет не могла не понимать, насколько лестна для нее любовь подобного человека. И, ни на секунду не утратив этой неприязни, она вначале даже размышляла о нем с некоторым сочувствием, понимая, как сильно он будет расстроен ее ответом. Однако его дальнейшие рассуждения настолько ее возмутили, что гнев вытеснил в ее душе всякую жалость. Решив все же совладать со своим порывом, она готовилась ответить ему, когда он кончит, возможно спокойнее. В заключение он выразил надежду, что согласие мисс Беннет принять его руку вознаградит его за все муки страсти, которую он столь тщетно стремился подавить в своем сердце. То, что она может ответить отказом, явно не приходило ему в голову. И объясняя, с каким волнением он ждет ее приговора, Дарси всем своим видом показывал, насколько он уверен, что ответ ее будет благоприятным. Все это могло вызвать в душе Элизабет только еще большее возмущение. И как только он замолчал, она, вспыхнув, сказала:

— Чувство, которое вы питаете, независимо от того — разделяется оно человеком, к которому оно обращено, или нет — свойственно, я полагаю, принимать с благодарностью. Благодарность присуща природе человека, и, если бы я ее испытывала, я бы вам сейчас это выразила. Но я ее не испытываю. Я никогда не искала вашего расположения, и оно возникло вопреки моей воле. Мне жаль причинять боль кому бы то ни было. Если я ее совершенно нечаянно вызвала, надеюсь, она не окажется продолжительной. Соображения, которые, по вашим словам, так долго мешали вам уступить вашей склонности, без труда помогут вам преодолеть ее после этого объяснения.

Мистер Дарси, облокотясь на камин, пристально смотрел на Элизабет. Ее слова изумили его и привели в негодование. Лицо его побледнело, и каждая черта выдавала крайнее замешательство. Он старался сохранить внешнее спокойствие и не произнес ни слова, пока не почувствовал, что способен взять себя в руки. Возникшая пауза показалась Элизабет мучительной. Наконец он сказал нарочито сдержанным тоном:

— И этим исчерпывается ответ, который я имею честь от вас получить? Пожалуй, я мог бы знать причину, по которой вы не попытались облечь свой отказ по меньшей мере в учтивую форму? Впрочем, это не имеет значения!

— С таким же правом я могла бы спросить, — ответила она, — о причине, по которой вы объявили — с явным намерением меня оскорбить и унизить, — что любите меня вопреки своей воле, своему рассудку и даже всем своим склонностям! Не служит ли это для меня некоторым оправданием, если я и в самом деле была с вами недостаточно любезна? Но у меня были и другие поводы. И вы о них знаете. Если бы даже против вас не восставали все мои чувства, если бы я относилась к вам безразлично или даже была к вам расположена — неужели какие-нибудь соображения могли бы склонить меня принять руку человека, который явился причиной несчастья, быть может, непоправимого, моей любимой сестры?

При этих ее словах мистер Дарси изменился в лице. Но овладевшее им волнение скоро прошло, и он слушал Элизабет, не пытаясь ее перебить, в то время как она продолжала:

— У меня есть все основания составить о вас дурное мнение. Ваше злонамеренное и неблагородное вмешательство, которое привело к разрыву между мистером Бингли и моей сестрой, не может быть оправдано никакими мотивами. Вы не станете, вы не посмеете отрицать, что являетесь главной, если не единственной причиной разрыва. Бингли заслужил из-за него обвинение в ветрености и непостоянстве, а Джейн — насмешку над неоправдавшимися надеждами. И они оба не могли не почувствовать себя глубоко несчастными.

Она остановилась и с возмущением заметила, что он ее слушает, вовсе не обнаруживая сожаления о случившемся. Напротив, он даже смотрел на нее с усмешкой напускного недоверия.

— Можете ли вы утверждать, что это не дело ваших рук? — повторила она.

Его ответ был нарочито спокойным:

— Я не намерен отрицать, что в пределах моих возможностей сделал все, чтобы отдалить моего друга от вашей сестры, или что я доволен успехом моих усилий. О Бингли я позаботился лучше, чем о самом себе.

Элизабет сделала вид, что это любезное замечание прошло мимо ее ушей. Но смысл его не ускользнул от ее внимания и едва ли мог сколько-нибудь умерить ее гнев.

— Но моя неприязнь к вам, — продолжала она, — основывается не только на этом происшествии. Мое мнение о вас сложилось гораздо раньше. Ваш характер раскрылся передо мной из рассказа, который я много месяцев назад услышала от мистера Уикхема. Что вы можете сказать по этому поводу? Каким дружеским участием вы оправдаетесь в этом случае? Или чьим неправильным толкованием ваших поступков вы попробуете прикрыться?

— Вы весьма близко к сердцу принимаете судьбу этого джентльмена, — вспыхнув, заметил Дарси уже менее сдержанным тоном.

— Может ли остаться равнодушным тот, кому сделались известны его утраты?

— Его утраты? — с презрением повторил Дарси. — Что ж, его утраты и в самом деле велики.

— И в этом виновны вы! — с жаром воскликнула Элизабет. — Вы довели его до нищеты — да, это можно назвать нищетой! Вы, и никто другой, лишили его тех благ, на которые он был вправе рассчитывать. Вы отняли у него лучшие годы жизни и ту независимость, которая принадлежала ему по праву и по заслугам. Все это — дело ваших рук! И при этом вы еще позволяете себе посмеиваться над его участью?!

— Ах, вот как вы судите обо мне! — воскликнул Дарси, быстро шагая из угла в угол. — Вот что вы обо мне думаете! Благодарю за откровенность. Судить по-вашему — я и впрямь кругом виноват. Но, быть может, — сказал он, останавливаясь и поглядев на нее в упор, — мои прегрешения были бы прощены, не задень вашу гордость мое признание в сомнениях и внутренней борьбе, которые мешали мне уступить моим чувствам? Не мог ли я избежать столь тяжких обвинений, если бы предусмотрительно от вас это скрыл? Если бы я вам польстил, заверив в своей всепоглощающей страсти, которую бы не омрачали противоречия, доводы рассудка или светские условности? Но притворство мне отвратительно. Я не стыжусь чувств, о которых вам рассказал. Они естественны и оправданны. Могли ли вы ждать, что мне будет приятен круг людей, в котором вы постоянно находитесь? Или что я стану себя поздравлять, вступая в родство с теми, кто находится столь ниже меня на общественной лестнице?

Возмущение Элизабет росло с каждой минутой. Однако, отвечая ему, она всячески старалась сохранить внешнее спокойствие.

— Вы глубоко заблуждаетесь, мистер Дарси, думая, что на мой ответ повлияла манера вашего объяснения. Она лишь избавила меня от сочувствия, которое мне пришлось бы к вам испытать, если бы вы вели себя так, как подобает благородному человеку.

Она заметила, как он вздрогнул при этих словах. Но он промолчал, и она продолжала:

— В какой бы манере вы ни сделали мне предложение, я все равно не могла бы его принять.

На лице его снова было написано удивление. И пока она говорила, он смотрел на нее со смешанным выражением недоверия и растерянности.

— С самого начала, я бы могла сказать, с первой минуты нашего знакомства, ваше поведение дало мне достаточно доказательств вашей заносчивости, высокомерия и полного пренебрежения к чувствам тех, кто вас окружает. Моя неприязнь к вам зародилась еще тогда. Но под действием позднейших событий она стала непреодолимой. И не прошло месяца после нашей встречи, как я уже ясно поняла, что из всех людей в мире вы меньше всего можете стать моим мужем.

— Вы сказали вполне достаточно, сударыня. Я понимаю ваши чувства, и мне остается лишь устыдиться своих собственных. Простите, что отнял у вас столько времени, и примите мои искренние пожелания здоровья и благополучия.

С этими словами Дарси покинул комнату, и в следующее мгновение Элизабет услышала, как он открыл входную дверь и вышел из дома. Все ее чувства находились в крайнем смятении. Не имея больше сил сдерживать себя, она села в кресло и полчаса, совершенно обессиленная, заливалась слезами. Снова и снова перебирала она в памяти подробности только что происшедшей сцены. И ее удивление непрерывно возрастало. Ей сделал предложение мистер Дарси! Мистер Дарси влюблен в нее в течение многих месяцев! Влюблен настолько, что решился просить ее руки, вопреки всем препятствиям, из-за которых он расстроил женитьбу Бингли на Джейн и которые имели по меньшей мере то же значение для него самого! Все это казалось невероятным. Сделаться невольным предметом столь сильной привязанности было, конечно, весьма лестно. Но гордость, страшная гордость мистера Дарси, его бесстыдная похвальба своим вмешательством в судьбу Джейн, непростительная уверенность, что он при этом поступил правильно, бесчувственная манера, с какой он говорил об Уикхеме, и его жестокость по отношению к этому молодому человеку, которую он даже не пытался опровергнуть, — все это быстро подавило в ее душе всякое сочувствие, на мгновение вызванное в ней мыслью о его любви.

Элизабет еще продолжала лихорадочно размышлять о случившемся, когда шум подъехавшего экипажа напомнил ей, что ее может увидеть Шарлот, и заставил поскорее уйти в свою комнату.

Глава XII

На следующее утро Элизабет проснулась с теми же мыслями и чувствами, с которыми лишь поздней ночью сомкнула глаза. По-прежнему она не могла оправиться от изумления. Думать о чем-то другом было совершенно невозможно. Неспособная взяться за какое-нибудь дело, она сразу после завтрака решила пойти на прогулку. Дойдя было до своей любимой аллеи и вспомнив, что мистер Дарси иногда заставал ее там, она резко остановилась и, вместо того чтобы войти в парк, повернула на окаймлявшую парк тропинку, которая увела ее в сторону от проезжей дороги. Вскоре Элизабет миновала одну из боковых калиток в ограде парка.

Она несколько раз прошлась по тропинке туда и обратно и, очарованная прекрасным утром, остановилась у калитки, заглянув в парк. За пять недель, проведенных ею в Кенте, в природе совершилось немало изменений, и теперь с каждым днем все пышнее раскрывалась молодая листва на рано зазеленевших деревьях. Она хотела было зайти в парк поглубже, как вдруг заметила человека в прилегавшей к ограде группе деревьев. Он шел по направлению к ней. Боясь, как бы это не оказался мистер Дарси, она быстро пошла в противоположную сторону. Однако человек уже приблизился настолько, чтобы ее заметить, и устремился к Элизабет, назвав ее по имени. Услышав оклик у себя за спиной, Элизабет, хоть и узнала голос мистера Дарси, ускорила шаги по направлению к калитке. Мистер Дарси подошел туда одновременно с ней и, протянув ей письмо, которое она машинально взяла, произнес надменно-спокойным тоном:

— Я давно брожу по парку в надежде встретиться с вами. Не окажете ли вы мне честь, прочитав это письмо?

Сказав это, он слегка поклонился, повернул в глубину парка и скоро исчез за деревьями.

Одолеваемая любопытством, хотя и не ожидая от письма ничего приятного, Элизабет развернула пакет и, к еще большему удивлению, увидела, что письмо написано убористым почерком на двух листах почтовой бумаги. Целиком была исписана даже оборотная сторона листа, служившего конвертом. Продолжая медленно идти по аллее, она начала читать. Письмо было написано в Розингсе в 8 часов утра и заключало в себе следующее:

«Сударыня,
получив это письмо, не тревожьтесь, — оно не содержит ни повторного выражения тех чувств, ни возобновления тех предложений, которые вызвали у Вас вчера столь сильное неудовольствие. Я пишу, не желая ни в малейшей степени задеть Вас или унизить самого себя упоминанием о намерениях, которые ради Вашего, да и моего, спокойствия должны быть забыты возможно скорее. Усилий, необходимых для написания и прочтения этого письма, можно было избежать, если бы не особенности моего характера, которые требовали, чтобы письмо все же было написано и прочтено. Вы должны поэтому простить мне вольность, с которой я прошу Вас уделить мне некоторое внимание. Я знаю, Ваши чувства будут восставать против этого, но я возлагаю надежды на Вашу справедливость.

Вы предъявили мне вчера два совершенно разного свойства и несопоставимых по тяжести обвинения. Первое заключалось в том, что я, не посчитавшись с чувствами мисс Беннет и мистера Бингли, разлучил двух влюбленных, а второе — что, вопреки лежавшим на мне обязательствам, долгу чести и человечности, я подорвал благосостояние мистера Уикхема и уничтожил его надежды на будущее. Намеренно и бесцеремонно пренебречь другом юности, признанным любимцем отца, молодым человеком, для которого единственным источником существования должен был стать церковный приход в моих владениях и который вырос с мыслью, что этот приход предназначен для него одного, было бы преступлением, по сравнению с которым разлучить двух молодых людей после нескольких недель взаимной симпатии представлялось бы сущей безделицей. Надеюсь, что, прочитав нижеследующее объяснение моих действий и их мотивов и учтя все обстоятельства, Вы в будущем не станете осуждать меня так сурово, как Вы это с легкостью сделали вчера вечером. Возможно, при изложении моих поступков мне придется, не щадя Ваших чувств, высказать собственные взгляды, за которые заранее прошу Вас меня простить. Я подчиняюсь необходимости, а потому дальнейшие сожаления по этому поводу лишены смысла.

Вскоре после нашего приезда в Хартфордшир я, как и многие другие, стал замечать, что Бингли предпочитает Вашу сестру всем молодым женщинам в местном обществе. Однако до самого бала в Незерфилде мне не приходило в голову, что между ними может возникнуть серьезная привязанность. Мой друг и прежде влюблялся у меня на глазах. И только на этом балу, когда я имел честь танцевать с Вами, я из случайного замечания сэра Уильяма Лукаса впервые понял, что склонность Бингли к мисс Беннет породила всеобщие надежды на брак между ними. Сэр Уильям говорил об этом как о решенном деле — нужно было, казалось, только назначить день свадьбы. С этой минуты я стал присматриваться к поведению моего друга. Только тогда я обнаружил, что его чувство к мисс Беннет намного превосходит все его прежние увлечения. Не менее внимательно я наблюдал за Вашей сестрой. Ее манеры и поведение казались, как всегда, приветливыми, веселыми и непосредственными и не давали ни малейшего повода думать, что ее сердце задето сколько-нибудь серьезно. Приглядываясь к ней в течение всего вечера, я пришел к выводу, что мисс Беннет охотно принимает ухаживания мистера Бингли, но сама не питает к нему глубокого чувства. Коль скоро Ваши сведения говорят о другом, по-видимому, я ошибся. Вы знаете Вашу сестру лучше, и поэтому так оно, вероятно, и есть. Вследствие моего ошибочного вывода я нанес Вашей сестре душевную рану, и Ваше негодование представляется вполне обоснованным. Но я не хочу упустить возможность отчасти оправдаться, заметив, что Ваша сестра удивительно хорошо владела собой и своим безмятежным видом позволяла самому проницательному наблюдателю считать, что, несмотря на мягкость характера, она обладает достаточно защищенным сердцем. Разумеется, мне хотелось прийти к заключению о ее безразличии к мистеру Бингли. Но смею утверждать, что мои наблюдения и выводы не часто зависят от моих желаний и опасений. И я решил, что сердце ее свободно, вовсе не потому, что меня это больше устраивало. Такой вывод я сделал с беспристрастностью столь же искренней, каким было мое желание, чтобы он подтвердился. Доводы против предполагавшегося брака не ограничивались теми, которые я привел Вам вчера, говоря о страсти, преодолевшей их, когда дело коснулось меня самого. Неравенство происхождения для моего друга играло меньшую роль, чем для меня. Однако существовали и другие препятствия. Эти препятствия существуют и поныне. Они в равной степени относятся ко мне и к моему другу, но я на них попытался закрыть глаза, пользуясь тем, что в последнее время они не привлекали моего внимания. Об этих препятствиях я все же должен вкратце упомянуть. Низкое общественное положение Вашей родни с материнской стороны значит весьма немного по сравнению с полным отсутствием такта, столь часто обнаруживаемым миссис Беннет и Вашими тремя младшими сестрами, а по временам даже Вашим отцом. Простите меня, мне тяжело наносить Вам еще одну обиду. Но, сожалея о слабостях Ваших близких и негодуя на меня за то, что я говорю о них в этом письме, постарайтесь утешить себя мыслью, что Вы сами, так же как Ваша старшая сестра, не заслуживаете ни малейшего упрека в том же роде и своим поведением постоянно свидетельствуете о присущем Вам вкусе и уме. Остается добавить, что все происшедшее в этот вечер в Незерфилде позволило мне составить окончательное мнение о присутствовавших и побудило меня гораздо горячее, чем я готов был к этому прежде, предостеречь моего друга против столь неудачной, с моей точки зрения, женитьбы. На следующий день он уехал из Незерфилда в Лондон, с тем чтобы, как Вы, несомненно, помните, вскоре вернуться.

Сейчас я должен Вам рассказать о моей роли в этой истории. Его сестры были встревожены так же сильно, как и я. Совпадение наших взглядов выяснилось достаточно быстро. И в равной степени убежденные, что необходимость повлиять на мистера Бингли требует от нас безотлагательных действий, мы вскоре решили последовать за ним в Лондон. Мы переехали в город, и там я постарался открыть своему другу глаза на все отрицательные стороны сделанного им выбора. Я обрисовал и подчеркнул их со всей серьезностью. Но хотя мои настояния и могли несколько пошатнуть его решимость и на какое-то время задержать осуществление его первоначальных намерений, я все же не думаю, чтобы они в конце концов предотвратили его женитьбу, если бы вслед за тем — я решился на это без колебаний — я не убедил Бингли в безразличии к нему Вашей сестры. Перед тем он был уверен, что она отвечает ему искренним чувством, хоть и не равным его собственному. Но мой друг обладает природной скромностью и доверяет моим суждениям больше, чем своим. Доказать ему, что он обманывается, было поэтому нетрудно. А как только он с этим согласился, убедить его не возвращаться в Хартфордшир стало делом одной минуты. Я не могу осуждать себя за все, что было мною совершено до этого времени. В этой истории я вспоминаю с неудовольствием лишь об одном своем поступке. Чтобы скрыть от Бингли приезд в Лондон мисс Беннет, пришлось пойти на некоторую хитрость. О ее приезде знали я и мисс Бингли. Сам он до сих пор не имеет об этом ни малейшего представления. Возможно, они могли бы встретиться без нежелательных последствий. Однако я боялся, что Бингли еще недостаточно преодолел свое чувство и что оно вспыхнет в нем с новой силой, если он снова ее увидит. Быть может, мне не следовало участвовать в этом обмане. Но дело сделано, притом из лучших побуждений. Я сказал по этому поводу все, и мне нечего добавить в свое оправдание. Если я и причинил боль Вашей сестре, я допустил это не намеренно. И если мотивы, которыми я руководствовался, не покажутся Вам убедительными, я не вижу, почему я должен был их отвергнуть.

По поводу второго, более тяжкого обвинения, — в нанесении ущерба мистеру Уикхему, — я могу оправдаться, лишь рассказав Вам о его связях с нашей семьей. В чем *именно* он меня обвиняет, мне неизвестно. Но достоверность того, что я Вам сейчас сообщу, может быть подтверждена не одним свидетелем, в правдивости которых нельзя усомниться.

Мистер Уикхем — сын уважаемого человека, который в течение многих лет управлял хозяйством поместья Пемберли и чье превосходное поведение при выполнении этих обязанностей, естественно, побудило моего отца позаботиться о вознаграждении. Свою доброту он обратил на Джорджа Уикхема, который приходился ему крестником. Мой отец оплачивал его обучение сперва в школе, а затем в Кэмбридже. Помощь эта была особенно существенной, так как Уикхем-старший, прозябавший в нужде из-за расточительности своей жены, был не в состоянии вырастить сына образованным человеком. Мистер Дарси не только любил общество юноши, манеры которого всегда были подкупающими, но имел о нем самое высокое мнение и, надеясь, что он изберет духовную карьеру, хотел помочь его продвижению на этом поприще. Что касается меня самого, то прошло уже немало лет с тех пор, как я начал смотреть на него другими глазами. Порочные наклонности и отсутствие чувства долга, которые он всячески скрывал даже от лучших друзей, не могли ускользнуть от взора человека почти одинакового с ним возраста, к тому же имевшего, в отличие от моего отца, возможность наблюдать за Уикхемом-младшим в минуты, когда тот становился самим собой. Сейчас я вынужден снова причинить Вам боль — не мне судить, насколько сильную. Но какими бы ни были чувства, которые Вы питаете к мистеру Уикхему, предположение об их характере не помешает мне раскрыть перед Вами его настоящий облик, — напротив, оно еще больше меня к этому побуждает. Мой незабвенный отец скончался около пяти лет тому назад. Его привязанность к мистеру Уикхему оставалась до самого конца настолько сильной, что в своем завещании он особо уполномочивал меня позаботиться о будущем молодого человека, создав ему самые благоприятные условия на избранном им жизненном пути и предоставив ему, в случае если он станет священником, подходящий церковный приход сразу же, как только этот приход освободится. Кроме того, ему была завещана тысяча фунтов. Отец юноши ненадолго пережил моего. Через полгода мистер Уикхем написал мне о своем твердом решении отказаться от священнического сана. При этом он предполагал, что мне не покажется необоснованной его надежда получить компенсацию взамен ожидавшейся им привилегии, которую он тем самым утрачивал. По его словам, он возымел желание изучить юриспруденцию, а я, конечно, не мог не понять, что тысячи фунтов для этого недостаточно. Мне очень хотелось поверить искренности его намерений, хотя не могу сказать, что это мне вполне удалось. Тем не менее я сразу согласился с его предложением, так как отлично понимал, насколько мистер Уикхем не подходит для роли священника. Дело, таким образом, быстро уладилось: он отказывался от всякой помощи в духовной карьере — даже в том случае, если бы в будущем у него возникла возможность такую помощь принять — и получал взамен три тысячи фунтов. На этом, казалось бы, всякая связь между нами прерывалась. Я был о нем слишком плохого мнения, чтобы приглашать его в Пемберли или искать его общества в столице. Насколько я могу предполагать, он жил главным образом в Лондоне, однако изучение юриспруденции так и осталось для него только предлогом. Ничем более не сдерживаемый, он повел жизнь праздную и разгульную. На протяжении трех лет я почти ничего о нем не слышал. Но когда священник в ранее предназначавшемся для него приходе скончался, он написал мне письмо с просьбой оставить этот приход за ним. Как он сообщал — и этому нетрудно было поверить, — он находился в самых стесненных обстоятельствах. Изучение юриспруденции ничего ему не дало, и, по его словам, он теперь твердо решил принять духовный сан, если я предоставлю ему приход — в последнем он нисколько не сомневался, так как хорошо знал, что мне не о ком больше заботиться и что я не мог забыть волю моего досточтимого родителя. Едва ли Вы осудите меня за то, что я не выполнил его просьбы, так же как отверг все позднейшие подобные притязания. Его негодование было под стать его бедственному положению, и он нимало не стеснялся поносить меня перед окружающими, так же как выражать свои упреки мне самому. С этого времени всякое знакомство между нами было прекращено. Как протекала его жизнь — мне неизвестно. Но прошлым летом он снова неприятнейшим образом напомнил мне о своем существовании.

Здесь я должен коснуться обстоятельства, которое мне бы хотелось изгладить из собственной памяти. Лишь очень серьезный повод, побудивший меня написать Вам это письмо, служит причиной того, что я решился кому-то о нем поведать. Сказав это, я не сомневаюсь, что Вы навсегда сохраните его в тайне. Опека над моей сестрой, которая моложе меня на десять лет, была разделена между мною и племянником моей матери, полковником Фицуильямом. Около года назад мы забрали сестру из школы и устроили ее сперва в Лондоне, а прошлым летом — вместе с присматривавшей за ней дамой — в Рэмсгейте. Там же, несомненно со злым умыслом, поселился и мистер Уикхем. Ибо, как впоследствии обнаружилось, миссис Янг, в характере которой мы жестоко обманулись, знала его еще в давние времена. При попустительстве этой дамы ему удалось настолько расположить к себе Джорджиану, в нежном сердце которой сохранилась привязанность к нему, возникшая в ее детские годы, что она вообразила себя влюбленной и согласилась совершить с ним побег. В ту пору ей было всего пятнадцать лет — это может ей служить оправданием. Признав ее легкомыслие, я счастлив добавить, что сведениями о готовившемся побеге обязан ей самой. Я приехал к ней неожиданно за день или за два до назначенного срока, и тогда Джорджиана, будучи не в силах огорчить и оскорбить брата, на которого смотрела почти как на отца, во всем мне призналась. Что я при этом пережил и как поступил, Вы легко можете себе представить. Забота о чувствах и добром имени сестры не допускала открытого разоблачения. Но я сразу написал мистеру Уикхему, который незамедлительно покинул эти места. И, разумеется, я отказался от дальнейших услуг миссис Янг. Мистера Уикхема, несомненно, прежде всего интересовало приданое сестры, равное тридцати тысячам фунтов. Однако я не могу избавиться от мысли, что его сильно соблазняла также возможность выместить на мне свою злобу. Он отомстил бы мне в самом деле с лихвой. Такова, сударыня, правдивая история всех отношений, связывающих нас с этим человеком. И если Вы хоть немного ей поверите, надеюсь, с этих пор Вы не будете меня обвинять в жестокости к мистеру Уикхему. Мне неизвестно, с помощью какого обмана он приобрел Ваше расположение, но, быть может, его успеху не следует удивляться. Не имея никаких сведений о каждом из нас, Вы не могли уличить его во лжи, а подозрительность — не в Вашей натуре.

Вам, пожалуй, покажется странным, что я не рассказал всего этого вчера вечером. Но в ту минуту я не настолько владел собой, чтобы решить — вправе ли я и должен ли раскрыть перед Вами все здесь изложенное. Достоверность моих слов может Вам подтвердить полковник Фицуильям. Наше родство и полная взаимная откровенность, а тем более наша совместная опека над Джорджианой неизбежно вводили его в курс всех событий. Если неприязнь ко мне обесценивает в Ваших глазах всякое мое слово, подобная причина не помешает Вам поверить моему кузену. И для того чтобы Вы имели возможность его расспросить, я попытаюсь найти способ передать Вам это письмо в течение сегодняшнего утра. Я добавляю к этому только: да благословит Вас Господь!

Фицуильям Дарси».

Хотя Элизабет, взяв письмо у мистера Дарси, вовсе не думала, что в этом письме он опять попросит ее руки, ей все же не приходило в голову, о чем он еще мог бы ей написать. Поэтому нетрудно понять, с какой жадностью прочла она заключенные в нем объяснения и какие противоречивые отклики вызвали они в ее душе. Ее чувствам в эти минуты едва ли можно было найти точное определение. С изумлением отметила она для себя вначале, что Дарси надеется как-то оправдаться в своих поступках. И она не сомневалась, что у него не могло быть истинных мотивов, в которых не постыдился бы сознаться любой порядочный человек. С сильнейшим предубеждением против всего, что он мог бы сказать, приступила она к его рассказу о том, что произошло в Незерфилде. Торопливость, с которой она проглатывала строку за строкой, едва ли позволяла ей вникнуть в смысл того, что она уже успела прочесть, и от нетерпения узнать, что содержится в следующей фразе, она была неспособна как следует понять предыдущую. Прежде всего ей показалось фальшивым утверждение Дарси, что он не заметил в Джейн серьезного ответного чувства по отношению к Бингли. Перечень вполне реальных и серьезных возражений против предполагавшейся партии возмутил ее настолько сильно, что она уже была не в состоянии справедливо оценивать его слова. Он же жалел о случившемся в той мере, какой она была вправе от него требовать. Его слова выражали не раскаяние, а самодовольство. Все письмо было лишь проявлением высокомерия и гордости.

Но чувства ее пришли в еще большее расстройство и стали более мучительными, когда от этого рассказа она перешла к истории мистера Уикхема. С несколько более ясной головой она прочла о событиях, которые, если только их описание было правдивым, совершенно опрокидывали всякое доброе суждение об этом молодом человеке — и в то же время это описание удивительно напоминало историю, изложенную самим Уикхемом. Изумление, негодование, даже ужас охватили ее. Беспрестанно повторяя: «Это неправда! Не может этого быть! Гнусная ложь!» — она пыталась отвергнуть все, с начала до конца. Пробежав глазами письмо и едва осознав содержание одной или двух последних страниц, она поспешно сложила листки, стараясь уверить себя, что ей нечего обращать на него внимания и что она больше никогда в него не заглянет.

В душевном смятении, не способная сосредоточиться, она попробовала немного пройтись. Но это не помогло. Через полминуты она снова развернула письмо и, стараясь взять себя в руки, перечитала ту его часть, в которой разоблачалось поведение Уикхема. Ей удалось настолько овладеть собой, что она смогла вникнуть в смысл каждой фразы. Сведения об отношениях Уикхема с семьей Дарси полностью соответствовали словам Уикхема. В обеих версиях также же совпадали упоминания о щедрости покойного мистера Дарси, хотя раньше Элизабет не знала, в чем она проявлялась. До сих пор один рассказ только дополнялся другим. Но когда она прочла про завещание, различие между ними стало разительным. Она хорошо запомнила слова Уикхема о завещанном ему приходе и, восстановив их в памяти, не могла не понять, что одна из двух версий содержит грубый обман. В первые минуты Элизабет еще надеялась, что чутье подсказало ей правильный выбор. Но, перечитав несколько раз самым внимательным образом то место, где подробно рассказывалось о безоговорочном отказе Уикхема от прихода и о полученном им значительном возмещении в сумме трех тысяч фунтов, она начала колебаться. Не глядя на письмо и стараясь быть беспристрастной, она взвесила правдоподобность каждого обстоятельства, но это не помогло. С обеих сторон были одни голословные утверждения. Она снова принялась за чтение. И с каждой строчкой ей становилось все яснее, что история, в которой, как ей думалось прежде, поведение мистера Дарси не могло быть названо иначе чем бесчестное, могла вдруг обернуться таким образом, что оно оказалось бы вполне безупречным.

Обвинение Уикхема в расточительности и распущенности поразило ее сильнее всего — тем более что она затруднялась найти доказательство несправедливости подобных упреков. Она ничего не слышала об Уикхеме до того, как он поступил в ***ширский полк по рекомендации случайно встретившегося с ним на улице едва знакомого молодого человека. О его прежней жизни никому из ее близких ничего не было известно кроме того, что он сам о себе рассказывал. Да и едва ли, даже если бы Элизабет могла это сделать, ей пришло бы в голову выяснять, что он в действительности собой представляет. Его внешность, голос, манеры сразу создавали впечатление, что ему присущи все добродетели. Она попыталась восстановить в памяти какой-нибудь его благородный поступок, какую-нибудь отличительную черту, которая бы доказывала его порядочность и опровергала нападки на него мистера Дарси. Или хотя бы вспомнить о каком-либо хорошем качестве, которое показалось бы несовместимым с приписываемыми ему Дарси годами праздной и порочной жизни. Но ничего подобного припомнить она не могла. Ей было легко представить его себе во всем очаровании его манер и наружности. Но ей не удавалось восстановить в памяти ничего говорившего в его пользу, кроме всеобщего одобрения знакомых и симпатии, которую он вызывал своей внешностью. После продолжительных размышлений Элизабет снова взялась за письмо. Но, увы, следовавшее дальше описание его попытки соблазнить мисс Дарси как-то перекликалось с происшедшим накануне разговором между Элизабет и полковником Фицуильямом. И вдобавок ей предлагалось обратиться за подтверждением всех подробностей к самому полковнику, от которого она еще раньше слышала, что он полностью осведомлен о жизни мисс Дарси, и порядочность которого не вызывала сомнений. В какой-то момент она и вправду вознамерилась расспросить его, но ее остановила мысль о щекотливости темы, которую нужно было затронуть, и она окончательно от этого отказалась, сообразив, что мистер Дарси едва ли рискнул бы сослаться на кузена, не будучи вполне уверен в его поддержке.

Она прекрасно помнила все подробности своего разговора с Уикхемом во время их первой встречи в доме у мистера Филипса. Многие его выражения были еще свежи в ее памяти. И Элизабет внезапно осознала, насколько неуместно было со стороны Уикхема рассказывать о подобных вещах ей — едва знакомому тогда для него человеку, и удивилась, что эта простая мысль прежде не приходила ей в голову. Она ясно увидела, как неприлично вел себя Уикхем, стараясь всюду обратить на себя внимание. Его утверждения не согласовывались с его поступками. Ей припомнилось, как он хвастался, что ему нечего бояться встречи с мистером Дарси и что пусть-де мистер Дарси сам покинет эти места, а он и не подумает уезжать. И вместе с тем он не посмел явиться на бал в Незерфилде всего через неделю после этого разговора! Она вспомнила, что до отъезда незерфилдской компании из Хартфордшира он не рассказывал своей истории никому, кроме нее. Зато после их отъезда эту историю узнали решительно все. Стремясь опорочить мистера Дарси, он не брезговал ничем. И в то же время, говоря ей о своей преданности памяти Дарси-отца, утверждал, что эта преданность не позволяет ему плохо говорить о сыне своего благодетеля.

Как изменился теперь в ее глазах каждый поступок мистера Уикхема! Ухаживание за мисс Кинг объяснялось не чем иным, как его низкой расчетливостью, — незначительность ее приданого вовсе не говорила об умеренности его притязаний, а только о готовности прельститься любой приманкой. Его отношение к самой Элизабет уже не оправдывалось достойными мотивами: он либо заблуждался относительно ее средств, либо тешил свое тщеславие, поддерживая в ней склонность, которую она, по ее мнению, неосторожно обнаружила. Попытки Элизабет защитить Уикхема становились слабее и слабее. А по мере оправдания мистера Дарси она не могла не припомнить, что Бингли еще давно, в ответ на заданный ему Джейн вопрос, выразил уверенность в безукоризненном поведении своего друга в отношении Уикхема; что, несмотря на свои высокомерные и отталкивающие манеры, на протяжении всего их знакомства, которое в последнее время так их сблизило, открыв ей его сокровеннейшие тайны, Дарси ни разу не совершил поступка, который позволил бы обвинить его в несправедливости и недобросовестности или говорил бы о его порочных наклонностях; что среди круга своих знакомых он пользовался всеобщим почетом и уважением; что даже Уикхем отзывался о нем как о самом преданном брате и что ей не раз приходилось слышать, с какой любовью Дарси говорил о своей сестре, доказывая тем самым свою способность испытывать нежные чувства; что приписываемая ему Уикхемом постыдная несправедливость едва ли могла долго оставаться неразоблаченной; и что, наконец, дружба между человеком, который мог бы на это решиться, с таким славным юношей, как мистер Бингли, представлялась просто невероятной.

Ей стало бесконечно стыдно за свое поведение. Она не могла думать о Дарси или об Уикхеме, не отдавая себе отчета в своей слепоте, предубежденности, несправедливости, глупости.

— Как позорно я поступила! — воскликнула она. — Я, так гордившаяся своей проницательностью и так полагавшаяся на собственный здравый смысл! Так часто смеявшаяся над доброжелательством моей сестры и питавшая свое тщеславие столь постыдной и неоправданной неприязнью! Как унижает меня это открытие! И как справедливо я унижена! Если бы я даже влюбилась, я и тогда не оказалась бы столь слепой. Но тщеславие, а не любовь, лишило меня зрения! Польщенная при первом знакомстве предпочтением одного человека и оскорбленная пренебреженьем другого, я руководствовалась предрассудками и невежеством и гнала от себя разумные доводы, как только дело касалось любого из них! Вот когда мне довелось в себе разобраться!

По мере того как она переходила в мыслях от себя к Джейн и от Джейн к Бингли, ей должно было прийти в голову, что в этой части объяснения Дарси представлялись совершенно неубедительными. Она прочла их опять. Теперь они показались ей совсем не такими, как после первого чтения. Признавая основательность рассуждений Дарси в одной части письма, могла ли она отвергнуть ее в другой? По его словам, он даже не подозревал, насколько сильно Джейн была влюблена в его друга. И она не могла не вспомнить, какого мнения по этому поводу придерживалась Шарлот, так же как не могла отрицать, что описанное им поведение Джейн соответствовало действительности. Она и вправду сознавала, что чувство Джейн, каким бы оно ни было глубоким на самом деле, внешне было малозаметно и что свойственные сестре самообладание и уравновешенность не часто сочетаются с сильными душевными порывами.

Когда она дошла до того места, где сурово и вместе с тем заслуженно осуждались недостатки ее родных, переживаемое ею чувство стыда стало еще острее. Она слишком хорошо понимала справедливость высказанных в письме упреков, чтобы пытаться их опровергнуть. Все подробности незерфилдского бала, о которых упоминал Дарси и которые укрепили в нем неблагоприятное отношение к предполагавшемуся браку, едва ли сохранились в ее памяти слабее, чем в его собственной.

Комплимент по адресу двух старших мисс Беннет не прошел незамеченным. Он смягчил, но не утолил боль, вызванную недостойным поведением остальных членов семьи. Ей стало очевидно, что сердце Джейн разбито стараниями ее родни, и, представив себе весь ущерб во мнении света, который наносился ей и ее сестре поведением их близких родственников, Элизабет почувствовала себя такой несчастной, какой не бывала никогда в жизни.

Она бродила по тропинке еще около двух часов, вновь и вновь возвращаясь к волновавшим ее мыслям, перебирая события, оценивая их значение и стараясь привыкнуть к столь резкой и неожиданной перемене собственных взглядов. Наконец усталость и сознание того, что ее отсутствие затянулось слишком надолго, заставили ее направиться к Хансфорду. Она вошла в дом, стараясь принять обычный веселый вид и выбросить из головы все, что мешало бы ей участвовать в домашних беседах.

Сразу по приходе ей сообщили, что оба джентльмена из Розингса, один за другим, навестили пасторский домик во время ее отсутствия. Мистер Дарси зашел только на несколько минут попрощаться. Зато полковник Фицуильям просидел не меньше часа, надеясь дождаться ее возвращения, и чуть было не отправился разыскивать ее в парке. Элизабет могла только изобразить сожаление по поводу того, что ей не удалось его повидать, — на самом же деле она этому даже радовалась. Полковник Фицуильям перестал для нее существовать. Она способна была думать лишь о полученном письме.

Глава XIV

Оба джентльмена уехали из Розингса на следующее утро. Мистер Коллинз, поджидавший их у калитки, дабы отвесить им прощальный поклон, явился в дом с радостной вестью об их добром здоровье, а также настолько хорошем расположении духа, насколько это было возможно после недавней печальной разлуки, и устремился в Розингс, чтобы утешить леди Кэтрин и мисс де Бёр. По возвращении он с большим удовольствием сообщил, что, по словам ее светлости, она страдает от невыносимой скуки и очень желала бы видеть их сегодня же у себя за обедом.

Глядя на леди Кэтрин, Элизабет не могла не подумать, что при желании она была бы сейчас представлена ее светлости в качестве будущей племянницы. И когда она вообразила, как бы при этом разгневалась столь важная особа, ей было трудно удержаться от улыбки. «Интересно, что бы она сейчас говорила и как бы себя вела?» — развлекала себя подобными вопросами Элизабет.

Разговор с самого начала коснулся отъезда из Розингса племянников леди Кэтрин.

— Поверьте, — говорила она, — их отъезд глубоко разбередил мою душу. Едва ли кто-нибудь переживает разлуку с друзьями так глубоко. А к этим молодым людям я питаю особую склонность. И они столь же привязаны ко мне! Если бы вы знали, с какой грустью покидали они мой дом! Так бывает с ними всегда. Бедный полковник сдерживал свои чувства до последней минуты, но Дарси переживал разлуку, пожалуй, тяжелее, чем в прошлом году. Его привязанность к Розингсу стала еще сильнее.

На этот случай у мистера Коллинза был припасен комплимент, содержавший известный намек, который мать и дочь встретили одобрительными улыбками.

После обеда леди Кэтрин заметила, что мисс Беннет слегка расстроена, и тут же объяснила это ее нежеланием в скором времени возвращаться домой.

— Но если дело лишь в этом, вы должны попросить у вашей матушки разрешения задержаться чуть-чуть подольше. Миссис Коллинз, я уверена, будет рада вашему обществу.

— Я очень благодарна вашей светлости за столь любезное приглашение, — ответила Элизабет. — Но, к сожалению, мне невозможно его принять. В следующую субботу я должна уже быть в Лондоне.

— Но тогда ваше пребывание в Кенте продлится всего-навсего шесть недель! Я была уверена, что вы проживете два месяца. Миссис Коллинз слышала это от меня еще перед вашим приездом. Вам нет нужды возвращаться так скоро. Надеюсь, миссис Беннет обойдется две недели без вас.

— Да, но без меня не сможет обойтись мой отец. На днях он просил меня поторопиться с приездом.

— Ну, отцу-то вы наверняка не очень нужны, коли вы не нужны вашей матери. Дочери всегда мало значат для отцов. А если вы задержитесь на месяц, мне бы ничего не стоило одну из вас довезти до самого Лондона — я собираюсь туда на неделю в начале июня. Так как Доусон ничего не имеет против четырехместной коляски, у меня будет место для одной из девиц. А если погода будет нежаркой, я согласилась бы даже взять обеих — вы ведь такие худенькие.

— Вы необыкновенно добры, ваша светлость. Но, боюсь, нам придется придерживаться нашего первоначального плана.

Леди Кэтрин, по-видимому, решила уступить.

— Миссис Коллинз, вам придется послать с ними слугу. Вы знаете, я всегда высказываю свое мнение прямо. Я не могу допустить, чтобы девицы путешествовали на почтовых лошадях, предоставленные самим себе, — это попросту неприлично! Вы должны кого-нибудь найти, — больше всего на свете я не терплю подобных вещей. Молодые женщины, сообразно их положению в обществе, всегда требуют надлежащего внимания и надзора. Когда моя племянница Джорджиана прошлым летом переезжала в Рэмсгейт, я потребовала, чтобы с нею поехали два человека. Для мисс Дарси, дочери мистера Дарси из Пемберли и леди Энн, появиться без них было бы невозможно. Во всех подобных вопросах я весьма щепетильна. Вам следует послать Джона с юными леди, миссис Коллинз. И я очень рада, что мне пришло в голову об этом упомянуть, — вы поступили бы опрометчиво, отпустив их одних.

— Мой дядя должен прислать за нами слугу.

— Ах, вот как, ваш дядя? Он держит слугу — мужчину, не так ли? Я рада, что у вас есть хоть кто-нибудь, кто может подумать об этих вещах. А где вы будете менять лошадей? Разумеется, в Бромли. Вам достаточно назвать мое имя в «Колоколе», и о вас непременно позаботятся.

У леди Кэтрин было еще немало замечаний по поводу их поездки, и, так как не на все свои вопросы отвечала она сама, к ним все же приходилось прислушиваться. Элизабет могла этому только радоваться, ибо в любую минуту была способна погрузиться в собственные мысли и забыть, где она находится. Мысли эти следовало отложить до свободного времени — в одиночестве она была готова отдаться им целиком. И она ежедневно отправлялась одна на прогулку, в течение которой получала полную возможность предаваться своим печальным раздумьям.

Письмо мистера Дарси она выучила почти наизусть. Элизабет обдумала в нем каждую фразу, и ее чувства по отношению к автору в разные моменты были самыми противоречивыми. Когда она припоминала тон, которым он говорил, предлагая ей руку, душа ее по-прежнему была полна негодования, но при мысли о том, как грубо и несправедливо она его обвинила и оттолкнула, весь ее гнев сосредоточивался на ней самой, а его обманутые надежды находили отклик в ее сердце. Его привязанность заслуживала благодарности, а характер — уважения. И все же он был ей по-прежнему неприятен — она ни минуты не жалела о своем отказе и вовсе не испытывала желания еще раз его увидеть. Собственное ее прежнее поведение служило для Элизабет постоянным поводом для недовольства собой. Еще большую муку вызывали в ней мысли о слабостях ее близких. Не было даже надежды, что они когда-нибудь будут преодолены. Отец, которому доставляло удовольствие смеяться над младшими дочками, никогда не возьмет на себя труд обуздать их легкомыслие. А ее матери, собственные манеры которой были далеки от совершенства, даже и в голову не приходило, что с младшими дочками не все обстоит благополучно. Элизабет и Джейн нередко пытались хотя бы немного образумить Кэтрин и Лидию. Но разве они могли надеяться на успех, не встречая поддержки со стороны миссис Беннет? Раздражительная и слабохарактерная Кэтрин, полностью находившаяся под влиянием младшей сестры, в ответ на замечания Джейн и Элизабет лишь обижалась. А своевольная и беззаботная Лидия вообще не обращала на них внимания. Обе младшие сестры были невежественны, ленивы и тщеславны. Было ясно, что они не перестанут кокетничать, пока в Меритоне останется хоть один офицер, а так как прогулка из Лонгборна в Меритон не составляла труда, им предстояло бегать туда до скончания века. Другим источником ее постоянных огорчений были мысли о Джейн. Письмо мистера Дарси восстановило первоначальное доброе мнение Элизабет о Бингли и усилило значение утраты, понесенной ее сестрой. Его привязанность оказалась глубокой, а упреки его поведению — необоснованными, если только не считать недостатком слепое доверие к другу. Как грустно было сознавать, что столь прекрасная партия, благоприятная во всех отношениях и обещавшая такую счастливую жизнь ее сестре, расстроилась из-за глупости и бестактности ее ближайших родственников!

Если ко всем этим обстоятельствам добавить разоблачение подлинного облика Уикхема, нетрудно понять, что, вопреки обычно присущей ей жизнерадостности, она чувствовала себя угнетенной и с трудом могла сохранить на лице сколько-нибудь веселое выражение.

На протяжении последней недели пребывания у Коллинзов они навещали Розингс столь же часто, как в первую неделю после прибытия в Хансфорд. Самый последний вечер перед отъездом они тоже провели в гостях у леди Кэтрин. В течение этого вечера ее светлость осведомилась решительно обо всех мелочах, связанных с их путешествием, растолковала, как им лучше всего упаковать свои вещи, и с такой решительностью потребовала, чтобы платья были уложены по ее, единственно правильному способу, что Мэрайя сочла себя обязанной по возвращении переделать все сделанное утром и уложить свой сундучок заново.

На прощанье леди Кэтрин весьма снисходительно пожелала им счастливого пути, пригласив навестить Хансфорд следующей весной, а мисс де Бёр дала себе труд сделать книксен и каждой из них протянуть руку.

Глава XV

В субботу утром мистер Коллинз, встретив Элизабет за несколько минут до того, как все собрались к завтраку, воспользовался случаем, чтобы рассыпаться перед ней в совершенно обязательных, на его взгляд, прощальных любезностях.

— Я, мисс Элизабет, не знаю, — сказал он, — говорила ли вам уже миссис Коллинз, насколько она была тронута вашей готовностью нас навестить. Но я убежден, что вы не покинете этот дом, не выслушав подобающих выражений ее признательности. Вашим обществом, смею вас уверить, здесь необыкновенно дорожили. Мы, конечно, сознаем, сколь мало привлекательного можно найти в этом скромном обиталище. Простой образ жизни, небольшие комнаты, немногочисленная прислуга и ограниченный круг знакомств делают Хансфорд крайне скучным местом для юной особы вашего склада. Но вы, я надеюсь, поверите, что мы очень высоко оценили вашу снисходительность и попытались сделать все от нас зависящее, чтобы жизнь в этом доме не оказалась вам в тягость.

Элизабет поблагодарила его, сказав, что очень довольна пребыванием в Хансфорде. Эти шесть недель доставили ей много радости. Удовольствие, которое она испытывала, находясь в обществе Шарлот, так же как и оказанное ей большое внимание, заставляют, напротив, именно ее чувствовать себя в долгу перед хозяевами дома. Мистер Коллинз был удовлетворен ее ответом и произнес с еще более самодовольной улыбкой:

— Я с величайшим удовольствием услышал, что вы провели здесь время не без приятности. Мы старались, как могли. А принимая во внимание счастливую возможность ввести вас в высшее общество благодаря нашим связям с Розингсом и тем самым столь часто оживлять однообразие домашней жизни, я льщу себя надеждой, что визит в Хансфорд и в самом деле не показался вам совершенно невыносимым. Близость к семье леди Кэтрин действительно является необыкновенно счастливым преимуществом нашего положения, равным которому могут похвастаться немногие. Вы знаете теперь, как коротко мы знакомы, и видели, сколь часто нас туда приглашают. И, по правде говоря, при всех недостатках этой скромной обители, никто, на мой взгляд, из здесь живущих и пользующихся вместе с нами благами этой близости не нуждается в сострадании.

Будучи не в силах выразить переполнявшие его возвышенные чувства, он стал расхаживать по комнате, в то время как Элизабет попыталась совместить искренность и учтивость в нескольких коротких ответных фразах.

— По приезде домой, дорогая кузина, вы сможете наилучшим образом охарактеризовать нашу жизнь. Мне бы хотелось, по крайней мере, так думать. Изо дня в день вы были свидетельницей многочисленных знаков внимания, оказанных миссис Коллинз со стороны леди Кэтрин. Я нахожу, что судьбу вашей подруги нельзя считать несчастливой... Впрочем, лучше об этом умолчим. Позвольте мне только заверить вас, дорогая мисс Элизабет, что я от всего сердца желаю и вам столь же счастливого замужества. Мы с моей дорогой Шарлот смотрим на все как бы одними глазами и одинаково обо всем думаем. Наши характеры и взгляды необыкновенно похожи, и мы, должно быть, созданы друг для друга.

Элизабет могла сказать, не кривя душой, что в таких случаях жизнь складывается очень счастливо, и с равной искренностью выразила убеждение, что мистер Коллинз доволен своим домашним очагом. Она, однако, не была огорчена, когда ее ответ прервало появление леди, которой он был обязан окружавшими его удобствами. Бедная Шарлот! Как грустно было оставлять ее в таком обществе! Но она выбрала свою участь с открытыми глазами. И хотя Шарлот явно была опечалена отъездом гостей, она и виду не показала, что нуждается в их сочувствии. Дом и хозяйство, церковный приход и птичник, а также все, что с этим связано, еще не утратили для нее своего очарования.

Карета была наконец подана, багаж — привязан снаружи, свертки — рассованы внутри, и было объявлено, что все готово к отъезду. После нежного прощания с подругой Элизабет направилась к экипажу в сопровождении мистера Коллинза, который, пока они шли по саду, попросил засвидетельствовать свое искреннее уважение ее семье вместе с благодарностью за гостеприимство, оказанное ему в Лонгборне прошедшей зимой, и поклонами, увы, незнакомым ему мистеру и миссис Гардинер. Затем он помог ей усесться в экипаж. Мэрайя последовала за ней, и дверца уже было почти закрылась, когда мистер Коллинз внезапно с некоторым ужасом вспомнил, что отъезжающие ничего не попросили передать дамам из Розингса.

— Впрочем, — добавил он, — вы, разумеется, желали бы, чтобы я передал им ваше нижайшее почтение вместе с глубокой благодарностью за оказанное вам гостеприимство?

Элизабет не имела против этого никаких возражений, после чего дверце наконец дали захлопнуться, и карета тронулась.

— Боже ты мой! — воскликнула Мэрайя после нескольких минут молчания. — Кажется, будто мы только день или два назад сюда приехали. А как много за это время произошло разных событий!

— В самом деле, порядочно, — со вздохом подтвердила ее спутница.

— Подумать только, мы девять раз обедали в Розингсе! Да еще два раза пили там чай! Сколько мне придется об этом рассказывать!

Элизабет добавила про себя: «И сколько мне придется скрывать!»

В дороге они почти все время молчали. Без всяких происшествий через четыре часа после отъезда из Хансфорда они подъехали к дому мистера Гардинера, где им предстояло провести несколько дней.

Джейн выглядела неплохо, а в ее душевном состоянии Элизабет не могла разобраться из-за множества развлечений, о которых позаботилась для них миссис Гардинер. Но сестры возвращались теперь вместе в Лонгборн, и там у Элизабет должно было найтись для наблюдений вполне достаточно времени.

Ей потребовалось некоторое усилие, чтобы сдержаться и не рассказать Джейн еще до приезда в Лонгборн о предложении мистера Дарси. Поразительная новость — столь лестная для тщеславия Элизабет, от которого ей не удавалось избавиться доводами рассудка, — настойчиво побуждала ее к откровенности. И она едва ли смогла бы с собой совладать, если бы не боялась дойти до излишних подробностей и еще больше расстроить Джейн, неосторожно упомянув о мистере Бингли.

Глава XVI

Шла вторая неделя мая, когда три молодые леди, покинув Грейсчёрч-стрит, выехали в городок *** в Хартфордшире. Приближаясь к гостинице, в которой их должен был встретить экипаж мистера Беннета, они убедились в исполнительности возницы, увидев головы Китти и Лидии, выглядывающие из окна столовой во втором этаже. Две девицы премило провели в городке целый час, посетив модную лавку, поглазев на часового и приготовив салат с огурцами.

После взаимных приветствий младшие сестры с торжеством показали старшим накрытый стол, уставленный обычными для гостиниц холодными закусками, восклицая при этом:

— Взгляните, как мило! Не правда ли, приятный сюрприз?!

— Мы собираемся вас угостить, — добавила Лидия, — только вы должны снабдить нас деньгами, потому что все, что у нас было, мы потратили вон в той лавке.

Тут она принялась показывать свои покупки.

— Посмотрите, какую я себе купила шляпку. Конечно, так себе. Можно было даже не покупать. Но я подумала, что с тем же успехом могу и купить. Дома я ее распорю и посмотрю, нельзя ли сделать из нее что-нибудь попригляднее.

Когда сестры нашли ее безобразной, она невозмутимо добавила:

— Там были еще две или три шляпки куда хуже, чем эта. Надо будет только прикупить яркого атласа, чтобы ее заново отделать, — тогда, мне кажется, она будет выглядеть не так плохо. А впрочем, не все ли равно, что мы станем носить летом, если полк через две недели отбудет из Меритона!

— Неужели он нас покидает? — воскликнула Элизабет, крайне обрадованная этим известием.

— Теперь они будут стоять в лагере около Брайтона. Так хочется, чтобы папа всех нас повез туда на лето! Мы бы славно там пожили, и это почти ничего бы не стоило. Мама тоже об этом мечтает. Ведь только подумайте, какая нас ждет летом скучища!

«В самом деле, очень удачная затея, — подумала Элизабет. — Как раз то, чего нам недоставало! Боже мой, это нам-то собраться в Брайтон с целым его военным лагерем, когда у нас все пошло вверх дном от захудалого полка милиции и меритонских балов, которые даются раз в месяц».

— А у меня для тебя новость, — сказала Лидия, когда все расселись вокруг стола. — Ну-ка подумай, что бы такое могло случиться, а? Отличная новость, превосходная новость — об одном человеке, который всем нам очень понравился.

Джейн и Элизабет переглянулись, и прислуживавшему лакею было дозволено удалиться.

— Очень на вас похоже! — со смехом сказала Лидия. — С вашими чинностью и благоразумием бояться, как бы лакей чего не подслушал. Будто ему есть до этого дело! Он небось часто слышит вещи еще почище того, что я расскажу. Впрочем, он такое страшилище, что я даже рада его уходу. В жизни не видела этакого длиннющего подбородка! Ну, слушайте, мои милые. Дело идет о нашем дорогом Уикхеме. Слишком хорошо для лакея, не правда ли? Так вот, Уикхем не собирается жениться на Мэри Кинг! Как вам это нравится, а? Она укатила к своему дядюшке в Ливерпуль, притом навсегда. За Уикхема можно не беспокоиться.

— За Мэри Кинг, значит, тоже можно не беспокоиться, — сказала Элизабет. — Она избежала неразумного брака.

— Если он ей нравился, она поступила, как настоящая дура.

— Надеюсь, — сказала Джейн, — они не были слишком друг другом увлечены.

— Он-то, конечно, не был. Уикхему, я уверена, всегда было на нее наплевать. Разве эта кукла в веснушках кому-то понадобится?

Элизабет с ужасом подумала, что ее собственные взгляды, недавно казавшиеся ей свободными, хотя и не выражались столь циничным языком, были не менее циничны по существу.

Как только барышни сообща покончили с едой, а Джейн и Элизабет за нее заплатили, они попросили подать экипаж. Разместиться в нем всей компании со всеми шкатулками, сумками и пакетами, а также не слишком своевременными новыми приобретениями Китти и Лидии оказалось не так-то легко.

— Ловко мы сюда втиснулись! — воскликнула Лидия. — Я особенно рада, что купила эту шляпку. Чего стоит удовольствие запихнуть еще одну лишнюю коробку! А теперь давайте устроимся поудобнее и будем всю дорогу болтать и веселиться. Ну-ка послушаем, что новенького с вами приключилось с тех пор, как вы уехали из дому. Встретились вам какие-нибудь интересные кавалеры? А пофлиртовать вам, конечно, удалось вволю? Я даже надеялась, что одной из вас удастся до возвращения выскочить замуж. Джейн скоро будет у нас старой девой, честное слово! Ей уже почти двадцать три! Если бы я до этих лет не сумела раздобыть себе мужа, я бы сгорела со стыда! Знаете, как тетке Филипс не терпится, чтобы все мы повыходили замуж? Лиззи, по ее мнению, надо было выйти за мистера Коллинза. Я, правда, не думаю, чтобы из этого вышло что-нибудь путное. Боже мой, как бы мне хотелось выйти замуж раньше вас всех! Я бы тогда стала вывозить вас на балы! Ой, девочки, а как мы позавчера повеселились у Форстеров! Они пригласили нас с Китти на целый день. А к вечеру миссис Форстер обещала, что мы сможем немного потанцевать. Кстати, мы с миссис Форстер души друг в друге не чаем! И вот она позвала обеих сестер Харрингтон. Харриет сказалась больной, так что пришла одна только Пен. Угадайте-ка тогда, что мы сделали? Мы нарядили Чемберлена в женское платье, чтобы он сошел за даму, — вот была умора! Об этом не знал никто, кроме полковника и миссис Форстер. Да еще меня с Китти и тетки Филипс — надо же было нам взять у нее какие-то тряпки. Вы и представить себе не можете, до чего он здорово выглядел! Когда пришли Денни, и Уикхем, и Пратт, и еще двое или трое мужчин, они его совсем не узнали. Боже, как я хохотала! И миссис Форстер тоже. Мне казалось, что я помру со смеху. Оттого-то мужчины и заподозрили что-то неладное, и конечно, разгадали, в чем дело.

Такого рода описаниями вечеринок и проделок Лидия, при поддержке вставлявшей изредка свои замечания Китти, пыталась развлекать своих спутниц на протяжении всего пути до Лонгборна. Элизабет старалась ее не слушать, но не могла в этой болтовне не отметить частых упоминаний об Уикхеме.

Дома их встретили необыкновенно радушно. Миссис Беннет была счастлива убедиться, что Джейн по-прежнему хороша собой. А в течение обеда мистер Беннет не раз многозначительно обращался к Элизабет со словами:

— Я рад, что ты наконец вернулась, Лиззи.

Компания за обеденным столом была очень обширной, так как почти все Лукасы прибыли встретить Мэрайю и разузнать обо всех новостях. О чем только здесь не говорилось! Леди Лукас через весь стол расспрашивала Мэрайю о доме и птичнике своей старшей дочери. Миссис Беннет сразу участвовала в двух разговорах, справляясь у Джейн о новинках моды и пересказывая ответы Джейн младшим мисс Лукас. А тараторившая громче всех Лидия перечисляла радости первой половины этого дня, обращаясь ко всем, кто был готов ее слушать.

— Ой, Мэри, — кричала она, — как жаль, что ты с нами не поехала! Нам было безумно весело! Сперва мы катили с закрытыми шторками — можно было подумать, что в карете, никого нет. Я была готова проехать так весь путь, если бы только Китти не почувствовала дурноты. Зато у Джорджа, я надеюсь, мы вели себя превосходно. Мы накормили приезжих самым роскошным холодным завтраком в мире. Если бы ты выбралась с нами, мы бы и тебя угостили, честное слово! Ну, а когда мы вышли из гостиницы, вот была потеха! Я думала, мы так и не сможем забраться в карету, — прямо чуть не умерла со смеху. А как мы веселились на обратном пути! Мы разговаривали и хохотали так громко, что нас, наверно, слышали миль за десять!

Мэри ответила очень серьезно:

— Мне ни к чему, дорогая сестрица, умалять значимость подобных развлечений. Они, правда, кажутся интересными большинству женщин. Но для меня, признаюсь, они лишены привлекательности. Чтение доставляет мне гораздо большее удовольствие.

Ее ответ едва ли дошел до ушей Лидии, которая редко слушала кого-нибудь дольше чем полминуты и никогда не обращала внимания на слова Мэри.

После обеда Лидия всячески уговаривала остальных барышень отправиться в Меритон и разузнать, как поживают их знакомые. Но против этого решительно возразила Элизабет, по мнению которой нельзя было позволить говорить про дочерей мистера Беннета, будто бы они и полдня не могут провести дома, не гоняясь за офицерами. У нее была и другая причина для возражений: ей не хотелось снова увидеть Уикхема, и она решила избегать встречи с ним как можно дольше. Поэтому ее особенно радовало предстоящее отбытие полка из Меритона. Через две недели офицеры уедут, а раз их не станет — ей больше ничто не напомнит об этом человеке.

Прошло немного времени после их приезда, когда Элизабет заметила, что план поездки в Брайтон, о котором Лидия болтала в гостинице, весьма часто обсуждается ее родителями. Ей было ясно, что отец вовсе не намерен потакать матери в этом деле. Но его ответы в то же время были настолько уклончивыми и замысловатыми, что у миссис Беннет, несмотря на все неудачи, сохранялась надежда в конце концов настоять на своем.

Глава XVII

Элизабет больше не могла противостоять желанию поделиться новостями со старшей сестрой. И на следующее утро, подготовив ее к необычайному сообщению, она наконец рассказала о сцене, происшедшей между нею и мистером Дарси. Подробности, которые касались самой Джейн, она, разумеется, опустила.

Удивление Джейн, однако, продолжалось недолго. Она ценила Элизабет так высоко, что всякая склонность к ней кого бы то ни было представлялась ей вполне естественной. А некоторое время спустя она и вовсе перестала удивляться услышанному, будучи поглощена уже совсем иными мыслями. Ее искренне огорчало, что мистер Дарси выразил свое чувство столь неподобающим образом. Однако еще сильнее ее тревожила мысль о том, как тяжело он должен был переживать отказ Элизабет.

— Его излишняя самоуверенность была, разумеется, неуместна, — сказала она. — И ему, конечно, не следовало ее обнаруживать. Но только подумай, насколько острее было при этом его разочарование.

— Что ж, я и в самом деле сочувствую ему всей душой, — ответила Элизабет. — Но надеюсь, что другие свойства его характера помогут ему избавиться от привязанности ко мне достаточно быстро. Ты ведь не осуждаешь меня за то, что я ему отказала?

— Осуждать тебя?! Разумеется нет!

— А за то, что я так защищала Уикхема?

— Я не понимаю, почему бы тебе за него не вступиться.

— Ну так ты это поймешь, узнав, что случилось на другой день.

И она рассказала сестре про письмо, передав ей содержание той его части, которая касалась Джорджа Уикхема. Легко представить, как это разоблачение расстроило бедную Джейн, которая была готова пройти свой земной путь, убежденная, что всему человечеству свойственно меньше пороков, чем оказалось заключено в одном его представителе. Даже столь приятная ее сердцу возможность оправдать Дарси была не в силах ее утешить. И она со всей горячностью постаралась убедить сестру в существовании какого-то неизвестного обстоятельства, которое оправдывало бы одного человека и не бросало тень на другого.

— Ну уж это у тебя не получится! — возразила Элизабет. — Того и другого ты никак не сможешь представить одинаково добродетельными. Выбирай любого, но тебе придется ограничиться только одним. В них двоих заключена как раз та доза порядочности, которой хватает лишь на одну персону. И за последнее время стало неясно, кому эта доза на самом деле принадлежит. Мне, по крайней мере, начало казаться, что вся она перешла к мистеру Дарси. А ты, конечно, решай, как тебе заблагорассудится.

Прошло, однако, известное время, прежде чем Джейн смогла хоть чуть-чуть улыбнуться.

— Едва ли когда-нибудь я была настолько потрясена, — сказала она. — Неужели Уикхем такой негодяй? Это кажется просто невероятным. Бедный мистер Дарси! Лиззи, миленькая, ты только подумай, что он должен был вынести! Так обмануться в своих надеждах. И тут же узнать, какого ты о нем ужасного мнения! И решиться рассказать тебе такие вещи про родную сестру! Как это все тяжело! Ты сама, я уверена, это чувствуешь.

— О нет, мои жалость и сочувствие улетучились, как только я увидела, насколько они переполняют тебя. С каждой минутой переживания мистера Дарси тревожат меня все меньше — настолько я убеждена, что ты должным образом войдешь в его положение. Твоя щедрость позволяет мне быть бережливой, и, если ты погорюешь о нем еще немного, сердце в моей груди станет легким как перышко.

— Бедный Уикхем! А ведь он выглядит таким милым человеком — с его открытым взглядом, очаровательными манерами!

— При создании этих двух молодых людей была в самом деле допущена великая несправедливость:

первого наделили всеми достоинствами, а второго — одними их внешними проявлениями.

— Я с тобой никогда не соглашусь, что у мистера Дарси нет этих внешних проявлений.

— И все же, необоснованно относясь к нему с такой неприязнью, я гордилась своей проницательностью. Подобная неприязнь подстегивает ум и является самой плодотворной почвой для острословия! Можно беспрерывно болтать и так и не сказать ничего заслуживающего внимания. Но нельзя постоянно подшучивать над человеком без того, чтобы время от времени у тебя не вырвалось нечто действительно остроумное.

— Когда ты впервые прочла это письмо, Лиззи, ты, вероятно, не могла смотреть на вещи так, как сейчас.

— О да. Мне тогда было как-то не по себе. Очень не по себе — я чувствовала себя просто несчастной. Мне не перед кем было излить свою душу. Со мной не было моей Джейн, которая, утешая меня, сказала бы, что я вовсе не та пустая, тщеславная и вздорная девчонка, какой я себя сознавала. Как мне хотелось, чтобы ты была рядом!

— Жалко, что, говоря с мистером Дарси об Уикхеме, ты употребила такие сильные выражения. Ведь на самом деле они оказались совсем незаслуженными.

— Еще бы. Впрочем, излишне резкий тон часто является следствием предубеждения. Мне, кстати, хотелось бы получить у тебя совет. Как ты думаешь, должна я открыть глаза на Уикхема нашим знакомым?

Мисс Беннет немного задумалась и затем ответила:

— По-моему, у нас нет повода для такого жестокого разоблачения. Как тебе кажется?

— Пожалуй, от него лучше воздержаться. Мистер Дарси не поручал мне распространять эти сведения. Напротив, все подробности, касавшиеся его сестры, предназначались лишь для меня. А если я расскажу о других провинностях Уикхема, разве кто-нибудь мне поверит? Предубеждение против Дарси настолько сильно, что половина жителей Меритона скорее в гроб ляжет, нежели посмотрит на Дарси сколько-нибудь доброжелательно. С этим ничего не поделаешь. К тому же Уикхем вот-вот уедет. А потому здесь едва ли кому-нибудь важно знать, что он собой представляет. Рано или поздно все станет известно. И тогда мы сможем вдоволь посмеяться над простотой тех, кто не догадывался об этом раньше. Пока что я собираюсь молчать.

— Ты, безусловно, права! Публичное разоблачение могло бы погубить его навсегда. Быть может, он уже жалеет о совершенных ошибках и хочет исправиться. Мы не должны сталкивать его в пропасть.

Разговор этот успокоил Элизабет. Она избавилась от двух давно тяготивших ее секретов, а в лице Джейн обрела собеседницу, всегда готовую ее выслушать, если ей захотелось бы вновь вернуться к их обсуждению. Осторожность, однако, заставила ее все же кое-что от сестры утаить. Она не осмеливалась пересказать Джейн другую часть письма мистера Дарси и открыть ей, насколько глубокой была на самом деле привязанность мистера Бингли. Этого Элизабет не могла поведать никому. И ей было достаточно ясно, что лишь возникновение полного доверия между Джейн и Бингли позволило бы ей ничего не утаивать. «А тогда, — говорила она себе самой, — если бы в самом деле случилось невероятное, я могла бы сказать только то, что гораздо более приятным образом высказал бы сам Бингли. И потому я обречена хранить эту тайну до той поры, пока она не утратит всякую цену».

Живя в семье, Элизабет теперь получила наконец возможность разобраться в истинном душевном состоянии сестры. Джейн не была счастлива. Она все еще хранила в душе нежную привязанность к Бингли. Не пережив прежде даже воображаемой влюбленности, она соединила в этом чувстве весь пыл первой любви со свойственным ее нраву и возрасту постоянством, которым столь редко отличаются первые увлечения. И она так дорожила воспоминаниями и так явно предпочитала Бингли всем другим молодым людям, что ей потребовалось призвать весь свой здравый смысл и проявить все возможное внимание к чувствам близких, чтобы не высказывать сожалений, вредных для ее здоровья и их спокойствия.

— Что ты теперь скажешь, Лиззи, об этой грустной истории с Джейн? — спросила как-то миссис Беннет. — Что касается меня, я твердо решила никогда больше об этом не заговаривать. Я так на днях и сказала сестрице Филипс. До сих пор не могу понять, виделась ли с ним Джейн в Лондоне? Что за никчемный человек! По-моему, ей больше нечего на него рассчитывать. О его возвращении этим летом в Незерфилд даже не поговаривают. Я спрашивала решительно всех, кто мог бы хоть что-нибудь об этом знать.

— Не думаю, что он вообще появится в Незерфилде.

— Тем лучше! Как ему будет угодно. Едва ли он кому-нибудь здесь понадобится. Хоть я всегда буду говорить, что он низко обошелся с моей дочерью. На месте Джейн я бы не пережила такого разочарования. И я утешаю себя мыслью, что, когда Джейн умрет от тоски, мистеру Бингли придется-таки пожалеть о том, что он натворил.

Элизабет промолчала, чувствуя себя неспособной утешиться подобным предположением.

— Что ж, Лиззи, — продолжала миссис Беннет после короткой паузы, — по-твоему, Коллинзы в самом деле живут хорошо? Ну-ну, хотелось бы, чтобы это было надолго! А каков у них стол? Думаю, что из Шарлот получилась неплохая хозяйка. Если она наполовину столь же изворотлива, как ее мамаша, они даже смогут кое-что откладывать. Они ведь не тратят на хозяйство слишком много?

— О да, конечно.

— Это очень важно для хорошего ведения дома. Да, да. Уж она-то постарается жить по средствам. Хотя нужда им и не грозит, да поможет им Бог. Представляю, как часто они вспоминают, что после смерти мистера Беннета Лонгборн станет их собственностью. Небось смотрят на него так, как будто он им уже принадлежит.

— При мне они не могли касаться подобной темы.

— Еще бы! Было бы странно, если бы они себе это позволили. Но я не сомневаюсь, что они без конца обсуждают это между собой. Ну что ж, если им ничего не стоит захватить чужое поместье, тем хуже для них. Я бы постыдилась принять что-нибудь в наследство по мужской линии!

Глава XVIII

Первая неделя после возвращения Джейн и Элизабет пролетела быстро. Началась вторая. Это была последняя неделя пребывания полка в Меритоне, и барышни всей округи находились в самом удрученном состоянии. Уныние было почти всеобщим. Только две старшие мисс Беннет были способны еще есть, пить, спать и вести обычный образ жизни. Такая бесчувственность вызывала частые упреки со стороны безмерно несчастных Китти и Лидии, которые никак не могли допустить ее в ком-нибудь из членов своей семьи.

— Боже, что с нами станется! Что же мы будем делать? — восклицали они на каждом шагу в порыве отчаяния. — И ты, Лиззи, можешь еще улыбаться?

Преданная мамаша разделяла отчаяние дочек, припоминая собственные переживания при подобных обстоятельствах двадцать пять лет тому назад.

— Могу поклясться, что я проплакала два дня напролет, когда нас покинул полк полковника Миллера. Я тогда была уверена, что сердце мое разбито навеки.

— А я так ручаюсь, что мое сердце и в самом деле будет разбито! — сказала Лидия.

— Если бы только можно было съездить в Брайтон! — заметила миссис Беннет.

— О да, если бы только попасть в Брайтон! Но разве с папой договоришься!

— Купания в море поставили бы меня на ноги.

— Тетушка Филипс уверяет, что мне они просто необходимы, — вставила Китти.

Подобные причитания то и дело повторялись в доме Беннетов. Элизабет хотелось относиться к ним с юмором. Однако все смешное было для нее отравлено чувством стыда за близких. Снова и снова убеждалась она в справедливости упреков мистера Дарси. И никогда еще его вмешательство в дела друга не казалось ей столь оправданным.

Мрачное настроение Лидии, однако, внезапно рассеялось, когда она получила приглашение жены полковника Форстера сопровождать ее в Брайтон. Ее бесценная подруга была еще совсем молоденькой женщиной, лишь недавно вышедшей замуж. Беспечность и легкость нрава обеих сразу расположили их друг к другу, и после трехмесячного знакомства они сделались неразлучны.

Ликование Лидии по этому поводу, обожание, с которым она стала относиться к миссис Форстер, восторг миссис Беннет и отчаяние Китти едва ли могут быть описаны. Не обращая никакого внимания на чувства сестры, Лидия носилась по дому в непрерывном экстазе, добиваясь всеобщих поздравлений, хохоча и болтая больше, чем когда-либо прежде. В то же время в гостиной неудачливая Китти невразумительно и нудно роптала на свою судьбу.

— Никак не пойму, почему миссис Форстер не могла с таким же успехом пригласить и меня? — брюзжала Китти. — Мы с ней, правда, не очень близки. Но у меня не меньше прав получить приглашение, чем у Лидии. Даже больше! Я старше ее на два года!

Напрасно Элизабет пыталась ее урезонить, а Джейн — успокоить. Сама Элизабет отнеслась к этому приглашению совсем не так, как миссис Беннет и Лидия. Она боялась, что в результате поездки Лидия может лишиться последних крупиц здравого смысла. И как бы дорого ни обошелся ей такой шаг, узнай о нем ее домашние, она все же тайком посоветовала мистеру Беннету не отпускать Лидию в Брайтон. Она напомнила ему все случаи ее неразумного поведения, обратив внимание отца на сомнительную пользу, которую Лидия извлечет из дружбы с такой особой, как миссис Форстер. Ей казалось, что в Брайтоне, где соблазнов гораздо больше, чем дома, Лидия, находясь в подобной компании, может совершить еще более легкомысленные поступки. Внимательно ее выслушав, мистер Беннет ответил:

— Лидия ни за что не угомонится, пока где-нибудь не покажет себя на людях. И едва ли ей представится другой случай осуществить это с меньшими неудобствами для нашей семьи.

— Если бы вы знали, — сказала Элизабет, — какой ущерб может нам причинить бросающееся всем в глаза неосмотрительное и бестактное поведение Лидии! Больше того, какой ущерб им уже причинен! Тогда бы вы, я уверена, судили по-другому.

— Уже причинен? — переспросил мистер Беннет. — Что же, оно отпугнуло от тебя кого-нибудь из твоих поклонников? Бедная Лиззи! Но ты не должна падать духом. О таких привередливых юнцах, которые не переносят малейшего признака глупости своих ближних, не стоит жалеть. Ну-ка, назови мне тех жалких людишек, которых оттолкнуло легкомыслие Лидии.

— Вы ошибаетесь. Мне не приходится жаловаться на подобные разочарования. Я имела в виду не какие-либо отдельные случаи, а общий вред, который нам причиняют ее манеры. Наша репутация в обществе, уважение к нам знакомых подрываются взбалмошностью, самоуверенностью и крайней несдержанностью, свойственными ее характеру. Простите, я должна высказать свою мысль до конца. Если вы, дорогой отец, не возьмете на себя труд обуздать ее неудержимую натуру и разъяснить Лидии, что сегодняшние устремления не могут стать делом ее жизни, то скоро заниматься ее воспитанием будет уже поздно. Ее характер окончательно сформируется, и, к нашему общему позору, она к шестнадцати годам превратится в пустую кокетку. Кокетку худшего, самого низкого пошиба, не располагающую никакими достоинствами, кроме молодости и некоторой внешней привлекательности. Невежество и пустота сделают ее совершенно беззащитной перед всеобщим презрением, вызванным ее погоней за успехом. Той же опасности подвергается и Китти, которая во всем следует за Лидией — глупой, тщеславной, праздной и совершенно разнузданной девчонкой. Папа, дорогой, неужели вы полагаете, что, вызывая осуждение и презрение всех наших знакомых, они не бросают тень на репутацию своих сестер?

Мистер Беннет почувствовал, что Элизабет вложила в эти слова всю душу. Ласково взяв ее за руку, он сказал:

— Ты напрасно волнуешься, моя девочка. Все, кто знает тебя или Джейн, достаточно уважают и ценят вас обеих. И это мнение не может пострадать оттого, что у вас имеются две или, я даже мог бы сказать, три на редкость глупые сестры. В Лонгборне не будет покоя, если Лидия не попадет в Брайтон. Пусть же она туда поедет. Полковник Форстер — человек разумный. Он не допустит, чтобы она попала в настоящую неприятность. И, к счастью, она достаточно бедна, чтобы не привлекать к себе охотников за приданым. Ей даже флиртовать там станет труднее, чем здесь, — офицеры найдут в Брайтоне девиц, заслуживающих большего внимания. Будем надеяться, что эта поездка заставит ее почувствовать свою незначительность. Во всяком случае, ее поведение не может заметно испортиться без того, чтобы мы были вправе посадить ее до конца дней под замок.

Элизабет пришлось удовлетвориться этим ответом. Так как собственное ее мнение не изменилось, она ушла от отца разочарованная и огорченная. Не в ее характере, однако, было таить досаду, углубляясь в собственные переживания. Она сознавала, что выполнила свой долг, а печалиться заранее по поводу ожидаемых бед, усиливая их вдобавок своим беспокойством, ей было несвойственно.

Если бы Лидия и ее мать узнали, о чем она говорила с отцом, они едва ли смогли бы найти выход своему негодованию. Брайтонская поездка казалась Лидии вершиной земного счастья. Ее пылкое воображение рисовало улицы курортного городка, заполненные пока еще не знакомыми ей офицерами. Она видела себя предметом поклонения многих десятков молодых людей. Перед ее мысленным взором вставал во всем блеске военный лагерь — стройные ряды однообразных палаток и между ними веселые группы красавцев, щеголяющих в красных мундирах. И в довершение всего Лидия представляла себе, как она будет сидеть в одной из этих палаток и напропалую флиртовать по меньшей мере с шестью офицерами сразу.

Что бы она почувствовала, если бы узнала, что ее сестра пытается вырвать ее из этого уже такого близкого и такого заманчивого мира. Чувства эти способна была бы понять одна миссис Беннет, которая переживала почти то же самое. Только благодаря поездке Лидии она смогла примириться с мрачной решимостью мужа не пускать в Брайтон всю семью. Но, оставаясь в полном неведении о состоявшемся разговоре, обе они почти беспрерывно предавались восторгам до самого того дня, когда Лидия должна была покинуть Лонгборн.

Элизабет предстояло встретиться с Уикхемом в последний раз. Встреча эта уже не могла сколько-нибудь серьезно ее тревожить, так как она не раз виделась с ним после своего возвращения. Их прежняя близость исчезла. Она даже научилась замечать в самой пленявшей ее прежде мягкости Уикхема однообразную нарочитость, надоедающую и вызывающую досаду. Более того, она находила новые поводы для неудовольствия в том, как он стал к ней теперь относиться. В самом деле, напоследок он снова начал оказывать ей такое же внимание, каким было отмечено начало их знакомства и которое после всего происшедшего могло ее только оскорбить. И она потеряла к нему последнее уважение, как только заметила признаки этого праздного волокитства. Решительно отвергая его любезности, она видела в них упрек своему прежнему поведению. Только помня о нем, Уикхем мог считать, что, при первом новом знаке внимания с его стороны, она будет польщена и пойдет ему навстречу, независимо от того, по какой причине и на какой срок он от своего ухаживания воздерживался.

В самый последний день пребывания полка в Меритоне Уикхем вместе с другими офицерами обедал в Лонгборне. И, не стремясь расстаться с ним в дружеских отношениях, Элизабет в ответ на расспросы о ее жизни в Хансфорде рассказала ему о трехнедельном визите в Розингс полковника Фицуильяма и мистера Дарси, спросив при этом, знает ли он полковника.

Уикхем показался ей озадаченным, смущенным, настороженным. Однако после недолгого замешательства он, улыбаясь, ответил, что когда-то ему приходилось частенько встречаться с этим человеком. Охарактеризовав его как настоящего джентльмена, он спросил, какое впечатление полковник произвел на Элизабет. Она отозвалась о нем очень тепло. Как бы между прочим Уикхем вскоре осведомился:

— Сколько времени, вы сказали, он провел в Розингсе?

— Около трех недель.

— Вы часто с ним виделись?

— Да, почти ежедневно.

— Его манеры сильно отличаются от манер его кузена.

— Да, весьма сильно. Но, узнав мистера Дарси ближе, я стала о нем думать гораздо лучше.

— Вот как? — сказал Уикхем, бросив на нее взгляд, не ускользнувший от ее внимания. — А могу ли я спросить... — Но, спохватившись, он продолжал небрежным тоном: — Стал ли он любезнее разговаривать с людьми? Или он снизошел до того, что придал некоторую обходительность своим манерам? Ибо я мало надеюсь, — проговорил он более низким и уже более серьезным голосом, — что он изменился к лучшему по существу.

— О нет, — сказала Элизабет, — по существу он остался таким, как был.

Уикхем явно не знал, как ему отнестись к этим словам — обрадоваться ли им или не доверять их смыслу. Что-то в ее лице заставило его насторожиться, когда она добавила:

— Признаваясь, что за время нашего знакомства он вырос в моем мнении, я не имела в виду перемены в его манерах или взглядах. Мне просто хотелось сказать, что, узнав его ближе, я стала лучше разбираться в его натуре.

Выступившие на лице Уикхема красные пятна и его беспокойный взгляд явно выдавали тревогу. Несколько минут он молчал. Наконец, преодолев смущение, он снова обернулся к ней и произнес особенно вкрадчивым тоном:

— Именно вам, хорошо знакомой с моими чувствами к мистеру Дарси, должно быть понятно, как рад я услышать, что у него хватило здравого смысла вести себя хотя бы внешне порядочно. Во многом это объясняется его гордостью. Она приносит немалую пользу если не ему самому, то хотя бы тем людям, которым приходится иметь с ним дело. Благодаря ей он не поступает с ними так дурно, как когда-то обошелся со мной. Боюсь только, что подмеченная вами, как я понял, большая его осмотрительность объясняется тем, что вы встретились с ним у его тетки, мнением которой он весьма дорожит. Насколько я знаю, он всегда робел в ее присутствии. А теперь еще немалую роль должно сыграть его намерение жениться на мисс де Бёр, которое, я уверен, он твердо решил осуществить.

При этих словах Элизабет не могла удержаться от улыбки, ответив ему только легким кивком. Было ясно, что он хочет навести разговор на тему о причиненном ему ущербе, но она не собиралась ему в этом потворствовать. До конца вечера он сохранял обычную напускную веселость, уже не стремясь оказывать ей предпочтение. И они наконец вежливо распрощались со взаимным желанием никогда больше не встречаться.

После того как гости разъехались, Лидия вместе с миссис Форстер отправилась в Меритон, который они должны были покинуть на следующее утро. Прощание с родными было скорее шумным, нежели трогательным. Одна только Китти проливала при этом слезы, да и то вызванные завистью и обидой. Миссис Беннет поминутно желала дочери всяческих удовольствий, требуя, чтобы она не пропустила ни одной возможности повеселиться — совет, которому та, несомненно, собиралась последовать. И ликующие прощальные возгласы Лидии так и не позволили ей расслышать менее громкие напутственные пожелания ее сестер.

Глава XIX

Если бы мнение Элизабет о супружеском счастье и домашнем уюте основывалось только на опыте, который она могла почерпнуть в своей семье, ей не удалось бы составить об этих понятиях благоприятного представления. Мистер Беннет связал свою судьбу с женщиной, привлекшей его молодостью и красотой, а также мнимым добродушием, впечатление о котором нередко бывает создано только названными выше внешними качествами. Еще в самом начале их брака эта женщина узостью взглядов и ограниченным развитием уничтожила в нем всякое чувство истинной супружеской привязанности. Уважение, доверие, духовная близость исчезли навсегда, а вместе с ними рассеялись все надежды на семейное счастье. Однако мистер Беннет по своему складу не относился к людям, которые, разочаровавшись в жизни вследствие собственной неосмотрительности, ищут утешения в сомнительных удовольствиях, слишком часто скрашивающих участь жертв порока и легкомыслия. Он любил природу и книги, и этими склонностями определялись его главные радости жизни. Своей жене он не был обязан ничем, если не считать развлечения, которое он получал, посмеиваясь над ее глупостью и невежеством. Это было совсем не то счастье, которым мужу обычно хотелось бы считать себя обязанным спутнице жизни. Но там, где нельзя радоваться иному, истинный философ умеет извлечь пользу из того, чем может располагать.

Элизабет никогда не закрывала глаза на то, что ее отец ведет себя не так, как должен был бы себя вести примерный супруг. Это причиняло ей постоянную боль. Но, уважая его ум и испытывая к нему благодарность за отцовскую нежность, она всегда старалась забыть то, что не могла не замечать, и не задумываться над тем, насколько он заслуживает порицания, постоянно нарушая долг уважения к жене и насмехаясь над ней в присутствии собственных детей. И теперь Элизабет впервые с полной отчетливостью осознала, сколько вреда этот неудачный брак должен был причинить выросшим в семье детям и к каким печальным последствиям приводило столь неразумное употребление способностей их отца. В самом деле, будучи верно направлены, эти способности, по крайней мере, помогли бы отцу воспитать достойных дочерей, если ему не под силу было расширить умственный кругозор своей жены.

Довольная отсутствием Уикхема, Элизабет, впрочем, находила мало других причин радоваться отбытию его полка. Встречи вне дома стали менее разнообразными. А непрерывные сетования миссис Беннет и Китти на скуку и впрямь делали семейную жизнь весьма унылой. И если Китти благодаря исчезновению источника беспокойства могла со временем снова обрести доступную ей меру здравого смысла, ее младшая сестра, характер которой таил в себе значительно больше опасностей, должна была под влиянием приморского городка и военного лагеря сделаться еще более ветреной и безрассудной. На этом примере Элизабет лишний раз убедилась, что долгожданное событие, осуществившись, вовсе не приносит ожидаемого удовлетворения. Приходится поэтому загадывать новый срок, по истечении которого должно будет наступить истинное блаженство, и намечать новую цель, на которой сосредоточились бы помыслы и желания, с тем чтобы, предвкушая ее осуществление, испытать радость, которая сгладила бы предшествовавшую неудачу и подготовила к новому разочарованию. В данное время ее помыслы сосредоточились на предстоящей поездке в Озерный край. Надеждами на эту поездку она утешала себя в самые безрадостные часы, омраченные дурным настроением матери и Китти. И если бы в путешествии могла принять участие Джейн, перспектива этой поездки была бы вполне совершенной.

— Впрочем, это даже хорошо, — рассуждала Элизабет, — если что-то произойдет не так, как мне бы хотелось. Если бы все было устроено по-моему, я непременно должна была бы со временем разочароваться. А теперь, постоянно грустя о предстоящей разлуке с Джейн, я могу в какой-то мере надеяться получить от поездки предвкушаемое удовольствие. Замысел, в котором все части складываются вполне удачно, никогда не бывает успешным. И только если какая-нибудь досадная мелочь нарушает гармонию, можно избежать полного разочарования.

Перед отъездом Лидия обещала матери и Китти присылать частые и подробные письма. Однако каждое письмо ожидалось подолгу и оказывалось весьма кратким. В письмах к матери Лидия сообщала только, что она и ее подруга сию минуту вернулись из библиотеки, куда их сопровождали такие-то и такие-то офицеры и где ее привели в неописуемый восторг необыкновенные орнаменты, или что у нее появилось новое платье или зонтик, который она описала бы подробнее, если бы ей не приходилось ужасно спешить, так как миссис Форстер торопит ее ехать в лагерь. А из писем к Китти сведений можно было почерпнуть и того меньше, ибо, хотя они были несколько пространнее, в них содержалось столько разных намеков, что их публичное чтение было совершенно невозможно.

Через две-три недели после ее отъезда в Лонгборне вновь начал пробуждаться дух здоровья, доброжелательства и хорошего настроения. Все приобрело теперь более радостную окраску. После проведенной в городе зимы возвращались знакомые семьи, замелькали летние наряды, и начались летние развлечения. Миссис Беннет вернулась в свое обычное состояние уравновешенной сварливости. А к середине июня Китти уже в такой мере пришла в себя, что могла появляться в Меритоне без слез — благоприятный симптом, позволявший Элизабет надеяться, что к Рождеству ее сестра наберется достаточно ума и сможет заговаривать об офицерах не чаще одного раза в сутки, — разумеется, если только какой-нибудь злонамеренный и жестокий чиновник из военного министерства не водворит в Меритоне новую войсковую часть.

Назначенный день отъезда на север теперь быстро приближался. Когда до него оставалось лишь две недели, от миссис Гардинер пришло письмо, в котором сообщалось, что начало их путешествия откладывается и что оно будет не таким продолжительным, как они предполагали. Дела позволяли мистеру Гардинеру выехать только в июле, спустя две недели после намеченного срока, и требовали его возвращения в Лондон через месяц после отъезда. И, поскольку оставалось слишком мало времени, чтобы ехать так далеко, как им прежде хотелось, и осмотреть ранее намеченные места (они ведь собирались передвигаться не спеша, чтобы извлекать из поездки удовольствие), от Озерного края приходилось отказаться и вместо него выбрать более близкую цель путешествия. Согласно новому плану они не должны были удаляться на север за пределы Дербишира. В этом графстве можно было повидать достаточно много, чтобы на это ушли почти целиком три недели, оставшиеся в их распоряжении. А кроме того, оно обладало особой привлекательностью для миссис Гардинер. Городок, в котором она когда-то прожила несколько лет и где теперь им предстояло провести три-четыре дня, имел для нее не меньший интерес, чем прославленные красотами Мэтлок, Четсуорт, Давдейл и Пик.

Элизабет была заметно разочарована. Она уже приготовилась к путешествию в Озерный край, и ей казалось, что им для него вполне хватило бы времени. Приходилось, однако, соглашаться, не теряя при этом хорошего расположения духа. И вскоре она снова почувствовала себя счастливой.

Упоминание Дербишира будило множество мыслей. Это название было неразрывно связано с поместьем Пемберли и его владельцем.

— Но неужели я не могу безнаказанно наведаться в его графство, — рассудила Элизабет, — и похитить оттуда на память несколько красивых камней, не попав ему на глаза?

Ждать предстояло вдвое дольше. До прибытия дяди и тетки должно было пройти четыре недели. Но наконец остались позади и они, и мистер и миссис Гардинер в сопровождении четырех детей прибыли в Лонгборн. Дети — девочки шести и восьми лет и два мальчика поменьше — должны были остаться на попечении всеобщей любимицы Джейн, чей здравый смысл и чудесный характер особенно располагали к тому, чтобы ей был поручен уход за ними: их обучение, игра с ними и прежде всего сердечное к ним внимание.

Гардинеры провели в Лонгборне всего одну ночь и уже на следующее утро вместе с Элизабет отправились на поиски новых впечатлений. Одно благоприятное обстоятельство было им обеспечено: спутники во всем прекрасно подходили друг к другу. Они обладали здоровьем и выдержкой, благодаря чему могли легко переносить дорожные неурядицы, жизнерадостностью, которая должна была усилить любое ожидавшее их удовольствие, а также добрым нравом и осведомленностью, которые помогли бы им приятно проводить время в отсутствие интересных впечатлений от путешествия.

Целью настоящего повествования не является описание всего Дербишира или каких-нибудь примечательных мест по пути к этому графству. Оксфорд, Бленхейм, Уорик, Кенилворт, Бирмингем и т. д. достаточно хорошо известны. Нас поэтому будет интересовать только небольшой уголок Дербишира. Осмотрев все расположенные на пути главные достопримечательности, они направились в маленький городок Лэмтон, где когда-то жила миссис Гардинер и где, по недавно полученным ею сведениям, еще оставались некоторые ее старые знакомые. Из ее рассказов Элизабет узнала, что Лэмтон находится лишь в пяти милях от Пемберли. Их путь в городок проходил совсем близко от имения Дарси, расположенного всего в одной или двух милях в сторону от дороги. И при обсуждении вечером планов на следующий день миссис Гардинер изъявила желание снова взглянуть на это поместье. Мистер Гардинер охотно с ней согласился. Требовалось только согласие Элизабет.

— Не правда ли, дорогая, тебе будет приятно осмотреть места, о которых ты столько слышала? — спросила тетушка. — Они напомнят тебе так много твоих знакомых! Здесь, как ты знаешь, провел свою юность Уикхем.

Элизабет чувствовала себя очень неловко. Она считала, что ей совершенно нечего делать в Пемберли. И, сказав, что ее утомили богатые дома и что после того, как они осмотрели их такое множество, ей перестало доставлять удовольствие созерцание роскошных ковров и атласных занавесок, она попыталась уклониться от этой поездки.

Миссис Гардинер, однако, упрекнула ее за такую нелюбознательность.

— Если бы речь шла только о красивом, богато обставленном доме, — сказала она, — я бы и сама не стала об этом говорить. Но ведь Пемберли славится восхитительными видами. Это поместье гордится одним из лучших парков страны.

Элизабет ничего не ответила, но душа ее решительно протестовала. Ей представилось, что во время осмотра поместья она может встретить мистера Дарси. Это было бы ужасно! Кровь приливала к ее лицу при одной только мысли о такой встрече, и она предпочла бы рассказать обо всем тетушке, нежели подвергнуться подобному риску. Но и на это ей было трудно отважиться, и в конце концов она решила прибегнуть к объяснению лишь в крайнем случае, — если, осведомившись о местопребывании владельца Пемберли, она получит неблагоприятный ответ.

Поэтому, укладываясь спать, она расспросила горничную, действительно ли Пемберли является таким прекрасным поместьем, кому оно принадлежит и — не без серьезной тревоги — приехала ли уже туда на лето семья владельца. Услышав на последний вопрос столь желанный отрицательный ответ и успокоив свою тревогу, она стала с интересам ждать посещения этого места. Когда на следующее утро вопрос о поездке в Пемберли подвергся новому обсуждению и ей пришлось снова высказать мнение по этому поводу, она смогла без запинки и с вполне равнодушным видом сказать, что не имеет особых возражений против предложенного плана.

И они отправились в Пемберли.

КНИГА ТРЕТЬЯ

Глава I

Ожидая появления Пемберлейского леса, Элизабет всматривалась в дорогу с большим волнением. И когда, миновав сторожку, они наконец свернули в усадьбу, возбуждение ее дошло до предела. Отдельные части обширного парка составляли весьма разнообразную картину. Начав осмотр с одного из его самых низменных мест, они некоторое время ехали по красивой, широко раскинувшейся роще.

Хотя Элизабет была настолько взволнована, что ей трудно было участвовать в разговоре, она любовалась каждым приветливым уголком и каждым красивым видом. На протяжении полумили они медленно поднимались и в конце концов внезапно выехали на свободную от леса возвышенность, с которой широко открывался вид на долину с господским домом, стоявшим на ее противоположном краю. Это было величественное каменное здание, удачно расположенное на склоне гряды лесистых холмов. Протекавший в долине полноводный ручей без заметных искусственных сооружений превращался перед домом в более широкий поток, берега которого не казались излишне строгими или чрезмерно ухоженными. Элизабет была в восторге. Никогда еще она не видела места, которое было бы более щедро одарено природой и в котором естественная красота была так мало испорчена недостаточным человеческим вкусом. Все были единодушны в своем восхищении. В этот момент она вполне оценила, что значило бы стать владелицей Пемберли!

Они спустились в долину, проехали по мосту и приблизились к дому. И когда она стала его рассматривать, стоя под его стенами, в ней снова проснулся страх, как бы ей не пришлось встретиться с его владельцем. Ей не давала покоя мысль, что горничная в гостинице могла ошибиться. После того как они попросили разрешения осмотреть дом, их пригласили в вестибюль. И, пока они ожидали домоправительницу, Элизабет могла вполне надивиться тому, куда ее привела судьба.

Домоправительница появилась. Это была почтенная пожилая женщина, гораздо менее чинная и более приветливая, чем можно было судить по первому впечатлению. Гости последовали за ней в столовую — просторную комнату с удачными пропорциями и изящным убранством. Окинув ее взглядом, Элизабет подошла к окну, чтобы полюбоваться открывшимся из него видом. Увенчанный лесом холм, с которого они только что спустились, издали казавшийся более крутым, чем вблизи, представлял прекрасное зрелище. Все вокруг радовало глаз, и Элизабет с наслаждением рассматривала пейзаж: реку, разбросанные по берегам деревья и изгибы терявшейся у горизонта долины. Пока они проходили по другим комнатам, ландшафт менялся, но из каждого окна было чем полюбоваться. В комнатах были высокие потолки и богатая обстановка, достойная владельца такого поместья. И, восхищаясь его вкусом, Элизабет заметила, что эта обстановка не казалась излишне пышной и выглядела менее роскошной и в то же время более изящной, чем обстановка в Розингсе.

«И здесь-то я чуть было не стала хозяйкой! — размышляла Элизабет. — Я могла бы уже привыкнуть к этим комнатам! Вместо того чтобы осматривать их в качестве случайной посетительницы, я пользовалась бы ими как собственными, приветствуя тут в качестве своих гостей мистера и миссис Гардинер! Впрочем, нет, — спохватилась она, — это было бы невозможно. Дядя и тетя были бы для меня навсегда потеряны. Мне никогда не позволили бы их сюда пригласить».

Эта мысль пришла ей в голову как раз вовремя, избавив ее от чувства, чем-то похожего на сожаление.

Ей очень хотелось узнать у домоправительницы, в самом ли деле владелец поместья находится сейчас в отъезде, но у нее не хватало духу для прямого вопроса. Он был задан в конце концов мистером Гардинером. Отвернувшись, дабы скрыть беспокойство, Элизабет услышала, что миссис Рейнолдс ответила на него утвердительно, добавив при этом:

— Мы ждем его завтра. Он прибывает сюда вместе со своими друзьями.

Как обрадовалась Элизабет, что по какой-нибудь случайной причине они не отложили поездки!

В эту минуту миссис Гардинер позвала ее посмотреть на одну из картин. Элизабет приблизилась и среди прочих миниатюр над камином увидела портрет мистера Уикхема. Тетушка спросила ее с улыбкой, насколько он ей понравился. А подошедшая к ним домоправительница объяснила, что изображенный на портрете молодой человек — сын прежнего управляющего, воспитанный покойным мистером Дарси на свои средства.

— Сейчас он поступил в армию, — добавила она, — но, боюсь, человек из него вышел совсем никудышный.

Миссис Гардинер, улыбаясь, взглянула на племянницу, но Элизабет не смогла ответить ей тем же.

— А вот, — сказала миссис Рейнолдс, показывая на другую миниатюру, — портрет нашего хозяина, очень похожий. Оба портрета были написаны одновременно, около восьми лет тому назад.

— Мне много рассказывали о мистере Дарси, — заметила миссис Гардинер, разглядывая миниатюру. — Судя по портрету, у него очень приятное лицо. Но, Лиззи, ты ведь и сама можешь судить о сходстве?

Уважение миссис Рейнолдс к Элизабет явно возросло, когда она услышала о ее знакомстве с владельцем Пемберли.

— Эта юная леди знает мистера Дарси?

— Совсем немного, — сказала Элизабет, покраснев.

— А не кажется ли вам, сударыня, что он необыкновенно хорош собой?

— О да, вы совершенно правы.

— Я не встречала другого такого красивого человека. Наверху в галерее вы увидите его портрет больших размеров и еще более удачный. Но мой покойный хозяин всегда любил эту комнату, и миниатюры висят здесь точно так, как они висели при нем. Он ими очень дорожил.

Это объясняло присутствие здесь портрета мистера Уикхема.

Миссис Рейнолдс обратила их внимание на портрет мисс Дарси, написанный, когда ей было лишь восемь лет.

— Ну, а мисс Дарси так же красива, как ее брат? — спросил мистер Гардинер.

— О, несомненно, — воскликнула миссис Рейнолдс. — Она не уступит лучшим красавицам на свете. А как хорошо она воспитана! Она способна заниматься музыкой с утра до вечера. Рядом в комнате вы увидите только что привезенный для нее инструмент — подарок нашего хозяина. Завтра мы ее ждем вместе с мистером Дарси.

Любезные и непринужденные расспросы и замечания мистера Гардинера поощряли словоохотливость миссис Рейнолдс, которая то ли из тщеславия, то ли под влиянием искренней привязанности говорила о мистере Дарси и его сестре с видимым удовольствием.

— Ваш хозяин проводит в Пемберли много времени?

— Не так много, сэр, как мне бы хотелось. Но смею сказать, здесь протекает около половины его жизни. А мисс Дарси живет здесь каждое лето.

«Кроме того, — подумала Элизабет, — которое она провела в Рэмсгейте».

— Когда ваш хозяин женится, вы сможете видеть его гораздо больше.

— О да, сэр. Но мне неизвестно, когда это случится. Я не знаю никого, кто был бы хоть сколько-нибудь достоин стать его супругой.

Мистер и миссис Гардинер улыбнулись, а Элизабет, не удержавшись, заметила:

— Ваше мнение о нем, мне кажется, красноречиво говорит в его пользу.

— Я говорю одну только правду, мои слова подтвердит всякий, кто знает мистера Дарси, — ответила миссис Рейнолдс. Элизабет показалось, что это звучит довольно смело. С возрастающим изумлением она услышала, как миссис Рейнолдс добавила: — За всю жизнь он не сказал мне ни одного резкого слова. А ведь я знаю его с четырехлетнего возраста.

Эти слова особенно поразили Элизабет, настолько они шли вразрез с ее собственным представлением о Дарси. До сих пор она была уверена, что у него нелегкий характер. Ее внимание было обострено до предела. Ей не терпелось узнать еще что-нибудь, и она была от души благодарна мистеру Гардинеру, который сказал:

— Немногие люди заслуживают подобных похвал. Вы, должно быть, весьма счастливы, имея такого хозяина.

— О да, сэр, мне в самом деле очень повезло. Лучшего мне не сыскать в целом свете. Но я всегда замечала, что добрые дети вырастают хорошими людьми. А он был самым отзывчивым, самым благородным мальчиком, какого мне когда-либо приходилось встречать.

Элизабет не отрывала от нее глаз.

«Неужели речь идет о мистере Дарси?» — думала она.

— Его отец славился своей добротой, — заметила миссис Гардинер.

— О да, сударыня, вполне заслуженно. И сын его будет точь-в-точь такой же. Он так же добр к простым людям.

Элизабет слушала, удивлялась, сомневалась и горела желанием узнать больше. Миссис Рейнолдс не могла заинтересовать ее ничем другим. Все, что она рассказывала о сюжетах картин, размерах комнат и стоимости обстановки, Элизабет пропускала мимо ушей. Мистера Гардинера очень забавляло проявление фамильного тщеславия, объяснявшего, по его мнению, преувеличенные похвалы мистеру Дарси со стороны его домоправительницы. Поэтому он постарался снова вернуться к прежней теме. И пока они поднимались по длинной лестнице, миссис Рейнолдс с упоением продолжала описывать многочисленные достоинства своего патрона:

— Это лучший землевладелец и лучший хозяин из всех когда-либо существовавших на свете, — сказала она. — Не то что теперешние беспутные молодые люди, которые думают только о себе. Не найдется ни одного его арендатора или работника, который бы не сказал о нем доброго слова. Кое-кто находит его слишком гордым. Но я этого не замечала. Этот упрек, мне кажется, вызван тем, что в отличие от современных молодых людей он не интересуется пустяками.

«В каком выгодном свете рисуют мистера Дарси эти слова!» — думала Элизабет.

— Этот блестящий отзыв, — шепнула ей тетка, — не вполне сочетается с его отношением к нашему бедному другу.

— Быть может, нас по этому поводу ввели в заблуждение?

— Едва ли это могло случиться. Мы получили сведения из такого надежного источника.

Пройдя просторную переднюю во втором этаже, они заглянули в очаровательную гостиную с еще более легкой и изящной обстановкой, чем в нижних помещениях. Домоправительница объяснила, что эту комнату только на днях отделали, чтобы порадовать мисс Дарси, которой она прошлым летом особенно полюбилась.

— У нее и правда заботливый брат, — сказала Элизабет, подходя к одному из окон.

Миссис Рейнолдс заранее предвкушала восторг мисс Дарси при виде новой отделки.

— И это так на него похоже! — добавила она. — Все, что может доставить сестре хоть малейшее удовольствие, делается сейчас же. Он использует любую возможность.

Им оставалось осмотреть только картинную галерею и две или три большие спальни. В галерее оказалось немало прекрасных полотен, но Элизабет слабо разбиралась в живописи. И, устав от нее еще при осмотре первого этажа, она охотно принялась рассматривать более доступные и близкие ей карандашные наброски мисс Дарси.

Разглядывая множество семейных портретов, которые едва ли могли привлечь внимание постороннего, Элизабет искала среди них единственное лицо со знакомыми чертами. В конце концов оно бросилось ей в глаза, и она была поражена удивительным сходством портрета с мистером Дарси. На полотне была запечатлена та самая улыбка, которую она нередко видела на его лице, когда он смотрел на нее.

Несколько минут Элизабет сосредоточенно в него вглядывалась. И, покидая галерею, она еще раз к нему подошла, услышав от миссис Рейнолдс, что портрет был написан еще при жизни прежнего хозяина.

В эту минуту Элизабет явно испытывала к оригиналу портрета более теплое чувство, чем когда-либо на протяжении их знакомства. Восторги миссис Рейнолдс не могли не произвести впечатления. Может ли что-нибудь звучать убедительнее, чем хвалебный отзыв разумной прислуги? Она размышляла над огромной ответственностью за человеческие судьбы, которая возлагалась на Дарси его положением старшего брата, землевладельца, хозяина дома. Сколько мог он принести людям добра и зла! Сколько радостей и горестей находилось в его власти! Каждая черточка его характера, упоминавшаяся домоправительницей, располагала в его пользу. И, стоя перед полотном, с которого на нее смотрели его глаза, Элизабет думала о его чувстве с гораздо более глубоким участием, чем когда-либо прежде: она вспоминала, как пламенно признался он ей в своей любви, и старалась загладить в памяти неподобающую форму этого признания.

Когда были осмотрены все открытые для обозрения уголки дома, они снова сошли вниз и, распрощавшись с домоправительницей, оказались на попечении встретившего их около дверей холла садовника.

Спускаясь по газонам к реке, Элизабет обернулась, чтобы еще раз оглядеть здание. Мистер и миссис Гардинер тоже остановились. И пока первый высказывал предположение о времени постройки дома, из-за угла, по дорожке, которая вела к конюшне, вышел его владелец.

Между ними было всего двадцать ярдов, и он появился настолько внезапно, что избежать его взгляда было для Элизабет совершенно невозможно. Глаза их встретились, и лица обоих вспыхнули багровым румянцем. Мистер Дарси вздрогнул и сначала, казалось, оцепенел от изумления. Но, быстро придя в себя, он пошел к ним навстречу и заговорил с ней, хоть и не вполне владея собой, однако самым учтивым образом.

В первый момент Элизабет инстинктивно отвернулась и сделала несколько шагов в сторону. Но когда он с ней поравнялся, она растерянно остановилась и выслушала его приветствие. Если появление мистера Дарси и его сходство с только что виденным портретом недостаточно уверило ее спутников, что перед ними владелец поместья, то изумление, которое при виде хозяина изобразилось на лице садовника, подтвердило это с полной убедительностью. Пока Дарси беседовал с их племянницей, они стояли поодаль. Не смея поднять глаза, совершенно ошеломленная, Элизабет бессознательно отвечала на любезные расспросы о своей семье. Ее поразило, насколько переменились по сравнению с их последней встречей его манеры. С каждой новой фразой она испытывала все возраставшее смущение. И несколько минут этого разговора, в течение которых она сознавала только, до чего неприлично было ей оказаться застигнутой в этом месте, стали самыми неловкими в ее жизни. Мистер Дарси чувствовал себя не намного увереннее: в его словах не было обычной невозмутимости. Бессвязно повторяя вопросы о том, когда она покинула Лонгборн и сколько дней ей довелось провести в Дербишире, он явно обнаруживал свое смятение.

Под конец, не зная, что бы сказать еще, он замолк и, простояв с минуту в молчании, вдруг опомнился и пошел прочь.

Мистер и миссис Гардинер тотчас же подошли к Элизабет и выразили восхищение его внешностью. Однако, поглощенная своими мыслями, Элизабет едва ли расслышала их слова и шла за ними в полном молчании. От стыда и унижения она чувствовала себя совершенно подавленной. Визит в Пемберли казался ей самым злосчастным, самым ошибочным шагом в ее жизни. Каким странным должен был показаться он мистеру Дарси! Как опозорена была бы она даже и не перед столь тщеславным человеком! Можно было подумать, что она намеренно постаралась снова оказаться у него на пути! Зачем она сюда приехала? И надо же было ему явиться за день до назначенного срока! Достаточно им было выйти из замка всего на десять минут раньше, и он бы их не застал! Было ясно, что он прибыл сию минуту — только что соскочил с лошади или вышел из экипажа. И она снова и снова краснела, сознавая все неприличие ее появления в Пемберли. Но как изменилось поведение мистера Дарси! Чем это можно объяснить? Следовало удивляться, что он вообще стал с ней разговаривать. И разговаривать так учтиво — осведомляться о ее близких! Никогда еще он не говорил с ней так сердечно, без малейшего высокомерия, как при этой нежданной встрече. Насколько это отличалось от его последнего обращения к ней в Розингсе, когда он передал ей свое письмо! Элизабет не знала, что ей об этом думать и как все объяснить.

Они теперь шли по восхитительной тропинке у самой воды. С каждым шагом перед ними открывались все более красивые склоны, все более живописный вид на приближавшуюся лесную чащу. Однако Элизабет смогла снова воспринимать окружающий мир далеко не сразу. Машинально отвечая на повторные обращенья мистера и миссис Гардинер или рассматривая заинтересовавшие их виды, она думала совсем о другом. Ее мысленному взору представлялась та единственная, хоть и неизвестная комната дома, в которой должен был сейчас находиться мистер Дарси. Ей хотелось понять, какие мысли бродят у него сейчас в голове, что он о ней думает и сохранил ли к ней, вопреки всему, нежное чувство. Не был ли он так любезен только потому, что чувствовал себя здесь более свободно? Но в его голосе слышалось нечто такое, что нельзя было счесть за непринужденность. Было неясно — обрадовался ли он этой встрече или она его расстроила. Во всяком случае, он не отнесся к ней безразлично.

Замечания спутников по поводу ее рассеянного вида под конец вывели Элизабет из задумчивости и заставили ее взять себя в руки.

Они вошли в чащу и, на время расставшись с рекой, побрели вверх по склону холма. Там, где просветы между деревьями оставляли взору достаточный простор, открывался прекрасный вид на долину и противоположные покрытые лесом холмы, скрывавшие также некоторые излучины реки. Мистер Гардинер выразил желание обойти весь парк, но побоялся, что за одну прогулку это окажется им не под силу. В ответ на его слова садовник с довольной усмешкой сказал, что им потребовалось бы пройти не меньше десяти миль. Это решило вопрос, и они двинулись дальше по избранному пути. Дорога снова пошла под гору. Пробравшись под низко склоненными деревьями, они опять спустились к сильно сузившейся в этом месте реке и пересекли ее по незамысловатому мостику, вполне гармонировавшему с окружающей природой. Рука человека чувствовалась здесь еще меньше, чем во всех виденных ими до сих пор уголках парка. И сжатая ущельем долина оставляла пространство только для потока и узкой, окаймленной кустарником дорожки. Элизабет очень хотелось обследовать течение реки. Но, внезапно сообразив, как далеко они отошли от дома, миссис Гардинер, которая не привыкла много ходить пешком, отказалась идти дальше и потребовала, чтобы они поскорее вернулись. Племяннице пришлось подчиниться, и они пошли кратчайшим путем к оставленному ими на другом берегу экипажу. Двигались они, однако, не слишком быстро. Пристрастие мистера Гардинера к рыбной ловле, которое ему случалось удовлетворять весьма редко, заставляло их то и дело останавливаться, пока он разглядывал плещущуюся в реке форель или толковал с садовником о повадках этой рыбы. Медленно бредя таким образом, они вдруг заметили направляющегося к ним мистера Дарси. Элизабет была изумлена почти так же, как тогда, когда он появился в первый раз перед домом. Благодаря тому что тропинка была не настолько скрыта деревьями, как на другом берегу, они увидели Дарси на таком расстоянии, чтобы успеть подготовиться к встрече. И, несмотря на свое удивление, Элизабет смогла собраться с мыслями, чтобы говорить с ним, если он в самом деле к ним подойдет, достаточно спокойно. На секунду ей почудилось, что он все же предпочел свернуть в боковую просеку. Но это предположение просуществовало ровно столько времени, сколько потребовалось, чтобы он успел миновать скрывший его изгиб дороги. Тотчас после этого он предстал перед ними. С первого взгляда она заметила, что он держится так же учтиво, как во время их встречи около дома. Стараясь быть столь же любезной, Элизабет выразила свое восхищение красотой местности. Но, повторив раза два «очаровательно» и «прелестно», она спохватилась, что в ее устах восхваления Пемберли могут получить неправильное истолкование, и, покраснев, внезапно умолкла.

Миссис Гардинер стояла поодаль, и мистер Дарси, воспользовавшись паузой, попросил Элизабет оказать ему честь и представить его своим друзьям. Такой учтивости она от него совершенно не ожидала. И, едва сдержав улыбку, она подумала, что Дарси ищет знакомства с людьми, против которых так восставала его гордость, когда он просил ее руки.

«Как должен будет он удивиться, — подумала она, — узнав, кто они такие! Он ведь предполагает, что они принадлежат к светскому обществу».

Тем не менее она сразу их познакомила. Сказав, что приходится Гардинерам племянницей, она искоса взглянула на Дарси, вполне допуская, что он постарается поскорее сбежать от столь неподходящей компании. Упоминание об их родственных связях, несомненно, застало его врасплох. Однако Дарси принял это сообщение достаточно мужественно и не только не сделал попытки удалиться, но даже пошел рядом, вступив с мистером Гардинером в оживленную беседу. Элизабет не могла не испытывать удовлетворения, не могла не торжествовать. Как утешительно было сознавать, что он познакомился наконец с теми из ее родственников, за которых ей наверняка не придется краснеть! Вслушиваясь в их разговор, она радовалась каждой фразе своего дяди, каждому выражению, свидетельствовавшему о его уме, вкусе и превосходных манерах.

Беседа вскоре коснулась рыболовства, и она услышала, как мистер Дарси весьма любезным образом пригласил ее дядю во время их пребывания в Дербишире ловить рыбу в его имении. Одновременно он предложил снабдить его необходимыми снастями и показал наиболее удобные для ловли места. Миссис Гардинер, которая шла бок о бок с племянницей, бросила на нее изумленный взгляд. Элизабет промолчала, но чувствовала себя необыкновенно довольной. Такое внимание, очевидно, проявлялось ради нее одной. Все это, однако, крайне ее удивляло, так что она не переставала себя спрашивать: «Почему он так изменился? Чем это объясняется? Не может быть, чтобы это случилось из-за меня. Не может быть, чтобы ради меня он стал вести себя так учтиво! То, что я высказала ему тогда в Хансфорде, не могло повлиять на него так сильно! Не любит же он меня до сих пор?!»

В течение какого-то времени все шли в том же порядке: дамы — впереди, мужчины — в нескольких шагах сзади. Но после того как им пришлось спуститься к воде, чтобы взглянуть на какое-то занятное водяное растение, произошла некоторая перестановка. Миссис Гардинер, утомленная долгой прогулкой, почувствовала, что рука племянницы служит ей недостаточной опорой, и предпочла опереться на руку мужа. Мистер Дарси занял ее место рядом с Элизабет, и они двинулись дальше. После некоторого молчания Элизабет заговорила первая. Ей хотелось объяснить, насколько она была уверена в его отсутствии, когда решилась посетить Пемберли. Поэтому она высказала свое удивление его неожиданным приездом.

— Ваша домоправительница, — прибавила она, — утверждала с уверенностью, что вы не приедете раньше завтрашнего утра, и то же самое нам сказали перед выездом из Бейкуэлла. Сегодня вас здесь не ждали.

Дарси подтвердил, что приехал в самом деле неожиданно, и объяснил это необходимостью встретиться с управляющим до прибытия своих друзей.

— Они приедут завтра утром, — продолжал он. — И вы найдете среди них старых знакомых — мистера Бингли и его сестер.

Элизабет ответила легким кивком. Мысли ее мгновенно перенеслись к тому времени, когда имя Бингли было произнесено между ними в последний раз. И, насколько она могла судить по выражению лица мистера Дарси, он думал о том же.

— Среди них будет еще одна особа, — продолжал он после некоторой паузы, — которая самым искренним образом хотела бы с вами познакомиться. Позволите ли вы мне — или я прошу слишком многого — представить вам, пользуясь вашим визитом в Лэмтон, мою сестру?

Такая просьба не могла не вызвать ее удивления. Было трудно понять, чем она ее заслужила. Однако было ясно, что мисс Дарси могла захотеть с ней познакомиться только под влиянием брата. Так или иначе, Элизабет не видела в этом ничего дурного. И ей было радостно сознавать, что он не думает о ней плохо, несмотря на нанесенную ему обиду.

Теперь они шли молча, каждый глубоко погруженный в свои мысли. Состояние Элизабет нельзя было назвать приятным — об этом не могло быть и речи. Но она была польщена и тронута. Желание познакомить ее с мисс Дарси казалось особенно тонким комплиментом. Вскоре они намного опередили своих спутников. Когда они подошли к экипажу, мистер и миссис Гардинер отстали от них почти на четверть мили.

Дарси пригласил ее войти в дом, но она ответила, что не чувствует усталости, и оба остались стоять на лужайке. В подобных, располагающих к беседе обстоятельствах молчать было особенно неловко. Ей хотелось начать разговор, но любая возможная тема казалась запретной. Наконец, вспомнив, что в данный момент она является путешественницей, Элизабет упомянула о Мэтлоке и Давдейле, и они с большим увлечением начали обсуждать красоты Дербишира. Однако время и ее тетушка подвигались настолько медленно, что к концу этого tête-à-tête ей уже почти ничего не могло прийти в голову для поддержания разговора.

Когда Гардинеры наконец приблизились, он пригласил всех зайти в дом, чтобы немного закусить. Приглашение, однако, было отклонено, и они расстались самым любезным образом. Мистер Дарси помог обеим дамам сесть в экипаж, и, когда лошади тронулись, Элизабет увидела, как он медленно пошел по направлению к дому.

Мистер и миссис Гардинер не преминули высказать свои впечатления. Оба заявили, что мистер Дарси намного превзошел их ожидания.

— Он превосходно себя держит: по-настоящему учтиво и скромно, — сказал мистер Гардинер.

— Конечно, в нем есть некоторая величавость, но она скорее относится к его внешности и нисколько его не портит, — заметила миссис Гардинер. — И я готова согласиться с его домоправительницей, что, хотя некоторые люди и считают его гордецом, сама я этого совсем не почувствовала.

— Особенно меня удивило его гостеприимство. По отношению к нам он был не просто вежливым, но, я бы сказал, подчеркнуто внимательным. А ведь для подобного внимания у него не было никакого повода: его знакомство с Элизабет было самым поверхностным.

— Разумеется, Лиззи, он уступает Уикхему, — добавила тетушка. — Вернее, у него не такая привлекательная внешность, хотя он совсем недурен. Но почему ты нам описала его таким чудовищем?

Элизабет оправдывалась, как могла: она говорила, что он понравился ей гораздо больше, когда они встретились в Кенте, и что еще никогда он не казался ей столь приятным человеком, каким предстал перед ними в это утро.

— Возможно, он несколько взбалмошен, — заметил мистер Гардинер. — Этим вашим великим людям свойственна такая особенность. А потому я не собираюсь воспользоваться приглашением насчет рыбной ловли. Не то вдруг у него переменится настроение, и мне придется убираться восвояси.

Элизабет видела, что они совершенно не разобрались в его характере, но не сказала ни слова.

— Посмотрев на него, — продолжала миссис Гардинер, — я бы никогда не подумала, что он способен обойтись с кем-нибудь так жестоко, как обошелся с бедным Уикхемом. Он вовсе не кажется злодеем, напротив, когда он разговаривает, у него около рта видны такие добрые складки. В его внешности чувствуется какое-то достоинство, с которым никак не вяжется представление о жестокости. А как горячо расхваливала его характер почтенная женщина, показывавшая нам дом! Я иногда еле удерживала улыбку. Должно быть, он щедрый хозяин и в глазах прислуги благодаря этому выглядит добродетельным во всех отношениях.

Элизабет почувствовала необходимость как-то оправдать его обращение с Уикхемом. И, соблюдая предельную осторожность, она объяснила им, что, по полученным от его родных сведениям, отношения Дарси с этим молодым человеком могли быть истолкованы совсем по-другому. Характер первого оказывался при этом не столь испорченным, а второго — не столь безупречным, как им представлялось в Хартфордшире. В подтверждение она изложила подробности связывавшей их злосчастной истории, не сказав, от кого она о ней узнала, но заверив, что на достоверность полученных ею сведений можно положиться.

Миссис Гардинер была поражена и опечалена. Но так как в это время они уже въехали в городок, в котором она провела свою юность, ее слишком часто стали отвлекать от разговора приятные воспоминания. То и дело показывая мужу памятные для нее места, она уже была не в состоянии думать о чем-то другом. И, несмотря на усталость от утренней прогулки, они сразу после обеда снова покинули гостиницу, чтобы навестить старых друзей, с которыми так приятно было провести вечер после многолетней разлуки.

События дня слишком взволновали Элизабет, чтобы она могла уделить много внимания новым знакомствам. И на протяжении вечера она была поглощена своими мыслями, удивляясь дружескому тону мистера Дарси, а еще больше — его намерению познакомить с ней свою сестру.

Элизабет полагала, что мистер Дарси и его сестра навестят их на следующий день после приезда мисс Дарси. И она решила в первую половину этого дня не отлучаться надолго из гостиницы. Но ее расчет оказался неверным — визит состоялся в то же утро, когда мисс Дарси прибыла в Пемберли. Совершив прогулку по окрестностям вместе со своими новыми друзьями, Гардинеры и Элизабет вернулись в гостиницу, чтобы переодеться и затем пообедать в той же компании, когда их внимание привлек шум экипажа и они увидели в окно мужчину и молодую девушку, приближавшихся в открытой коляске. Элизабет сразу узнала ливреи, сообразила, кто находится в экипаже, и повергла дядюшку и тетушку в немалое изумление известием об ожидающей их чести. Гардинеры были в самом деле ошеломлены. А смущенный вид племянницы, так же как и сообщенная ею новость, вместе со всеми событиями предыдущего дня, заставили их по-новому взглянуть на все обстоятельства. И хотя прежде подобное предположение не могло бы у них даже возникнуть, в этот момент им стало ясно, что столь большое внимание со стороны таких особ не может объясняться иначе, как склонностью мистера Дарси к Элизабет. Пока эта только что зародившаяся догадка укрепилась в их сознании, смятение племянницы возросло еще больше. Она сама поражалась своей нервозности. Кроме других поводов для беспокойства, ее особенно тревожило, как бы мистер Дарси под действием своего увлечения не слишком перехвалил ее своей сестре. И, больше обычного горя желанием встретить гостей возможно приветливее, она справедливо опасалась, что всякая способность казаться приветливой может на этот раз ей изменить.

Не желая быть замеченной с улицы, она отошла от окна и постаралась успокоиться, прохаживаясь по комнате. Однако несколько брошенных на нее недоумевающих взглядов тетушки и дядюшки привели ее чувства в еще большее расстройство.

Мисс Дарси и ее брат вошли в комнату, и вызывавшее столько страхов знакомство наконец состоялось. Элизабет с изумлением обнаружила, что ее новая подруга смущена нисколько не меньше ее самой. За время своего пребывания в Лэмтоне она уже не раз слышала о чрезмерной гордости мисс Дарси. Однако несколько минут наблюдений убедили Элизабет в том, что эта молодая особа была просто чрезмерно застенчивой. Элизабет с трудом удавалось заставить ее произнести какое-нибудь слово, кроме едва слышных односложных ответов.

Мисс Дарси была высокого роста, намного выше Элизабет. Несмотря на свои шестнадцать лет, она уже вполне сформировалась и казалась женственной и мягкой. У нее были не такие правильные, как у ее брата, черты лица, но ее внешность и манеры свидетельствовали об уме, доброте и деликатности. Ожидавшая найти в ней такого же проницательного и неуязвимого наблюдателя человеческих нравов, как мистер Дарси, Элизабет с удовольствием отметила про себя, насколько брат и сестра были непохожи друг на друга.

Прошло короткое время после их появления, когда мистер Дарси сказал, что ее также собирается навестить мистер Бингли. И едва она успела выразить по этому поводу свое удовольствие и приготовиться к встрече нового гостя, как на лестнице послышались быстрые шаги, и через минуту он вошел в комнату. Гнев Элизабет против молодого человека давно прошел. Но если бы в ней и сохранилась малейшая доля этого гнева, она сразу бы исчезла при виде его непритворной радости от их встречи. Бингли горячо расспрашивал о здоровье ее родных, никого, правда, не называя по имени. При этом он держался и разговаривал с добродушием и сердечностью, которые отличали его при встречах в Хартфордшире.

У Гардинеров Бингли вызвал не меньший интерес, чем у Элизабет, — им давно хотелось его увидеть. И они смотрели на пришедших во все глаза. Недавно возникшее подозрение относительно склонности мистера Дарси к их племяннице побуждало их к внимательному, хотя и осторожному наблюдению за ними обоими. И это наблюдение вскоре убедило их, что по крайней мере у молодого человека сердце задето вполне серьезно. Чувства девицы еще оставляли некоторое сомнение, но восторженное преклонение перед ней ее кавалера казалось бесспорным.

Элизабет, в свою очередь, была чрезвычайно занята. Ей нужно было разобраться в мыслях гостей, привести в порядок свои собственные и постараться быть приятной присутствующим. И хотя больше всего она тревожилась о последнем, здесь успех ей был обеспечен особенно надежно благодаря расположению всех, кому она старалась понравиться. Бингли проявил полную готовность, Джорджиана — искреннее желание, а Дарси — самое твердое намерение вынести о ней благоприятное суждение.

При виде Бингли мысли Элизабет, естественно, обратились к Джейн. И она жаждала узнать, думает ли он о том же. Иногда ей казалось, что по сравнению с прежними временами он стал менее разговорчивым, и раз или два ей почудилось, будто он искал некое сходство в ее чертах. Но если все это и могло оставаться лишь плодом ее фантазии, она не могла ошибиться в оценке его отношения к мисс Дарси, которую ей когда-то описали как соперницу Джейн. С обеих сторон она не подметила ни одного взгляда, который бы говорил об их особом взаимном расположении. Нельзя было заметить ничего, что подтвердило бы надежды мисс Бингли, и вскоре она почувствовала себя совершенно спокойной по этому поводу. А две или три черточки в его поведении, замеченные ею прежде, чем они расстались, подсказали ее склонному к такому выводу воображению, что Бингли вспоминает о ее сестре не без нежности и охотно заговорил бы о ней, если бы у него хватило на это духу. Когда все остальные были увлечены беседой, Бингли с оттенком искренней грусти сказал:

— Сколько времени утекло с тех пор, как я имел удовольствие с вами встречаться! — И прежде чем она успела ответить, добавил: — Больше восьми месяцев! Ведь мы не виделись с двадцать шестого ноября — с того самого вечера, когда мы танцевали в Незерфилде!

Элизабет с радостью отметила про себя, как точно запомнил он эту дату. А немного погодя он улучил минуту и незаметно для других спросил, все ли ее сестры находятся в Лонгборне. Ни этот вопрос, ни предыдущее замечание сами по себе не содержали слишком многого, но им придавали значение лицо и манеры говорившего.

Ей редко удавалось взглянуть в сторону мистера Дарси. Но каждый раз, когда она могла бросить на него взор, она видела на его лице самое приветливое выражение. Во всем, что он говорил, ни в малейшей степени не чувствовалось высокомерия или заносчивости по отношению к его собеседникам. Это доказывало, что замеченное ею вчера улучшение его манер, даже если оно и было кратковременным, по крайней мере длится более одного дня. Наблюдая за тем, как он стремится расположить к себе и заслужить доброе мнение людей, всякое общение с которыми несколько месяцев тому назад считал бы для себя унизительным, видя, как он любезен не только по отношению к ней самой, но и к той самой ее родне, о которой рассуждал с таким откровенным презрением, и вспоминая их резкий разговор в Хансфорде, она отмечала в нем столь значительную, столь бросающуюся в глаза перемену, что чуть ли не выказывала открыто свое изумление. Даже в обществе своих дорогих друзей в Незерфилде или высокопоставленных родственников в Розингсе он еще никогда не был столь исполнен желания быть приятным своим собеседникам, не был так свободен от надменности и замкнутости. И это при том, что ему здесь вовсе не из-за чего было стараться, а самое знакомство с людьми, которым он сейчас уделял внимание, могло навлечь на него одни только упреки и насмешки со стороны незерфилдских и розингских дам!

Гости пробыли у них около получаса. Перед уходом мистер Дарси напомнил сестре, что они собирались пригласить мистера и миссис Гардинер и мисс Беннет на обед в Пемберли, прежде чем они покинут эти места. С некоторой неловкостью, объяснявшейся тем, что она еще не привыкла к роли хозяйки дома, мисс Дарси от души поддержала своего брата. Миссис Гардинер бросила взгляд на Элизабет, желая узнать, насколько ее племянница, к которой главным образом относилось приглашение, готова его принять. Но Элизабет в этот момент отвернулась. Такое нарочитое безразличие свидетельствовало скорее о ее смущении, нежели о том, что она хочет от приглашения уклониться. Поэтому, видя, что ее муж, который был в восторге от нового знакомства, смотрит на него благосклонно, она взяла на себя смелость условиться, что они приедут в Пемберли послезавтра.

Возможность еще раз встретиться с мисс Беннет, а также подольше побеседовать с ней о хартфордширских друзьях была принята Бингли с большой радостью. В представлении довольной этим Элизабет это означало, что он надеется поговорить с ней о Джейн. Последнее обстоятельство, как и некоторые другие, позволило ей после ухода гостей считать, что она провела истекшие полчаса не так уж плохо, хотя в их присутствии она едва ли испытывала удовольствие. Стремясь остаться одна и опасаясь расспросов и намеков со стороны дядюшки и тетушки, она пробыла с ними ровно столько, сколько требовалось, чтобы выслушать их доброжелательный отзыв о мистере Бингли, и убежала переодеваться.

Однако любопытство Гардинеров ей вовсе не угрожало. В их намерения не входило принуждать ее к откровенности. Было ясно, что их племянница гораздо ближе знакома с мистером Дарси, чем они могли предполагать. Нельзя было сомневаться, что он в нее серьезно влюблен. Но чем больше им хотелось узнать, тем меньше видели они оправданий для расспросов.

О мистере Дарси следовало теперь думать благоприятно. И в той мере, в какой позволяло их знакомство, они в самом деле не замечали за ним никаких недостатков. Их не могла не тронуть его любезность. И если бы, оценивая его характер, они могли, не считаясь с прочими мнениями, основываться только на собственных чувствах или на отзыве его домоправительницы, в составленном ими образе хартфордширское общество едва ли смогло бы узнать своего прежнего знакомца. Им хотелось верить миссис Рейнолдс. И они легко пришли к заключению, что свидетельство домоправительницы, знавшей своего патрона с четырехлетнего возраста и внушавшей достаточное доверие, отнюдь не стоило отвергать с излишней поспешностью. Сведения, которыми располагали их лэмтонские друзья, ничем существенным этого свидетельства не опровергали. Мистера Дарси могли упрекнуть только в гордости. Возможно, что гордость и в самом деле была ему свойственна. Но даже если бы это было не так, жители небольшого городка, в котором владелец поместья не имел близких друзей, вполне могли приписать ему этот недостаток. Вместе с тем его характеризовали как человека щедрого, оказывающего широкую помощь нуждающимся.

В отношении Уикхема путешественникам вскоре стало известно, что он пользовался здесь незавидной репутацией. И если истинную причину разлада Уикхема с сыном его покровителя истолковывали вкривь и вкось, все же не подлежало сомнению, что, покидая Дербишир, молодой человек оставил уйму долгов, которые позже были уплачены мистером Дарси.

Что касается Элизабет, то в этот вечер ее мысли были еще больше сосредоточены на Пемберли, чем в предыдущий. И хотя вечер тянулся, как ей казалось, весьма медленно, его все же не хватило на то, чтобы она успела определить свое отношение к одному из обитателей этого поместья. Более двух часов Элизабет не могла заснуть, стараясь привести свои мысли в порядок. Она явно не относилась к нему с ненавистью. Нет, ненависть исчезла несколько месяцев тому назад. И почти столько же времени она стыдилась того, что когда-то испытывала к нему предубеждение, которое принимала за ненависть. Невольно возникшее уважение к Дарси, вызванное признанием его положительных качеств, больше не противоречило ее чувствам. И оно приобрело более теплый оттенок благодаря его поведению в эти два дня, представившему его характер в еще более выгодном свете. Но громче всех голосов, громче уважения и одобрения в пользу Дарси в ее душе говорил еще один голос, к которому нельзя было не прислушаться. Это была благодарность. Благодарность не только за его прежнее чувство, но и за то, что он еще продолжал ее так сильно любить, простив ей злобные и несправедливые упреки, которые она высказала, отвергая его предложение. Дарси, который, по ее убеждению, должен был отвернуться от нее, как от лютого врага, постарался при этой случайной встрече сделать все возможное, чтобы сохранить их знакомство. Не позволяя себе подчеркивать свою склонность и избегая в поведении всякой вычурности, он стремился заслужить доброе мнение о себе ее родных и сблизить ее со своей сестрой. Подобная перемена в столь самолюбивом человеке вызывала не только удивление, но и чувство признательности, ибо она могла объясняться только любовью, горячей любовью. И эта любовь пробуждала в Элизабет ощущение пока неясное, ждущее своего развития, однако отнюдь не неприятное. Она уважала и ценила этого человека, была ему благодарна, искренне желала ему счастья. И ей только важно было понять, хочет ли она сама, чтобы его судьба оказалась связанной с ее собственной и будет ли она способствовать их общему счастью, если, используя имеющуюся у нее, как ей подсказывала интуиция, власть, заставит его вновь просить ее руки.

Между теткой и племянницей в тот же вечер было условлено, что исключительное внимание, которое оказала им мисс Дарси, навестив их в самое утро своего приезда в Пемберли, заслуживает, пусть даже не равной, ответной любезности. Было решено поэтому нанести ей визит в первой половине следующего дня. Итак, им предстояло туда поехать. Элизабет это было приятно, хотя едва ли она сама могла бы себе объяснить, чему же, собственно говоря, она радуется.

Мистер Гардинер покинул их вскоре после завтрака. Повторенное накануне приглашение половить в Пемберли рыбу требовало, чтобы он встретился там с некоторыми людьми, ожидавшими его около полудня.

Глава III

Хорошо зная, что неприязнь к ней мисс Бингли вызвана ревностью, Элизабет понимала, что эта особа будет в высшей степени раздосадована ее появлением в Пемберли. Было поэтому любопытно узнать, сможет ли она вести себя достаточно учтиво при возобновлении их знакомства.

По прибытии их пригласили в гостиную, выходившую окнами на север, в которой было приятно провести время в жаркие летние часы. Из окон открывался живописный вид на возвышавшиеся невдалеке лесистые холмы, а также прилегавшую к дому зеленую лужайку, на которой росли великолепные дубы и испанские каштаны.

В этой комнате они были приняты мисс Дарси, находившейся в обществе миссис Хёрст, мисс Бингли и дамы, вместе с которой она жила в Лондоне. Джорджиана встретила их очень любезно. Однако вследствие ее застенчивости и боязни совершить какой-нибудь промах в поведении Джорджианы чувствовалась скованность, которую люди, смотревшие на нее снизу вверх, легко могли приписать замкнутости и гордости. Миссис Гардинер и ее племянница поняли ее состояние и испытывали к ней сочувствие.

Миссис Хёрст и мисс Бингли приветствовали их только легкими поклонами. Когда все уселись, воцарилось обычное в таких случаях молчание. Его нарушила миссис Энсли, обходительная, приятного вида женщина, которая своей попыткой завязать беседу доказала, что она умеет себя вести лучше остальных обитательниц этого дома. В разговоре между нею и миссис Гардинер изредка участвовала и Элизабет. А выражение лица мисс Дарси свидетельствовало, что ей бы очень хотелось собраться с духом и тоже к нему присоединиться. И в минуты, когда она меньше всего боялась, что ее кто-нибудь услышит, она и в самом деле вставляла короткие фразы.

Элизабет вскоре заметила, что мисс Бингли пристально за ней наблюдает, особенно следя за каждым ее словом, обращенным к мисс Дарси. Несмотря на это, она все же постаралась бы побеседовать с Джорджианой, если бы сидела к ней поближе. Однако, будучи поглощена собственными мыслями, она была довольна, что ей не приходится много разговаривать. С каждой минутой можно было ждать появления мужчин. Ей хотелось и вместе с тем не хотелось, чтобы в их числе оказался хозяин дома, причем едва ли она могла бы определить, какое из двух желаний было сильнее. После того как они просидели так около пятнадцати минут, в течение которых Элизабет ни разу не слышала голоса мисс Бингли, последняя прервала ее размышления, осведомившись у нее о здоровье ее родных. Элизабет ответила столь же кратко и сдержанно, и мисс Бингли замолчала.

Некоторое разнообразие внесло появление слуги с холодным мясом, печеньем и превосходнейшими фруктами, такими разнообразными в эту пору года. Случилось это, правда, после того, как миссис Энсли сумела многозначительными взглядами и улыбками напомнить молодой хозяйке о ее обязанностях. Теперь для компании нашлось общее занятие, ибо, если не все могли между собой разговаривать, есть был способен каждый. И живописные пирамиды персиков, винограда и слив вскоре привлекли всех к столу.

Подобное времяпрепровождение давало Элизабет полную возможность разобраться, хочется ли ей, чтобы к их обществу присоединился мистер Дарси. И за минуту до его появления ей казалось, что она решила этот вопрос утвердительно. Тем не менее, когда он вошел, она сразу склонилась к противоположному выводу.

Мистер Дарси провел некоторое время в обществе мистера Гардинера, который вместе с двумя-тремя местными жителями ловил рыбу. Услышав от него, что его жена и племянница хотели нанести утренний визит Джорджиане, Дарси поспешил домой. Как только он появился, Элизабет вполне здраво рассудила, что ей следует держаться при нем свободно и непринужденно. Учитывая вызванное ими всеобщее подозрение и неусыпный надзор за каждым его шагом, решение это было безусловно правильным, хоть и нелегко выполнимым. Но ничье любопытство не обнаруживалось так явно, как любопытство, написанное на лице мисс Бингли, хотя она и таяла от улыбок каждый раз, когда заговаривала с Дарси или Элизабет. Ибо ревность не лишила ее надежд, и она ничуть не ослабила своего внимания к владельцу Пемберли. Мисс Дарси после его прихода старалась вступать в разговор несколько чаще, и Элизабет заметила явное стремление ее брата поближе познакомить ее с Джорджианой и содействовать их попыткам завязать беседу. Это не ускользнуло и от внимания мисс Бингли, которая со свойственной раздраженному человеку неосмотрительностью воспользовалась первым же случаем, чтобы насмешливо-любезным тоном спросить:

— Кстати, мисс Элайза, правда ли, что ***ширский полк в самом деле покинул Меритон? Для вашей семьи это было, наверно, подлинной трагедией!

В присутствии Дарси она не смела произнести фамилию Уикхем. Но Элизабет сразу поняла, что она намекала на него, и разнообразные воспоминания, связанные с этим именем, причинили ей некоторую досаду. Готовая дать отпор злостному выпаду, она тем не менее ответила на вопрос с достаточным безразличием. Невольно брошенный ею при этом взгляд позволил ей заметить, с каким вниманием посмотрел на нее покрасневший мистер Дарси и в каком смущении находилась не смевшая поднять глаза Джорджиана. Если бы мисс Бингли знала, какую боль она причиняет этим намеком своей любимой подруге, она, безусловно, остереглась бы его высказать. Но она хотела только уязвить Элизабет, намекнув ей о человеке, к которому она, по ее мнению, была неравнодушна. Рассчитывая вывести гостью из равновесия напоминанием о связанном с этим полком легкомысленном и глупом поведении ее родных, она надеялась повредить Элизабет в глазах Дарси. О готовившемся побеге мисс Дарси она не имела понятия — об этом не знал никто, кроме Элизабет. От семьи Бингли это происшествие скрывалось особенно тщательно из-за тех самых намерений мистера Дарси, которые заподозрила у него Элизабет и при осуществлении которых родня Бингли могла стать родней Джорджианы. У Дарси в самом деле когда-то существовал подобный план и, не объясняя этим планом стремление разлучить Бингли и Джейн, можно было допустить, что он все же усилил его живой интерес к благополучию друга.

Умение Элизабет владеть собой вскоре рассеяло его беспокойство. И, так как раздосадованная и разочарованная мисс Бингли не посмела напомнить об Уикхеме более прямым образом, Джорджиана со временем также пришла в себя, хотя и не настолько, чтобы снова принять участие в беседе. Мистер Дарси, с которым она боялась встретиться взглядом, едва ли заметил ее переживания. А повод, который должен был по замыслу мисс Бингли оттолкнуть его от Элизабет, по-видимому, напротив, заставил его думать о ней еще более благосклонно.

Вскоре после упомянутых вопроса и ответа гости уехали. И, пока мистер Дарси провожал их до экипажа, Кэролайн изливала свои чувства, обсуждая внешность, поведение и платье Элизабет Беннет. Джорджиана, однако, к ней не присоединилась. Рекомендации брата было достаточно, чтобы обеспечить любому человеку ее расположение. Его суждение не могло быть ошибочным, а он отзывался об Элизабет с такой теплотой, что Джорджиана не могла не находить ее красивой и милой. Когда он вернулся в гостиную, мисс Бингли не удержалась от того, чтобы не повторить некоторые свои замечания по адресу Элизабет, которые она только что высказывала его сестре.

— Как плохо выглядела сегодня Элайза Беннет, не правда ли, мистер Дарси? — воскликнула Кэролайн. — Я в жизни не видела, чтобы кто-нибудь так изменился за полгода! Она ужасно погрубела и подурнела! Мы с Луизой считаем, что, попадись она где-нибудь нам на улице, мы бы ее просто не узнали!

Хотя эти рассуждения отнюдь не понравились мистеру Дарси, он ограничился лишь сдержанным ответом, сказав, что не заметил в лице Элизабет никаких перемен, кроме загара — естественного следствия путешествия в летнюю пору.

— Что касается меня, — добавила мисс Бингли, — я, признаюсь, никогда не замечала в ней ничего привлекательного. Лицо у нее слишком узкое, кожа темная, а черты самые невзрачные. Ну какой у нее нос? Ни лепки, ни выразительности. Губы терпимые, но такие заурядные. А в ее глазах — кто-то однажды даже назвал их очаровательными? — я никогда не находила ничего особенного. Их едкий, пронизывающий взгляд вызывает у меня отвращение. Во всем ее облике столько простонародного самодовольства, с которым невозможно примириться!

Так как мисс Бингли знала, что Элизабет нравится мистеру Дарси, она могла бы сообразить, что высказывания подобного рода едва ли откроют ей кратчайший путь к его сердцу. Но рассерженные люди не всегда руководствуются здравым смыслом. И выражение досады на его лице было единственным следствием ее маневров. Тем не менее Дарси хранил молчание. Стремясь вызвать его на разговор, она продолжала:

— Помнится, когда мы впервые встретились с ней в Хартфордшире, всех нас крайне удивило, что она прослыла красоткой. Мне врезались в память слова, сказанные вами после того, как Беннеты обедали у нас в Незерфилде: «Это она-то красотка? Я бы скорее назвал ее мамашу душой общества!» Впоследствии, правда, ей, кажется, удалось снискать ваше расположение — одно время вы даже находили ее хорошенькой.

— О да, — выйдя из себя, ответил Дарси. — Это было в самом начале нашего знакомства. Но прошло уже много месяцев, как я стал видеть в ней одну из самых прелестных женщин, которых мне приходилось встречать.

С этими словами он вышел, предоставив мисс Бингли удовольствоваться вырванным признанием, которое ранило только ее одну.

На обратном пути миссис Гардинер и Элизабет обсудили все подробности визита, не коснувшись только того, что интересовало обеих на самом деле. Они затронули внешность и поведение всех присутствовавших, кроме человека, который больше всего привлекал их внимание, — говорили о его сестре, его друзьях, его доме, его угощении — обо всем, кроме него самого. А между тем Элизабет очень хотелось услышать мнение своей тетки о мистере Дарси, а та была бы крайне обрадована, если бы ее племянница решилась о нем упомянуть.

Глава IV

Элизабет почувствовала сильное разочарование, не найдя по приезде в Лэмтон письма от Джейн. То же повторилось на второй и третий день их пребывания в этом городке. Но на утро четвертого дня ее огорчениям пришел конец, и сестра ее была полностью оправдана. Для Элизабет одновременно пришли два письма, из которых одно имело штемпель, свидетельствовавший, что его послали по неверной дороге. Этому не следовало удивляться, так как почерк Джейн на конверте был чрезвычайно неразборчив.

Письма были принесены как раз тогда, когда Гардинеры приглашали ее на прогулку. Теперь они решили пойти вдвоем, предоставив ей возможность насладиться чтением в одиночестве. Прежде всего следовало прочесть заблудившееся письмо, отправленное еще пять дней тому назад. Начало его состояло из обычных сведений о визитах, небольших вечеринках и тому подобных новостях провинциальной жизни. Вторая половина, датированная следующим днем, касалась значительно более важного события и была написана с явной поспешностью. В ней заключалось следующее сообщение:

«Начало этого письма уже было написано, дорогая Лиззи, когда случилось неожиданное и очень серьезное происшествие. Но мне не хотелось бы тебя пугать, — пожалуйста, не волнуйся, — мы все здоровы. Новость, которую я должна тебе сообщить, касается бедной Лидии. Письмо с нарочным, прибывшим из Лондона от полковника Форстера вчера в полночь, когда все уже укладывались спать, известило нас, что Лидия уехала в Шотландию вместе с одним из офицеров — короче говоря, с Уикхемом! Представь себе наше изумление. Впрочем, для Китти эта новость не была столь неожиданной. Я очень, очень огорчена. Такой неблагоразумный брак для обоих! Но я надеюсь на лучшее, — быть может, об этом молодом человеке судят неправильно. В его безрассудство и легкомыслие я готова поверить. Но теперешний его поступок (и нам следует этому радоваться!) отнюдь не порочит его сердца. По крайней мере, в его выборе нет расчета — он же знает, что отец не может дать за ней ровно ничего. Бедная мама просто в отчаянии. Папа держится несколько лучше. Как хорошо мы сделали, скрыв от них то, что нам про него рассказывали! Мы и сами должны об этом теперь забыть. Предполагается, что они выехали в субботу около полуночи, но их отсутствие заметили только вчера в восемь часов утра. Нарочный был послан немедленно. Лиззи, дорогая, они должны были проехать всего в десяти милях от нашего дома! Судя по письму, мы надеемся, что полковник Форстер скоро будет здесь. Лидия оставила несколько строк его жене, сообщив ей об их намерении. Больше писать не могу — бедная мама не в состоянии долго оставаться одна. Боюсь, тебе трудно будет во всем разобраться — я даже сама не знаю, что написала».

Не оставляя времени для раздумий и едва отдавая себе отчет в своих чувствах, Элизабет, закончив это письмо, сразу схватила второе и, распечатав его с крайним нетерпением, прочла следующие строки (письмо было написано на другой день после предыдущего):

«К этому моменту, дорогая сестра, ты уже должна была получить мое написанное наспех вчерашнее сообщение. Хотелось бы, чтобы новое письмо оказалось более вразумительным. Но, хотя сейчас я уже не столь стеснена во времени, в моей голове такой сумбур, что я не могу быть уверена, все ли в нем будет понятно. Лиззи, миленькая, я даже не знаю, как мне об этом написать, но у меня для тебя плохие вести, и я должна сообщить их тебе как можно скорее. Как бы ни был неразумен брак между мистером Уикхемом и нашей бедной Лидией, мы теперь больше всего хотели бы убедиться, что он состоялся. Ибо имеется слишком много оснований подозревать, что они вовсе не уехали в Шотландию. Вчера к нам прибыл полковник Форстер, который покинул Брайтон накануне, через несколько часов после отъезда нарочного. Из короткого письма Лидии к миссис Ф., казалось бы, следовало, что они отправились в Гретна-Грин. Однако мистер Денни выразил кому-то свое убеждение, что У. совсем туда и не собирался и вообще не думал жениться на Лидии. Это передали полковнику Ф., который, тут же подняв тревогу, помчался из Б., с тем чтобы разузнать, каким путем они ехали. Он легко проследил их путь до Клэпхема, но потом след потерялся, так как, прибыв туда, они сошли с почтовой кареты, везшей их от Эпсома, и наняли извозчика. Дальше известно только, что они продолжали свой путь по лондонской дороге. Просто не знаю, что и подумать. Наведя всевозможные справки по эту сторону Лондона, полковник Ф. прибыл в Хартфордшир, настойчиво продолжая расспросы у каждого шлагбаума и в гостиницах Барнета и Хэтфилда, но так ничего и не добился — беглецов, которых он разыскивал, никто не видел. Глубоко опечаленный, он прибыл в Лонгборн и поделился с нами своими опасениями. Это делает честь его сердцу. Мне так искренне жаль его и миссис Ф., — их решительно не в чем упрекнуть. Мы все, дорогая Лиззи, в очень большом расстройстве. Мама и папа боятся самого худшего, но я не могу подумать об У. так плохо. У них могло быть множество причин для того, чтобы предпочесть первоначальному плану тайную женитьбу в Лондоне. И даже если допустить, что недостойный замысел в отношении девушки из порядочной семьи мог возникнуть у молодого человека, можно ли думать, что она сама потеряла голову в такой степени? Просто невероятно! К моему огорчению, полковник Ф. не очень склонен верить в то, что они обвенчались. Когда я поделилась с ним своими надеждами, он покачал головой и высказал сомнение в том, что У. — человек, на которого можно положиться. Бедная мама теперь в самом деле больна и не выходит из комнаты. Ей стало бы легче, если бы она взяла себя в руки, но этого трудно ожидать. Что касается папы, то мне еще не приходилось видеть его таким удрученным. На бедную Китти сердятся за то, что она скрыла привязанность Лидии. Но поскольку ей сообщили об этом доверительно, могла ли она поступить по-другому? Я искренне рада, дорогая Лиззи, что тебе не пришлось присутствовать при этих ужасных сценах. Но сейчас, когда первое потрясение уже прошло, должна ли я признаться, насколько я жажду твоего возвращения? Однако я не так уж эгоистична, чтобы настаивать, если это окажется затруднительным. Adieu.

Я снова взялась за перо, чтобы обратиться с просьбой, от которой двумя строчками выше обещала воздержаться. Но обстоятельства таковы, что я вынуждена умолять всех вас приехать как можно скорее. Я настолько хорошо знаю наших дорогих дядю и тетю, чтобы не бояться сказать им об этом, причем к дяде у меня есть и особая просьба. Папа сию минуту уезжает с полковником Форстером в Лондон, чтобы попытаться там найти Лидию. Каким образом он собирается это сделать, мне решительно неизвестно. Но его угнетенное душевное состояние не позволит ему предпринять достаточно осторожные и разумные действия, а полковник Форстер обязан завтра вечером вернуться в Брайтон. В таком крайнем положении дядины советы и помощь могли бы оказаться спасительными. Он сразу поймет мои переживания, и я полагаюсь на его отзывчивость».

— Но где же, где же мне найти дядю?! — вскочив с места, воскликнула Элизабет, как только дочитала письмо.

Ей хотелось немедленно, не теряя драгоценных минут, броситься за мистером Гардинером. Но когда она добежала до порога, дверь распахнулась и слуга пропустил в комнату мистера Дарси. Увидев, как она побледнела и как стремительно кинулась ему навстречу, он растерялся. И прежде чем он привел мысли в порядок, чтобы что-то оказать, Элизабет, в сознании которой решительно все было заслонено судьбой Лидии, поспешно проговорила:

— Извините меня, я вынуждена вас покинуть. Мне сейчас же надо найти мистера Гардинера по неотложному делу. Нельзя терять ни секунды.

— Боже мой, что случилось? — вскричал он скорее участливо, нежели сообразуясь с правилами приличия. Однако, тут же взяв себя в руки, добавил: — Конечно, я не смею вас задерживать. Но разрешите отыскать мистера и миссис Гардинер мне или кому-нибудь из слуг. Вам может стать дурно, вы не в состоянии сами пойти на поиски.

Элизабет хотела было настоять на своем, но, почувствовав слабость в ногах, поняла, что едва ли способна догнать Гардинеров. Поэтому, снова позвав слугу, она, с трудом выговаривая от волнения слова, поручила ему разыскать хозяина и хозяйку и попросить их немедленно вернуться в гостиницу.

Когда слуга вышел, Элизабет, будучи не в силах стоять на ногах, опустилась в кресло. При этом вид у нее был такой больной, что Дарси счел невозможным ее покинуть и не мог удержаться от выражения участия и заботы:

— Может быть, позвать горничную? Вам надо выпить чего-нибудь подкрепляющего. Стакан вина, например, — позвольте, я вам налью? Вам очень нездоровится!

— Нет, нет, благодарю вас, — ответила она, стараясь сдержать свое волнение. — Со мной ничего не случилось. Я совершенно здорова. Меня лишь расстроило только что полученное злосчастное известие из Лонгборна.

При этом она разразилась рыданиями и в течение нескольких минут была не в силах что-нибудь сказать. Дарси в растерянности мог только пробормотать невразумительные слова сочувствия и молча смотрел на нее с жалостью. В конце концов она снова заговорила:

— Я только что получила письмо от Джейн с огорчительной новостью. Она станет известна всем. Моя младшая сестра покинула друзей — сбежала, — оказалась во власти мистера... мистера Уикхема. Они вместе уехали из Брайтона. Вы достаточно знаете этого человека, чтобы понимать, что это означает. У нее нет ни денег, ни связей — ровно ничего, чем она могла бы его удержать, — она погибла.

Дарси оцепенел от изумления.

— Страшно подумать, — продолжала она еще более взволнованно, — ведь мне это было так просто предупредить. Я, которая так хорошо знала, что он собой представляет! Достаточно было рассказать моим близким совсем немного из того, что мне стало известно. Этого бы не случилось, если бы все знали, что он за человек. Но теперь уже ничего, ничего нельзя поделать!

— Какой ужас! — воскликнул Дарси. — Я в самом деле глубоко огорчен. Но уверены ли вы, что все произошло так, как вы рассказываете? Достоверно ли это известие?

— Увы, да! Они выехали вдвоем из Брайтона в ночь под воскресенье. Их путь удалось проследить до самого Лондона, но дальше он затерялся. То, что они не поехали в Шотландию, очевидно.

— Но что же предпринято? Пытались ли ее хоть как-то вернуть?

— Отец выехал в Лондон. Джейн просит в письме, чтобы дядя поспешил ему на помощь. Через полчаса мы, наверно, будем в пути. Но ничего не получится. Я хорошо понимаю, что теперь уже ничего не получится. Разве на такого человека можно воздействовать? Каким образом удастся их хотя бы найти? Я ни на что не надеюсь. Все просто ужасно!

Дарси молча наклонил голову, выражая согласие.

— А ведь мне на него открыли глаза! Если бы я тогда знала, что́ я *могла*, нет, что я была *обязана* предпринять! Но я не понимала — боялась зайти слишком далеко. Страшная, непоправимая ошибка!

Дарси ничего не ответил. Возможно, что, прохаживаясь по комнате, погруженный в печальные размышления, он даже не слышал ее слов. На лбу его прорезались глубокие морщины, он был мрачен. Элизабет вскоре обратила на него внимание и сейчас же все поняла. Ее власть над ним кончилась. Все должно было кончиться при таком семейном позоре, при столь явном свидетельстве глубочайшего бесчестия. Ей нечему было удивляться, не в чем его упрекнуть. Но мысль о том, что ему удалось преодолеть свое чувство, ничуть не облегчила ее душевной муки, не ослабила ее горя. Напротив, она как будто явилась тем толчком, который был необходим, чтобы раскрыть ей глаза на собственное сердце. И еще никогда она не сознавала с такой отчетливостью, насколько сильно она могла бы его полюбить, как именно сейчас, в ту самую минуту, когда ни о какой любви между ними больше не могло быть и речи. И все же, хотя мысли о самой себе и промелькнули в ее сознании, они не могли завладеть им надолго. Унижение, горе, которые всем причинила Лидия, быстро оттеснили все другие переживания. Уткнувшись лицом в платок, Элизабет вскоре забыла обо всем остальном. И только после нескольких минут молчания она вновь стала воспринимать окружающее, прислушавшись к голосу своего собеседника, в словах которого одновременно с участием ощущалось и некоторое замешательство.

— Вы, должно быть, давно ждете моего ухода. Мне нечем оправдать свою медлительность, разве лишь искренним, хоть и бесплодным сочувствием. Боже, если бы только я мог что-то сделать или высказать для смягчения вашего горя! Но для чего надоедать вам пустыми пожеланиями, как будто добиваясь благодарности?.. Боюсь, это печальное событие лишит мою сестру удовольствия видеть вас сегодня в Пемберли?

— О да! Будьте добры извиниться за нас перед мисс Дарси. Скажите ей, что срочное дело потребовало нашего немедленного возвращения. Скрывайте от нее ужасную правду, пока будет возможно. Я понимаю, это продлится недолго.

Он с готовностью обещал блюсти тайну, еще раз выразил ей сочувствие, понадеялся, что все обернется не так плохо, как можно было пока ожидать, и, попросив передать поклон ее родным, удалился, бросив на нее прощальный пристальный взгляд.

Когда он вышел, у Элизабет мелькнула мысль, что они вряд ли когда-нибудь встретятся с той сердечностью, которая отличала их встречи в Дербишире. И, оглянувшись назад на все их знакомство, полное перемен и противоречий, она вздохнула по поводу изменчивости душевных стремлений, которые сейчас были направлены на то, чтобы это знакомство сохранить, а еще недавно — на то, чтобы как можно скорее с ним покончить.

Если уважение и признательность — подходящая почва для сердечной привязанности, то перемена чувств Элизабет не должна казаться невероятной или фальшивой. Но если, напротив, склонность, возникающую на такой основе, считать надуманной или неестественной — в противоположность увлечению, которое якобы так часто рождается с первого взгляда, еще до первых слов, сказанных друг другу будущими влюбленными, — то перемену чувств Элизабет можно оправдать только тем, что у нее уже был небольшой опыт романтической привязанности к Уикхему и что бесславный конец этой привязанности мог подсказать ей иной, менее трогательный путь поисков друга сердца. Как бы то ни было, разлука с Дарси навела ее на грустные размышления. И когда ей пришло в голову, что эта разлука является одним из первых печальных последствий позора ее сестры, боль в ее душе, вызванная поступком Лидии, обострилась еще сильнее. После второго письма Джейн она ни на миг не допускала мысли, что Уикхем может жениться на Лидии. Никто, кроме Джейн, не стал бы, по ее мнению, утешать себя подобной надеждой. Ход событий выглядел достаточно ясным. До тех пор пока она знала содержание лишь первого письма, она недоумевала, как это Уикхем вздумал жениться на девушке, за которой не получал ни гроша. Ей казалось непостижимым, что Лидии удалось привязать его к себе. Но теперь все стало на свои места. Для приключения подобного рода она была достаточно привлекательной. И хотя Элизабет не предполагала, что ее сестра сознательно решилась на побег, не имея в виду замужества, ей нетрудно было поверить, что ни добродетель, ни здравый смысл не помешают Лидии стать легкой жертвой своего соблазнителя.

Пока полк стоял в Хартфордшире, Элизабет не замечала, чтобы Лидия проявляла к Уикхему особую склонность. Но она отлично знала, что сестре достаточно самого небольшого поощрения, чтобы броситься на шею кому угодно. Ее избранниками бывали то один, то другой офицер, по мере того как оказанное ей каждым из них внимание поднимало его в ее глазах. Привязанности ее непрерывно менялись, но сердце никогда не оставалось свободным. И этой девчонке было оказано доверие и позволено жить без необходимого присмотра! О, как болезненно отзывалась теперь эта мысль в ее душе!

Она жаждала скорее вернуться домой, чтобы самой все слышать и видеть, во всем принимать участие и делить с Джейн все заботы, обрушившиеся теперь в их расстроенном доме на нее одну, так как мистер Беннет отсутствовал, а мать была неспособна вести хозяйство и сама нуждалась в постоянном уходе. Уверенная, что для Лидии ничего уже нельзя сделать, она все же придавала огромное значение вмешательству мистера Гардинера. Поэтому до тех пор, пока он не вошел в комнату, она жестоко страдала от нетерпения. Мистер и миссис Гардинер поспешно вернулись, встревоженные сообщением слуги о внезапной болезни племянницы. Заверив их в том, что она чувствует себя вполне здоровой, Элизабет тотчас же сообщила им причину поднятой ею тревоги, прочитав оба письма вслух и с особым волнением подчеркнув приписку в конце второго письма. Хотя Лидия никогда не была любимицей Гардинеров, их не могло не опечалить полученное известие. Событие наносило ущерб не только ей одной, но решительно всей семье. Поэтому после первых возгласов удивления и негодования мистер Гардинер выразил полную готовность оказать посильную помощь. И хотя Элизабет и не ожидала от него другого ответа, она все же поблагодарила его со слезами на глазах. Охваченные единым порывом, они тотчас же условились обо всем, что касалось поездки. Они должны были отправиться как можно скорее.

— Но что же нам делать с Пемберли! — воскликнула миссис Гардинер. — Джон сказал нам, что мистер Дарси был здесь, когда ты его послала за нами. Это правда?

— Да. И я предупредила его, что мы к ним не сможем приехать. Об этом можно не беспокоиться.

— Можно не беспокоиться? — повторила миссис Гардинер, когда Элизабет убежала к себе собирать вещи. — Неужели отношения между ними позволили ей все ему рассказать? Как бы хотелось мне узнать правду!

Желание это было несбыточным. Оно в лучшем случае могло занять ее ум во время суматошных сборов к отъезду. Если бы Элизабет могла себе позволить быть праздной, она из-за перенесенного удара, несомненно, испытывала бы полное изнеможение. Но ей, как и ее тетке, нужно было еще покончить со множеством дел, в том числе написать друзьям в Лэмтоне, сообщив выдуманную причину внезапного отъезда. Уже через час, однако, все было готово. Мистер Гардинер тем временем заплатил по счету в гостинице, и они могли отправляться. После всех огорчений, пережитых в это утро, и гораздо раньше, чем она предполагала, Элизабет наконец сидела в экипаже, мчавшемся по дороге в Лонгборн.

Глава V

— Я снова все хорошо обдумал, — обратился к Элизабет мистер Гардинер, когда они выехали из городка, — и, рассудив как следует, пожалуй, готов согласиться с Джейн. Мне кажется неправдоподобным, чтобы офицер мог позволить себе столь гнусный поступок в отношении девушки, отнюдь не беззащитной и одинокой, гостившей к тому же в семье его полкового командира. Поэтому я склонен надеяться на лучшее. Не мог же Уикхем полагать, что за нее не вступятся ее друзья? И мог ли он надеяться остаться в полку после того, как нанес такое оскорбление полковнику Форстеру? Соблазн был несоразмерен с риском.

— Вам в самом деле так кажется? — с проблеском надежды спросила Элизабет.

— Честное слово, — сказала миссис Гардинер, — я тоже начинаю склоняться к такому мнению. Слишком это противоречило бы порядочности, чувству чести и его собственной выгоде, чтобы считать Уикхема виновным в подобном поступке. Я не могу о нем думать так плохо. И неужели, Лиззи, он настолько упал в твоих глазах, что ты сама считаешь его на это способным?

— Что касается пренебрежения собственной выгодой — пожалуй, нет. Но всем другим он, по-моему, вполне может пренебречь. Хотелось бы, конечно, чтобы вы были правы! Но, увы, я не смею на это надеяться. В противном случае как объяснить, что они не поехали в Шотландию?

— Прежде всего, — ответил мистер Гардинер, — еще не доказано, что они туда не поехали.

— Да, но их пересадка с почтовой кареты на извозчика кажется весьма подозрительной. К тому же они не оставили никаких следов на барнетской дороге.

— Ну что ж, будем считать, что они в Лондоне. Помимо других причин, они могли заехать туда хотя бы ради того, чтобы избавиться от преследования. У них, должно быть, не слишком много денег. Поэтому разве они не могли подумать о возможности более дешевого, хотя и не столь скорого бракосочетания в городе?

— Но зачем же такая скрытность? Почему они боятся, что их найдут? Для чего тайная женитьба? Нет, нет, мне в это не верится. Его ближайший приятель, судя по письму Джейн, убежден, что он даже не собирался на ней жениться. Уикхем не женится на бесприданнице. Такой роскоши он себе не позволит. И что мог он найти в Лидии? Чем она прельстила его, кроме молодости, здоровья и беспечного нрава, чтобы он пожертвовал ради нее возможностью поправить с помощью женитьбы свои дела? Мне трудно судить, насколько его должна была сдерживать боязнь опозорить военный мундир, ибо я не знаю, к каким это приводит последствиям. Но что касается вашего второго довода, то он не кажется мне убедительным. У Лидии нет братьев, которые могли бы за нее заступиться. А поведение мистера Беннета, его невозмутимость и равнодушие к семейным делам вполне позволяли Уикхему считать, что

с его стороны следует ожидать наименьшего вмешательства, какое только возможно в подобном случае.

— Но разве, по-твоему, Лидия могла забыть все,
кроме своего увлечения, и согласиться на совмест-
ную жизнь, даже не став его законной женой?

— Можно подозревать, и это ужаснее всего, — ответила Элизабет с глазами, полными слез, — что
взгляды сестры на добродетель и мораль отличаются
от общепринятых. Мне трудно выразить мою мысль.
Может быть, я к ней несправедлива. Но она еще так
молода. Ее никогда не учили думать о серьезных вещах. А последние полгода — нет, уже год — она не занята ничем, кроме развлечений и суеты. Ей разрешалось жить праздно и легкомысленно и усваивать любые вздорные взгляды, которые она подхватывала где
угодно. С тех пор как ***ширский полк расположился
в Меритоне, у нее в голове только любовь, ухаживания и офицеры. Раздумывая и болтая об этом, она делала все возможное, чтобы развить в себе наиболь-
шую — как бы это получше выразиться — восприим-
чивость, которая у нее и без того далеко не вялая от
природы. А зная умение Уикхема очаровывать своей
внешностью и обращением, мы все понимаем, насколько ему легко вскружить женщине голову.

— Да, но ведь Джейн, — заметила ее тетка, — не
считает Уикхема настолько плохим человеком, чтобы он был способен соблазнить Лидию.

— О ком Джейн когда-нибудь думала плохо?
И найдется ли человек, как бы скверно он себя ни
зарекомендовал в прошлом, которого она сочла бы
способным соблазнить женщину, не получив доказательств его преступления? Но Джейн знает не хуже
меня, что представляет собой Уикхем на самом деле.
Нам обеим известно, что он негодяй в полном смысле этого слова. Что у него нет ни чести ни совести.
Что его лживость и неискренность не уступают его
вкрадчивости.

— И все это тебе на самом деле известно? — воскликнула миссис Гардинер с вновь пробудившимся любопытством по поводу ее осведомленности.

— Да, я в этом совершенно уверена, — покраснев, сказала Элизабет. — Я уже как-то вам говорила, как низко он поступил по отношению к мистеру Дарси. И вы сами слышали в Лонгборне, что он рассказывал о человеке, проявившем по отношению к нему столько великодушия и терпимости. Но до меня дошли и другие сведения, которых я не вправе... нет, о которых пока что не стоит рассказывать. Клевета, возводимая им на семейство Дарси, не имеет предела. Из того, что он рассказывал мне о мисс Дарси, я представляла ее себе высокомерной, замкнутой и неприятной особой. А ему было известно, что она вовсе не такая. Он должен был знать, что она именно та приветливая и непосредственная девушка, какой мы увидели ее при нашей встрече.

— Но неужели все это ускользнуло от Лидии? Могла ли она совсем не знать того, что Джейн и тебе известно во всех подробностях?

— Увы, да! Именно это и терзает меня сильнее всего. До моего визита в Кент, где я близко познакомилась с мистером Дарси и его родственником, полковником Фицуильямом, я сама ничего не знала. А домой я вернулась перед тем, как ***ширский полк должен был покинуть Меритон. Мы не сочли нужным опровергать перед его уходом сложившееся в наших краях хорошее мнение об Уикхеме. А потому ни я, ни Джейн, которая услышала обо всем от меня, ничего никому не рассказали. Даже когда было решено, что Лидия поедет с миссис Форстер, я не подумала о необходимости раскрыть ей глаза. Мне не приходило в голову, что он способен ее обмануть. А того, что произошло, можете мне поверить, я даже и вообразить не могла.

— Значит, когда они уезжали в Брайтон, у тебя не было причин считать, что они друг к другу неравнодушны?

— Ни малейших. Я не могу припомнить хоть каких-нибудь знаков взаимной симпатии. А вы ведь знаете, если бы что-нибудь можно было заметить, в нашей семье этого бы не проглядели. Когда он поступил в полк, она и впрямь готова была в него влюбиться. Впрочем, тогда мы все были на это способны. Любая девчонка в Меритоне или его окрестностях в течение первых двух месяцев была без ума от Уикхема. Но он совершенно не замечал Лидии. И после нескольких недель безумного увлечения она мало-помалу выбросила его из головы, и ее избранниками снова стали другие офицеры, которые уделяли ей больше внимания.

Разговоры на эту интересную тему, естественно, не добавляли чего-нибудь нового к их страхам, надеждам и предположениям. Однако на всем пути они почти не прекращались. Элизабет была неспособна сосредоточиться на чем-то другом. Она жестоко страдала от сознания допущенной ею ошибки и не находила ни минуты забвения или покоя.

Путешественники двигались с предельной скоростью и, проведя ночь в дороге, прибыли в Лонгборн на следующий день к обеду. Мысль, что Джейн не придется долго ждать их приезда, была для Элизабет в пути единственным утешением.

При въезде в усадьбу они заметили на крыльце маленьких Гардинеров, привлеченных видом кареты. Когда карета подъехала, лица детей озарились восторгом — дети выразили его даже своими фигурками, посредством всевозможных скачков и ужимок, — который явился приятным прологом встречи с домашним очагом.

Элизабет выпрыгнула из кареты и, перецеловав детей, ринулась в холл, где ее встретила Джейн, которая бегом спустилась из комнаты матери. У обеих глаза были полны слез. Сестры горячо обнялись, и младшая сразу спросила у старшей, получены ли какие-нибудь известия о беглецах.

— Еще нет, — ответила Джейн. — Но теперь, когда наш дорогой дядя приехал, я надеюсь, все будет хорошо.

— Папа в Лондоне?

— Да, он уехал во вторник, как я тебе сообщала.

— От него есть письма?

— Пока только одно. В среду он прислал несколько строк. Сообщил, что прибыл благополучно, и сделал распоряжения, о которых я его просила. В конце говорилось, что пока не появится что-нибудь заслуживающее упоминания, он писать не станет.

— А мама? Как она? Как вы все?

— Кажется, маме немного лучше. У нее ужасно расстроены нервы. Она наверху у себя и будет счастлива всех увидеть. Пока что она не выходит дальше гардеробной комнаты. А Мэри и Китти, слава богу, здоровы.

— Ну, а как себя чувствуешь ты? — воскликнула Элизабет. — Ты побледнела. Сколько же тебе, бедняжке, за это время пришлось пережить!

Джейн, однако, уверила ее, что чувствует себя вполне хорошо. Разговор сестер, продолжавшийся, пока Гардинеры были заняты детьми, был прерван приходом всего их семейства. Джейн по очереди обнялась с дядюшкой и тетушкой, встречая и благодаря их с улыбкой и со слезами на глазах.

Когда все собрались в гостиной, вопросы, заданные Элизабет, были, разумеется, повторены Гардинерами, и вскоре оказалось, что Джейн не может сообщить почти ничего нового. Тем не менее она продолжала питать свойственные ее сердцу радужные надежды. Она по-прежнему верила, что все кончится благополучно и что в любой день можно ждать письма от Лидии или от отца с объяснением действий беглецов и, быть может, известием об их бракосочетании.

Миссис Беннет, в чью комнату они перешли после нескольких минут разговора в гостиной, встретила их так, как они и ожидали: слезами и жалобами на свою горькую участь, бранью по поводу мерзкого поступка Уикхема, причитаниями о собственных муках и упреками в адрес решительно всех, кроме единственной особы, которая своей неразумной терпимостью больше всего потакала легкомыслию дочери.

— Если бы я смогла настоять, чтобы все мы поехали в Брайтон, — сказала она, — ничего бы не случилось. О бедной Лидии некому было позаботиться. Разве Форстеры не должны были все время держать ее у себя на глазах? Они допустили, поверьте, вопиющую небрежность, если не что-нибудь худшее! Моя девочка не была бы на такое способна, если бы за ней присматривали. Мне всегда казалось, что им нельзя ее поручать. Но со мной, как обычно, не посчитались. Бедное, родное мое дитя! А теперь нас покинул мистер Беннет, и я знаю, он будет драться с Уикхемом, как только с ним встретится, и его убьют, и что тогда с нами со всеми станет? Коллинзы вышвырнут нас, прежде чем он остынет в гробу! И если ты, братец, над нами не сжалишься, я не знаю, куда мы денемся.

Все в один голос отвергли столь мрачные предположения, и после исчерпывающих заверений в своей привязанности к сестре и ко всему ее семейству мистер Гардинер обещал на следующий же день уехать в Лондон и помочь мистеру Беннету во всем, что он предпримет для спасения Лидии.

— Мы не должны предаваться бесплодному унынию, — добавил он. — И хотя следует подготовиться к худшему, пока что такой исход нельзя считать неизбежным. Еще не прошло недели с тех пор, как они сбежали из Брайтона. Через несколько дней мы о них услышим. И до тех пор, пока мы не узнаем, что он на ней не женился и не собирается жениться, не следует впадать в отчаяние. Как только я попаду в Лондон, я поеду к брату, перевезу его к себе на Грейсчёрч-стрит и мы хорошенько обдумаем все, что можем с ним предпринять.

— Ах, дорогой братец, — воскликнула миссис Беннет, — это как раз то, чего бы мне хотелось больше всего. Пожалуйста, разыщите их там в городе, где бы они ни запропастились, и, если они еще не поженились, устройте так, чтобы они были женаты. И пусть они не откладывают этого из-за свадебных нарядов. Скажите Лидии, что, когда она окажется замужем, у нее будет достаточно денег, чтобы купить любое платье. А самое важное — спасите мистера Беннета от дуэли. Расскажите ему, в каком я ужасном состоянии, что я буквально схожу с ума от страха и что у меня бывают судороги во всем теле, спазмы в боку и такие жестокие головные боли и сердцебиение, от которых нет покоя ни днем ни ночью. И передайте моей дорогой Лидии, чтобы она не отдавала шить платье, не повидавшись со мной, так как она не знает, в каком магазине его лучше заказывать. Ах, какой вы добрый! Я уверена, вы не забудете моей просьбы!

Мистер Гардинер обещал сделать все от него зависящее и вместе с тем посоветовал ей проявлять большую умеренность в своих надеждах и в своих опасениях.

Проговорив с ней таким образом до обеда, родные ее покинули, предоставив ей изливать свои чувства перед домоправительницей, которая ухаживала за миссис Беннет в отсутствие дочерей.

Мистер Гардинер и его жена были уверены, что у нее не было настоящего повода для подобного затворничества, однако не пытались ее отговаривать, зная, насколько ей недостает благоразумия, чтобы сдерживаться в разговоре за столом в присутствии прислуги. Поэтому они предпочитали, чтобы все заботы и тревоги высказывались ею лишь одному постороннему человеку, пользующемуся притом наибольшим доверием.

В столовой они вскоре увидели Мэри и Китти, которые были слишком заняты у себя в комнатах, чтобы выйти к ним раньше. Одна оторвалась от своих книг, а другая — от туалетного столика. Физиономии обеих казались, впрочем, вполне беззаботными. Обе девицы почти не изменились, если не считать того, что утрата любимой сестры, а быть может, упреки, вызванные ее участием в происшествии, сделали Китти еще более раздражительной. Что касается Мэри, то она достаточно владела собой, чтобы, усевшись за столом рядом с Элизабет, почти сразу же прошептать ей с меланхолическим видом:

— Что за печальное известие! Как много оно вызовет толков! Но мы должны устоять перед натиском зла и окропить наши сердечные раны бальзамом сестринского участия.

Видя, что Элизабет не собирается ей отвечать, она добавила:

— Из печального случая с Лидией мы все же можем извлечь полезные уроки. Они заключаются в том, что утрата женщиной добродетели непоправима; что ее репутация тем более хрупка, чем более она безупречна, и что женщина никогда не может быть чрезмерно осторожной в своем отношении к недостойным представителям другого пола.

Элизабет удивленно подняла на нее глаза, но, чувствуя себя слишком подавленной, промолчала. И Мэри продолжала тешить свою душу столь же своевременными моральными прописями.

Под вечер две старшие мисс Беннет могли провести полчаса вдвоем. Элизабет сразу воспользовалась этой возможностью, чтобы задать Джейн множество вопросов, на которые ее сестра отвечала с большой охотой. После обоюдных сожалений по поводу ужасных последствий случившегося, которые Элизабет полагала почти неотвратимыми, а Джейн — весьма вероятными, первая продолжала:

— Но ты должна рассказать мне то, о чем я пока не имею ни малейшего представления. Как отнесся ко всему папа? Что рассказал полковник Форстер? Не было ли у Форстеров подозрений до того, как Лидия и Уикхем совершили побег? Ведь их повсюду должны были видеть вместе.

— Полковник Форстер подтвердил, что догадывался об их взаимной склонности, особенно со стороны Лидии, но он не замечал ничего, что могло бы вызвать тревогу. Его было очень жалко, по-моему, это необыкновенно добрый и отзывчивый человек. Он собирался побывать у нас, чтобы выразить свое огорчение даже до того, как заподозрил, что они не поехали в Шотландию. А когда это подозрение возникло, он приехал немедленно.

— А Денни в самом деле уверен, что Уикхем на ней не женится? Он знал о готовившемся побеге? Полковник видел самого Денни?

— Да. Но при этом разговоре мистер Денни отрицал, что ему было заранее известно о побеге, и не сказал, что он об этом думает сам. Он больше не утверждал, что они не собираются пожениться, и это позволяет надеяться, что его перед тем неправильно поняли.

— А до приезда полковника вам даже не приходило в голову, что они не поженятся?

— Разве мы могли об этом подумать? Сама я немного тревожилась — будет ли Лидия счастлива с Уикхемом. Я же знала, что его поведение не всегда было безукоризненным. А папа и мама ничего не подозревали и понимали только, насколько этот брак неблагоразумен. И вдруг Китти, которая, естественно, гордилась своей осведомленностью, призналась, что в последнем письме Лидия предупредила ее о своем намерении. Оказывается, ей было известно, что они уже несколько недель любят друг друга.

— Но это началось после отъезда в Брайтон?

— Думаю, что да.

— А полковник Форстер, по-твоему, очень плохого мнения об Уикхеме? Понял он, что тот собой представляет?

— Признаюсь, он отзывался об Уикхеме не так лестно, как прежде. Он считает его невоздержанным и расточительным. А после печального происшествия стали говорить, что Уикхем наделал в Меритоне много долгов. Надеюсь, это окажется неправдой.

— Джейн, милая, если бы мы меньше скрывали, если бы мы рассказали то, что нам было о нем известно, ничего бы не случилось.

— Может быть, это было бы лучше, — ответила Джейн. — Но разоблачать прежние ошибки человека, не зная о его чувствах в настоящее время, кажется мне несправедливым. У нас были добрые намерения.

— А что рассказал полковник Форстер о содержании письма Лидии к его жене?

— Он захватил его с собой, чтобы показать нам.

Джейн вынула письмо из памятной книжки и протянула его Элизабет. Вот что в нем говорилось:

«Моя дорогая Харриет, ты будешь хохотать до упаду, когда узнаешь, куда я уехала, и я сама помираю со смеху, воображая, как ты утром удивишься, когда тебе скажут, что я пропала. Я еду в Гретна-Грин, и если бы ты не догадалась, с кем именно, я считала бы тебя просто дурочкой, так как на свете существует только один человек, которого я люблю, и этот человек — ангел. Я никогда не была бы без него счастлива, так что не печалься о моем бегстве. Ты можешь не сообщать в Лонгборн о моем отъезде, если тебе это неприятно. Ведь тогда они еще больше удивятся, получив от меня письмо с подписью „Лидия Уикхем". Вот будет потеха! Мне так смешно, что я еле вывожу буквы. Пожалуйста, принеси мои извинения Пратту за то, что я не выполнила обещания танцевать с ним сегодня вечером. Скажи ему, что он, безусловно, меня простит, когда обо всем узнает, и обещай, что я с большим удовольствием буду танцевать с ним на первом же балу, на котором мы встретимся. За платьями я пришлю, как только попаду в Лонгборн. Но я бы хотела, чтобы Салли зашила шов, который распоролся на моем вышитом муслиновом платье, прежде чем его запакуют.

Прощай. Привет полковнику Форстеру. Надеюсь, вы выпьете за наше счастливое путешествие.

Преданная тебе подруга
Лидия Беннет».

— Беспечная, беспечная Лидия! — воскликнула Элизабет, дочитав до конца. — И этим письмом она сообщает о таком событии в своей жизни?! Но из него, по крайней мере, следует, что сама она относилась к цели поездки серьезно. К чему бы он ни склонил ее позже, она не думала о бесчестье. Бедный отец! Как тяжело ему было это пережить!

— Я никогда не видела, чтобы кто-нибудь был так потрясен. В течение десяти минут он не мог произнести ни слова. А маме сразу стало плохо, и все в доме пошло вверх дном.

— Джейн, милая, — спросила Элизабет, — осталась ли в доме хоть одна служанка, которая не узнала бы в тот же день всех подробностей этой скандальной истории?

— Как тебе сказать? Надеюсь, что да. Но в ту минуту очень трудно было владеть собой. Мама была в истерике, и, хотя я всячески ей старалась помочь, боюсь, я не сделала всего, что могла. Я была в таком ужасе, думая, чем это кончится, что стала совершенно беспомощной.

— Ты сделала больше, чем могла. У тебя нездоровый вид. Если бы я была здесь, мне пришлось бы заботиться о тебе.

— Мэри и Китти были очень добры. И я уверена, они разделили бы со мной все заботы. Но я считала, что это может им повредить. Китти такая хрупкая и так легко возбуждается, а Мэри настолько погружена в свои занятия, что было бы грешно лишить их отдыха. Во вторник, после папиного отъезда, в Лонгборн приезжала тетушка Филипс. Она была так добра, что пробыла со мной до четверга и очень нам всем помогла. Леди Лукас тоже была очень великодушна. В среду она приходила выразить свое сочувствие и сказала, что она и ее дочери готовы оказать нам всяческую поддержку.

— Лучше бы она сидела у себя дома! — воскликнула Элизабет. — Быть может, у нее были добрейшие намерения. Но при такой беде, как наша, чем меньше видишь соседей, тем лучше. Помощь здесь невозможна, а сочувствие — непереносимо. Пускай же они радуются нашим несчастьям подальше от нас.

Она спросила сестру, что отец собирался предпринять для розыска.

— Мне кажется, — ответила Джейн, — он хотел отправиться в Эпсом — место, где они последний раз меняли лошадей, и попробовать выяснить что-нибудь у кучеров. Главная его цель — узнать номер извозчика, который вез их из Клэпхема. Этот извозчик приехал с кем-то из Лондона. Папа считал, что такой случай, при котором дама и господин пересаживаются из одного экипажа в другой, не мог остаться незамеченным, и он собирался навести справки в Клэпхеме. Если ему посчастливится узнать, у какого дома извозчик перед тем высадил своих седоков, он хотел зайти в этот дом. Там ему, быть может, удастся узнать номер и место стоянки извозчика. Не знаю, что он еще собирался сделать. Он так торопился уехать и был так сильно расстроен, что я с трудом смогла добиться у него даже этого.

Глава VI

Все были уверены, что на следующее утро будет получено письмо от мистера Беннета, однако почта пришла и не принесла от него ни строчки. Члены его семьи хорошо знали, насколько он при обычных обстоятельствах небрежен в своей переписке, но рассчитывали, что сейчас он все же сделает над собой усилие. Приходилось думать, что он не может сообщить ничего хорошего, но даже об этом они рады были бы знать наверняка. Мистер Гардинер, который немного задержался в ожидании письма, уехал сразу же по прибытии почты.

С его отъездом они могли хотя бы надеяться, что их будут держать в курсе происходящих событий. Прощаясь, мистер Гардинер обещал как можно скорее уговорить мистера Беннета вернуться в Лонгборн. Тем самым он успокоил свою сестру, которая видела в этом для мужа единственное спасение от гибели на дуэли.

Миссис Гардинер, считая, что племянницам может оказаться полезным ее присутствие, решила провести с детьми в Хартфордшире еще несколько дней. Она помогала им в уходе за миссис Беннет, и им было очень приятно побыть с ней в часы досуга. Другая тетка также проводила у них немало времени, желая, по ее словам, их развеселить и ободрить. Но так как у нее всегда были припасены свежие новости о расточительности и непорядочности Уикхема, она редко оставляла их менее удрученными, чем они чувствовали себя перед ее приходом.

Весь Меритон старался теперь всячески очернить человека, который еще три месяца тому назад казался ему чуть ли не ангелом. Стало известно, что он задолжал решительно во всех лавках. Объявленный бесчестным соблазнителем, он стал притчей во языцех по всей округе. Все считали его самым испорченным человеком на свете и наперебой клялись, что никогда не были введены в заблуждение его внешней привлекательностью. И хотя Элизабет не верила и половине всех этих толков, они доказывали, насколько справедливой была тревога за доброе имя ее сестры. Даже Джейн, которая доверяла слухам еще меньше, почти потеряла надежду на благоприятный исход дела, тем более что, если бы, как ей хотелось верить, они все же бежали в Шотландию, от беглецов уже должны были прийти какие-то вести.

Мистер Гардинер покинул Лонгборн в воскресенье. Во вторник его жена получила от него письмо, в котором говорилось, что он отыскал брата сразу же по прибытии и уговорил его переехать на Грейсчёрч-стрит. До его приезда мистер Беннет побывал в Эпсоме и Клэпхеме, однако ему не удалось там узнать ничего существенного. Теперь он решил справиться во всех крупных гостиницах города, считая вполне вероятным, что, прибыв в Лондон, беглецы не сразу поселились на частной квартире. Сам мистер Гардинер не рассчитывал на успех этих поисков, но, так как его брат был ими всецело поглощен, он по мере сил старался ему помогать. Далее он сообщал, что мистер Беннет в настоящее время совершенно не склонен покинуть Лондон, и обещал вскоре написать снова. В конце находился следующий постскриптум:

«Я попросил полковника Форстера, чтобы он, по возможности, выяснил у друзей молодого человека в полку, есть ли у Уикхема родственники или знакомые, которые могли бы знать, в какой части Лондона он скрывается. Если кого-нибудь удастся найти, это даст в наши руки важную нить для дальнейших поисков. Пока у нас нет ничего, чем бы мы могли руководствоваться. Полковник Форстер, я уверен, сделает все от него зависящее, чтобы выполнить нашу просьбу. Но позднее мне пришла в голову мысль, что Лиззи, быть может, лучше чем кто-либо другой знает имена его родственников, у которых он мог бы остановиться».

Элизабет легко поняла, как могло возникнуть подобное предположение. Однако она не располагала сведениями в этом роде и считала комплимент незаслуженным. Ей не приходилось слышать ни о каких родственниках Уикхема, кроме его отца и матери, которые скончались много лет тому назад. Можно было, однако, допустить, что кто-нибудь из его приятелей по ***ширскому полку знает больше. И хотя она верила в это мало, обращение к полковнику Форстеру позволяло на что-то надеяться.

Все дни были теперь наполнены различными тревогами. Но самыми беспокойными были минуты ожидания почты. Прибытие писем стало важнейшим событием каждого дня. Только из них можно было узнать о хорошем или плохом повороте событий. И каждый новый день мог принести наконец важные вести.

Однако, прежде чем до них опять дошли известия от мистера Гардинера, было получено послание совсем иного рода, адресованное мистеру Беннету. Оно было написано мистером Коллинзом. Мистер Беннет оставил распоряжение вскрывать всю приходящую на его имя корреспонденцию, и письмо было прочитано Джейн. Вместе с ней письмо кузена прочла и Элизабет, которой были хорошо знакомы особенности его стиля. В письме говорилось:

«Дорогой сэр,
принимая во внимание наше с Вами родство и занимаемое мною положение в обществе, я счел сво-

им долгом выразить свое соболезнование по поводу печального события, о котором мы узнали только вчера, получив письмо из Хартфордшира. Поверьте, дорогой сэр, мы с миссис Коллинз вполне искренне сочувствуем Вам и всей Вашей высокочтимой семье в постигшем Вас горе, которое должно быть особенно глубоким, поскольку его причину невозможно исцелить временем. Со своей стороны, я не пожалею доводов, которые могли бы как-то смягчить для Вас столь серьезное несчастье или принести утешение при подобных, тягостных для Вашего родительского сердца обстоятельствах. Кончина Вашей дочери могла бы в сравнении с ними казаться благом. И — тем печальнее — скорбь о случившемся еще усугубляется в данном случае из-за того, что, как я узнал от моей дорогой Шарлот, безнравственность Вашей дочери в какой-то мере объясняется излишней терпимостью, допущенной при ее воспитании. К утешению ее родителей, я все же склонен предполагать в ней природные дурные наклонности, без которых она не могла бы совершить столь тяжкого проступка в столь юные годы. Однако, как бы там ни было, Вы заслуживаете глубочайшего участия. Кроме миссис Коллинз, его разделяют со мной также леди Кэтрин и мисс де Бёр, коих я уже уведомил о злосчастном событии. И они присоединяются к моему опасению, что ложный шаг одной из Ваших дочерей может нанести непоправимый ущерб благополучию ее сестер. Ибо, как соизволила выразиться леди Кэтрин, едва ли кто-нибудь захочет теперь породниться с Вашей семьей. Это соображение побуждает меня с особым удовольствием вспомнить о некотором происшествии в ноябре прошлого года. Если бы дело тогда приняло иной оборот, я должен был бы сейчас делить наравне с Вами все Ваше горе и весь позор. Позвольте же, дорогой сэр, пожелать Вам утешения в той мере, в какой это возможно, и посоветовать навеки отторгнуть от себя недостойную дочь, предоставив ей самой пожинать плоды своего порочного поведения.

Остаюсь, дорогой сэр, и т. д. и т. д.».

Мистер Гардинер не писал ничего, пока не получил ответа от полковника Форстера. Ответ этот оказался неблагоприятным. Стало известно, что у Уикхема нет ни одного родственника, с которым он поддерживал бы общение, и что у него вообще не осталось близкой родни. В прежние времена он имел довольно много знакомых, однако после вступления в полк он, по-видимому, не сохранил с ними дружеских связей. Поэтому нельзя было назвать ни одного человека, который мог бы рассказать об Уикхеме что-нибудь новое. Кроме того, что он прятался от родных Лидии, он, как оказалось, должен был скрываться еще и по другой причине. Огромные карточные долги вконец расстроили его денежные дела. По мнению полковника Форстера, для покрытия его долгов в Брайтоне потребовалось бы более тысячи фунтов. Заметную часть этой суммы он задолжал торговцам в городке, однако долги чести составляли львиную долю. Мистер Гардинер не пытался скрыть эти подробности от своих родственников в Лонгборне. С ужасом выслушав это сообщение, Джейн воскликнула:

— Картежник! Вот уж совсем не ожидала. Мне даже в голову это не приходило!

Мистер Гардинер добавлял, что уже на следующий день, то есть в субботу, они могут ждать возвращения мистера Беннета. Расстроенный неудачей предпринятых им попыток, мистер Беннет уступил настойчивым уговорам шурина вернуться домой, поручив ему принимать необходимые меры сообразно с обстоятельствами. Когда об этом узнала миссис Беннет, она, вопреки предположениям дочерей, вовсе не выразила того удовлетворения, которого можно было ожидать, зная ее беспокойство за жизнь мужа.

— Как! — воскликнула она. — Бросить там бедную Лидию? Он не покинет Лондон, пока их не найдет! Кто же будет стреляться с Уикхемом и заставит его на ней жениться?

Миссис Гардинер хотела уже вернуться вместе с детьми к себе домой, и, так как на следующий день ждали приезда мистера Беннета, она могла теперь уехать. Поэтому она воспользовалась посланным из Лонгборна экипажем, на котором затем возвратился его хозяин.

Она покинула Лонгборн, так и не разрешив загадку отношений между Элизабет и ее дербиширским другом, над которой ломала голову с самого отъезда из Лэмтона. Элизабет никогда первая не называла его имени. Не было и письма, которое, как казалось миссис Гардинер, он мог послать им вдогонку. Со времени их возвращения на имя племянницы не приходило ничего, что могло быть отправлено из Пемберли.

Печальные семейные обстоятельства вполне оправдывали упадок духа у Элизабет — искать каких-либо других причин для его объяснения было незачем. Между тем сама Элизабет, достаточно разобравшись к этому времени в своих чувствах, отлично понимала, что ей было бы легче перенести позор Лидии, не будь она знакома с мистером Дарси. По ее мнению, в этом случае количество бессонных ночей сократилось бы для нее по меньшей мере наполовину.

Мистер Беннет по возвращении в Лонгборн был полон свойственного ему философического спокойствия. Он разговаривал не больше чем обычно и вовсе не упоминал обстоятельства, из-за которого ездил в Лондон, так что дочери долго не решались с ним об этом заговорить. Молчание наконец нарушила Элизабет, осмелившаяся затронуть запретную тему за послеобеденным чаем. Выраженное ею сочувствие по поводу всего, что ему пришлось пережить, мистер Беннет встретил словами:

— Не будем об этом вспоминать. Кому же за это расплачиваться, как не мне? Все, что случилось, — дело моих рук, и я за все в ответе.

— Вы не должны слишком строго себя судить, — сказала Элизабет.

— Твой совет приходится очень кстати. Снисхождение к собственной персоне свойственно человеческой природе. Нет, Лиззи, дай мне хоть раз в жизни почувствовать всю глубину своей вины. Не бойся, это меня не сломит. Подобное чувство проходит довольно быстро.

— Вы думаете, они в Лондоне?

— Конечно. Где же еще они могли бы так хорошо спрятаться?

— Лидия ведь всегда мечтала попасть в Лондон! — вставила Китти.

— Значит, она добилась, чего хотела, — сухо ответил отец. — Возможно, ее пребывание там продлится довольно долго.

После короткой паузы он добавил:

— Лиззи, я на тебя не в обиде за сделанное тобой в мае столь оправдавшееся предостережение, ведь оно, учитывая обстоятельства, свидетельствует в пользу здравого смысла.

Разговор был прерван появлением Джейн, которая пришла приготовить чай для миссис Беннет.

— Что за великолепное представление! — воскликнул мистер Беннет. — Оно придает горю вашей матери такой благородный оттенок. С завтрашнего дня я последую ее примеру: засяду в ночном колпаке и халате в библиотеке и постараюсь причинять вам как можно больше хлопот. Или, быть может, мне подождать, пока от нас сбежит Китти?

— Я никуда не собираюсь сбегать, — ответила Китти с раздражением. — Если я когда-нибудь попаду в Брайтон, ничего подобного со мной не случится.

— Ты попадешь в Брайтон? Я и за пятьдесят фунтов не отпущу тебя даже до Ист-Бёрна. Нет, Китти, наконец-то я научился осторожности. И тебе это придется почувствовать. Ни один офицер больше не переступит порога моего дома — и носа не сунет в нашу деревню. И никаких больше танцев, если только тебе не вздумается танцевать с одной из сестер. Я не позволю тебе выходить из дома, пока ты не докажешь, что способна заниматься чем-то разумным хоть десять минут в течение суток.

Китти, принявшая эти слова всерьез, горько расплакалась.

— Ну, так и быть, — сказал мистер Беннет, — можешь не огорчаться. Если на протяжении десяти лет ты будешь паинькой, к концу срока я непременно свожу тебя на какое-нибудь обозрение.

Глава VII

Спустя два дня после возвращения мистера Беннета, когда Джейн и Элизабет гуляли позади дома среди зарослей кустарника, они увидели приближавшуюся к ним домоправительницу. Подумав, что она идет за ними, чтобы позвать их к миссис Беннет, они пошли ей навстречу. Но вместо того, чтобы передать какое-нибудь поручение матери, она сказала, обращаясь к Джейн:

— Прошу прощения, сударыня, что помешала вашему разговору. Я подумала, что из Лондона пришли, быть может, добрые вести, и мне захотелось узнать, в чем они заключаются.

— Что вы имеете в виду, Хилл? Из Лондона не было никаких писем.

— Как, сударыня, — с большим удивлением воскликнула миссис Хилл, — вы не знаете, что к хозяину прибыл нарочный от мистера Гардинера? Прошло не менее получаса с тех пор, как он передал пакет мистеру Беннету.

Желая поскорее узнать о новостях, сестры без лишних слов бросились к дому. Пробежав холл, они заглянули сперва в комнату для завтрака, потом в библиотеку и, не найдя отца там, были уже готовы искать его наверху, в комнате матери, когда встретившийся им дворецкий сказал:

— Если вы, сударыни, ищете хозяина, то попробуйте догнать его около рощи: он только что пошел в том направлении.

Пользуясь этим указанием, они снова миновали холл и побежали прямо через газон догонять отца, который решительным шагом направлялся к группе деревьев на краю усадьбы.

Более полная и менее привыкшая к бегу старшая сестра вскоре отстала, тогда как запыхавшаяся младшая, догнав отца, с нетерпением забросала его вопросами:

— Ах, папа, что там такое? Есть новости? Что-нибудь от дяди Гардинера?

— Да, он прислал письмо с нарочным.

— Что же он пишет? Хорошее или плохое?

— Разве мы можем ожидать хороших вестей? — сказал отец, вынимая из кармана письмо. — Впрочем, тебе, быть может, интересно его прочесть.

Элизабет нетерпеливо выхватила письмо как раз в ту минуту, когда их догнала Джейн.

— Прочти-ка вслух, — попросил мистер Беннет, — я сам едва ли в нем разобрался как следует.

«*Грейсчёрч-стрит, понедельник, 2 августа*.
Дорогой брат,
наконец-то могу сообщить некоторые сведения о моей племяннице, которые, я надеюсь, должны Вас

несколько успокоить. Вскоре после Вашего отъезда в субботу мне удалось выяснить, в какой части Лондона они скрываются. О подробностях расскажу Вам при встрече. Достаточно знать, что они обнаружены и что я видел обоих...»

— Ну вот, теперь мы убедились, что все вышло, как я и предполагала, — перебила Джейн, — они поженились!

Элизабет продолжила чтение:

— «Я видел обоих. Они не поженились, и никаких приготовлений к свадьбе я не заметил. Однако, если Вы согласитесь с предложениями, которые я осмелился сделать от Вашего имени, я надеюсь, что свадьба произойдет достаточно быстро. Все, что от Вас требуется, — это письменно подтвердить ее пятую долю в пяти тысячах фунтов, остающихся Вашим детям после смерти родителей, а также ежегодную выплату ей ста фунтов, пока Вы живы. После всего, что случилось, я без колебаний согласился с этими условиями, пользуясь привилегией быть Вашим доверенным лицом. Это письмо я посылаю с нарочным, так как Ваш ответ должен быть получен как можно скорее. Вышесказанное позволит Вам понять, что положение мистера Уикхема вовсе не столь безнадежно, как представляется многим. В этом смысле все были введены в заблуждение, и я счастлив сообщить, что даже после выплаты всех долгов у него сохранится небольшая сумма, которую он сможет отложить на имя моей племянницы в добавление к ее собственным средствам. Если, как я рассчитываю, Вы подтвердите мои полномочия действовать от Вашего имени во всем этом деле, я незамедлительно поручу Хагерстону подготовить соответствующий контракт. Вам совершенно не нужно снова приезжать в Лондон, поэтому спокойно оставайтесь в Лонгборне, полагаясь на мои старания и заботы. Пришлите ответ как можно скорее и будьте добры выразиться достаточно определенно. Мы здесь решили — и я рассчитываю на Ваше одобрение, — что племянница должна отправиться в церковь из нашего дома. К нам она переберется сегодня. Я напишу Вам еще раз, как только будут уточнены некоторые подробности.

Ваш и т. д.
Эдв. Гардинер».

— Может ли это быть? — сложив письмо, проговорила Элизабет. — Неужели он на ней женится?

— Значит, Уикхем вовсе не такой негодяй, каким мы себе его представляли! — воскликнула Джейн. — Папа, милый, поздравляю вас!

— Вы уже ответили на письмо? — спросила Элизабет.

— Еще нет. Но это следует сделать поскорее.

Элизабет принялась горячо уговаривать отца не откладывать дела ни на минуту.

— Папа, пожалуйста, — взмолилась она, — возвращайтесь и напишите дяде тотчас же. Вы только подумайте, как опасно при таких обстоятельствах малейшее промедление!

— Может быть, мне написать письмо от вашего имени, — предложила Джейн, — если вам неприятно сделать это самому?

— Разумеется, неприятно, — ответил он. — Но, увы, письмо должно быть написано.

С этими словами они зашагали обратно к дому.

— Я бы хотела спросить об одном, — сказала Элизабет. — Вы примете предложенные условия?

— Приму ли я условия? Да мне просто стыдно за него оттого, что он так мало потребовал.

— И она должна стать его женой! Даже при том, что он *такой* человек!

— Да, да, стать его женой. Теперь уже ничего не поделаешь. Но мне бы хотелось понять две вещи.

Во-первых, сколько денег ему посулил ваш дядюшка, а во-вторых, каким образом я смогу эти деньги ему вернуть?

— Деньги? — воскликнула Джейн. — Дядюшке? Что вы имеете в виду?

— А то, что ни один человек в здравом уме не женился бы на Лидии ради какой-то сотни фунтов в год при моей жизни и пятидесяти, когда я умру.

— В самом деле, — сказала Элизабет, — это не приходило мне раньше в голову. Будут выплачены долги, да еще что-то останется! Без дядюшки тут, конечно, не обошлось. Какой он у нас добрый и щедрый! Но как бы это его не разорило! Небольшая сумма тут бы не помогла.

— Никоим образом, — согласился отец. — Уикхем был бы дураком, женись он на ней меньше чем за десять тысяч. Мне бы не хотелось думать о нем так плохо сразу после того, как мы с ним породнимся.

— Десять тысяч? Силы небесные! Но разве мы могли бы вернуть даже половину такой суммы?

Мистер Беннет ничего не ответил, и каждый из них, погруженный в собственные думы, не сказал ни слова, пока они не подошли к дому. Отец прошел прямо в библиотеку, чтобы написать письмо, а дочери направились в комнату для завтрака.

— Неужели они в самом деле поженятся? — воскликнула Элизабет. — Просто не верится! И *этому* мы еще должны радоваться! Поженятся без малейшей надежды на семейное счастье и несмотря на все пороки ее будущего мужа, — вот в чем теперь ее спасенье! Ах, Лидия, Лидия!

— Я утешаю себя мыслью, — сказала Джейн, — что он не женился бы на Лидии, если бы не питал к ней настоящего чувства. И хотя наш добрый дядя чем-то ему помог, мне не верится, что речь могла идти о десяти тысячах или даже о чем-то к этому близком. У Гардинеров есть дети и, может быть, будут еще. Разве дядя вправе отнимать у них даже половину подобной суммы?

— Если бы мы знали его долги, — сказала Элизабет, — да еще выяснили, сколько денег, согласно брачному контракту, он отложит на имя сестры, мы могли бы точно определить, что ему посулил дядя. У самого Уикхема нет за душой и шестипенсовика. Нам никогда не удастся расплатиться с дядей и тетей. То, что они решились принять Лидию под свой кров, окружить ее заботой и защитить своим добрым именем, является с их стороны такой жертвой, которая заслуживает многих лет благодарности. Сейчас она уже должна быть у них! Если даже такое их великодушие по-настоящему ее не растрогает, она вообще не заслуживает счастья. Как она смогла посмотреть тетушке в глаза!

— Надо постараться не вспоминать обо всем, что натворили Уикхем и Лидия, — сказала Джейн. — Так хочется поверить в их будущее благополучие! Его согласие на брак с ней — залог того, что он начинает исправляться. Взаимная привязанность сделает их менее легкомысленными, и они, я надеюсь, заживут разумно и счастливо, а их прежнее поведение малопомалу будет забыто.

— Их поведение было таким, — ответила Элизабет, — что ни мне, ни тебе и никому другому о нем не забыть. Об этом и говорить нечего.

Здесь обе они вспомнили, что их мать едва ли что-нибудь знает о полученном письме, и зашли в библиотеку спросить у отца, не хочет ли он, чтобы она о нем узнала. Отец еще продолжал писать. Не поднимая головы, он равнодушно ответил:

— Это ваше дело.

— А можно взять письмо, чтобы прочесть его маме?

— Берите, что хотите, и оставьте меня в покое.

Элизабет схватила письмо с письменного стола, и они побежали наверх. У миссис Беннет оказались в это время Мэри и Китти, поэтому достаточно было одного сообщения. После нескольких слов о приходе хороших вестей письмо было прочтено вслух. Миссис Беннет едва смогла совладать со своими чувствами. Как только Джейн дошла до надежд мистера Гардинера на предстоящую свадьбу, на ее лице выразился необыкновенный восторг, и каждая следующая фраза увеличивала ее ликование. Теперь она пришла в такое же возбуждение от счастья, в каком пребывала прежде из-за тревог и огорчений. Ей было достаточно знать, что ее дочь выходит замуж. Забота о благополучии дочери, так же как сожаление о ее легкомысленном поступке, совершенно не приходила ей в голову.

— Лидия, девочка моя! — восклицала миссис Беннет. — Как это чудесно! Она будет замужем! Я скоро ее увижу! Выйдет замуж в шестнадцать лет! Добрый, хороший братец! Я была убеждена, что так кончится, — он должен был все устроить! Если б вы знали, как мне хочется ее видеть! И душеньку Уикхема тоже! Но как же быть с туалетами? Что же делать со свадебным платьем? Надо сейчас же написать сестре Гардинер. Лиззи, голубушка, сбегай вниз к папе и разузнай у него, сколько он на это может дать денег. Ах, нет, постой! Я лучше схожу к нему сама. Китти, позвони, чтобы пришла Хилл. Я сию же минуту оденусь. Лидия, милочка моя! Вот будет праздник, когда она к нам приедет!

Старшая дочь попыталась было остановить ее восторженные излияния, напомнив матери, сколь многим они обязаны мистеру Гардинеру.

— Все кончилось хорошо, — добавила она, — только благодаря его доброте. По-видимому, он помог мистеру Уикхему значительной суммой.

— Ну что ж, это вполне естественно! — ответила миссис Беннет. — Кому же и позаботиться о ней, как не родному дяде? Если бы у него не было семьи, его деньги достались бы мне и девочкам. Не считая подарков, мы от него впервые что-то получим. Но я так рада, так рада! Еще немного — и у меня будет замужняя дочь!.. Миссис Уикхем! Как это прекрасно звучит. А ведь всего только в июне ей исполнилось шестнадцать! Джейн, голубушка, я так разволновалась, что, наверно, не смогу ничего написать. О деньгах мы поговорим с папой позже. Но платье нужно заказать сию же минуту.

И она начала подробно обсуждать достоинства муслина, кисеи и батиста и хотела уже отправить обширный заказ, когда Джейн с некоторым трудом объяснила ей необходимость повременить с этим до того, как будет получено согласие мистера Беннета. Один день задержки, как объяснила Джейн, не имел большого значения, и благодаря превосходному расположению духа миссис Беннет оказалась на этот раз более сговорчивой, чем обычно. В ее голове возникали все новые планы.

— Как только я оденусь, — заявила она, — я тут же поеду в Меритон, чтобы сообщить о наших новостях сестре Филипс. А на обратном пути можно будет навестить еще Лукасов и миссис Лонг. Китти, беги вниз и прикажи заложить карету. Воздух, я уверена, будет мне очень полезен. Девочки, что вы хотите, чтобы я для вас сделала в Меритоне? А вот наконец и Хилл. Хилл, дорогая, вы слышали, какие у нас чудесные новости? Мисс Лидия выходит замуж! И вам всем подадут чашу с пуншем, чтобы вы как следует повеселились по случаю ее свадьбы.

Миссис Хилл, разумеется, пришла в восторг, и Элизабет вместе с другими выслушала ее поздравления. После этого, утомленная суетой, она ушла к себе в комнату, чтобы обо всем спокойно подумать.

Положение Лидии было достаточно плачевным. Однако следовало радоваться, что она не попала в худшую беду. И Элизабет этому радовалась. Заглядывая в будущее, нельзя было ждать для Лидии ни семейного счастья, ни обеспеченности. Но, вспоминая, чего только два часа назад все они так боялись, Элизабет не могла не оценить преимуществ такого исхода дела.

Глава VIII

Мистер Беннет уже давно собирался начать что-то откладывать от своих доходов. При этом он мог бы постепенно скопить некоторую сумму и обеспечить будущее своих дочерей, а также и жены на случай, если бы ей довелось его пережить. И сейчас он с особой остротой почувствовал, насколько разумной была бы такая экономия. Если бы прежде он подобным образом исполнил свой долг, Лидия не была бы теперь обязана своему дяде выкупом доброго имени и чести. И тогда приобретение в качестве супруга самого дрянного молодого человека во всем королевстве было бы обставлено вполне подобающим образом.

То, что такое сомнительное счастье будет целиком оплачено из средств шурина, серьезно огорчало мистера Беннета, поэтому он решил выяснить израсходованную сумму и при первой же возможности вернуть долг. Когда мистер Беннет женился, он предполагал, что можно не стремиться к экономии, так как подразумевалось, что у супругов должен родиться наследник. Став совершеннолетним, сын закрепил бы имение за семьей, обеспечив будущее вдовы и младших детей. Но, одна за другой, на свет появились пять дочерей, а сына все не было. Миссис Беннет сохраняла уверенность в предстоящем рождении наследника еще в течение многих лет после того, как родилась Лидия. В конце концов от надежд пришлось отказаться, однако копить деньги было уже поздно. Миссис Беннет не была бережлива по натуре, и только нежелание ее мужа влезать в долги не позволяло им расходовать средств больше, чем они получали от своего имения.

Свадебным контрактом за миссис Беннет и ее потомством было закреплено пять тысяч фунтов. Распределение денег между детьми зависело от решения родителей. Такое решение предстояло сейчас принять, по крайней мере относительно Лидии. И у мистера Беннета не возникало колебаний по поводу условий, предложенных мистером Гардинером. Выразив самым любезным, хотя и кратким образом свою признательность шурину за его доброту, он далее одобрил предпринятые мистером Гардинером шаги, а также подтвердил свое согласие выполнить взятые от его имени обязательства. Раньше ему не пришло бы в голову, что он может выдать дочь за Уикхема — даже если бы сам Уикхем захотел на ней жениться — при столь незначительных затратах. Учитывая стоимость содержания Лидии, ее карманные расходы и частые денежные подарки, которые дочка получала от матери, при ежегодной выплате супругам ста фунтов он терял в год не больше десяти.

То, что все это потребовало так мало усилий с его стороны, было не менее приятным сюрпризом. Сейчас он хотел бы по возможности избавиться от дальнейших хлопот. После первого порыва негодования, побудившего его пуститься на розыски дочери, он, естественно, вернулся к своей прежней невозмутимости. Письмо было написано весьма быстро — мистер Беннет долго раздумывал, прежде чем что-нибудь предпринять, но, взявшись за дело, сразу же доводил его до конца. В заключительной части письма выражалось желание узнать, чем он еще обязан своему шурину. На Лидию он сердился так сильно, что от всякого обращения к дочери решил воздержаться.

Хорошие вести тотчас же разнеслись по дому и с невероятной быстротой распространились по всей округе. Конечно, толки о мисс Лидии приобрели бы значительно больший интерес, если бы ее воротили в Меритон или, еще того лучше, сослали на какую-нибудь отдаленную ферму. Однако по поводу ее замужества тоже можно было всласть посудачить. И пожелания счастья, не сходившие с уст злорадных кумушек городка, почти не утратили с переменой обстоятельств своей выразительности, так как брак с человеком, подобным Уикхему, говоря по совести, никак не мог оказаться счастливым.

Миссис Беннет в течение двух недель ни разу не выходила в столовую. Но этот счастливый день ознаменовался тем, что она наконец в наилучшем расположении духа возглавила стол. Стыд за Лидию ни малейшим образом не омрачил ее торжества. Мечта о свадьбе какой-нибудь из дочерей, ставшая ее навязчивой идеей с тех пор, как Джейн минуло шестнадцать лет, близилась к осуществлению. Ее мысли и разговоры вертелись только вокруг принадлежностей для свадебной церемонии, образчиков тонкого муслина, новых экипажей и новой прислуги. С необыкновенной энергией она принялась подыскивать какой-нибудь близко расположенный дом, который ее дочь могла бы занять после свадьбы. И, ничего не зная и даже не задумываясь о средствах, которыми будет располагать молодая пара, она отвергла немало домов, считая их не подходящими по своему расположению или размерам.

— Мог бы подойти, пожалуй, Хэй-парк, — рассуждала она, — вздумай Голдинги из него выехать. Или большой дом в Стоуке, если бы только гостиная в нем была чуть-чуть побольше. Что же касается Эшуорта, то до него слишком далеко: я не перенесу, если нас будут разделять целых десять миль. А в Палвис Лодже совершенно невозможный верхний этаж!

Ее муж не мешал ей болтать подобным образом, пока в комнате находилась прислуга. Однако как только посторонние удалились, он обратился к ней со словами:

— Прежде чем вы, миссис Беннет, арендуете для вашей дочери и ее мужа одно из этих прекрасных имений или даже сразу все вместе, я бы хотел, чтобы между нами существовала ясная договоренность вот по какому вопросу. В один дом в нашей местности они никогда не будут допущены. Я отнюдь не собираюсь поощрять их легкомыслие, принимая их у себя в Лонгборне.

Это заявление вызвало бурю протестов, но мистер Беннет оставался непоколебимым. И через некоторое время миссис Беннет в пылу спора обнаружила, к своему изумлению и ужасу, что ее супруг не собирается потратить ни одной гинеи на покупку свадебных туалетов. Он заявил, что Лидии не следует рассчитывать ни на какие знаки внимания с его стороны. Миссис Беннет это казалось непостижимым. Подобная необузданность родительского гнева, из-за которой их дочь должна была потерять все, ради чего, собственно говоря, стоило выходить замуж, превосходила границы ее разумения. Недостаток свадебных туалетов казался ей гораздо более позорным обстоятельством, нежели бегство Лидии и ее совместная жизнь с Уикхемом в течение двух недель перед свадьбой.

Элизабет теперь горько раскаивалась, что в расстройстве чувств высказала мистеру Дарси свои опасения за судьбу Лидии. Поскольку ее бегство в скором времени должно было благополучно завершиться замужеством, можно было надеяться скрыть это происшествие от всех, кто не присутствовал тогда в Брайтоне.

Она не боялась, что он расскажет об этой истории посторонним. Едва ли она знала другого человека, чья сдержанность заслуживала бы большего доверия. Но ей было особенно больно, что именно ему стало известно об их семейном позоре. Дело было не в том, что от этого страдали какие-то ее собственные интересы. При всех обстоятельствах между ними лежала теперь непреодолимая пропасть. Даже если бы Лидия вышла замуж, как подобает порядочной девушке, нельзя было предположить, чтобы мистер Дарси породнился с семьей, ко всем недостаткам которой добавлялась еще родственная близость с человеком, столь заслуживающим его презрения. Мысль о подобном родстве должна была, разумеется, привести его в ужас. Стремление мистера Дарси заслужить ее благосклонность, столь бросавшееся в глаза в Дербишире, не могло, по здравом размышлении, устоять перед подобным ударом. Она была подавлена, удручена, переживала утрату сама не зная чего. Его привязанность к ней стала ей вдруг особенно дорога — как раз тогда, когда уже нельзя было рассчитывать, что она сохранится. Элизабет хотелось знать о его жизни, хотя теперь трудно было предположить, что до нее будут доходить о нем какие-то сведения. И уверенность в том, что она могла бы прожить рука об руку с Дарси счастливую жизнь, пришла к ней тогда, когда у нее не осталось почти никакой надежды еще раз с ним встретиться.

«Как было бы польщено самолюбие Дарси, — нередко приходило ей в голову, — если бы он узнал, что его предложение, столь гордо отвергнутое ею всего лишь четыре месяца тому назад, было бы сейчас с радостью и благодарностью принято!» Она не сомневалась в его великодушии, которым он превосходил всех представителей своего пола. Но, будучи смертным, даже он не мог бы удержаться от сознания своего торжества.

Лишь теперь стала она понимать, что он был как раз тем человеком, который больше всего подходил ей по своему нраву и склонностям. Свойства его ума и характера, хотя и отличные от ее собственных, отвечали всем ее требованиям. Союз между ними был бы благотворен для обоих. Легкость и жизнерадостность ее натуры придали бы больше мягкости его суждениям и манерам. А сама она стала бы более глубоким человеком благодаря его обширным знаниям, здравому смыслу и развитому уму.

Увы, столь счастливому браку, который показал бы восхищенному человечеству, что́ собой представляет истинное супружеское счастье, было не суждено состояться. Вместо этого в семействе Беннетов вскоре должен был быть заключен брак иного рода, в котором всякая возможность супружеского счастья была заранее исключена. Она не могла даже представить, каким образом Уикхем и Лидия обеспечат себе сколько-нибудь приличное и независимое существование. Но зато она отлично понимала, как мало подлинного счастья ждет супружескую чету, соединившуюся под влиянием страстей, которые оказались более сильными, чем чувство ответственности и долга.

Мистер Беннет вскоре получил из Лондона новое письмо. Отвечая на лестный отзыв о предпринятых им шагах, мистер Гардинер писал, что он всегда готов услужить каждому члену их семьи, и просил больше никогда не касаться этого предмета. Главным поводом для письма явилась необходимость сообщить Беннетам, что мистер Уикхем решил покинуть милицию.

«...Я настаивал на этом с тех пор, как была достигнута договоренность об их браке, — добавлялось в письме. — И Вы, наверно, со мной согласитесь, что уход из полка настолько же в его интересах, как и в интересах моей племянницы. Мистер Уикхем намерен вступить в регулярную армию. И среди его прежних друзей нашелся человек, который хочет и распо-

369

лагает возможностью ему в этом помочь. Ему обещают чин прапорщика в полку генерала ***, расквартированном на севере. Такая удаленность от здешних мест представляется мне большим преимуществом. Он дал слово хорошо там себя вести, и я надеюсь, что в новом окружении, по отношению к которому им придется соблюдать известную сдержанность, они проявят большее благоразумие. Я написал полковнику Форстеру, как складываются наши дела, и просил его успокоить различных кредиторов мистера Уикхема в Брайтоне и его окрестностях, сказав им, что все его долги вскоре будут погашены и что всю ответственность я беру на себя. Быть может, Вы не сочтете за труд заверить подобным же образом его кредиторов в Меритоне, список которых я составлю для Вас, основываясь на сведениях, полученных от молодого человека. Он передал нам перечень всех своих долгов. Надеюсь, по крайней мере, что он нас не обманывает. Хагерстону отданы распоряжения, и в течение недели со всеми делами будет покончено. После этого они отправятся в его полк, если только не будут приглашены в Лонгборн. По мнению миссис Гардинер, нашей племяннице очень бы хотелось Вас повидать, прежде чем она уедет на север. Она пребывает в добром здравии и просит почтительнейше напомнить о себе Вам и ее матери.

Ваш и т. д.

Э. Гардинер».

Мистер Беннет и его дочки не хуже, чем мистер Гардинер, понимали все преимущества того, что Уикхем покинет свой прежний полк. Но миссис Беннет обрадовалась этому гораздо меньше. Она еще не потеряла надежды, что Лидия будет жить где-нибудь в Хартфордшире. Поэтому предполагаемое переселение дочери на север, как раз в то время, когда ее постоянное присутствие могло доставить матери наибольшее удовольствие, вызвало у нее жестокое разочарование. Вдобавок мать огорчало, что Лидия будет вынуждена расстаться с полком, в котором решительно все с ней знакомы и она имеет столько поклонников.

— Она так обожает миссис Форстер, — говорила миссис Беннет, — что разлучить их просто грешно! И там есть еще несколько молодых людей, от которых она без ума. Офицеры в полку генерала *** могут оказаться вовсе не столь приятными кавалерами.

Просьба Лидии — если только можно было говорить в какой-то просьбе, — чтобы ей позволили повидаться с родными, прежде чем она отправится на север, была мистером Беннетом вначале решительно отвергнута. Однако, щадя чувства и доброе имя сестры, Джейн и Элизабет, прибегая к ласке и убеждению, принялись настойчиво уговаривать отца, чтобы Лидии с мужем было позволено после свадьбы приехать в Лонгборн. В конце концов они добились того, что мистер Беннет стал смотреть на вещи их глазами и поступил так, как им хотелось. И, к своему удовольствию, миссис Беннет узнала, что, прежде чем Уикхемы уедут в изгнание на север, она сможет показаться со своей замужней дочерью в местном обществе. Мистер Беннет написал шурину о своем согласии на их приезд. Было решено, что молодые выедут в Лонгборн сразу по окончании свадебной церемонии. Элизабет, однако, удивилась, что план этот был принят Уикхемом. И если бы она считалась только с собственными чувствами, она сделала бы все, чтобы избежать этой встречи.

Глава IX

Джейн и Элизабет пережили в день свадьбы сестры, пожалуй, больше, чем сама новобрачная. Посланный за молодыми экипаж должен был их встретить у *** и вернуться к обеду. Этой минуты обе старшие мисс Беннет ждали с огромным беспокойством. Особенно сильно волновалась Джейн, приписывавшая Лидии чувства, которые владели бы ею самой, будь она виновницей всех событий. Мысль о том, что должна была вытерпеть ее бедная сестра, приводила ее в отчаяние.

Наконец они прибыли. Вся семья собралась встретить их в комнате для завтрака. Когда экипаж остановился у подъезда, лицо миссис Беннет расплылось в улыбке, ее муж казался непроницаемо серьезным, а дочери трепетали от волнения и чувства неловкости.

Голос Лидии раздался из холла, дверь распахнулась, и она ворвалась в комнату. Мать бросилась к ней с распростертыми объятиями, приветствуя ее в полнейшем восторге. Затем она с нежной улыбкой протянула руку вошедшему следом Уикхему и так весело пожелала обоим счастья, как будто ей и в голову не приходило сомневаться в их светлом будущем.

Мистер Беннет, к которому они затем подошли, встретил их совсем не так сердечно. Лицо его приобрело, пожалуй, еще более суровое выражение, и он почти не раскрыл рта. Легкомысленная беспечность молодой четы в самом деле могла только еще больше его рассердить. Элизабет пришла от нее в крайнее негодование, и даже Джейн была возмущена. Лидия по-прежнему оставалась Лидией — бесцеремонной, нескромной, шумной, неугомонной и бестактной. Переходя от одной сестры к другой, она каждую заставила принести ей свои поздравления. В конце концов, когда все наконец расселись по местам, она с жадностью обвела глазами комнату, обратила внимание на некоторые новшества в обстановке и со смехом заметила, что с тех пор, как она в последний раз здесь находилась, прошло не такое уж короткое время.

Уикхем тоже не испытывал ни малейшего замешательства. Всегда отличавшие его приятные манеры, его улыбки и непринужденность, с которой он заявил о своих родственных правах, могли бы привлечь к нему сердца всех членов семьи, если бы только он женился, как принято, и всем собравшимся не был известен его подлинный характер. Элизабет раньше не пришло бы в голову, до чего могла дойти его самоуверенность. И, сидя в этой комнате, она дала себе зарок в будущем никогда не верить в существование предела бесстыдства для бесстыдного человека. Ее то и дело бросало в краску. Краснела и Джейн. Но у тех двоих, кто заставлял их краснеть, цвет лица совершенно не менялся.

Разговор завязался без малейшего затруднения. Новобрачная не могла вдоволь наговориться со своей матерью. Уикхем, которому посчастливилось сидеть рядом с Элизабет, принялся расспрашивать ее о своих прежних хартфордширских знакомых с таким беспечным видом, с каким она была не в состоянии отвечать на его вопросы. Казалось, у этой парочки не было ничего, что хоть сколько-нибудь могло омрачить их воспоминания. Ничто в прошлом не вызывало сожалений. И Лидия старалась навести разговор на те самые темы, затронуть которые ее сестры не решились бы ни за какие блага на свете.

— Подумать только, — воскликнула она, — ведь я уехала целых три месяца назад! А мне, честное слово, чудится, что пролетело каких-нибудь две недели. Однако за это время произошла уйма всяких событий. Боже правый, когда я уезжала отсюда, мне и в голову не могло прийти, что я вернусь сюда замужней дамой. Впрочем, мне все же казалось, что это было бы очень забавно.

При этих словах отец поднял на нее глаза, Джейн почувствовала себя неловко, а Элизабет бросила на Лидию выразительный взгляд. Однако та продолжала болтать с присущей ей способностью не видеть и не слышать ничего, что она предпочитала оставлять без внимания.

— Кстати, мама, все ли здесь знают о моем замужестве? Я ужасно боялась, что эта новость еще недостаточно широко разнеслась. Поэтому, когда мы обгоняли шарабан Уильяма Голдинга, я нарочно устроила так, чтобы ему все стало ясно. Я опустила стекло с его стороны и стянула перчатку. И положила руку на раму, чтобы он увидел на ней кольцо. А потом стала ему кланяться, улыбаться и всякое такое.

Элизабет была не в состоянии больше выносить эту болтовню. Вскочив с места, она выбежала из комнаты и не возвращалась, пока не услышала, что все через холл перешли в столовую. Она вошла туда как раз вовремя, чтобы увидеть, как Лидия торжественно направилась к месту за столом по правую руку от миссис Беннет и произнесла, обращаясь к старшей сестре:

— Ах, Джейн, мне теперь полагается занять твое место, а тебе — сесть подальше. Ведь я уже замужем.

Трудно было ожидать, что у Лидии со временем появится хоть капля скромности, которой она всегда была полностью лишена. Напротив, ее бесцеремонность и самодовольство возросли еще больше. Ей не терпелось повидать миссис Филипс, Лукасов и прочих соседей и услышать, как все они будут называть ее «миссис Уикхем». А пока что, сразу после обеда, она побежала похвастаться замужеством и показать обручальное кольцо двум служанкам и миссис Хилл.

— Ну, а как вам, маменька, нравится мой супруг? — спросила она, когда они снова собрались в комнате для завтрака. — Не правда ли, это душка? Сестрицы мне, верно, ужасно завидуют. Я была бы в восторге, если бы им хоть вполовину так повезло. Всем им надо отправиться в Брайтон. Вот место, где добывают мужей! Так жаль, маменька, что мы не смогли туда выехать всей семьей!

— Еще бы! Будь моя воля, мы были бы там все вместе. Но, Лидия, милочка моя, мне все же не совсем понравилось, как ты оттуда уехала. Разве это было необходимо?

— Боже мой, ну конечно! Что ж тут такого? В этом и заключалась вся прелесть! Надо, чтобы ты, и папа, и все сестрицы непременно нас навестили. Мы проживем в Ньюкасле всю зиму, и я не сомневаюсь, что там будут устраиваться балы. Можете на меня положиться, у всех у них будут отличные кавалеры.

— Мне бы этого хотелось больше всего на свете! — сказала миссис Беннет.

— А когда будете возвращаться, вы можете одну или двух сестер оставить у нас. Будьте спокойны, до исхода зимы я им подыщу женихов.

— Я очень благодарна за мою долю твоих забот, — сказала Элизабет. — Но твой способ выхода замуж мне как-то не по душе.

Молодожены должны были прожить с ними только десять дней. Перед отъездом из Лондона мистер Уикхем получил назначение в полк, куда ему надлежало прибыть спустя две недели.

Краткостью их пребывания в Лонгборне не был опечален никто, кроме миссис Беннет. И почти все дни у мамаши и дочки уходили на визиты к соседям и весьма частые приемы гостей в собственном доме. Постоянное присутствие посторонних, позволявшее избежать встреч в семейном кругу, было одинаково удобно тем, кто о чем-то задумывался, и тем, кто ни о чем задумываться не желал.

Отношение Уикхема к жене оказалось именно таким, как Элизабет ожидала. Его нельзя было даже сравнить с привязанностью, которую испытывала к своему мужу Лидия. Первый же взгляд на них подтвердил предположение, что побег вызван скорее ее чувствами, нежели его. И Элизабет не могла бы объяснить, как Уикхем, не будучи сильно увлечен Лидией, вообще решился на этот шаг, если бы не знала о расстройстве в его денежных делах, из-за которого он должен был покинуть Брайтон. При таких обстоятельствах Уикхем отнюдь не был тем человеком, который мог устоять перед соблазном захватить кого-то с собой.

Лидия была от него без ума. Она пользовалась любым поводом, чтобы назвать его своим «дорогим Уикхемом». Он не имел себе равных. Все на свете ему удавалось лучше всего. И она нисколько не сомневалась, что ни один стрелок в стране не сможет больше его настрелять птиц первого сентября.

Как-то раз, вскоре после приезда, сидя утром в обществе двух старших сестер, Лидия сказала, обращаясь к Элизабет:

— А ведь ты еще не знаешь, как мы поженились. Когда я говорила про это маме и сестрам, ты куда-то исчезла. Рассказать тебе, как все происходило?

— Пожалуй, не стоит, — ответила Элизабет. — Чем меньше мы будем вспоминать об этих вещах, тем лучше.

— Фу, какая ты странная! Я тебе непременно расскажу все по порядку. Нас поженили в церкви святого Климента — дом, где жил Уикхем, находится в этом приходе. Всем полагалось собраться к одиннадцати. Я должна была ехать с дядей и тетей, а остальные — встретить нас перед церковью. Когда наконец наступил понедельник, я безумно волновалась — все чудилось, словно что-то случится, свадьбу отложат и я останусь ни с чем. А тут еще, пока я одевалась, эти тетушкины разговоры и поучения. Будто она проповедь читает! Правда, до меня доходило не больше одного слова из десяти. Ты сама понимаешь, я могла думать только о моем дорогом Уикхеме: до смерти хотелось угадать — наденет ли он синий мундир?

Так вот, в десять, как всегда, мы уселись за завтрак. Мне казалось, он никогда не кончится. Дядюшка и тетушка, должна тебе, кстати, признаться, обращались со мной, пока я у них жила, из рук вон плохо. Поверишь ли, за две недели я ни разу не выбралась из дому. Ни одного визита, развлечения или чего-то еще! В Лондоне, правда, было довольно пусто, но ведь Малый театр оставался открытым. И можешь себе представить, когда подали наконец карету, дядю как раз вызвал по делу этот ужасный мистер Стоун. Ты ведь знаешь, когда они сойдутся вдвоем, конца не дождешься. Я была в отчаянии, просто не знала, что делать, — дядя должен был быть моим посаженым отцом, а если бы мы опоздали, в этот день нас бы не поженили. К счастью, через десять минут дядя освободился, и мы поехали. Потом-то я сообразила: если бы он и задержался, ничего можно было не откладывать, потому что его вполне мог заменить мистер Дарси.

— Мистер Дарси? — повторила Элизабет в крайнем изумлении.

— Ну конечно. Он должен был прийти с моим дорогим Уикхемом. Ах, боже мой, я забыла! Об этом же нельзя говорить! С меня взяли честное слово. Что скажет Уикхем? Это же тайна!

— Если это тайна, — сказала Джейн, — то не говори больше ни слова. Можешь быть уверена, я не стану ее у тебя выпытывать.

— О, конечно, — согласилась Элизабет, сгорая от любопытства. — Мы не зададим тебе никаких вопросов.

— Спасибо, девочки, — сказала Лидия. — Если бы вы вздумали меня расспрашивать, я бы все выболтала. И мой дорогой Уикхем страшно бы на меня разозлился.

Чтобы избавить себя от столь сильного соблазна, Элизабет сочла за лучшее немедленно удалиться.

Но оставаться в неведении было совершенно невыносимо. Во всяком случае, она не в силах была удержаться от попытки разузнать хоть какие-то подробности. Мистер Дарси присутствовал на свадьбе ее сестры! Это была как раз та обстановка и те люди, с которыми у него не было ничего общего и которые не могли вызывать у него ни малейшего интереса. Предположения о том, что бы это могло означать, самые смелые и причудливые, не выходили у нее из головы. Но ни одно из них не казалось ей правдоподобным. Те, которые были для нее наиболее лестными и выставляли его поведение в особенно благородном свете, казались ей наиболее невероятными. Она не могла больше выносить такую неопределенность. И, схватив листок бумаги, она тут же написала несколько слов миссис Гардинер, умоляя ее объяснить оброненную Лидией фразу, если только это совместимо с предполагаемой тайной.

«Вы легко можете себе представить, — писала она, — насколько мне любопытно узнать, каким образом человек, ни с кем из нас не связанный и почти чужой для нашей семьи, мог оказаться среди вас в подобную минуту. Ради бога, напишите сразу и объясните мне все, если только по каким-нибудь бесспорным причинам это не должно быть, как думает Лидия, от меня скрыто. В последнем случае мне придется навсегда остаться в мучительном неведении».

«Впрочем, как бы не так, — добавила она про себя, заканчивая письмо. — И если, любезная моя тетушка, вы не раскроете правды по-хорошему, я, чтобы ее выведать, буду вынуждена прибегнуть к хитростям и уловкам».

Деликатность и особое чувство такта не позволили Джейн поговорить с Элизабет о словах, случайно брошенных Лидией. Элизабет была этому рада. До того, как выяснится, сможет ли она получить разъяснения от тетушки, она предпочитала обходиться без поверенного.

Глава X

К радости Элизабет, ответное письмо пришло без промедления. Едва получив его, она поспешила в небольшую рощу, где ее меньше всего могли потревожить, и уселась на одной из скамеек, предвкушая несколько счастливых минут. В самом деле, письмо было настолько обширным, что не могло заключать в себе просто отказ удовлетворить ее любопытство.

> *«Грейсчёрч-стрит, 6 сентября.*
> Дорогая племянница,
> только что получила твое письмо. Предвидя, что не смогу сжать до нескольких строк то, что мне необходимо тебе сообщить, я решила пожертвовать для ответа целым утром. Признаюсь, твое обращение застигло меня врасплох. Я не ожидала ничего подобного. Пожалуйста, не думай, что оно сколько-нибудь меня рассердило, — просто я никак не предполагала, что ты можешь задать мне такой вопрос. Если ты предпочитаешь меня не понимать, прости мою бестактность. Твой дядя удивлен не меньше моего, — только уверенность, что ты причастна ко всем происходившим событиям, позволила ему сделать то, что он сделал. Но если ты и правда ничего не знаешь и ни к чему не имела отношения, мне следует выразиться яснее. В тот самый день, когда я вернулась домой из Лонгборна, твоему дяде нанес визит неожиданный посетитель. Придя к нам, мистер Дарси провел с дядей наедине несколько часов. Их разговор к моему приезду уже закончился, так что мне совсем не пришлось страдать от любопытства, кото-

рое тебя, видимо, подвергло столь длительному испытанию. Целью его прихода было сообщить мистеру Гардинеру, что ему удалось обнаружить местопребывание твоей сестры и мистера Уикхема. Он также смог повидаться и поговорить с обоими: с Лидией один, а с Уикхемом — несколько раз. Насколько я поняла, он покинул Дербишир на следующий же день после нашего отъезда оттуда и прибыл в Лондон, чтобы выследить беглецов. Свой поступок он объясняет тем, что это, дескать, из-за него низость Уикхема не подверглась разоблачению, которое предостерегло бы достойных молодых леди от опасности им увлечься и довериться подобному человеку. Великодушно считая причиной всего происшедшего свою ложную гордость, он признает, что прежде находил ниже своего достоинства раскрыть перед миром обстоятельства, которые относились, казалось, бы, к нему одному. Люди должны были знать, с кем им приходится иметь дело. Поэтому мистер Дарси счел своим долгом вмешаться и попытался исправить зло, причиненное при его попустительстве. Если он руководствовался также и другими побуждениями, я не считаю, что это можно поставить ему в упрек. Он провел в городе несколько дней, прежде чем ему удалось разыскать беглецов. Но в его розысках ему могли помочь некоторые неизвестные нам обстоятельства. И сознание этого своего преимущества было еще одной причиной, побудившей его отправиться вслед за нами. Существует некая дама по имени миссис Янг, служившая прежде гувернанткой при мисс Дарси и отстраненная от этой должности за какой-то проступок, о котором мистер Дарси предпочел умолчать. С тех пор она добывает средства к существованию, сдавая меблированные комнаты в большом доме, приобретенном ею на Эдвард-стрит. Как было известно мистеру Дарси, дама эта близко знакома с Уикхемом. Поэтому тотчас по приезде в город мистер Дарси отправился за сведениями к миссис Янг. Он смог добиться от нее того, что ему было нужно, только два или три дня спустя. По-видимому, она не соглашалась без внушительного подкупа пренебречь оказанным ей доверием, так как на самом деле прекрасно знала о местонахождении ее приятеля. Уикхем и вправду сразу по прибытии в Лондон явился прямо к ней и здесь бы и остался, если бы только у нее была для него свободная комната. В конце концов наш добрый друг все же вырвал у этой особы требовавшиеся ему сведения. Выяснилось, что они остановились на *** стрит. Он повидал Уикхема и после этого добился свидания с Лидией. По его словам, при этой встрече он прежде всего хотел убедить ее отказаться от своего позорного положения и вернуться к родным, как только они будут готовы ее принять. При этом он предложил ей возможное содействие. Лидия, однако, была полна решимости остаться там, где находилась. Ей не было никакого дела до родственников, она не желала от них никакой помощи и даже слышать не хотела о том, чтобы расстаться с Уикхемом. Она была уверена, что рано или поздно они поженятся, и вовсе не придавала сколько-нибудь серьезного значения тому, когда именно это произойдет. При таком ее взгляде на вещи он рассудил, что не остается другого выхода, как договориться об их бракосочетании и всячески ускорить это событие. Из первой беседы с Уикхемом он понял, что женитьба вовсе не входила в намерения молодого человека, который признался, что весьма обременительные долги чести вынудили его покинуть полк, и не постеснялся свалить все злосчастные обстоятельства побега Лидии на ее легкомыслие. Он собирался уйти в отставку и имел весьма туманное представление о своем будущем. Предполагалось, что он куда-нибудь уедет, хотя отнюдь не было известно, куда именно. Вместе с тем было ясно, что у него нет никаких средств к существованию). Мистер Дарси поинтересовался причинами, из-за которых он сразу не женился на твоей сестре. Хотя мистера Беннета нельзя считать очень богатым человеком, он все же мог бы в какой-то мере оказаться ему полезным и эта женитьба отразилась бы выгодно на его положении. Но ответ Уикхема на этот вопрос свидетельствовал, что молодой человек лелеял надежду поправить свои дела основательно с помощью женитьбы в новых местах. При таких обстоятельствах ему, однако, трудно было устоять против соблазнительного предложения, которое могло его выручить сразу.

Они встретились не один раз — столько всего необходимо было обсудить. Уикхем, разумеется, запросил больше того, на что мог рассчитывать, но в конце концов ограничился разумными требованиями. Как только между ними была достигнута договоренность, мистер Дарси тотчас же поспешил ознакомить с положением дел твоего дядю и зашел на Грейсчёрч-стрит вечером накануне моего приезда. Однако ему не удалось застать мистера Гардинера. А из ответов прислуги он узнал, что твой отец все еще находится здесь, но должен уехать на следующее утро. Считая, что с ним ему будет не столь легко объясниться, как с мистером Гардинером, он охотно отложил свой визит до отъезда мистера Беннета в Лонгборн. Он не назвал своего имени, и до следующего дня было известно только, что некий господин наведывался к дяде по делу. В субботу он явился опять. Твоего отца уже не было, дядя находился дома, и, как сказано было выше, между ними произошел весьма продолжительный разговор. В воскресенье они встретились снова, и тогда мне тоже довелось его повидать. Но обо всем договориться они смогли только в понедельник, после чего в Лонгборн немедленно был отправлен нарочный. Наш гость оказался очень упрямым человеком. Думаю, Лиззи, что истинным недостатком его характера в конце концов является именно упрямство. В разное время ему приписывались различные пороки. Но этот порок присущ ему на самом деле. Все, что еще предстояло сделать, должно было быть сделано только им самим, хоть я убеждена (говорю вовсе не для того, чтобы заслужить благодарность, и поэтому, пожалуйста, ни слова об этом), что твой дядя охотно бы взялся за дело сам. Они спорили между собой по этому поводу гораздо больше, чем того стоили девица и молодой человек, к которым эти споры относились. Но в конце концов дяде пришлось уступить, и, вместо того чтобы оказаться полезным своей племяннице, он, вопреки своему желанию, вынужден был только изобразить благодетеля, не будучи им на самом деле. И я искренне убеждена, что полученное от тебя сегодня утром письмо весьма его обрадовало, так как потребовало разъяснений, которые избавляют его от не принадлежащих ему лавров и отдают их лицу, заслуживающему их на самом деле. Но, милая Лиззи, все это не должно пойти дальше тебя и, в крайнем случае, дальше Джейн. Ты, я думаю, достаточно хорошо знаешь, что было сделано для жениха и невесты. Следовало выплатить его долги на общую сумму, наверно, далеко перевалившую за тысячу фунтов. Другая тысяча, вместе с ее собственной, была положена на имя Лидии. А для него был куплен патент. Причину, по которой все это взял на себя мистер Дарси, я уже назвала тебе раньше. Только по его вине, из-за его бездействия и недостаточной дальновидности характер Уикхема выступал в столь ложном свете и он мог пользоваться всеобщим вниманием и расположением. Быть может, в этом и содержится крупица истины. Однако, несмотря на прекрасные рассуждения, ты, моя дорогая Лиззи, можешь быть абсолютно уверена, что дядя ни за что бы с ними не согласился,

383

не будь он убежден в особой заинтересованности мистера Дарси в этом деле. Когда все вопросы были разрешены, мистер Дарси вернулся к своим друзьям, еще остававшимся в Пемберли. Но при этом было условлено, что он снова прибудет в Лондон в день бракосочетания, с тем чтобы полностью закончить денежные дела. Думаю, я рассказала теперь решительно все. Это сообщение, как я поняла из твоего письма, должно тебя сильно удивить. Надеюсь все же, оно не вызовет твоего неудовольствия. Лидия переселилась к нам, и Уикхем получил постоянный доступ в наш дом. Он был точно таким же, каким я его знала в Хартфордшире. Но я ни за что не стала бы говорить тебе о своем недовольстве поведением в нашем доме невесты, если бы не поняла из письма, написанного Джейн в последнюю среду, что она ведет себя в Лонгборне точно так же, как и у нас, и потому это мое сообщение не может причинить тебе новой боли. Много раз я заводила с ней разговор, пытаясь самым серьезным образом объяснить ей непорядочность ее поведения и зло, которое она причинила своей семье. Я была бы рада, если бы что-нибудь все же было ею усвоено, так как она явно старалась не слышать моих слов. Иногда я выходила из себя. Но тогда я вспоминала своих дорогих Элизабет и Джейн и ради них старалась набраться терпения. Мистер Дарси вернулся точно в назначенное время и, как тебе известно от Лидии, присутствовал при церковном обряде. Он пообедал у нас на следующий день и должен был снова покинуть Лондон в среду или в четверг. Надеюсь, дорогая Лиззи, ты не очень рассердишься, если я воспользуюсь поводом и признаюсь тебе (чего я никак не решалась сделать до этих пор), насколько он мне понравился. Его обращение с нами было во всех отношениях таким же милым, как тогда, когда мы находились в Дербишире. Его взгляды и здравый смысл кажутся мне безукоризненными. Если ему чего-то и недостает, так это некоторой живости характера, которую в нем могла бы воспитать спутница жизни, при условии, что он сделает удачный выбор. Он показался мне человеком скрытным — едва ли хоть раз он упомянул о тебе. Но ведь скрытность теперь принята. Ради бога, прости мне мои, быть может, преждевременные намеки. И, по крайней мере, не рассердись на меня настолько, чтобы в будущем закрыть передо мной двери в П. Я не почувствую себя вполне счастливой до тех пор, пока не осмотрю весь парк целиком. Думаю, для этого отлично подошел бы низенький фаэтон с парой хорошеньких пони. Но я не могу больше писать — уже полчаса назад мне следовало заняться детьми.

Искренне преданная тебе
М. Гардинер».

Содержание этого письма вызвало в душе Элизабет целую бурю переживаний, радостных и мучительных, — трудно было даже определить, какие из них преобладали. Прежние смутные и неопределенные догадки, вызванные неясностью роли Дарси в подготовке бракосочетания ее сестры, над которыми она даже не смела задумываться — они предполагали проявление такого необыкновенного великодушия и вместе с тем накладывали на нее столь серьезные обязательства, — подтвердились, притом в самой полной мере! Он намеренно отправился искать их в Лондон, готовый ко всем неприятностям и унижениям, связанным с подобными розысками! Снизошел до роли просителя перед женщиной, которую презирал и ненавидел! Был вынужден видеть (притом не один раз), уговаривать и, наконец, подкупить человека, которого всегда избегал, — даже самое имя которого выводило его из себя! И все это делалось для девчонки, которую он не мог ни уважать, ни ценить?

Сердце подсказывало Элизабет, что он поступал так ради нее. Но подобное предположение сразу оказывалось несостоятельным, когда она думала о том, что даже при всей своей самонадеянности она не может рассчитывать на его привязанность к той, которая однажды ответила ему отказом, — пусть даже ему удалось бы преодолеть в себе естественное отвращение при одной мысли о необходимости породниться с Уикхемом. Свояк Уикхема! Всякое чувство гордости должно было восстать против такого родства. Разумеется, он сделал очень много. Ей было совестно даже представить себе сколько. Но ведь он предложил объяснение своего вмешательства, в которое можно было поверить без особой натяжки. Казалось вполне разумным, что он испытывал чувство вины. Он был щедр и имел возможность проявить это качество. И хотя его прежнюю склонность к ней она не могла считать главным его побуждением, остатки этого чувства могли все же способствовать его стараниям в деле, от которого столь сильно зависело ее душевное спокойствие. Как тяжело, как мучительно было сознавать, сколь многим обязаны они были человеку, с которым им никогда не удастся расплатиться. Спасение Лидии, ее имени и чести — все это было делом его рук. О, как горько раскаивалась она теперь в каждой своей недоброй мысли об этом человеке, в каждой обращенной к нему вызывающей фразе! Себя она чувствовала униженной. Но она была горда за него, горда тем, что он превзошел самого себя в проявлении великодушия и благородства. Она снова и снова перечитывала в письме отзыв о нем миссис Гардинер. Едва ли он был полным, но он был ей по-настоящему дорог. Она даже испытывала некоторую радость, смешанную с сожалением, думая об уверенности Гардинеров в том, что она связана с мистером Дарси доверием и взаимной привязанностью.

Ее заставил оторваться от раздумий и встать со скамьи шум шагов. И, прежде чем она углубилась в соседнюю аллею, ее догнал Уикхем.

— Боюсь, сестрица, я не вовремя прервал вашу одинокую прогулку, — сказал он, подходя.

— Вы в самом деле ее прервали, — ответила она с улыбкой. — Но отсюда вовсе не следует, что это произошло не вовремя.

— Если бы это было так, меня бы это очень огорчило. Мы ведь всегда были добрыми друзьями, а теперь стали еще лучшими, не правда ли?

— Да, разумеется. Кто-нибудь еще вышел прогуляться?

— Не знаю. Лидия с матерью поехали в Меритон. Итак, сестрица, как я понял из слов дяди и тети, вы все-таки навестили Пемберли.

Она ответила утвердительно.

— Я почти вам завидую. И все же мне это, наверно, было бы слишком тяжело, — в противном случае я вполне мог бы туда заехать по пути в Ньюкасл. Вы, должно быть, повидали старую экономку? Бедная Рейнолдс, она меня так любила! Конечно, вам она обо мне ничего не сказала.

— О нет, кое-что было сказано.

— Что же именно?

— Что вы поступили в армию и, кажется, не вполне хорошо себя там зарекомендовали. На большом расстоянии, вы знаете, многое бывает искажено.

— В самом деле, — произнес он, кусая губы.

Элизабет надеялась, что ей удалось заставить его замолчать. Но вскоре он заговорил опять:

— Я был удивлен, увидев недавно в Лондоне Дарси. Мы встретились с ним несколько раз. Интересно, чем он там занимается?

— Может быть, он готовится к свадьбе с мисс де Бёр? — спросила Элизабет. — В такое время года его могло привести в город только что-нибудь из ряда вон выходящее.

— Несомненно. Пришлось ли вам повидать его во время вашего пребывания в Лэмтоне? Из слов Гардинеров мне показалось, что вы встретились?

— О да, и он познакомил нас со своей сестрой.

— Она вам понравилась?

— Конечно, и даже очень.

— Я в самом деле слышал, что за два года она стала намного лучше. Когда я ее видел в последний раз, она больших надежд не внушала. Рад, что она вам пришлась по душе. Хотелось бы надеяться, что с ней и дальше все пойдет хорошо.

— О, я в этом вполне уверена. Ведь самые опасные годы для нее позади, не так ли?

— Вы проезжали деревню Кимтон?

— Не припомню такого названия.

— Я спросил про нее потому, что это тот самый приход, на который я мог рассчитывать. Дивное место! Отличный пасторский домик! Это так бы мне сейчас подошло.

— И вы стали бы произносить проповеди?

— О, с величайшим наслаждением! Они сделались бы частью моего существования; привыкнув, я бы с ними легко справлялся. Нехорошо жаловаться, но иногда все же думаешь — насколько это было бы славно! Спокойствие и уединение — вот, по-моему, настоящее счастье. Увы, этому не бывать. Вам Дарси об этом ничего не рассказывал, когда вы гостили в Кенте?

— От человека не менее осведомленного я слышала, что приход был оставлен за вами только условно. Окончательное решение возлагалось на теперешнего владельца.

— Гм, вот как! Да, это в какой-то степени верно. Я даже, помнится, что-то вам об этом сказал, когда мы впервые разговорились.

— Я слышала также, что в былое время произнесение проповедей не выглядело для вас столь приятным занятием, каким оно представляется вам сейчас. И что тогда вы решительно и навсегда отказались от прихода, получив соответствующую компенсацию.

— Ах так?! Это, впрочем, тоже не лишено оснований. Вы можете вспомнить, что и об этом я говорил вам при нашем первом знакомстве.

Они уже находились у самого входа в дом, так как Элизабет шла быстро, с тем чтобы поскорее от него отделаться. Щадя сестру и не желая ради нее с ним ссориться, она только ответила ему с веселой улыбкой:

— Послушайте, мистер Уикхем, мы с вами теперь, как вы знаете, брат и сестра. Не будем вспоминать прошлое. В будущем, я надеюсь, мы обо всем станем судить одинаково.

Она протянула Уикхему руку, которую тот, не зная, куда отвести глаза, весьма галантно поцеловал, и они вошли в дом.

Глава XI

Мистер Уикхем был в такой степени удовлетворен этой беседой, что больше никогда не затруднял себя попытками растрогать дорогую сестрицу Элизабет жалобами на свою горькую участь. И она с радостью убедилась в том, что ей удалось высказать все необходимое, чтобы заставить его замолчать.

Вскоре наступил день отъезда его и Лидии, и миссис Беннет не оставалось ничего другого, как примириться с предстоящей разлукой, которая, по-видимому, должна была продлиться не менее года, так как ее муж и слышать не хотел о поездке в Ньюкасл.

— Лидия, дорогая моя, — воскликнула она, — когда-то теперь доведется нам снова встретиться!

— Боже мой, откуда я знаю? Быть может, не раньше чем через два или даже три года.

— Пиши мне, любовь моя, как можно чаще.

— Уж как сумею. Вы знаете, у замужних женщин остается немного времени для писем. Пусть мне побольше пишут сестры. Им-то ведь делать нечего.

Мистер Уикхем простился с родными гораздо сердечнее. Он расточал улыбки, очаровывал всех и произнес массу приятных слов.

— Это самый отличный малый из виденных мной на моем веку, — заметил мистер Беннет, как только они уехали. — Ухмыляется, хихикает и со всеми заигрывает! Я необыкновенно им горд. Думается, даже сам сэр Уильям Лукас не смог бы породить более достойного зятя.

Отъезд дочери на несколько дней выбил миссис Беннет из колеи.

— Мне часто приходит в голову, — говорила она, — что на свете нет ничего хуже разлуки с родным человеком. Как пусто становится, когда его уже нет рядом!

— Вот к чему приводит, сударыня, замужество дочки, — заметила Элизабет. — Тем больше удовлетворения вы должны находить в том, что остальные ваши дочери остаются в девицах.

— Ничего подобного! Лидия покинула нас сейчас не из-за своего замужества, а лишь потому, что полк Уикхема находится бог знает как далеко. Если бы он был поближе, она бы так быстро не уехала.

Отчаяние, в которое миссис Беннет была ввергнута этим событием, мало-помалу, однако, потеряло свою остроту, и она стала питать новые надежды благодаря одному недавно распространившемуся известию. Экономка в Незерфилде получила распоряжение приготовить дом к приезду хозяина, прибывающего через день или два, чтобы в течение нескольких недель поохотиться в здешних местах. Миссис

Беннет пришла в крайнее беспокойство. Она то и дело поглядывала на Джейн, улыбалась и качала головой.

— Так, так, сестрица, — новость сообщила ей миссис Филипс, — значит, мистер Бингли все-таки возвращается? Ну что ж, тем лучше. Хотя меня это мало трогает. Он ведь для нас, как тебе известно, никто, и мне вовсе не хотелось его снова увидеть. Все же его появление в Незерфилде, если он вздумал туда возвратиться, — дело похвальное. Кто знает, что может случиться? Впрочем, нас это не касается, мы же условились никогда об этом не вспоминать. Ты уверена, что он приезжает?

— Можешь на меня положиться, — отвечала ее сестра. — Миссис Николс была вечером в Меритоне. Я как увидела, что она идет мимо, сразу выбежала, чтобы все разузнать. Она сама говорит, что все это чистая правда. Он приезжает не позже четверга, может быть, даже в среду. По словам миссис Николс, она заходила к мяснику, чтобы заказать мяса к среде. К счастью, у него нашлось три пары уток, которым самое время свернуть головы и отправить на кухню.

Известие о приезде Бингли не могло не вызвать краску на лице у мисс Беннет. Уже много месяцев прошло с тех пор, как она в последний раз произнесла его имя в разговоре с Элизабет. Но теперь, как только они остались вдвоем, она сказала:

— Я заметила, как ты на меня взглянула, когда тетя сообщила нам последнюю новость. Наверно, я показалась расстроенной. Но не считай, пожалуйста, что это было связано с какими-нибудь глупостями. Просто я на минуту смутилась, так как понимала, что все обратят на меня внимание. Эта новость не вызвала в моей душе ни боли, ни радости. Приятно, что он приезжает один, — благодаря этому мы почти не будем встречаться. Не то чтобы я опасалась за себя, но я боюсь всяких намеков.

Элизабет не знала, что и подумать. Если бы она не встретилась с ним в Дербишире, она считала бы, что он мог приехать ради того, о чем было объявлено во всеуслышание. Но там ей показалось, что он любит Джейн по-прежнему. И она терялась в догадках, стараясь понять, приезжает ли он с разрешения друга или осмелился действовать по своему усмотрению.

«И все же это ужасно, — думала она иногда. — Несчастный молодой человек не смеет поселиться в законно нанятом доме, не вызвав подобных сплетен. По мне — пусть он живет, как ему вздумается».

Хотя Джейн говорила, что известие о приезде Бингли ничуть ее не тревожит, и даже верила в это сама, Элизабет все же ясно замечала ее волнение. В каждом ее поступке обнаруживались взвинченность, нервозность, столь несвойственные ей в обычное время.

Тема, подвергнутая горячему семейному обсуждению около года тому назад, вновь стала предметом разговора между родителями.

— Дорогой мой, как только мистер Бингли приедет, — сказала миссис Беннет, — вам, разумеется, нужно будет его навестить!

— Ну нет, увольте. В прошлом году вы меня убедили, обещав, что за это он женится на нашей дочке. Но, как видите, все кончилось ничем. На эту удочку я больше не попадусь.

Жена попыталась объяснить ему, что по случаю приезда мистера Бингли все соседи должны оказать ему должное внимание.

— Терпеть не могу этикета! — возразил муж. — Если Бингли нуждается в нашем обществе — пусть сам и заботится о встрече. Он знает, где мы живем. Я слишком дорожу временем, чтобы бегать к соседям по случаю каждого их отъезда или приезда.

— Ну что ж, насколько я понимаю, вы поступите непростительно грубо. Но это все же ни в коем случае не помешает мне пригласить его к нам на обед. На днях у нас обедают Голдинги и миссис Лонг. Вместе с нами за столом будет тринадцать человек,— для него как раз останется место.

Принятый план помог ей смириться с недостаточной учтивостью мужа. И все же ей было тяжело сознавать, что из-за его отказа соседи смогут встретиться с мистером Бингли раньше, чем они.

— Я вообще начинаю жалеть о его возвращении, — сказала Джейн сестре. — Оно могло бы меня не затрагивать — ведь я и впрямь могу с ним встретиться как ни в чем не бывало. Но я не переношу связанных с этим беспрестанных разговоров. У нашей матери самые добрые намерения. Но она не представляет себе — этого не может представить никто, — как мучат меня ее слова. Я буду счастлива, когда он снова уедет.

— Мне бы хотелось тебя утешить, — ответила Элизабет. — Но я не могу. Пойми, дорогая. Я не могу даже пожелать тебе набраться терпения, — то, что в таких случаях обычно советуют, — столько ты вытерпела.

Мистер Бингли приехал. С помощью слуг миссис Беннет узнала об этом незамедлительно, благодаря чему не был упущен ни один час возможных волнений и беспокойств. И она высчитывала, через сколько дней будет прилично пригласить его на задуманный обед, не надеясь увидеть его до этого. Но уже на третье утро после его прибытия в Хартфордшир она заметила из окна спальни, как он въехал на прилегающую к дому лужайку и поскакал к подъезду.

На радостях она сейчас же подозвала к окну дочерей. Джейн не захотела покинуть места за столом. Но Элизабет, чтобы ублажить мать, подошла, посмотрела во двор, увидела рядом с Бингли мистера Дарси и села рядом со старшей сестрой.

— С ним какой-то джентльмен, маменька, — сказала Китти. — Кто бы это мог быть?

— Какой-нибудь его знакомый, моя дорогая, откуда мне знать.

— Ой! — крикнула Китти. — Кажется, это тот самый джентльмен, который всюду бывал с ним раньше. Мистер, ну как же его зовут, такой высокий и гордый?..

— Боже праведный! Мистер Дарси! Конечно, он, клянусь чем угодно. Что ж, мы рады приветствовать всякого друга мистера Бингли. Но не будь они друзьями, я бы сказала, что прихожу в ярость от одного его вида.

Джейн бросила на Элизабет взгляд, полный недоумения и сочувствия. Она почти ничего не знала о том, что произошло в Дербишире. Поэтому она представила себе смущение сестры, которая едва ли не впервые увидела этого человека после получения от него столь памятного письма. Обеим сестрам было очень не по себе. Обеих переполняли собственные переживания и взаимное сочувствие. Поэтому они не расслышали болтовни матери о ее неприязни к мистеру Дарси и решимости обращаться с ним учтиво только ради его дружбы с мистером Бингли. Но у Элизабет был повод для беспокойства, совершенно неизвестный сестре, которой она так и не осмелилась показать письмо миссис Гардинер и рассказать, как изменилось ее отношение к Дарси. Для Джейн это был просто человек, на предложение которого ее сестра ответила отказом и достоинства которого недооценила. Но Элизабет знала гораздо больше. Она видела в нем друга, который облагодетельствовал их семью и к которому она питала чувство если не столь же нежное, то, по крайней мере, не менее оправданное и заслуженное, чем чувство Джейн к Бингли. Его приезд, появление в Незерфилде и в Лонгборне, его явное стремление снова с ней встретиться — все это удивляло ее почти в той же степени, в какой она была удивлена переменой его поведения при первой их встрече в Дербишире.

Румянец, сошедший перед тем с ее щек, вспыхнул на них еще ярче, и радостная улыбка озарила ее лицо, когда она подумала, как долго остаются неизменными его привязанность и стремление завоевать ее сердце. Но она не хотела себя зря обнадеживать.

«Посмотрим прежде, как он станет себя вести, — сказала она себе. — Помечтать мы еще успеем».

Она сидела, углубившись в работу, стараясь совладать с душевным смятением и не смея поднять глаза. Услышав приближающиеся к двери шаги, она с любопытством взглянула на сидевшую рядом сестру. Джейн была немного бледна, но держалась спокойнее, чем ожидала Элизабет. При появлении гостей она слегка покраснела. И все же она встретила их непринужденно, и в ее полном достоинства поведении не замечалось ни тени обиды или преувеличенной приветливости.

Элизабет сказала каждому из друзей ровно столько, сколько требовали приличия, и снова взялась за шитье. Только раз осмелилась она бросить взгляд на Дарси. Как обычно, он казался серьезным, и она подумала, что сейчас он больше похож на Дарси, которого она видела прежде в Хартфордшире, чем на того, которого узнала в Пемберли. Но, быть может, находясь рядом с ее матерью, он не мог вести себя так, как в присутствии ее дяди и тети? Такое предположение, сколь оно ни было огорчительным, казалось правдоподобным.

На Бингли она тоже успела взглянуть лишь мельком, заметив при этом, что он выглядит счастливым и смущенным. Миссис Беннет встретила его с такой чрезмерной любезностью, что старшим дочкам стало неловко, в особенности из-за контраста между этим приемом и церемонным приветствием, которым она удостоила его друга.

Это различие особенно болезненно переживала Элизабет, знавшая, что миссис Беннет была обязана мистеру Дарси спасением от бесчестия любимой дочери.

Дарси справился у Элизабет о здоровье мистера и миссис Гардинер, смутив ее настолько, что она едва смогла ответить, и затем не проронил почти ни одного слова. Они сидели довольно далеко друг от друга, и его молчание, возможно, объяснялось именно этим. Но в Дербишире все было по-другому. Там, если он не мог разговаривать с ней, он беседовал с ее друзьями. Здесь же в течение многих минут его голоса вовсе не было слышно. И когда, одолеваемая любопытством, она время от времени бросала на него беглые взгляды, она замечала, что он одинаково часто смотрел на нее и на Джейн, а еще чаще просто опускал глаза. Его озабоченность и меньшая в сравнении с предыдущей встречей готовность быть ей приятным объяснялись достаточно просто. Она была разочарована и жестоко за это на себя злилась.

«Разве я могла ждать иного? — спрашивала она себя. — И все же почему он пришел?»

Ей не хотелось разговаривать с кем-нибудь другим, и у нее не хватало духу обратиться к нему. Справившись о здоровье его сестры, она больше ничего не могла придумать.

— Как давно вы уехали, мистер Бингли! — заметила миссис Беннет.

Мистер Бингли с готовностью согласился.

— Я уже начала побаиваться, что вы и вовсе не вернетесь. Поговаривали, будто к Михайлову дню вы откажетесь от аренды. Надеюсь, этого не случится? Как много за ваше отсутствие изменилось! Мисс Лукас вышла замуж и теперь живет своим домом. И одна из моих дочерей — тоже. Надеюсь, вы слышали — вы могли об этом прочесть в газетах. Я знаю, об этом сообщалось в «Курьере» и в «Таймсе». Хотя, конечно, не так, как следовало бы. Сказано всего лишь: «На днях Джордж Уикхем, эсквайр, — на мисс Лидии Беннет». И ни словечка об ее отце, из каких она мест, — ровно ничего. Это дело рук моего братца Гардинера. Просто понять не могу, как его угораздило так оскандалиться. Вы читали?

Бингли ответил утвердительно и воспользовался случаем принести свои поздравления. Элизабет не смела поднять глаза, а потому не знала, как при этом выглядел мистер Дарси.

— В самом деле приятно, когда дочка удачно выходит замуж, — продолжала миссис Беннет. — И вместе с тем было жестоко отрывать ее от меня. Они уехали далеко на север, в Ньюкасл. И, увы, будут жить в тех местах бог знает сколько. Там квартирует его полк. Вы ведь, надеюсь, знаете, — он ушел из ***ширского и поступил в регулярную армию. Слава богу, у него есть настоящие друзья. Хоть и не так много, как он заслуживает.

Элизабет, понимавшая, что это говорилось в пику мистеру Дарси, почувствовала себя до такой степени униженной, что едва могла усидеть на месте. Но именно эти слова наполнили ее душу недостававшей ей прежде решимостью и заставили ее вступить в разговор. Она спросила у Бингли, надолго ли он поселился в Незерфилде, и узнала, что он надеется провести здесь несколько недель.

— Когда вы перестреляете всю дичь у себя, — вмешалась ее мамаша, — пожалуйста, мистер Бингли, приезжайте к нам. Вы сможете сколько угодно охотиться в имении мистера Беннета. Поверьте, он будет счастлив доставить вам это удовольствие и постарается приберечь для вас лучшие выводки.

Неумеренная и назойливая угодливость матери еще сильнее смутила Элизабет. Она была убеждена, что если бы сейчас ожили вновь прошлогодние надежды, то все очень скоро опять завершилось бы досадным разочарованием. И ей казалось, что мука, которую в эти минуты испытывали она и Джейн, не могла быть возмещена даже годами блаженства.

«Самое большое мое желание, — говорила она себе, — никогда больше не видеть этих людей. Своим обществом они не доставляют той радости, ради которой стоило бы переносить такие страдания. Пусть же ни тот, ни другой не попадаются мне на пути!»

Мука, которая не могла быть возмещена годами блаженства, показалась ей все же менее тяжкой, когда она заметила, как сильно обаяние Джейн действует на чувства ее прежнего поклонника. Сразу по приходе он разговаривал с ней немного. Но с каждой минутой его внимание к ней росло. Она казалась ему такой же красивой, как в прошлом году. Такой же милой и такой же естественной, но, пожалуй, несколько более молчаливой. Джейн всячески заботилась, чтобы в ней не было заметно никаких перемен, и считала, что разговаривает столько же, сколько раньше. Но ее мысль работала так напряженно, что нередко она сама не замечала своей задумчивости.

Когда молодые люди собрались уходить, миссис Беннет, продолжая изо всех сил ухаживать за Бингли, воспользовалась случаем, чтобы пригласить их в один из ближайших дней пообедать в Лонгборне.

— Ведь вы, мистер Бингли, мой должник, — добавила она. — Помните, когда вы уезжали в город прошлой зимой, вы обещали по возвращении приехать к нам на обед. Как видите, я этого не забыла. Признаюсь, я была сильно разочарована, когда вы не вернулись в Хартфордшир, чтобы исполнить свое обещание.

Эти слова вызвали у Бингли некоторое замешательство, и в ответ он пробормотал что-то о задержавших его делах. Следом за тем они уехали.

Миссис Беннет очень хотелось пригласить их к обеду в тот же день. Но хотя в Лонгборне всегда был отличный стол, она решила, что потребуется по крайней мере удвоить количество блюд, чтобы угодить человеку, с которым она связывала столь большие надежды, а также удовлетворить аппетит и тщеславие его друга, располагавшего десятью тысячами годового дохода.

Глава XII

Как только они ушли, Элизабет, чтобы немного успокоить свое волнение, отправилась на прогулку. Ей хотелось без помех поразмыслить над событиями дня, особенно сильно ранившими ее чувства. Больше всего ее удивляло и мучило поведение мистера Дарси.

«Зачем он пришел, — недоумевала она, — если собирался все время просидеть молча, сохраняя на лице это безразличное выражение?»

Ей не удавалось найти объяснение, которое могло бы хоть сколько-нибудь ее порадовать.

«Еще совсем недавно, в Лондоне, он мог быть приветливым и любезным с дядей и тетей. Почему же он не был таким же со мной? Если он со мной чувствует себя неловко, зачем ему было сюда приходить? Если ему больше нет до меня дела, откуда такая замкнутость? Как он меня изводит, этот человек! Не стану о нем больше никогда думать».

Какое-то время ей пришлось поневоле сдерживать свое обещание, так как ее догнала Джейн, счастливый вид которой показывал, что утренний визит доставил ей гораздо больше удовольствия, чем ее сестре.

— Теперь, — сказала она, — когда первая встреча уже позади, у меня на душе стало спокойно. Я уверилась в своих силах, и его приход больше меня не смутит. Мне даже приятно, что он будет обедать у нас во вторник. При этом все смогут убедиться, что между нами нет ничего, кроме обычного знакомства.

— Да, да, разумеется, самого обычного, — с улыбкой ответила Элизабет. — Ах, Джейн, Джейн, будь осторожна!

— Лиззи, дорогая, неужели ты считаешь меня такой слабой, что сколько-нибудь за меня опасаешься?

— Я считаю, что тебе следует опасаться, как бы он не влюбился в тебя еще сильнее.

До вторника молодых людей не видели. И за эти дни в душе миссис Беннет возродились самые счастливые надежды, основанные на радостном виде и любезности мистера Бингли в течение его получасового визита.

Во вторник в Лонгборне собралось большое общество. Двое гостей, которых ждали с особенным нетерпением, как подобает истинным любителям спорта, явились ровно в назначенное время. Когда все направились в столовую, Элизабет с интересом стала наблюдать, займет ли Бингли принадлежавшее ему прежде место около Джейн. Ее предусмотрительная мамаша, волнуемая той же мыслью, не стала усаживать его подле себя. Войдя в комнату, Бингли остановился в некоторой нерешительности. Но Джейн как бы ненароком взглянула по сторонам, как бы ненароком улыбнулась, — и все было решено. Он уселся с ней рядом.

Элизабет с торжеством посмотрела на его друга. Тот отнесся к происшедшему с благородной невозмутимостью. И она могла бы подумать, что Бингли испросил у него разрешения на счастье, если бы не заметила брошенного им на мистера Дарси взгляда, выражавшего шутливое беспокойство.

То, как он вел себя во время обеда по отношению к Джейн, явно доказывало, насколько он ею увлечен. И хотя, по сравнению с прежними встречами, он соблюдал большую осторожность, было ясно, что он и Джейн, если им только не помешают, обретут блаженство в ближайшем будущем. Не осмеливаясь предвосхищать события, Элизабет испытывала удовольствие, наблюдая за поведением Бингли. И это было единственной отрадой, которая отчасти скрашивала ее невеселое настроение. Мистер Дарси сидел рядом с миссис Беннет, удаленный от Элизабет, насколько это было возможно за одним столом. И Элизабет прекрасно понимала, как мало удовольствия каждый из них испытывает от такого соседства и как это должно отражаться на их поведении. Она не могла на таком расстоянии слышать их слов. Но она хорошо видела, как редко они обращались друг к другу и в какой мере эти обращения были сухими и сдержанными. Нелюбезность матери заставила Элизабет еще острее почувствовать, сколь многим они ему обязаны. И иногда она готова была пожертвовать чем угодно ради возможности сказать ему, что хоть кто-то в их семье знает и по-настоящему ценит все доброе, что было им для них сделано.

Она надеялась, что в течение вечера какой-нибудь случай сведет их вместе и этот визит не закончится без ее разговора с мистером Дарси, более обстоятельного, нежели обмен несколькими церемонными приветствиями при встрече. Встревоженная и взволнованная, она сидела в гостиной до прихода мужчин с таким усталым и отсутствующим видом, что могла показаться невежливой. Их появления она ждала с тем чувством, как будто от этой минуты целиком зависело — принесет ли ей сегодняшний вечер хоть какую-то радость.

«Если он не подойдет и на этот раз, — говорила она себе, — я буду знать, что он потерян для меня навсегда».

Мужчины вошли. И судя по виду мистера Дарси, он был склонен ответить ее надеждам. Но увы! Дамы так тесно окружили столик, за которым Джейн разливала чай, а Элизабет — кофе, что поблизости не оказалось ни одного места, где бы он мог присесть. А когда молодые люди оказались неподалеку, одна из девиц прижалась к Элизабет, прошептав:

— Я не желаю, чтобы мужчины нас разлучили! Ведь никто из них нам не нужен, не правда ли?

Дарси отошел в другой конец комнаты. Она проводила его взглядом, завидуя каждому человеку, с которым он вступал в разговор, и боясь, что у нее не хватит терпения угостить кофе всех присутствующих. И вдруг ее возмутила собственная наивность.

«Человек, которому я отказала! Как глупо с моей стороны думать, что он мог снова в меня влюбиться! Разве найдется представитель сильного пола, у которого хватило бы кротости сделать второе предложение? Большего унижения им, наверно, трудно себе представить!»

Ей, однако, стало немного легче, когда он попросил ее налить ему вторую чашку кофе. Воспользовавшись случаем, она спросила:

— Ваша сестра все еще живет в Пемберли?

— Да, она пробудет там до Рождества.

— И с ней никто не остался? Неужели ее покинули все друзья?

— Миссис Энсли еще там. Другие леди три недели назад уехали в Скáрборо.

Больше она не нашла что сказать. Но если бы ему хотелось поддержать разговор, он мог бы придумать какую-нибудь тему сам. Тем не менее он молча постоял около нее несколько минут и, только когда одна из девиц начала что-то опять нашептывать Элизабет на ухо, отошел в сторону.

Чайная посуда была убрана, карточные столы — раскрыты. Дамы поднялись, и Элизабет надеялась, что он вскоре окажется рядом. Однако и на этот раз ее постигло разочарование: она увидела, как его перехватила миссис Беннет, охотясь на игроков в вист, и усадила против себя. Больше уже она не ждала от вечера ничего. Они должны были просидеть в разных концах комнаты до самого ухода гостей, и теперь ей оставалось только надеяться, что, обращая свой взор слишком часто к ее столику, он окажется таким же незадачливым игроком, как она сама.

Миссис Беннет намеревалась удержать мистера Бингли и его друга еще и на ужин. Однако, на ее беду, его экипаж был подан первым, и она не смогла найти способа помешать их отъезду.

— Ну-с, девочки, — сказала она, когда все наконец разъехались, — что вы скажете о сегодняшнем вечере? Все прошло самым отличным образом. Вы заметили, как красиво был убран стол? Оленина совсем не пережарилась — все говорили, что еще не видывали такого сочного окорока. А разве можно было сравнить суп с тем, что мы неделю назад ели у Лукасов? Даже мистер Дарси подтвердил, что куропатки приготовлены превосходно. А он-то, наверно, держит по меньшей мере двух или трех французских поваров. Джейн, милочка, ты еще никогда не выглядела такой красавицей. Миссис Лонг тоже это находит — она прямо так и сказала, отвечая на мой вопрос. И что же, ты думаешь, она при этом добавила? «Ах, миссис Беннет, суждено ей жить в Незерфилде!» Да, да, да, так и сказала! Она такая душка, миссис Лонг, — кто с ней может сравниться? А какие у нее воспитанные племянницы, хоть, правда, и некрасивые. Я просто их обожаю!

Миссис Беннет, короче говоря, находилась в великолепном расположении духа. Она достаточно насмотрелась, как мистер Бингли вел себя по отношению к Джейн, чтобы вполне увериться, что в конце концов он все же станет ее мужем. А поскольку, находясь в хорошем настроении, она ждала, что счастливые события развернутся с умопомрачительной быстротой, она была серьезно разочарована, когда на следующее утро он не явился просить руки ее дочери.

— Какой это был чудесный день! — сказала Джейн, обращаясь к сестре. — И как удачно подобралось все общество — все так подходили друг к другу. Надеюсь, мы и дальше будем встречаться.

Элизабет улыбнулась.

— Почему ты улыбаешься, Лиззи? Тебе не в чем меня подозревать. Мне это неприятно. Поверь мне, я теперь вполне научилась извлекать удовольствие из беседы с ним просто как с приятным и разумным молодым человеком, не испытывая при этом никаких других чувств. И я убедилась, что у него не было ни малейшего желания завоевать мое сердце. Это только могло показаться, потому что, в отличие от других людей, он одарен удивительным обаянием и стремлением радовать всех окружающих.

— Ты поступаешь очень жестоко, — отвечала ее сестра. — Не позволяя мне улыбаться, ты вместе с тем каждую минуту даешь мне для этого повод.

— Иной раз бывает удивительно трудно сделать так, чтобы тебе поверили!

— А бывает — и совсем невозможно!

— Но для чего тебе меня убеждать, что я испытываю нечто большее, чем сама сознаю?

— На этот вопрос я едва ли могу ответить. Мы все любим поучать других, хотя можем им передать лишь то, что, пожалуй, и знать-то не стоит. Прости меня. И если ты настаиваешь на своем безразличии к мистеру Бингли, не делай меня больше своей наперсницей.

Глава XIII

Через несколько дней после званого обеда мистер Бингли снова навестил Лонгборн, на этот раз без своего друга. Мистер Дарси в это утро уехал в Лондон, с тем, однако, чтобы через десять дней вернуться в Незерфилд. Бингли пробыл более часа, все время находясь в превосходном настроении. Миссис Беннет пригласила его остаться обедать, но, к его великому сожалению, он вынужден был признаться, что уже обещал обедать в другом месте.

— Надеюсь, нам повезет больше, когда вы приедете в следующий раз, — сказала миссис Беннет.

Он будет предельно счастлив в любое время, и т. д. и т. п. И если ему позволят сейчас удалиться, он воспользуется первым удобным случаем, чтобы навестить их опять.

— Вы могли бы прийти завтра?

Да, этот день у него ничем не занят. И приглашение было с готовностью принято.

Он пришел, и притом в такое удачное время, когда ни одна из дам еще не завершила своего туалета.

Миссис Беннет в одном халате и с наполовину законченной прической вихрем влетела в комнату дочери, крича на ходу:

— Джейн, дорогая, ради бога, поторопись! И живо спускайся вниз. Он пришел! Мистер Бингли пришел! Да, да, честное слово. Скорее! Скорее! Вот что, Сара, сию же минуту займись мисс Беннет и помоги ей одеться. Прическа мисс Лиззи может подождать.

— Мы спустимся, как только будем готовы, — сказала Джейн. — Но Китти, я думаю, еще раньше будет внизу — она поднялась к себе уже полчаса назад.

— Да пропади она, Китти! Ее только не хватало. Вниз, вниз, поживее! Куда девался твой пояс, моя дорогая?

Но когда мать вышла, Джейн решила ни за что не спускаться без одной из своих сестер.

Стремление матери оставить их наедине проявилось столь же сильно и вечером. После чая мистер Беннет, как обычно, удалился в библиотеку, а Мэри поднялась к себе заниматься музыкой. Когда две помехи были таким образом устранены, миссис Беннет принялась подмигивать Элайзе и Китти. Ее старания долго оставались незамеченными. Элизабет упорно не обращала на них никакого внимания. Наконец Китти спросила с невинным видом:

— Что такое, маменька? Почему вы подмигиваете? Я что-нибудь должна сделать?

— Ничего, дитя мое, ничего. Тебе просто показалось.

После этого она минут пять просидела спокойно. Но, будучи не в силах упустить такую благоприятную возможность, она вдруг вскочила и, сказав Китти: «Пойдем, милочка, со мной, я должна тебе что-то сказать», увела ее из комнаты. Джейн бросила на Элизабет взгляд, говоривший, как неприятны ей эти уловки, и умолявший сестру им не поддаваться.

Через несколько минут миссис Беннет открыла дверь со словами:

— Лиззи, дорогая, мне с тобой нужно поговорить.

— Ты знаешь, мы вполне можем их оставить вдвоем, — сказала мать, как только они оказались за дверью. — Мы с Китти пойдем ко мне в гардеробную комнату.

Элизабет не стала спорить, но задержалась в холле до ухода оттуда матери и Китти, а потом вернулась в гостиную.

На этот раз расчеты миссис Беннет не оправдались. С Бингли все обстояло великолепно, если не считать того, что он еще не стал женихом Джейн. Присущие ему приветливость и непринужденность внесли немалое оживление в их вечернюю беседу.

И то, что он терпел назойливую заботу миссис Беннет и без тени неодобрения прощал ей все бестактные замечания, вызывало особую благодарность ее дочери.

Его почти не пришлось уговаривать остаться ужинать. И, прежде чем он покинул дом, было условлено — главным образом между ним и миссис Беннет, — что он приедет на следующее утро, чтобы поохотиться с мистером Беннетом.

К концу дня Джейн больше не настаивала на том, что она не испытывает к Бингли никаких чувств. В разговоре между сестрами его имя не упоминалось, но Элизабет легла спать со счастливой уверенностью, что дело придет к быстрому завершению, если только мистер Дарси не вернется из Лондона раньше назначенного срока. Говоря серьезно, она, однако, готова была допустить, что все это происходит с его согласия.

Бингли явился точно в условленное время и, как было решено накануне, провел утро с мистером Беннетом. Последний оказался гораздо более приятным партнером, нежели ожидал его спутник. Бингли не был глуп и самонадеян и тем самым не давал мистеру Беннету повода удовлетворять свою склонность к сарказму или замкнуться в презрительном молчании. Благодаря этому он был более общителен и менее причудлив, чем во время их прежних встреч. Разумеется, мистер Бингли вернулся с мистером Беннетом к обеду, а вечером снова была пущена в ход изобретательность миссис Беннет, чтобы оставить его с Джейн наедине. Элизабет, которой нужно было написать письмо, сразу после чая ушла в комнату для завтрака. Остальные собирались играть в карты, и она считала, что при этом нет необходимости противодействовать уловкам мамаши.

Однако, вернувшись в гостиную после того, как письмо было написано, она, к своему изумлению, обнаружила, что в борьбе с этими уловками следовало избегать излишней самоуверенности. Распахнув дверь, она увидела сестру и мистера Бингли, стоящих перед камином и углубленных в сосредоточенную беседу. И хотя это обстоятельство само по себе могло и не вызвать подозрений, но выражение их лиц в момент, когда они поспешно обернулись и отошли друг от друга, не позволяло усомниться в происшедшем. Их положение было достаточно неловким. Но ее собственное, казалось ей, было еще более щекотливым. Никто не сказал ни слова, и Элизабет уже намеревалась удалиться, когда Бингли, который перед этим сел по примеру остальных на диван, вдруг вскочил и, прошептав что-то ее сестре, вышел из комнаты.

Джейн ничего не могла скрывать от Элизабет в тех случаях, когда откровенности сопутствовали радостные переживания. Крайне взволнованная, она бросилась к ней на шею и призналась, что считает себя счастливейшим существом на земле.

— Этого для меня слишком много! — добавила она. — Право, слишком. Я ничего подобного не заслужила. Почему все другие не могут быть так же счастливы?!

Поздравления ее сестры были принесены с таким жаром, искренностью и восторгом, которые едва ли можно передать словами. Каждая ее фраза шла от самого сердца и была для Джейн новым источником блаженства. Но Джейн не могла себе позволить долго оставаться с Элизабет, чтобы высказать ей все, что она в эти минуты переживала.

— Нужно сейчас же подняться к маме, — воскликнула она. — Нельзя забывать ни на минуту, как нежно она обо мне заботилась. Мне бы не хотелось, чтобы она узнала об этом от кого-то другого. Он уже пошел к папе. Ах, Лиззи, подумать только, сколько радости мои слова принесут нашей семье! Как мне пережить столько счастья?!

И она помчалась к матери, которая перед тем умышленно прекратила игру в карты и теперь сидела наверху с Китти.

Оставшаяся в одиночестве Элизабет улыбалась, думая о том, как просто и легко в конце концов разрешились все трудности, волновавшие и мучившие их в течение стольких месяцев.

— И вот к чему привели, — сказала она, — все каверзы и уловки его сестер, вся осторожность и осмотрительность его друга! Самый благополучный, самый мудрый и самый естественный конец!

Через несколько минут вернулся Бингли, краткая беседа которого с их отцом увенчалась полным успехом.

— Где же мисс Беннет? — спросил он, входя в гостиную.

— Она наверху у мамы. Наверно, она скоро вернется.

Прикрыв дверь за собой и подойдя ближе, он попросил Элизабет, чтобы она пожелала им счастья, а ему подарила свою сестринскую привязанность. Элизабет искренне и от всей души выразила ему свою радость по поводу того, что им предстоит породниться, и они сердечно пожали друг другу руки. После этого, до самого прихода Джейн, ей пришлось выслушивать все, что ему было необходимо сказать о своем блаженстве и о достоинствах ее сестры. И хотя это были слова влюбленного, Элизабет была готова поверить, что его мечты сбудутся и что им предстоит счастливая жизнь, залогом которой были здравый смысл и чудесный характер Джейн, а также общность их вкусов и чувств.

Все в этот вечер были настроены необыкновенно радостно. Ощущение удовлетворенности и спокойствия придавало такое приятное оживление лицу Джейн, что она выглядела еще более красивой, чем обычно. Китти хихикала и улыбалась, мечтая о том, чтобы поскорее наступила и ее очередь. Миссис Беннет, выражая свое согласие на этот брак и высказывая свое одобрение, была неспособна облечь свои чувства в слова, хотя говорила с Бингли только об этом в течение получаса. А когда мистер Беннет во время ужина присоединился ко всем, его вид и поведение свидетельствовали, насколько и он доволен происшедшим событием. Однако до самого ухода гостя он не промолвил по этому поводу ни слова. Только когда с наступлением ночи Бингли уехал, отец, обернувшись к дочери, произнес:

— Поздравляю тебя, Джейн. Ты будешь счастлива.

Джейн, подбежав к нему, поцеловала и поблагодарила отца за его доброту.

— Ты славная девочка, — сказал он, — и меня радует, что твоя жизнь сложится хорошо. Я не сомневаюсь, что вы отлично подходите друг к другу. В вас много общего. Оба вы настолько уступчивы, что между вами не может возникнуть разногласий; настолько доверчивы, что вас обведет вокруг пальца любая служанка; и настолько щедры, что вам всегда будет не хватать ваших доходов.

— Надеюсь, этого не случится. Неблагоразумие и легкомыслие в денежных делах с моей стороны были бы непростительными.

— Не хватит доходов? Но, дорогой мистер Беннет, — воскликнула его жена, — о чем вы толкуете? Он же получает четыре или пять тысяч в год, — может быть, даже больше! — И, обратившись к дочери, она продолжала: — Джейн, дорогая, любимая! Я просто в восторге! Боже, меня ждет бессонная ночь! Я знала, что так случится, разве все могло кончиться иначе? Недаром же ты такая красавица! Когда год назад, помню, я вас увидела вместе в Хартфордшире, меня осенило: вот настоящая пара! Это самый очаровательный молодой человек, которого мне только приходилось встречать!

Уикхем, Лидия были забыты. Джейн, бесспорно, стала ее любимой дочерью. В эту минуту она ни о ком больше не думала. Между тем младшие сестры уже начали смотреть на Джейн как на источник возможных радостей в будущем. Мэри просила разрешения пользоваться незерфилдской библиотекой, а Китти умоляла, чтобы зимой в Незерфилде почаще давались балы.

С этого времени Бингли, естественно, сделался в Лонгборне ежедневным гостем. Он появлялся перед завтраком и уходил после ужина, если только какой-нибудь варвар-сосед, — разумеется, заслуживавший самой жестокой кары, — не присылал ему приглашения на обед, от которого он не мог отказаться.

Элизабет теперь нечасто удавалось поговорить с Джейн, так как, пока Бингли находился в Лонгборне, последняя не могла уделять внимание кому-то другому. Однако она была полезна каждому из влюбленных в часы вынужденной разлуки. В отсутствие Джейн Бингли всегда доставлял себе удовольствие, разговаривая о ней с ее сестрой. А Джейн, когда не было Бингли, стремилась к подобному же утешению.

— Я была счастлива, — сказала она однажды вечером, — когда узнала, что ему не было известно о моем приезде в Лондон прошлой весной. Мне такая мысль не приходила в голову.

— А мне приходила, — ответила Элизабет. — Но как же, по его мнению, это могло случиться?

— Все объясняется чувствами его сестер. Они не одобряли его знакомства со мной. И тут нет ничего удивительного, если подумать, как легко он мог сделать выбор, более удачный во всех отношениях. Но как только они увидят — а я верю, что они это в самом деле увидят, — насколько он счастлив со мной, они примирятся с его женитьбой, и наши отношения снова станут хорошими. Правда, мы уже, конечно, не будем друг для друга тем, чем были когда-то.

— Это самая суровая обвинительная речь, — сказала Элизабет, — которую я от тебя слышала. Добрая девочка! Мне, право, будет досадно, если я увижу, что ты снова станешь предметом фальшивой привязанности мисс Бингли.

— Ты только подумай, Лиззи, когда он в прошлом году уехал в Лондон, оказывается, он уже был сильно в меня влюблен. И если бы только не его уверенность в моем равнодушии, он бы непременно вернулся.

— Он в самом деле допустил большую ошибку, но она делает честь его скромности.

Это, естественно, вызвало со стороны Джейн целый панегирик деликатности Бингли и присущей ему недооценке собственных качеств.

Элизабет была рада узнать, что Бингли не рассказал ей про вмешательство друга, так как это могло бы, несмотря на величайшее великодушие и незлобивость сестры, все же бросить тень на ее отношение к Дарси.

— Я, несомненно, самое счастливое существо на земле! — воскликнула Джейн. — Лиззи, почему в нашей семье мне одной так повезло? Как бы мне хотелось, чтобы ты ощущала то же самое! Если бы только нашелся другой подобный человек для тебя!

— Даже если бы ты мне предложила их сотню, я все же не могла бы стать такой же счастливой. Пока у меня не будет твоего характера и твоей доброты, не видать мне и твоего блаженства. Нет, нет, дай мне идти своим путем. И, быть может, если мне очень повезет, мне еще подвернется со временем второй мистер Коллинз.

Событие в Лонгборне не могло долго сохраняться в секрете. Миссис Беннет позволила себе шепнуть о нем на ухо миссис Филипс, а та уже без всяких предосторожностей рассказала об этом всем меритонским знакомым.

Беннетов без промедления провозгласили самым удачливым семейством на свете, хотя всего несколько недель тому назад — сразу после побега Лидии — их злополучная фамилия была всеми вычеркнута из списка знакомых.

Глава XIV

Однажды утром, спустя неделю после обручения Джейн, когда мистер Бингли и дамы семейства Беннет находились в комнате для завтрака, внимание всех привлек шум экипажа. За окном они увидели проехавшую по газону карету, запряженную четверкой лошадей. Для визитов было еще слишком рано, да и прибывший экипаж не принадлежал ни одному из соседей. Лошади были почтовыми, а карета и ливреи сопровождавшей ее прислуги — никому не знакомы.

Однако было очевидно, что кто-то все же приехал, и Бингли тотчас уговорил Джейн отправиться на прогулку, чтобы избавиться от участия в скучной церемонии приема гостей. Парочка удалилась, а оставшиеся тщетно высказывали догадки о том, кто бы это мог к ним пожаловать, когда дверь распахнулась и в комнату вошла леди Кэтрин де Бёр.

Все, разумеется, предвкушали нечто необычное, но то изумление, которое они на самом деле испытали, превзошло ожидания. И хотя миссис Беннет и Китти совсем не были с ней знакомы, даже они не были удивлены этим визитом так сильно, как Элизабет.

Войдя в комнату с более чем всегда бесцеремонным видом, леди Кэтрин ничем, кроме легкого кивка, не ответила на приветствие Элизабет и, не говоря ни слова, уселась в кресло. Элизабет назвала матери имя ее светлости, хотя последняя даже не попросила ее представить.

Миссис Беннет, будучи крайне польщена посещением столь высокой особы, старалась быть с ней крайне любезной. Просидев некоторое время в молчании, леди Кэтрин сухо спросила Элизабет:

— Надеюсь, мисс Беннет, у вас все в порядке. Эта дама, я полагаю, ваша мать?

Элизабет ответила утвердительно.

— А это, должно быть, одна из ваших сестер?

— О да, сударыня, — вмешалась миссис Беннет, радуясь возможности поговорить с леди Кэтрин. — Это моя предпоследняя дочь. Самая младшая у меня на днях вышла замуж. А старшая гуляет где-то в саду с молодым человеком, который, надеюсь, скоро станет членом нашей семьи.

— У вас совсем маленький парк, — сказала леди Кэтрин после короткого молчания.

— Смею заметить, миледи, что хоть его, разумеется, не сравнишь с Розингсом, он все же гораздо больше, чем у сэра Уильяма Лукаса.

— В этой комнате нельзя проводить летние вечера. Окна выходят на запад.

Миссис Беннет заверила ее, что комнатой в послеобеденное время не пользуются, и затем сказала:

— Могу я осведомиться у вашей светлости, как здоровье мистера и миссис Коллинз?

— В полном порядке. Я видела их позавчера вечером.

Элизабет предполагала, что теперь на свет будет извлечено письмо, которое ей прислала Шарлот, так как это могло быть единственной причиной подобного визита. Письмо, однако, не появилось, и она почувствовала себя окончательно озадаченной.

Миссис Беннет любезнейшим образом предложила ее светлости немножко подкрепиться, но леди Кэтрин решительно, хотя и не слишком учтиво, отказалась. Затем, поднявшись, она сказала, обращаясь к Элизабет:

— Мисс Беннет, там за газоном у вас, кажется, довольно живописные заросли. Я хотела бы их осмотреть, если вы составите мне компанию.

— Ступай, дорогая, — воскликнула ее мать, — и проведи ее светлость по разным тропинкам. Надеюсь, вы останетесь довольны уединением.

Элизабет подчинилась. Сбегав к себе в комнату за зонтиком, она провела знатную гостью по лестнице. Проходя через холл, леди Кэтрин открыла двери в столовую и гостиную и, признав их после краткого осмотра довольно приличными, вышла из дома.

У подъезда продолжала стоять карета, внутри которой Элизабет увидела знакомую камеристку ее светлости. В полном молчании они шли по гравиевой дорожке, которая вела к зарослям. Элизабет твердо решила не начинать разговора с посетительницей, поведение которой казалось более чем обычно высокомерным и вызывающим.

«Что я могла находить в ней общего с ее племянником?» — думала она, всматриваясь в лицо спутницы.

Как только они вошли в заросли, леди Кэтрин приступила к разговору:

— Вы недоумеваете по поводу моего приезда?! Его причину вам должны были подсказать сердце и совесть.

Элизабет посмотрела на нее с искренним изумлением.

— Вы ошибаетесь, сударыня. Мне совершенно непонятно, чему я обязана этой честью.

— Мисс Беннет, — продолжала ее светлость суровым тоном, — вам следовало бы знать, что я не позволяю с собой шутить. Если вы вздумали быть неискренней, *меня* на этот путь вы завлечь не сможете. Мой характер всегда славился откровенностью и прямотой, а в подобном деле я от них и подавно не отступлюсь. Два дня назад до меня дошло известие, которое меня крайне возмутило. Мне было сообщено, что не только ваша сестра готовится выгодно выйти замуж, но что и вы, мисс Элизабет, по-видимому, надеетесь вскоре сочетаться узами брака с моим племянником, моим *собственным* племянником, мистером Дарси. Конечно, я *понимаю,* насколько это гнусная выдумка. И хотя я не унижу моего племянника даже предположением, что это может случиться, я все же решила незамедлительно приехать сюда, чтобы вы сами могли узнать от меня, как я к этому отношусь.

— Но если вы были убеждены в неправдоподобности такого известия, — сказала Элизабет, покраснев от удивления и досады, — мне непонятно, зачем вы взяли на себя труд ехать в такую даль. Чего вы, ваша светлость, хотели добиться?

— Чтобы вы тут же полностью это известие опровергли.

— Если подобный слух в самом деле распространился, — холодно заметила Элизабет, — ваш приезд в Лонгборн и встреча со мной и моей семьей скорее послужит его подтверждением.

— Вы, кажется, сказали «если»?! Вы что же, хотите прикинуться, что вам о нем ничего не известно? Разве это не вы сами ухитрились его пустить? И вы же не знаете о его существовании?

— До меня ничего подобного не доходило.

— Вы можете подтвердить, что для него нет *никаких* оснований?

— Я отнюдь не притязаю на ту искренность, которая свойственна вашей светлости. Вы способны задавать мне вопросы, на которые я предпочитаю не отвечать.

— Я этого не потерплю! Мисс Беннет, я требую, чтобы вы дали мне исчерпывающие объяснения. Правда ли он — в самом ли деле мой племянник сделал вам предложение?

— Ваша светлость сочла это невозможным?

— Это должно было быть невозможным, этого не могло случиться, если только ему не изменил рассудок. Но вы могли попытаться его завлечь и заставить уловками и соблазнами забыть в ослеплении свой долг перед собой и своей семьей. Вы могли заманить его в сеть.

— Если бы я так поступила, от меня труднее всего было бы добиться признания в этом поступке.

— Вы понимаете, мисс Беннет, с кем вы имеете дело? Я не привыкла, чтобы со мной так разговаривали. Будучи чуть ли не самой близкой его родственницей, я вправе знать, что таится в его душе.

— Но вы не вправе знать, что таится в *моей*. А ваше поведение тем более не может склонить меня к откровенности.

— Я хотела бы, чтобы вы правильно меня поняли. Подобному браку, о котором вы имели дерзость мечтать, не суждено состояться. Да, да, не суждено. Мистер Дарси обручен с моей дочерью. Ну-с, что вы теперь мне скажете?

— Только одно. Если это действительно так, вы не могли бы предположить, что он просил моей руки.

Леди Кэтрин минуту поколебалась, но потом сказала:

— Они обручены несколько необычным образом. С раннего детства они предназначались друг для друга. Это было заветным желанием их матерей. Союз был скреплен в ту пору, когда наши дети еще покоились в колыбелях. И теперь, когда материнская воля должна была осуществиться в их браке, поперек дороги встала женщина низкого происхождения, без положения в свете и ничем не связанная с нашим семейством! Разве для вас ничего не значит воля его родных? Разве его молчаливое обязательство перед мисс де Бёр для вас ничто? Неужели вы полностью лишены всякого чувства порядочности и деликатности? И разве вы не слышали от меня, что с первых же дней жизни он предназначался в супруги своей кузине?

— О да, я слыхала об этом прежде. Но разве меня это касается? Если бы моему вступлению в брак с вашим племянником мешало только такое обстоятельство, — разумеется, сознание, что его мать и тетка хотели женить его на мисс де Бёр, не могло бы меня остановить. Обе вы сделали, что могли, задумывая его женитьбу. Осуществить ее дано другим. Если мистер Дарси ни словом, ни чувством не связан с вашей дочерью, почему он не вправе остановить свой выбор на другой женщине? И если бы его выбор пал на меня, почему я не могла бы принять его руки?

— Потому что честь, приличие, благоразумие, наконец, собственная ваша выгода запрещают вам это сделать! О да, мисс Беннет, именно выгода. Ибо не ждите какого бы то ни было внимания к себе со стороны его семьи и друзей. Вы будете осуждены, отвергнуты и заклеймены презрением каждого близкого ему человека. Союз с вами будет считаться позором. Никто из нас даже не вспомнит вашего имени.

— Что ж, потеря и вправду велика, — отвечала Элизабет. — Но супруга мистера Дарси будет располагать такими необыкновенными источниками радости, присущими ее положению, что в конечном счете ей не придется особенно печалиться.

— Упрямая, вздорная девчонка! Мне стыдно за вас. Вот какова благодарность за внимание, которым я удостоила вас прошлой весной?! По-вашему, вы мне за это ничем не обязаны? Ну-ка, присядем. Извольте понять, мисс Беннет, я прибыла сюда с твердым намерением добиться того, что задумала. Ничто не сможет мне помешать! Мне еще не приходилось потакать чьим-либо капризам. И я не имею привычки уступать.

— Это усугубляет затруднительность положения вашей светлости. Но меня это не касается.

— Я не позволю, чтобы меня прерывали! Выслушайте меня молча. Моя дочь и мой племянник созданы друг для друга. По материнской линии оба они происходят от единого знатного рода. Отцы их принадлежат к уважаемым, благородным и древним, хоть и не титулованным, семьям. Обе стороны располагают прекрасными состояниями. Они предназначены друг для друга в глазах каждого представителя того и другого дома. И что же встает между ними? Притязания выскочки, молодой женщины без средств, без связей. Разве подобное допустимо? Нет, этого не должно быть и этого не будет. Если бы вы были способны понять, в чем состоит ваша собственная выгода, вы бы сами не пожелали покинуть тот круг, в котором росли.

— Но, выходя замуж за вашего племянника, я, по-моему, вовсе не покидаю этого круга. Он дворянин. Я дочь дворянина. Мы в этом смысле равны.

— Ну что же, вы дочь дворянина, допустим. Но из какой семьи ваша мать? Кто ваши дяди и тетки? Не воображаете ли вы, что мне неизвестно, чем они занимаются?

— Кем бы ни были мои родственники, — сказала Элизабет, — если против них ничего не имеет мистер Дарси, это не должно беспокоить и вас.

— Скажите без обиняков, вы обручены?

Элизабет не стала бы отвечать на этот вопрос, чтобы ублажить леди Кэтрин. Однако, после короткого раздумья, она не могла не сказать:

— Нет, не обручена.

Леди Кэтрин, казалось, была довольна.

— И вы даете мне слово никогда с ним не обручаться?

— Подобного обещания я не дам.

— Мисс Беннет, я поражена и возмущена! Я считала вас более разумной девицей. Но не обманывайте себя ложной надеждой, будто я могу пойти на уступки. Я не уеду, пока вы не дадите требуемых мной заверений.

— А я ни за что их не дам. Меня нельзя запугать, толкнув на подобную нелепость. Вы, ваша светлость, желаете, чтобы мистер Дарси женился на вашей дочери? Но если бы я дала требуемое обещание, разве брак между ними стал более вероятным? Разве при его склонности ко мне я могла бы, отвергнув его руку и сердце, побудить мистера Дарси сделать предложение его кузине? Позвольте, леди Кэтрин, сказать, что доводы, которыми вы подкрепляете ваше из ряда вон выходящее требование, настолько же легковесны, насколько само оно безрассудно. Вы, видимо, совершенно не разобрались в моем характере, если могли предположить, что на меня подействуют подобные рассуждения. Мне неизвестно, в какой мере ваш племянник одобряет ваше вмешательство в его дела. Но у вас, во всяком случае, нет никакого права вмешиваться в мои. А потому я вынуждена просить вас избавить меня от дальнейших посягательств такого рода.

— Ну, ну, не так скоро, если позволите. Я ведь еще не кончила. Ко всему сказанному я вынуждена добавить еще одно обстоятельство. Для меня не является тайной позорный побег вашей младшей сестры. Я знаю о нем решительно все. В том числе, что женитьба на ней молодого человека была кое-как состряпана задним числом на средства папаши и дядюшки. И что же, подобной особе суждено стать сестрой моего племянника? А ее мужу, сыну управляющего его покойного отца, — его братом? Небо и ад! О чем вы думаете? Неужто сень Пемберли может подвергнуться подобному осквернению?!

— Больше вы уже ничего не сможете мне сказать, — гневно ответила Элизабет. — Вы оскорбили меня *всеми* возможными способами. С вашего позволения, я возвращаюсь в дом.

При этих словах она встала. Леди Кэтрин также поднялась, и они пошли обратно. Ее светлость была в ярости.

— Значит, вам дела нет до чести и репутации моего племянника? Эгоистичная, бесчувственная девчонка! Неужели вы не понимаете, что, связав себя с вами, он опозорит себя перед всем светом?

— Леди Кэтрин, мне больше нечего вам сказать. Мои чувства вам известны.

— И вы, стало быть, решили его заманить?

— Я не говорила подобных вещей. Я решила лишь поступать сообразно собственному представлению о своем счастье и не считаясь при этом ни с вами, ни с какой-либо другой, столь же далекой мне персоной.

— Ну что же, отлично. Итак, вы отказались выполнить мою просьбу. Вы решили погубить его в глазах друзей и вызвать к нему презрение всего света.

— Ни долг, ни честь, ни благодарность, — ответила Элизабет, — ни к чему меня сейчас не обязывают. Мой брак с мистером Дарси не нарушил бы никаких заповедей. А что касается чувств его родни и презрения всего света, то меня бы едва ли особенно огорчило, если бы наш брак вызвал у его родных известное беспокойство, тогда как весь свет достаточно разумен, чтобы не отнестись к этому столь серьезно.

— Так вот ваш действительный образ мыслей?! И это ваше последнее слово? Прекрасно. Теперь я знаю, как мне поступить. Не воображайте же, мисс Беннет, что ваши притязания увенчаются успехом. Я приехала, чтобы вас испытать. Мне казалось, что у вас больше здравого смысла. Но будьте уверены, я добьюсь своей цели.

Леди Кэтрин продолжала говорить в том же духе, пока они не подошли к ее карете. Быстро обернувшись, она произнесла:

— Я не приму ваших прощальных приветствий, мисс Беннет. И вовсе не прошу передать от меня привет вашей матери. Вы не заслуживаете подобных знаков внимания. Я возмущена до глубины души.

Элизабет ничего не ответила и, не пытаясь пригласить ее светлость вернуться в дом, преспокойно вошла в него сама. Поднимаясь по ступенькам, она услышала шум отъезжавшей кареты. В холле ее с нетерпением встретила миссис Беннет, которой хотелось знать, почему леди Кэтрин не зашла, чтобы немного отдохнуть.

— Она предпочла сразу уехать, — ответила ее дочь.

— Ее светлость показалась мне очень приятной дамой! И ее визит к нам — необыкновенная любезность! Ведь, насколько я поняла, она заехала сюда лишь для того, чтобы сообщить нам о здоровье Коллинзов. Должно быть, она куда-то направлялась и, проезжая Меритон, подумала, что ей следует тебя навестить. Надеюсь, у нее не было к тебе никаких особых дел, Лиззи?

Элизабет пришлось здесь несколько покривить душой, настолько немыслимо было попытаться передать матери содержание их беседы.

Глава XV

Волнение, вызванное этим необыкновенным визитом, было нелегко успокоить. В течение многих часов Элизабет была совершенно не в силах думать о чем-то другом. Итак, леди Кэтрин в самом деле пустилась в путешествие из Розингса с единственной целью расстроить ее предполагаемую помолвку с мистером Дарси! Другого разумного объяснения этой поездки не существовало. Элизабет, однако, была не в состоянии понять, как мог возникнуть слух об их помолвке. И наконец ей пришло в голову, что в то время, когда ожидание одной свадьбы заставляло всех угадывать следующую, дружба между Дарси и Бингли и ее близость с Джейн могли послужить достаточным основанием для подобного слуха. Она и сама иногда подумывала, что замужество сестры сделает ее встречи с Дарси более частыми. А их соседи из Лукас Лоджа (из переписки которых с Коллинзами леди Кэтрин, очевидно, почерпнула эти сведения) могли считать решенным то, что ей казалось возможным в далеком будущем.

Перебирая в памяти слова леди Кэтрин, она, однако, не могла избавиться от беспокойства по поводу возможных последствий ее вмешательства. Фраза о том, что она непременно помешает их браку, заставляла думать, что она собирается воздействовать на племянника. И Элизабет боялась себе представить, как он отнесется к перечислению всех зол, которые повлекла бы за собой эта женитьба. Она не знала, насколько сильна его привязанность к тетке и в какой мере леди Кэтрин влияет на его образ мыслей, но легко было предположить, что Дарси придерживается более высокого мнения о ее светлости, чем Элизабет. И казалось несомненным, что, перечисляя все отрицательные стороны женитьбы на девушке столь низкого круга по сравнению с его собственным, тетка затронет в нем самое уязвимое место. Ему, с его понятиями о семейной гордости, доводы, выглядевшие для Элизабет вздорными и неубедительными, вполне могли представляться разумными и заслуживающими внимания.

Если он до того колебался — а ей часто казалось, что это именно так, — то совет и настояния близкой родственницы могли укрепить его решимость. И тогда он позволит себе быть счастливым лишь настолько, насколько это совместимо с достоинством его семьи. В этом случае он уже больше сюда не приедет. Леди Кэтрин может встретиться с ним, проезжая через Лондон, и он будет вынужден отказаться от обещания вернуться в Незерфилд, которое он дал Бингли.

— Итак, — решила Элизабет, — если в ближайшие дни он извинится перед другом в невозможности выполнить данное ему слово, мне будет ясно, с чем это связано. И я выброшу из головы всякую надежду на его постоянство. Если руку и сердце, которые я готова ему отдать, могут заменить этому человеку сожаления о нашей разлуке, он не стоит того, чтобы я пожалела о нем.

Остальные члены семьи, узнав, кто их посетил, были крайне удивлены. Однако они удовлетворились тем же объяснением, которое успокоило миссис Беннет. Элизабет была, таким образом, избавлена от весьма неприятных разговоров.

На следующее утро, спускаясь по лестнице, она встретила мистера Беннета, который вышел из библиотеки, держа какое-то письмо.

— Лиззи, — сказал он, — ты как раз мне нужна. Зайди, пожалуйста, ко мне.

Элизабет последовала за отцом, недоумевая, что бы такое он хотел ей сказать. Она догадывалась, что это могло быть связано с полученным письмом. Внезапно ей пришло в голову, что письмо написано леди Кэтрин. И она с ужасом представила себе неизбежное в этом случае объяснение.

Они сели перед камином, и мистер Беннет сказал:

— Я получил утром письмо, которое меня чрезвычайно удивило. Поскольку оно касается тебя, тебе следует знать его содержание. Я и не предполагал, что еще одна моя дочь находится на пороге замужества. Позволь мне поздравить тебя с выдающейся победой.

Щеки Элизабет вспыхнули, когда она вдруг подумала, что письмо это написано не теткой, а племянником. И она не могла определить, какое чувство в ее душе окажется при этом сильнее: радость ли по поводу его сватовства или досада из-за того, что он не обратился к ней самой. Мистер Беннет между тем продолжал:

— Ты у меня большая умница. А молодые девицы вообще удивительно проницательны в подобных делах. Но боюсь, даже твоей смекалки недостаточно, чтобы отгадать имя поклонника. Это письмо от мистера Коллинза.

— Мистера Коллинза! Что же он мог написать?

— Самые дельные вещи, разумеется. Начинает он с поздравлений по поводу предстоящего бракосочетания Джейн. Об этом он, по-видимому, извещен кем-нибудь из милейших сплетничающих Лукасов. Я не стану испытывать твое терпение, перечитывая, что он говорит по этому поводу. Тебя касаются следующие строки:

«...Выразив Вам, таким образом, искренние поздравления миссис Коллинз и мои собственные по поводу этого радостного события, мне бы хотелось с Вашего разрешения весьма осторожно намекнуть Вам и на другое обстоятельство, о котором мы осведомлены из того же источника. Предполагается, что Ваша дочь Элизабет будет носить фамилию Беннет немногим дольше, чем ее старшая сестра, и что избранный ею спутник жизни вполне обоснованно может считаться одной из наиболее выдающихся личностей этой страны».

— Ну-ка, Лиззи, попробуй догадаться, кто бы это мог быть?

«Этого молодого дворянина небо особенно щедро наделило всем, чего только может пожелать смертный: благородным происхождением, богатством и властью над человеческими судьбами. И все же, невзирая на эти его достоинства, мне бы хотелось предостеречь мою кузину Элизабет, а также и Вас в отношении печальных последствий, связанных с излишне поспешным ответом на его предложение, очевидная привлекательность которого могла бы заставить Вас сразу его принять».

— Ну как, Лиззи, ты еще не смекнула, что это за дворянин? Погоди, сейчас выяснится.

«Предостерегая Вас, я руководствуюсь следующими соображениями: у нас есть все основания предполагать, что тетка этого дворянина, леди Кэтрин де Бёр, посмотрела бы на этот брак крайне неодобрительно».

— Мистер Дарси — вот это кто! Что ж, Лиззи, славно я тебя озадачил? Скажи, пожалуйста, мог ли он с Лукасами отыскать среди наших знакомых какого-нибудь другого человека, имя которого так явно разоблачало бы лживость их болтовни? Умудриться выбрать мистера Дарси, которому достаточно посмотреть на любую женщину, чтобы сразу увидеть все ее недостатки, и который, возможно, вообще ни разу на тебя не взглянул! Это великолепно!

Элизабет попыталась сделать вид, что ей тоже необычайно весело. Но она могла изобразить на лице только весьма натянутую улыбку. Еще никогда до сих пор отец не упражнялся в остроумии столь неприятным для нее образом.

— Ну, как, здорово это тебя насмешило?

— Да, конечно. Но читайте, пожалуйста, дальше.

«Когда вчера вечером я упомянул ее светлости о возможности подобного брака, она тотчас же со свойственной ей снисходительностью весьма прямо выразила свои чувства по этому поводу, дав понять, что, ввиду некоторых неблагоприятных родственных связей моей кузины, она ни за что бы не согласилась на этот, по ее словам, столь недостойный союз. Я счел своим долгом как можно скорее оповестить об этом мою кузину, дабы она и ее благородный поклонник были осведомлены о том, что их ожидает, и не спешили сочетаться браком, который не получит должного благословения». Ко всему этому мистер Коллинз добавляет: «Я искренне обрадовался, узнав, что достойный сожаления поступок моей кузины Лидии удалось так благополучно замять, и печалюсь лишь о том, что сведения об их совместной жизни до свадьбы приобрели столь широкую огласку. Однако мне не подобает пренебрегать обязанностями, присущими моему сану. И я не могу не выразить моего недоумения в связи с известием о приеме, которой Вы оказали молодой чете в своем доме сразу после их бракосочетания. Увы, этот шаг был не чем иным, как поощрением порока. И если бы Лонгборн находился в моем приходе, я не преминул бы воспрепятствовать этому весьма решительно. Вам, разумеется, следовало простить их как христианину. Но они вовеки не должны были являться Вашему взору, а их имена никогда не должны была тревожить Ваш слух».

— Вот, оказывается, как он представляет себе христианское всепрощение! Остальная часть письма посвящена делам его дорогой Шарлот и ожидаемому им появлению юной оливковой ветви. Но, Лиззи, у тебя почему-то такой вид, как будто все это не доставило тебе удовольствия. Надеюсь, ты не собираешься превращаться в недотрогу и строить оскорбленную мину по поводу всякой дурацкой болтовни? Разве мы не живем лишь для того, чтобы давать повод для развлечения нашим соседям и, в свой черед, смеяться над ними?

— О нет, — воскликнула Элизабет, — меня письмо очень рассмешило. Но это так странно!

— Еще бы, вся прелесть в том и заключается. Если бы они выбрали кого-нибудь другого, было бы не так интересно. Но его равнодушие к тебе и твоя неприязнь к нему превращают это в изумительную нелепость! Ты знаешь, как я не люблю писать письма. И все же я ни за что не перестану переписываться с Коллинзом! Когда я читаю его послания, я поневоле отдаю ему предпочтение даже перед Уикхемом, сколь бы я ни ценил бесстыдство и лицемерие моего дорогого зятя. Кстати, Лиззи, что сказала леди Кэтрин по поводу этого сообщения? Уж не приехала ли для того, чтобы лишить тебя своего благословения?

В ответ на этот вопрос Элизабет только рассмеялась. И так как мистер Беннет задал его без всякой задней мысли, он больше ее не мучил дальнейшими расспросами. Еще никогда Элизабет не приходилось с таким трудом изображать чувства, которых она не испытывала. От нее требовали, чтобы она смеялась, когда ей хотелось плакать. Особенно жестоко ранил ее отец словами о безразличии мистера Дарси. И она никак не могла решить: то ли ей дивиться его недостаточной наблюдательности, то ли опасаться, что не отец на самом деле видит слишком мало, а она — слишком много.

Глава XVI

Вскоре после визита леди Кэтрин мистер Бингли, вместо ожидаемого Элизабет письма с извинениями от своего друга, привез в Лонгборн мистера Дарси собственной персоной. Молодые люди приехали рано, и, прежде чем миссис Беннет успела сообщить мистеру Дарси, что они имели честь принимать у себя его тетку (чего с трепетом ожидала ее дочь), мистер Бингли, жаждавший поскорее остаться с Джейн наедине, предложил всем отправиться на прогулку. Это предложение было одобрено. Миссис Беннет не имела обыкновения гулять, у Мэри никогда не было свободного времени, но пятеро остальных тотчас же вышли из дома. Бингли и Джейн, впрочем, охотно позволили себя обогнать. Они постепенно все больше отставали, и Элизабет, Китти и Дарси должны были развлекать друг друга, как умели. Впрочем, все трое говорили очень немного. Китти лишилась языка, потому что робела перед Дарси, Элизабет набиралась решимости перед неким отчаянным шагом, а он, возможно, был занят тем же.

Они шли в направлении Лукас Лоджа, где Китти собиралась повидать Мэрайю. И так как разлука с Китти не могла, по мнению Элизабет, служить основанием для общего беспокойства, они смело отправились дальше вдвоем. Наступила минута, когда она должна была проявить смелость и, почувствовав прилив решимости, она поспешно сказала:

— Вы знаете, мистер Дарси, я ужасная эгоистка. Чтобы облегчить собственную душу, мне ничего не стоит невзначай взвалить бремя на вашу. Так вот, я больше не в силах удерживаться от того, чтобы выразить вам благодарность за вашу необыкновенную заботу о моей злосчастной сестре. С первого же дня, как мне стало известно о вашем поступке, я все время испытываю жгучую потребность сказать вам, как сильно это чувство меня волнует. И если бы о вашей роли узнала моя семья, мне, разумеется, не пришлось бы благодарить вас только от собственного имени.

— Мне неприятно, право же, очень неприятно, что вы об этом узнали, — растерянно ответил Дарси. — Представленные в неверном свете, эти сведения могли вас напрасно обеспокоить. Я не предполагал, что миссис Гардинер так мало заслуживает доверия.

— О нет, вам вовсе не следует сердиться на мою тетушку. Ваше участие в этом деле мне стало известно прежде всего благодаря легкомыслию Лидии. И, разумеется, я не могла спать спокойно, пока мне не удалось разузнать подробности. Итак, все же позвольте еще раз вполне серьезно поблагодарить вас от лица всей нашей семьи за великодушие, с которым вы приняли на себя так много хлопот и перенесли столько неприятностей в поисках беглецов.

— Если вам непременно нужно меня благодарить, — ответил он, — пусть это исходит от вас одной. Я не могу отрицать, что желание вас порадовать было одной из причин, побудивших меня вмешаться. Остальные члены вашей семьи, при всем моем к ним уважении, не обязаны мне ничем — я думал только о вас.

Элизабет была слишком смущена, чтобы что-то сказать. После непродолжительного молчания ее спутник добавил:

— Вы слишком великодушны, чтобы играть моим сердцем. Если ваше отношение ко мне с тех пор, как мы с вами разговаривали в апреле, не изменилось, скажите сразу. Мои чувства и все мои помыслы неизменны. Но вам достаточно произнести слово, и я больше не заговорю о них никогда.

Всей душой понимая неловкость его положения, Элизабет заставила себя ответить. И сразу, хоть и не очень красноречиво, она дала ему понять, что за истекшее время стала смотреть на него совсем по-другому и теперь с благодарностью и радостью принимает его сегодняшние заверения. Такого ощущения счастья, которое при этом его охватило, он еще никогда не испытывал. И он постарался выразить его столь пламенными и глубоко прочувствованными словами, какие могли найтись только у человека, охваченного истинной страстью. Если бы Элизабет была способна взглянуть ему в глаза, она увидела бы, как красило его выражение искреннего восторга. Но хотя она не осмеливалась на него смотреть, она могла его слушать. И пока он высказывал ей, как много она для него значила, его привязанность к ней становилась для нее все дороже и дороже.

Они шли вперед, сами не зная куда. Слишком многое нужно было обдумать, почувствовать, сказать, чтобы внимание могло сосредоточиться на чем-то постороннем. Вскоре Элизабет обнаружила, что понять друг друга им во многом помогли усилия леди Кэтрин. Тетка и впрямь встретилась с ним, проезжая через Лондон, и рассказала ему о своей поездке в Лонгборн, о причине этой поездки и о разговоре с Элизабет. Особенно леди Кэтрин напирала на то, что ответы мисс Беннет ясно доказывали ее наглость и испорченность. Разумеется, она не сомневалась, что это поможет ей вырвать у племянника заверение, которого она не добилась в Лонгборне. Но, на беду ее светлости, рассказ произвел обратное действие.

— Это вселило в меня надежду на то, — добавил он, — о чем я до той поры не смел и мечтать. Я знал вашу прямоту и понимал, что если бы вы решительно были настроены против меня, то сказали бы об этом моей тетке без обиняков.

Покраснев и засмеявшись, она ответила:

— О да, вы достаточно знакомы с моей откровенностью. И вполне могли считать, что я на это способна. После того как я разбранила вас прямо в лицо, мне, конечно, ничего не стоило высказать свое мнение о вас кому-нибудь из вашей родни.

— Но разве вы что-нибудь обо мне сказали, чего я не заслуживал? И хотя ваше недовольство мной основывалось на ошибочных сведениях и исходило из ложных предпосылок, мое поведение в тот вечер

431

было достойно самого сурового осуждения. Оно было непростительным. Я не могу о нем вспомнить без содрогания.

— Давайте не спорить о том, чья вина была в этот вечер больше, — сказала Элизабет. — Каждый из нас, если судить строго, вел себя небезупречно. Надеюсь все же, что с той поры мы оба немного набрались учтивости.

— Я не могу себя простить так легко. Память о том, что я тогда наговорил, — о моем поведении, манерах, словах, — все эти месяцы не давала мне покоя. Никогда не забуду вашего справедливого упрека. «Если бы вы вели себя, как подобает благородному человеку...» — сказали вы тогда. Вы не знаете, не можете вообразить, какую боль причинили мне этой фразой. Хотя лишь спустя некоторое время я, признаюсь, понял, насколько вы были правы.

— Но мне даже в голову не приходило, что эти слова произведут такое действие. Я вовсе не думала, что они вас так сильно заденут.

— Легко этому верю. Вы ведь в самом деле тогда считали, что я лишен естественных человеческих чувств. Я никогда не забуду выражения вашего лица, когда вы сказали, что я не мог бы найти ни одного способа предложить вам свою руку, который склонил бы вас ее принять.

— Прошу вас, не надо больше повторять сказанного мной в тот вечер. Все это было ошибкой и должно быть забыто. Мне уже давно стыдно об этом вспоминать.

Дарси коснулся своего письма.

— Интересно, — спросил он, — сразу ли оно заставило вас обо мне лучше подумать? Когда вы его читали, вы ему верили?

Она рассказала, какое впечатление произвело на нее письмо и как постепенно рассеивалось ее предубеждение.

— Я знал, — сказал Дарси, — что оно причинит вам боль. Но это было необходимо. Надеюсь, вы его уничтожили? Мне было бы неприятно, если бы вы сейчас перечли некоторые места — особенно в первой части. Я припоминаю отдельные фразы, за которые меня можно возненавидеть.

— Если, по-вашему, для прочности моей привязанности это важно, я его сожгу. Но оно не может повлиять на мои чувства — они не настолько изменчивы. Хотя, как мы оба знаем, *иногда* они меняются.

— Когда я писал это письмо, — заметил Дарси, — мне казалось, что я холоден и спокоен. Но теперь-то я знаю, что оно было написано в минуту высочайшего душевного напряжения.

— Письмо поначалу и вправду резкое, хотя дальше оно становилось совсем другим. Прощальная фраза — само милосердие. Но давайте о нем не думать. Чувства того, кто его писал, и той, которая его прочла, настолько изменились, что связанные с ним неприятные обстоятельства должны быть забыты. Одна из моих философских заповедей, с которыми я еще вас познакомлю, гласит: «Вспоминай что-нибудь только тогда, когда это доставляет тебе удовольствие».

— Признаюсь, я не очень-то высоко оцениваю подобную философию. Вам в своих воспоминаниях настолько не в чем себя упрекнуть, что ваше спокойствие зиждется не на философии, а на основании более надежном — чистой совести. Со мной все по-другому. Я не смею, не должен отвергать приходящие в голову мучительные воспоминания. Всю жизнь я был эгоистом если не по образу мыслей, то, во всяком случае, в поступках. Когда я был ребенком, мне дали понятие о правильном и неправильном, но не показали, как надо лепить свой характер. Мне привили хорошие принципы, но позволили следовать им с гордостью и высокомерием. Будучи, на свою беду, единственным сыном (а в течение многих лет — и единственным ребенком), я был испорчен моими излишне великодушными родителями (мой отец был особенно добрым и отзывчивым человеком). Они допускали, одобряли, почти воспитывали во мне эгоизм и властность, пренебрежение ко всем, кто находился за пределами нашего семейного круга, презрение ко всему остальному миру, готовность ни во что не ставить ум и заслуги других людей по сравнению с моими собственными. Таким я был от восьми до двадцати восьми лет. И таким бы я оставался до сих пор, если бы не вы, мой чудеснейший, мой дорогой друг Элизабет! Чем только я вам не обязан! Вы преподали мне урок, который поначалу показался мне, правда, горьким, но на самом деле был необыкновенно полезным. Вы научили меня душевному смирению. Я предложил вам руку, не сомневаясь, что она будет принята. А вы мне показали, насколько при всех моих достоинствах я не заслуживаю того, чтобы меня полюбила женщина, любовью которой стоит по-настоящему дорожить.

— Неужели вы тогда считали, что я могу принять ваше предложение?

— В том-то и дело! Что скажете вы о моем тщеславии? Мне казалось, вы добиваетесь, ждете моего признания.

— Стало быть, мое поведение в чем-то было неправильным — хоть и против моего желания, поверьте. Я вовсе не хотела вас обманывать. Но мой веселый нрав вполне мог завести меня не туда, куда следует. Как вы должны были ненавидеть меня после этого вечера!

— Вас ненавидеть? Быть может, вначале я и рассердился. Но вскоре мой гнев обрушился на того, кто его заслужил.

— Я едва решаюсь спросить, что вы обо мне подумали, встретившись со мной в Пемберли. Вы осуждали меня за то, что я там появилась?

— Что вы, нисколько. Я просто был крайне удивлен.

— Вы не могли быть удивлены тогда больше, чем я. Совесть подсказывала мне, что я вовсе не заслуживаю любезного обращения, и, признаюсь, я вполне ожидала, что со мной и поступят по заслугам.

— А мне хотелось тогда, — ответил Дарси, — оказать вам все внимание, на какое я был способен, и убедить вас, что я незлопамятен. Я надеялся добиться прощения, старался рассеять дурное обо мне мнение, показав, что ваши укоры пошли мне на пользу. Не могу точно сказать, когда у меня появились и некоторые другие желания, — думаю, что не позже чем через полчаса после того, как я вас увидел.

Он рассказал, насколько она понравилась его сестре и как Джорджиану огорчило, что их знакомство было внезапно прервано. Отсюда рассказ его, естественно, перешел к тому, чем это было вызвано. И Элизабет узнала, что решение уехать из Дербишира на поиски Лидии созрело у него еще до того, как он покинул гостиницу. Его задумчивый и печальный вид в ту минуту объяснялся переживаемой им внутренней борьбой.

Она еще раз выразила ему свою благодарность, но для обоих это была слишком больная тема, и они скоро умолкли.

Пройдя незаметно несколько миль и взглянув на часы, они вдруг обнаружили, что им следовало уже вернуться домой. Поинтересовавшись, куда могли запропаститься Бингли и Джейн, они заговорили об этой молодой паре. Дарси радовался их обручению, о котором его друг немедленно ему рассказал.

— Скажите, вы были этим удивлены? — спросила Элизабет.

— Нисколько. Перед отъездом я уже понимал, что обручение вот-вот состоится.

— Иными словами, вы на него дали согласие? Я так и предполагала.

И хотя он стал против такого вывода возражать, она поняла, что дело обстояло именно так.

— Накануне моего отъезда в Лондон, — продолжал Дарси, — я признался ему в том, в чем, вероятно, должен был признаться гораздо раньше. Я рассказал, насколько грубо и безосновательно вмешался в его судьбу. Он был крайне удивлен, ибо ему это даже не приходило в голову. Я сказал также, что, вероятно, ошибся, считая, что ваша сестра не отвечает на его чувства. При этом я убедился, что его склонность к ней не исчезла, и поэтому будущий счастливый союз не вызывал у меня сомнений.

То, как свободно он распоряжался поведением друга, не могло не вызвать ее улыбки.

— Вы сказали ему, что Джейн его любит, — спросила Элизабет, — на основе собственных наблюдений или со слов, услышанных от меня весной?

— Я убедился в этом своими глазами. Присмотревшись к ней во время двух последних визитов в Лонгборн, я больше не мог сомневаться в ее чувствах.

— Ну, а ваши слова убедили его сразу, не так ли?

— О да. Бингли и впрямь необычайно скромен. Неуверенность в себе не позволяла ему положиться в таком важном деле на собственное суждение. Но благодаря тому, что он мне вполне доверяет, все встало на свое место. Я должен был открыть ему одно обстоятельство, которое поначалу его справедливо раздосадовало. Я не позволил себе оставить его в неведении, что ваша сестра провела три зимних месяца в Лондоне, что мне это было известно и что я об этом сознательно ничего ему не сказал. Он был рассержен. Но гнев его, я уверен, рассеялся, как только он перестал сомневаться в чувствах вашей сестры. Сейчас он уже от души меня простил.

У Элизабет вертелось на языке замечание о том, каким незаменимым другом является Бингли, готовый следовать любым советам своего старшего товарища. Но, вспомнив, что ей еще предстояло приучить его к своим шуткам, она сдержалась. Приниматься за это сейчас было еще слишком рискованно. Остаток пути заняли рассуждения ее спутника о будущем семейном счастье Бингли, которое будет уступать только счастью самого Дарси.

В холле они расстались.

Глава XVII

— Лиззи, дорогая, где вы так долго пропадали?

Этим вопросом встретила ее Джейн сразу, как только Элизабет вошла в комнату. Тот же вопрос задали ей и остальные члены семьи, пока все рассаживались за столом. Покраснев, она сумела только ответить, что они забрели в незнакомые места. Но ни краска на ее лице, ни какие-нибудь другие обстоятельства не вызвали ни малейших подозрений.

Вечер прошел тихо, без происшествий. Признанные влюбленные болтали и смеялись, непризнанные — молчали. Дарси не было свойственно искать выхода своим счастливым чувствам в бурном веселье, а взволнованная и смущенная Элизабет скорее сознавала свое счастье, нежели его переживала. Помимо обычной неловкости, которую при таких обстоятельствах испытывает всякая молодая девица, ее угнетали и многие другие опасения. Она заранее представляла себе, как примут известие об их помолвке члены ее семьи. И, хорошо зная, что, кроме Джейн, все относятся к Дарси с большой неприязнью, она боялась, как бы это чувство не оказалось настолько сильным, что ни его состояние, ни положение в обществе не смогут его рассеять.

Перед сном она призналась во всем своей сестре. И хотя обычно Джейн не сомневалась в ее словах, на сей раз она проявила крайнюю недоверчивость.

— Ты шутишь, Лиззи? Этого не может быть! Помолвлена с мистером Дарси! Нет, ты меня обманываешь. Я знаю, это невозможно.

— Что ж, начало и впрямь малообещающее. Я только на тебя и надеялась. Если даже ты мне не веришь, как же я заставлю поверить других? Джейн, милая, я говорю серьезно. Чистую правду. Он до сих пор меня любит, и мы помолвлены.

Джейн недоверчиво взглянула на сестру.

— Ах, Лиззи, это совершенно невероятно. Я знаю, ты ведь его терпеть не можешь.

— Ты ничего не знаешь. Старое следует начисто забыть. Быть может, я не всегда его любила так, как сейчас. Но хорошая память при таких обстоятельствах непростительна. И сейчас я вспоминаю об этом в последний раз.

Мисс Беннет не знала, что и подумать. Элизабет снова и еще более серьезно уверила ее, что все сказанное — сущая правда.

— Боже милостивый! — воскликнула Джейн. — Неужели это могло случиться? И, однако, я должна тебе теперь верить. Лиззи, дорогая, я хотела бы, я была бы рада тебя искренне поздравить. Но ты уверена — прости мне этот вопрос, — ты вполне убеждена, что будешь с ним счастлива?

— Можешь в этом не сомневаться. Мы уже решили, что будем счастливейшей супружеской парой на свете. Но ты не огорчена, Джейн? Сумеешь ли ты полюбить такого брата?

— Конечно же, всей душой! Для нас с Бингли это самая большая радость. Мы с ним говорили о такой возможности и, увы, решили, что она исключается. Но ты вправду его любишь? Ах, Лиззи, делай все, что угодно, но только не выходи замуж без любви!

Ты убеждена, что испытываешь к нему достаточно сильное чувство?

— О да! Когда я тебе признаюсь во всем, ты найдешь, что я его люблю слишком сильно.

— Что ты имеешь в виду?

— Что, по совести говоря, я люблю его больше, чем мистера Бингли. Боюсь, ты на меня за это рассердишься!

— Лиззи, родная, постарайся удержаться от шуток. Нам же нужно поговорить серьезно. Расскажи мне сейчас же все, чего я не знаю. Ты давно его любишь?

— Чувство росло во мне так постепенно, что я сама не могу сказать, когда оно возникло. Пожалуй, однако, началом можно считать тот день, когда я впервые увидела его восхитительное поместье в Дербишире...

Новый призыв к серьезности достиг желанной цели. И Элизабет вскоре вполне убедила сестру в своей глубокой привязанности к мистеру Дарси. Когда наконец Джейн полностью в этом уверилась, ей больше ничего не оставалось желать.

— Теперь я по-настоящему счастлива! — сказала она. — Твоя жизнь будет такой же радостной, как и моя. Я всегда была высокого мнения о мистере Дарси. Одна только любовь к тебе служила ему в моих глазах прекрасной рекомендацией. Но теперь, в качестве друга Бингли и твоего мужа, он станет для меня самым дорогим человеком на свете после тебя и Бингли. Но, Лиззи, откуда в тебе столько лукавства? Оказывается, ты от меня так много скрывала! Я ведь почти ничего не знала, что произошло в Пемберли и Лэмтоне. Все, что мне об этом было известно, я узнавала от других.

Элизабет объяснила ей причины своей скрытности. В то время она не хотела напоминать сестре о мистере Бингли. И, еще недостаточно разобравшись в собственных чувствах, она в равной степени избегала имени мистера Дарси. Однако теперь ей уже ни к чему было скрывать роль Дарси в замужестве Лидии. И после того, как все было сказано, они провели в разговорах еще половину ночи.

— Боже мой, — воскликнула на следующее утро, стоя у окна, миссис Беннет. — Неужели этот несносный мистер Дарси опять увязался за нашим дорогим Бингли? О чем только он думает, проводя у нас с такой назойливостью целые дни? Я бы нисколько не возражала, если бы он отправился на охоту или занялся другими делами и не стеснял бы нас своим присутствием. Что же мы сегодня будем с ним делать? Лиззи, придется тебе опять вытащить его на прогулку, чтобы он не мешал Бингли.

Элизабет едва удержалась от улыбки, настолько ее устраивало это предложение. Вместе с тем то, что ее мать постоянно сопровождала его имя подобными эпитетами, не могло ее не уязвлять.

Как только молодые люди вошли, Бингли посмотрел на нее так выразительно и пожал ей руку с таким жаром, что нельзя было сомневаться в его осведомленности. Вскоре он сказал:

— Миссис Беннет, не найдется ли здесь в округе еще каких-нибудь мест для прогулок, где Лиззи снова могла бы заблудиться?

— Я бы посоветовала мистеру Дарси, Лиззи и Китти отправиться с утра на Оукхемский холм, — отвечала миссис Беннет. — Это отличная прогулка, а мистер Дарси еще там не бывал.

— Что касается остальных участников, — сказал мистер Бингли, — им это вполне подойдет. Но Китти, пожалуй, будет трудно туда добраться, не правда ли, Китти?

Китти подтвердила, что она предпочла бы остаться дома. В то же время мистер Дарси необыкновенно заинтересовался видом с холма, и Элизабет молча согласилась его туда проводить. Когда она пошла к себе, чтобы приготовиться к прогулке, миссис Беннет, выйдя за ней, шепнула ей по дороге:

— Мне жаль, Лиззи, что тебе приходится брать на себя заботу об этом несносном человеке. Но ты, я надеюсь, не возражаешь? Тебе ведь понятно — все делается ради Джейн. И тебе вовсе не нужно с ним разговаривать. Довольно сказать одно-два слова, пусть это тебя не тревожит.

Во время прогулки было решено испросить в этот вечер согласие мистера Беннета. Объяснение с матерью Элизабет взяла на себя. Как она воспримет известие, было трудно предвидеть. Иногда Элизабет начинала сомневаться, сможет ли все богатство и знатность Дарси смягчить ее неприязнь к этому человеку. Но приведет ли ее будущий союз в негодование или восторг, — поведение матери в эту минуту все равно не могло оказать чести ее уму. И для Элизабет было одинаково невыносимо, чтобы Дарси присутствовал при первом взрыве восторга или приступе негодования миссис Беннет.

Вечером, вскоре после того, как мистер Беннет удалился в библиотеку, Элизабет увидела, как мистер Дарси последовал за ним. Она испытывала крайнюю тревогу. Едва ли она боялась, что ее отец откажет мистеру Дарси. Но ему предстояло большое огорчение, и то, что она, его любимое дитя, должна опечалить отца своим выбором и вызвать в нем опасения за ее судьбу, было ей очень неприятно и заставляло ее сильно волноваться. В нервическом беспокойстве просидела она до возвращения Дарси и, только взглянув на него и заметив легкую улыбку на его лице, почувствовала некоторое облегчение. Через несколько минут он подошел к столу, за которым она вместе с Китти занималась шитьем, и, сделав вид, что любуется ее работой, прошептал:

— Зайдите к отцу, он ждет вас в библиотеке.

Она сейчас же туда пошла.

Отец с мрачным и встревоженным видом расхаживал по комнате.

— Лиззи, — обратился он к ней, — что с тобой случилось? В уме ли ты? Неужели ты вздумала выйти за него замуж? Разве ты не относилась к нему всегда с неприязнью?

Как горько жалела она в эту минуту, что в своих прежних высказываниях не проявляла достаточной сдержанности и осторожности! Если бы раньше она вела себя по-другому, сейчас она была бы избавлена от неприятнейших объяснений. Но теперь эти объяснения были неизбежны, и Элизабет со смущенным видом заверила отца в своем чувстве к мистеру Дарси.

— Значит, другими словами, ты решила выйти за него замуж. Что ж, конечно, он очень богат, и у тебя будет больше красивых платьев и экипажей, чем у Джейн. Но разве ты от этого станешь счастливой?

— У вас есть какие-нибудь другие возражения, кроме того, что вы не верите моему чувству?

— Ровно никаких. Мы все считали его гордым и не очень приятным человеком, но это бы не имело значения, если бы ты действительно его полюбила.

— Но я же его люблю, люблю всей душой! — отвечала она со слезами на глазах. — Я люблю его. И его напрасно считают гордецом. На самом деле он превосходный человек. Вы совсем не знаете, что он собой представляет. И я прошу вас, не делайте мне больно, говоря о нем таким тоном.

— Лиззи, — проговорил мистер Беннет, — я дал согласие. Он принадлежит к тем людям, которым я не осмеливаюсь отказывать, если они соизволят меня о чем-то просить. Теперь от тебя зависит — быть ли ему твоим мужем. Но позволь дать тебе совет — подумай об этом хорошенько. Я знаю твой характер, Лиззи. Я знаю, ты не сможешь быть счастливой, не сможешь себя уважать, если не будешь ценить своего мужа — смотреть на него снизу вверх. Твое остроумие и жизнерадостность грозят тебе, в случае неравного брака, многими бедами. Едва ли при этом ты сможешь избежать разочарования и отчаянья. Дитя мое, избавь меня от горя, которое я должен буду испытать, увидев, что ты потеряла уважение к спутнику жизни. Ты плохо себе представляешь, что это такое на самом деле.

Еще более взволнованная, Элизабет отвечала серьезно и искренне. Повторно заверив его, что мистер Дарси — ее настоящий избранник, она рассказала отцу, как постепенно менялись ее взгляды на этого человека. С восторгом перечислив его достоинства, она выразила абсолютную уверенность, что любовь Дарси к ней не мимолетное увлечение, поскольку эта любовь уже выдержала многие месяцы серьезного испытания, не встречая ответного чувства. И в конце концов ей удалось рассеять недоверие мистера Беннета и примирить его со своим предстоящим замужеством.

— Что ж, дорогая, — проговорил он, когда она замолчала. — Больше мне нечего тебе сказать. Если все, что я услышал, — правда, он заслуживает того, чтобы стать твоим мужем. Я не мог бы, Лиззи, расстаться с тобой ради менее достойного человека.

Для того чтобы еще больше поднять в глазах мистера Беннета своего жениха, она рассказала отцу о том, что Дарси добровольно сделал для Лидии.

— Сегодня у нас в самом деле вечер чудес! Значит, все эти переговоры, расходы по свадебному контракту, выплата долгов Уиххема и покупка офицерского патента — дело рук Дарси? Что же, тем лучше.

Это освобождает меня от множества забот и расходов. Если бы все сделал твой дядя, мне бы следовало — мне бы пришлось с ним рассчитаться. Но эти неистовые влюбленные молодые люди всегда поступают по-своему. Завтра я предложу ему вернуть долг. Он начнет протестовать и наговорит всякий вздор, настаивая на своей страстной любви к тебе. И тогда с делом будет покончено.

Тут мистер Беннет вспомнил, как она была смущена несколько дней тому назад при чтении письма мистера Коллинза. И, вдоволь посмеявшись над ней, он в конце концов отпустил ее, сказав:

— Если какие-нибудь молодые люди явятся за Мэри и Китти, можешь их направить ко мне, у меня сейчас есть свободное время.

С души Элизабет свалилась величайшая тяжесть. И после получасовых сосредоточенных размышлений у себя в комнате она смогла достаточно успокоиться, чтобы вернуться в гостиную. Пережитые волнения были еще слишком свежи в ее памяти, чтобы она могла предаваться веселью, и остаток вечера прошел очень тихо. Но дальше ей уже нечего было бояться, и ее постепенно охватывало ощущение легкости и спокойствия.

Когда ее мать поднялась перед сном к себе в гардеробную, Элизабет отправилась за ней и сообщила ей важную новость. Слова ее произвели ошеломляющее действие. Выслушав их, миссис Беннет некоторое время сидела в полном молчании, будучи не в силах что-нибудь произнести. Хотя обычно ее ум достаточно быстро усваивал все, что было выгодно для ее дочерей или хотя бы отдаленно касалось какого-нибудь их поклонника, прошло немало времени, прежде чем она смогла уразуметь смысл того, что ей рассказала Элизабет. В конце концов она начала приходить в себя, стала вертеться в кресле, вскакивала, садилась, изумлялась и благословляла судьбу.

— Боже праведный! Благословение неба! Подумать только! Что со мной делается? Мистер Дарси! Кто мог бы себе представить? Это на самом деле правда? Лиззи, душенька моя! Какая ты будешь богатая и знатная! Сколько у тебя будет денег на мелкие расходы! Сколько драгоценностей, карет! Джейн даже и сравниться с тобой не сможет. Я в таком восторге, так счастлива! Какой очаровательный молодой человек! Такой статный! Такой высокий! Ах, Лиззи, миленькая! Ради бога, извинись перед ним за то, что я раньше его недолюбливала. Надеюсь, он об этом забудет. Душенька, душенька Лиззи! Дом в городе! Любая роскошь! Три дочери замужем! Десять тысяч в год! Боже! Что со мной будет? Я теряю рассудок.

Этого было достаточно, чтобы больше не сомневаться в ее согласии. И Элизабет, радуясь, что все душевные излияния матери были услышаны ею одной, вскоре удалилась к себе. Но ей довелось провести в одиночестве не больше трех минут. Миссис Беннет сама прибежала к ней в комнату.

— Девочка моя! Десять тысяч в год, а может быть, даже больше! Все равно что выйти за лорда! И особое разрешение — ты непременно должна будешь выходить замуж по особому разрешению. Но, дорогая моя, скажи, какое кушанье мистер Дарси больше всего любит к обеду? Я его велю завтра же приготовить.

Это было не слишком хорошим предзнаменованием будущего обращения матери с ее женихом. И Элизабет поняла, что даже после того, как она убедилась в самой нежной привязанности к ней мистера Дарси и заручилась согласием родителей, у нее останутся неосуществленные желания. Однако утро прошло гораздо более благополучно, чем она ожидала. Миссис Беннет испытывала такое благоговение перед будущим зятем, что была не в состоянии с ним разговаривать, кроме тех случаев, когда могла оказать ему какую-нибудь услугу или выразить согласие с его мнением.

Элизабет обрадовалась, увидев, что отец старается ближе познакомиться с Дарси. И вскоре мистер Беннет уверил ее, что с каждым часом его мнение о Дарси становится все более благоприятным.

— Все три зятя кажутся мне великолепными. Боюсь, правда, что Уикхем останется моим любимцем. Но твой муж будет мне нравиться, возможно, не меньше, чем Бингли.

Глава XVIII

Элизабет вскоре опять пришла в достаточно веселое расположение духа, чтобы потребовать от мистера Дарси отчета о том, как его угораздило в нее влюбиться.

— С чего это началось? — спросила она. — Я представляю себе дальнейший ход, но что послужило первым толчком?

— Мне теперь трудно назвать определенный час, или место, или взгляд, или слово, когда был сделан первый шаг. Слишком это было давно. И я понял, что со мной происходит, только тогда, когда уже был на середине пути.

— Не правда ли, сначала моя внешность вам не понравилась? А что касается моих манер — мое обращение с вами всегда было на грани невежливого. Не было случая, чтобы, разговаривая с вами, я не старалась вам досадить. В самом деле, не влюбились ли вы в меня за мою дерзость?

— Я полюбил вас за ваш живой ум.

— Вы вполне можете называть это дерзостью. Да оно почти так и было. Ведь в том дело и заключалось, что вам опротивели любезность, внимательность и угодничество, с которыми к вам относились все окружающие. Вас тошнило от женщин, у которых в мыслях, в глазах и на языке была лишь забота о том, как бы заслужить вашу благосклонность. Я привлекла к себе ваше внимание и интерес именно тем, что оказалась вовсе на них не похожей. Не будь у вас золотого сердца, вы бы меня за это возненавидели. Но при всех ваших стараниях скрыть свою истинную натуру чувства ваши всегда были благородны и справедливы. И в душе вы питали глубокое презрение ко всем, кто за вами так прилежно ухаживал. Что ж — вот я и избавила вас от труда давать мне какие-нибудь объяснения. В самом деле, принимая во внимание все обстоятельства, то, что я говорю, кажется мне разумным. Конечно, о настоящих моих достоинствах вы и не подозреваете. Но ведь, когда влюбляются, о них и не думают.

— Разве вы не доказали свою доброту, нежно заботясь о Джейн во время ее болезни в Незерфилде?

— Джейн — ангел! Кто бы не сделал для нее того же? Впрочем, пусть вам это кажется добродетелью. Мои хорошие качества находятся теперь под вашей опекой, и вам следует превозносить их как можно больше. А мне подобает выискивать в ответ любые поводы для того, чтобы с вами ссориться и вас поддразнивать. И я собираюсь приступить к этому без промедления. Позвольте-ка спросить — почему вы так долго уклонялись от решительного объяснения? Что заставляло вас упорно меня сторониться при вашем первом визите и позже, когда вы с Бингли у нас обедали? Ведь вы вели себя, особенно при первом посещении, так, будто вам до меня нет дела.

— У вас был неприступный и мрачный вид. И вы меня ничем не ободрили.

— Но ведь я была смущена!

— И я тоже.

— И вы не смогли со мной переговорить, когда приезжали к нам на обед?

— Человек, который испытывал бы меньшее чувство, наверно, бы смог.

— Экая беда, у вас на все находятся разумные отговорки. А я оказываюсь столь рассудительной, что сразу с ними соглашаюсь. Но интересно, долго ли вы откладывали бы объяснение, будучи предоставлены себе самому? Когда бы наконец вы мне признались, если бы я на это не напросилась? Не правда ли, немалую роль сыграло мое решение поблагодарить вас за спасение Лидии? Боюсь даже, непозволительную. До какой безнравственности мы дойдем, если построим свое благополучие на нарушении обещания держать язык за зубами? Плохи же наши дела!

— Вы не должны огорчаться. И не тревожьтесь за свои моральные принципы. С моей нерешительностью покончила моя тетка, которая так бесцеремонно пыталась нас разлучить. И сегодняшним блаженством я обязан не вашей решимости выразить мне благодарность. Я не собирался ждать первого шага с вашей стороны. Сообщение леди Кэтрин позволило мне надеяться, и я решил сразу узнать о своем приговоре.

— Леди Кэтрин оказала нам неоценимую услугу. Ее это должно радовать. Приносить повсеместно пользу — ее страсть. Но скажите, с какой целью вы приехали в Незерфилд? Неужели только, чтобы почувствовать себя смущенным при посещении Лонгборна? Или у вас были более далеко идущие планы?

— Моей истинной целью было — повидать вас. Я хотел понять, есть ли у меня какая-то надежда добиться вашей любви. А признавался я себе только в одном — желании проверить, сохранила ли ваша сестра привязанность к Бингли. И в случае если бы я в этом удостоверился, я решил перед ним исповедаться. Позднее я на самом деле так поступил.

надежды на то, что Элизабет сможет полюбить ее, как родную сестру.

Еще до того, как мог быть получен ответ от мистера Коллинза или поздравление от его жены, жители Лонгборна узнали, что сами Коллинзы пожаловали в Лукас Лодж. Причина их столь поспешного приезда вскоре стала достаточно ясной. Леди Кэтрин была приведена письмом племянника в такую ярость, что Шарлот, искренне радовавшаяся предстоящему браку, сочла за лучшее исчезнуть на то время, пока буря несколько не утихнет. Приезд подруги в такой момент несказанно обрадовал Элизабет. Однако, видя, как мистеру Дарси приходится во время их встреч переносить назойливые и напыщенные любезности ее мужа, она начала думать, что эта радость приобретается слишком дорогой ценой. Впрочем, мистер Дарси проявлял необыкновенную выдержку. Он даже научился более или менее спокойно выслушивать жалобы сэра Уильяма Лукаса на похищение величайшей драгоценности этого края, а также его надежды на встречу в Сент-Джеймсе. И если он по временам и пожимал плечами, то делал это, только когда сэр Уильям от него отворачивался.

Другое и, пожалуй, еще более тяжкое испытание ему приходилось выдерживать из-за вульгарности миссис Филипс. Правда, она, так же как и ее сестра, настолько благоговела перед ним, что не решалась с ним разговаривать с фамильярностью, какую поощрял в ней добродушный нрав Бингли. Однако любая сказанная ею фраза непременно звучала вульгарно. Почтение к Дарси заставляло ее быть молчаливой, но не улучшало ее манер. Элизабет делала все, что могла, стараясь защитить Дарси от излишнего внимания мистера Коллинза и миссис Филипс. Благодаря ее стараниям большую часть дня он проводил либо с ней, либо в обществе тех ее близких, разговор с которыми не был ему в тягость. Хотя из-за подобных беспокойств период помолвки стал для Элизабет несколько менее радостным, будущее счастье казалось от этого еще более привлекательным. И она с восторгом предвкушала то время, когда они смогут вырваться из столь неприятного для них окружения и зажить спокойной и достойной семейной жизнью в Пемберли.

Глава XIX

Счастливым для материнских чувств миссис Беннет стал день, в который она распростилась с двумя самыми достойными своими дочерьми! Легко можно себе представить, с каким восторгом и гордостью она после этого навещала миссис Бингли и говорила о миссис Дарси. И, ради ее семейства, я была бы рада сказать, что исполнение заветной мечты — выдать в короткое время замуж чуть ли не всех дочерей — произвело на нее такое благотворное влияние, что в конце жизни она наконец стала приятной и рассудительной женщиной. Однако, увы, она нисколько не поумнела и время от времени по-прежнему была подвержена нервическим припадкам, — быть может, к счастью для своего мужа, который в противном случае не смог бы насладиться непривычным для него домашним уютом.

Мистеру Беннету очень недоставало его второй дочери, и его привязанность к ней заставляла его выезжать из дома чаще, чем любой другой повод. Он очень любил навещать Пемберли, в особенности когда его меньше всего там ждали.

Мистер Бингли и Джейн прожили в Незерфилде только около года. Столь близкое соседство с ее матерью и меритонскими родственниками оказалось нежелательным даже при его мягком нраве и ее нежном сердце. Заветная мечта его сестер наконец осуществилась, и он приобрел имение в графстве, граничащем с Дербиширом. Таким образом, Джейн и Элизабет, в дополнение ко всем другим радостям, оказались на расстоянии всего тридцати миль друг от друга.

Китти стала, с большой пользой для себя, проводить время в обществе двух старших сестер. Характер ее благодаря этому заметно улучшился. Она не была так упряма, как Лидия. И теперь, освобожденная от ее влияния, она под руководством Джейн и Элизабет стала менее раздражительной, менее вялой и менее невежественной. Разумеется, ее всячески оберегали от общества Лидии. И несмотря на то что миссис Уикхем частенько приглашала ее к себе, соблазняя сестру балами и обществом молодых людей, мистер Беннет никогда не соглашался на такую поездку.

Единственной дочерью, которая продолжала оставаться в Лонгборне, была Мэри. Ей поневоле пришлось бросить заботу о самоусовершенствовании, так как миссис Беннет ни на минуту не могла оставаться в одиночестве. Таким образом, Мэри стала принимать большее участие в жизни, хотя по-прежнему была способна читать наставления по поводу всякого пустяка. И уже не чувствуя себя уязвленной тем, что она менее красива, чем ее сестры, она, как и предполагал ее отец, согласилась с этой переменой без особых возражений.

Что касается Уикхема и Лидии, замужество старших сестер не отразилось на их характерах. То, что Элизабет должна была теперь узнать до конца о его непорядочности и неблагодарности, было принято им с философским спокойствием. Несмотря ни на что, он, возможно, не расставался с надеждой, что Дарси все же примет на себя заботу о его благосостоянии. Поздравительное письмо, полученное Элизабет ко дню свадьбы, свидетельствовало, что подобные надежды питал если и не он сам, то, во всяком случае, его жена. Вот что там говорилось:

«Моя дорогая Лиззи,

желаю тебе всяческих радостей. И если ты любишь мистера Дарси хотя бы наполовину так сильно, как я люблю моего дорогого Уикхема, ты должна себя чувствовать очень счастливой. Хорошо, что ты станешь такой богатой! Надеюсь, когда тебе нечем будет заняться, ты вспомнишь о нас. Я уверена, что Уикхем был бы не прочь получить место при дворе, и боюсь, у нас не будет хватать денег, чтобы прожить без некоторой поддержки. Думаю, что нам подошло бы любое место с доходом в триста — четыреста фунтов в год. Однако, если ты не найдешь нужным, пожалуйста, не говори об этом мистеру Дарси.

Твоя и т. д.».

Так как ее сестра вовсе не находила это нужным, она постаралась в своем ответе положить конец всяким надеждам и притязаниям подобного рода. Тем не менее Элизабет нередко посылала им то, что ей удавалось отложить благодаря экономии в собственных тратах и находилось, таким образом, в ее личном распоряжении. Она отлично понимала, что средства, которыми располагали Уикхемы, были недостаточны для покрытия расходов двух людей, столь неумеренных в своих потребностях и столь мало заботящихся о будущем. И всякий раз, когда им приходилось переезжать с места на место, Элизабет или Джейн непременно должны были ждать просьбы о помощи в расплате с долгами. Образ жизни Уикхемов, даже после того, как заключение мира позволило им вернуться на родину, остался крайне безалаберным. Они вечно переезжали, стараясь устроиться подешевле, и вечно тратили денег больше, чем могли себе позволить. Привязанность Уикхема к Лидии очень скоро уступила место полному безразличию. Ее привязанность к мужу просуществовала немногим дольше. И, несмотря на свою внешность и происхождение, она по-прежнему имела полное право на ту репутацию, которая за ней утвердилась, когда она выходила замуж.

Хотя Дарси никогда не соглашался принимать Уикхема в Пемберли, он все же, ради Элизабет, продолжал оказывать ему поддержку в его карьере. Лидия иногда гостила у них, в то время когда ее муж развлекался в Лондоне или Бате. А у Бингли оба проводили нередко так много времени, что против этого восставал даже его ангельский нрав, и он начинал говорить о необходимости намекнуть Уикхемам, что им пора убираться.

Женитьба Дарси нанесла мисс Бингли глубокую рану, но так как она сочла полезным сохранить за собой возможность навещать Пемберли, она подавила в душе обиду, еще больше восторгалась Джорджианой, была почти так же, как прежде, внимательна к Дарси и вела себя безукоризненно вежливо по отношению к Элизабет.

Пемберли стал теперь для Джорджианы ее постоянным пристанищем. И между невестками установилась та близость, на какую рассчитывал Дарси. Они даже полюбили друг друга именно так, как когда-то об этом мечтали. Джорджиана продолжала придерживаться самого высокого мнения об Элизабет, хотя поначалу с удивлением, почти близким к испугу, прислушивалась к ее задорной и веселой манере разговаривать с братом. Человек, к которому она всегда питала бесконечное уважение, иногда даже более сильное, чем любовь, теперь нередко оказывался предметом веселых шуток. И она постепенно уразумела то, что ей раньше никогда не приходило в голову. На опыте Элизабет она поняла, что женщина может позволить себе обращаться с мужем так, как не может обращаться с братом младшая сестра.

Женитьба племянника привела леди Кэтрин в крайнее негодование. И, отвечая на письмо о состоявшейся свадьбе, она дала полную волю свойственной ее характеру прямоте. В ответе, таким образом, содержались настолько оскорбительные выражения, в особенности по адресу Элизабет, что на некоторое время всякое общение с Розингсом было прервано. Однако позже Дарси по настоянию Элизабет решил пренебречь чувством обиды и сделал шаг к примирению. После некоторого отпора леди Кэтрин, то ли из-за своей привязанности к племяннику, то ли желая узнать, как себя держит его жена, сменила наконец гнев на милость. И она снизошла до того, что навестила Пемберли, хотя сень его и была осквернена не только присутствием недостойной хозяйки, но также визитами ее дяди и тети из Лондона.

С Гардинерами у них установились самые близкие отношения. Дарси, как и Элизабет, любил их по-настоящему. И оба они навсегда сохранили чувство горячей благодарности к друзьям, которые привезли ее в Дербишир и тем самым способствовали их союзу.

КНИГА ПЕРВАЯ

С. 27. *Дорогой мистер Беннет...* — Формы обращения во времена Джейн Остин существенно отличались от тех, которые приняты в Англии сейчас. Они были более строго формализованы и ограничены.

Жены и мужья, даже в кругу семьи, говорят друг о друге «мистер» и «миссис»; та же форма употребляется и при обращении друг к другу. «Мой дорогой мистер Беннет», — говорит миссис Беннет мужу; «Итак, миссис Беннет...» — говорит он ей.

Дети, как правило, обращаясь к родителям, называли их «сударыня» (или «мэдэм») и «сэр». Правда, Элизабет Беннет, в характере которой было много непосредственности и независимости, порой называет миссис Беннет «маменька», но и она гораздо чаще употребляет форму «мэдэм» («мэм»).

При обращении к родственникам более широко употреблялись слова, обозначающие степень родства. Если в наши дни таким образом употребляются лишь слова «отец», «мать», «бабушка», «дедушка», то во времена Остин возможны были обращения «брат», «сестра», «кузен» и пр. (Обращение «дочь» не употреблялось.) Так, миссис Беннет, обращаясь к мистеру Гардинеру, говорит ему «брат».

В обращении между молодыми людьми наблюдалась большая сдержанность, чем в наши дни. Даже будучи хорошо знакомы друг с другом, они употребляли формы «мисс» и «мистер» с фамилией; по имени назывались лишь близкие родственники. Иногда употреблялась компромиссная форма — «мисс» в сочетании с именем (а не фамилией, как обычно). Так, мисс Бингли, обращаясь к

Элизабет, называет ее «мисс Элайза». Обращение по имени при кратком или далеком знакомстве считалось признаком дурного воспитания.

Женщины, говоря о мужчинах, обычно употребляли слово «мистер» и фамилию; впрочем, на рубеже веков наблюдалось и употребление просто фамилии без слова «мистер». Так, сестры Беннет говорят об Уикхеме, не прибегая к слову «мистер»; ту же форму употребляет и миссис Гардинер. Употребление этой формы в обращении, однако, свидетельствует об известной вольности или даже фамильярности.

Употребление или опущение имени при фамилии имеет всегда определенный смысл. Так, Джейн Беннет, старшую из сестер Беннет, называют всегда «мисс Беннет», а Элизабет или Лидию — «мисс Элизабет Беннет» или «мисс Лидия Беннет».

Незерфилд-парк (недалеко от Меритона) — вымышленное название поместья.

Незерфилд... больше не будет пустовать... — Уезжая за границу или живя постоянно в городе, владельцы поместья иногда сдавали его на это время. Срок такой аренды был обычно не меньше двух лет. Сдавались имения со всеми угодьями, поэтому плата была немалой.

...из Северной Англии... — Слова эти звучат сладчайшей музыкой для миссис Беннет, ибо в Северной Англии тех лет торговлей составлялись большие состояния.

С. 28. *...к Михайлову дню...* — Михайлов день по церковному календарю — 29 сентября (день архангела Михаила). В Англии этот день считается одним из четырех дней, начинающих квартал года, с чем связаны сроки платежей.

С. 34. *...увидеть из верхнего окна...* — Первый визит нового соседа бывал кратким. Дамы к гостю не выходили. Они могли находиться в это время дня либо в комнате для завтрака, либо в туалетной. Расположение комнат в доме дворянина (богатого или средней руки) подчинялось одному плану. Если хозяин был побогаче, помещения, конечно, были просторнее.

Дома обычно бывали двухэтажные. Внизу находились холл, гостиная, столовая, комната для завтрака (иногда называвшаяся «утренней комнатой»), кабинет, библиотека. На первом этаже помещались также кухня, кладовая, чуланы, погреб (последние находились чаще всего в подвале). Там же могла находиться и небольшая пивоварня, так как эль, пиво и мед в те дни, как правило, варили дома.

В некоторых домах была еще и музыкальная комната, которая также находилась внизу. В доме попроще музыкальные инструменты (арфа, клавесин и пр.) стояли в кабинете или даже наверху в спальнях. Конечно, в гостиной всегда был инструмент.

Из холла на второй этаж вела парадная лестница. Была еще и лестница для слуг, ведшая наверх из кухни. Наверху помещались спальни. Слуги спали на втором этаже либо в мансарде. Если же мансарды не было, а все комнаты второго этажа были заняты хозяевами, слуг помещали на чердаке. Мальчик на побегушках спал обычно в чулане под лестницей для слуг. Ванной комнаты в домах не было, зато в каждой спальне стоял туалетный столик (или комод) с кувшином и тазиком; по утрам горничные разносили в кувшинах воду. Несколько раз в год перед зажженным камином в спальне ставилась переносная ванна; ее наполняли горячей водой, принесенной все в тех же кувшинах из кухни.

В домах побогаче в комнатах стояли кровати с балдахинами и занавесками на четырех столбах. Ночной воздух считался вредным, поэтому спали с закрытыми окнами, плотно задернув занавески. При этом следует помнить, что спальни обычно не отапливались. В домах попроще спали на низких деревянных кроватях без занавесок и балдахинов (в богатых домах на таких кроватях спали дети и слуги). Дети часто спали по двое на одной кровати.

Труд слуг в те времена стоил очень немного: горничной платали 4—6 фунтов в год, дворецкому — 8—10 фунтов. Вот почему даже в домах небогатых дворян держали несколько слуг: кухарку, двух горничных, домоправительницу (или экономку), дворецкого, мальчика. Следует иметь в виду, что фунт в те годы стоил гораздо больше, чем сейчас.

Хартфордшир — графство в юго-западной части Англии. Главный город Хартфорд.

С. 35. *Дербишир* — графство в центральной части Англии (главный город Дерби).

С. 37. *...все вернулись в Лонгборн...* — Лонгборн (в графстве Хартфордшир) — название этого селения вымышлено.

Судя по всему, Беннеты были единственными дворянами в Лонгборне. Возможно, что прототипом для Лонгборна послужил Стивентон, где прошла юность Джейн Остин.

С. 38. *...буланже он танцевал...* — Буланже — танец, который был весьма распространен во времена Остин. В одном из ее писем читаем: «Мы обедали в Гуднестоне, а вечером танцевали деревенские танцы и буланже». (Письмо Джейн Остин Кассандре от 5 сентября 1795 года.)

С. 41. *...домом с прилегающими охотничьими угодьями...* — По старым законам, действовавшим до 1808 года, правом на охоту мог пользоваться лишь сам владелец поместья или его лесничий, который имел от помещика письменное разрешение. Согласно закону право на охоту могло передаваться фермерам, арендаторам или съемщикам. В 1808 году был принят специальный акт парламента, по которому владельцу поместья разрешалось давать (или передавать) право на охоту людям, никак с поместьем не связанным.

С. 43. *Меритон* (в графстве Хартфордшир) — название города вымышлено.

...титул баронета... — Дворянское звание жаловалось королем за особые заслуги. Впрочем, был и более простой способ его получения: для этого достаточно было купить поместье. Сэр Уильям Лукас принадлежал к «новым» дворянам в первом поколении.

Лукас Лодж (недалеко от Лонгборна) — название поместья вымышлено. Получив дворянское звание, сэр Уильям Лукас, приобретший свое состояние торговлей, называет свое поместье Лукас Лодж, словно оно из поколения в поколение переходило в его семье по наследству. В этом особенно чувствуется претензия «нового» дворянина на принадлежность к старинной земельной аристократии.

...представление ко двору в Сент-Джеймсе... — Сент-Джеймс, начиная с Генриха VIII (1491—1547), был резиденцией английских королей. Хотя королевская семья в это время жила, находясь в Лондоне, в Букингемском дворце, купленном Георгом III в 1769 году, Сент-Джеймс продолжал считаться официальной резиденцией короля. Придворные сообщения выходили с пометкой «Из нашего дворца в Сент-Джеймсе».

Дворец находится в центре Лондона и окружен Сент-Джеймским парком, входящим в большое кольцо лондонских парков от Уайт-холла до Кенсингтонских садов.

В переносном смысле «Сент-Джеймс» значит «королевский двор», отсюда выражение «быть представленным в Сент-Джеймсе», то есть быть представленным ко двору. Для вновь испеченных дворян типа сэра Уильяма Лукаса церемония эта имела огромное значение, ибо после нее имена их заносились в «Придворный календарь», издававшийся почти во всех графствах Англии.

С. 55. *...наследовалось по мужской линии...* — Наследование по мужской линии является отличительной чертой майората — системы наследования, при которой имущество полностью переходит к одному лицу по принципу старшинства в роде или семье (причем имеется в виду не только простое старшинство, то есть возраст, но и близость по степени родства к наследодателю). Различают три вида майората: 1) сеньорат, где основанием наследственного права является простой факт старшинства по летам среди остальных родичей; в том случае, если среди них было несколько человек одного возраста, вопрос решался жребием; 2) майорат в собственном смысле (с ним мы знакомимся в романе), когда наследство получают в порядке старшинства лица, происходящие из одного колена и состоящие в одной степени родства, с исключением права представления: наследодателю наследует старший сын из оставшихся в живых, исключая внука от умершего старшего сына; и 3) право первородства, когда наследство переходит к перворожденному сыну с правом представления его потомкам по тому же принципу старшинства или первородства: наследует внук умершего сына, а не брат наследодателя. Женщины при майорате из наследования или вовсе исключаются, или уступают место мужчинам в одном и том же колене, линии или степени (такова ситуация в романе).

С исключительными правами старшего в роде на имущество связывались обыкновенно и определенные обязанности по отношению к обделенным наследникам (покупка офицерского патента или прихода для младших сыновей, в некоторых случаях — с обязательными платежами в пользу других наследников).

С уничтожением феодальных порядков землевладения исчезает и майорат. Во Франции майоратная система была уничтожена во время французской буржуазной революции. При Наполеоне, однако, система эта была восстановлена, не получив, правда, большого распространения. Более продолжительное время майорат сохранялся в Германии и России (так называемые заповедные имения). Англия является единственной страной в Европе, в которой майорат как способ наследования остался в новое время. Закон о майорате был принят в 1285 году; с тех пор он претерпел изменения, сохранившись, впрочем, до наших дней.

С. 55. *...был стряпчим...* — Стряпчими (атторни) назывались юристы, ведущие всю подготовительную работу к судебному процессу. Они стояли на самой нижней ступеньке судебной иерархии. (Подробнее об этом см. коммент. к с. 82).

С. 56. *...полку милиции...* — Милиция — территориальные войска в английской армии. Армия в Англии состояла из трех видов войск: 1) регулярной армии с ее резервом; 2) милиции; 3) волонтеров. Милиция не выводилась из пределов Великобритании, созывалась лишь на время войны в прибрежных графствах, для обороны страны от вторжения неприятеля. Игравшая в Средние века важную роль в обороне страны, милиция к середине XVIII века потеряла былое значение, превратившись в весьма незначительный вспомогательный придаток к регулярной армии. В 1757 году она была реорганизована: хотя служба в милиции по закону все еще оставалась обязательной для всех граждан, набор в нее производился жеребьевкой. Милиция созывалась обычно на два месяца в год. Офицерский состав милиции пополнялся из дворян графства. Во время войны с Францией (1793— 1815 годы) милиция в Англии неоднократно созывалась и приводилась в боевую готовность на случай высадки французских войск. В 1815 году она была практически распущена, а в 1852 году реорганизована на добровольческих (волонтерских) началах.

Вплоть до 1871 года в английской армии существовала система офицерских патентов. Она была результатом так называемых прав собственности, которые получали офицеры королевской армии в прошлом. В обязанности офицеров входил набор необходимого количества рекрутов, обеспечение солдат довольствием, снаряжением, амуницией. На все это офицеру выдавались деньги; сумма эта зависела от количества завербованных солдат. Офицеры королевской армии, таким образом, получали значительную выгоду от дарованных им «прав собственности». В XVIII веке система патентов продолжала существовать, хотя «права собственности» офицеров были во многом ограничены. Офицерские патенты покупались за большие деньги. Так, патент подполковника в первоклассном полку стоил свыше 6000 фунтов. Уходя в отставку, офицер продавал свой патент.

Благодаря этой системе дети богатых дворян получали возможность занимать высокие посты в весьма юном возрасте. Так, Артур Уэлсли, будущий герцог Веллингтон, победитель при Ватерлоо, в 24 года был уже подполковником 33-го пехотного полка.

С. 57. *Красные мундиры...* — Мундиры английских солдат и офицеров XVIII века были красного цвета. Исключение составляли гвардейцы, драгуны (после 1784 года) и королевские полки, носившие синие мундиры.

С. 61. *Аптекарь* — так во времена Остин называли любого медика, практикующего в сельской местности. Иногда он имел специальную подготовку и даже был лиценциатом Общества аптекарей, но чаще не имел никакого медицинского образования. Аптекарь занимал вторую ступень в медицинской иерархии. На первой стояли члены Колледжа врачей, получившие специальное образование и практиковавшие в больших городах или в имениях вельмож. Гонорары таких врачей были весьма высокими.

Аптекари были гораздо скромнее. Они ставили диагноз, выписывали рецепт и сами изготовляли лекарства.

На низшей ступени медицинской иерархии стояли хирурги.

С. 63. *...жаркое она предпочитает рагу...* — В определенных слоях английских дворян, претендующих на изысканность и вкус, отдавали решительное предпочтение блюдам французского происхождения (хотя бы по названию). Над этим и иронизирует Джейн Остин; любовь к жаркому (а не к рагу) была в этих кругах достаточной характеристикой, свидетельствующей о «плебейских» вкусах. Тут можно вспомнить строфу из «Оды шотландскому пудингу „Хаггис"» Роберта Бернса (перевод С. Я. Маршака):

> Кто обожает стол французский —
> Рагу и всякие закуски
> (Хотя от этакой нагрузки
>   И свиньям вред),
> С презреньем щурит глаз свой узкий
> На наш обед.

С. 64. *Чипсайд* — одна из центральных магистралей в Сити, деловом районе Лондона. В прошлом там находился один из рынков Сити; район этот был населен ремесленниками и торговцами, державшими там свои лавки («Чипсайд» буквально значит «дешевая сторона»).

С. 66. *Пемберли* (графство Дербишир) — название поместья вымышлено. Дарси, как заметил Р. У. Чэмпен, соединяет в своем имени две старинные йоркширские фамилии — Д'Арси, графов Холдернесс, род которых угас в 1778 году, и графского рода Фицуильям.

С. 67. *Все молодые леди образованные?!* — В этом разговоре нашли свое отражение принятые в те дни представления о женском образовании. Оно весьма существенно отличалось от того, которое получали в дворянских семьях мальчики. Если мальчиков отправляли в школу, то чаще в одну из так называемых публичных школ в Итоне, Уинчестере или Уэстминстере. Это были привилегированные школы закрытого типа; обучение в них стоило недешево. За год обучения в Уэстминстерской школе платили свыше 60 фунтов в год (сельскохозяйственный рабочий получал в год 10 фунтов). В «публичные» школы посылали мальчиков в 13—14 лет; через четыре года они переходили в университет (Оксфорд или Кэмбридж).

Девочек иногда посылали в пансион или в школы полублаготворительного типа, вроде Аббатской школы в Рединге, куда отдали Кассандру и Джейн Остин. Существовали также благотворительные школы. Многие из них были основаны «Обществом по распространению христианских знаний», которое существует и по сей день. Учили там очень немногому — катехизис, чтение, правописание, для мальчиков — ремесло, для девочек — рукоделие. Существовали также школы для детей бедных священников.

Высшего образования девушки не получали. Практически их образование ограничивалось чтением, письмом и всяческими, как тогда говорили, «совершенствами». Основное внимание уделялось танцам, пению, игре на различных инструментах и рукоделию. Иногда они получали какие-то крохи французского, итальянского и арифметики — в пределах, необходимых для того, чтобы вести подсчеты расходов по хозяйству или проигрышей в карты.

С. 76. *Пикет* — карточная игра для двух игроков. Играется с колодой в 32 карты.

С. 77. *...выискивать четырехсложные словечки...* — Английский язык, как известно, изобилует короткими (односложными и двухсложными) словами. Употребление четырехсложных слов само по себе свидетельствует об изысканности (или претенциозности) стиля, так как большинство таких слов не англосаксонского происхождения.

Нет ничего более обманчивого... чем показная скромность. Под ней часто скрывается равнодушие к посторонним мнениям, а иногда и замаскированная похвальба. — Эта фраза Дарси позволяет в известной мере судить о его начитанности и литературных вкусах. В словах Дарси справедливо усматривают ссылку на книгу Босвелла «Джонсон», где цитируются слова последнего: «Всякое порицание самого себя есть замаскированная похвальба». В другом случае Джонсон заметил, что, «признавая за собой мелкие недостатки, человек тем самым заставляет предположить, что обладает гораздо большими достоинствами; одним словом, эта аффектация искренности или скромности на деле всего лишь форма замаскированного самолюбования». Примечательно, что эти слова Джейн Остин, высоко ценившая Джонсона, вкладывает в уста Дарси.

Несколько выше мы узнаем, что в имении Дарси собрана великолепная библиотека и что он сам принимал в этом большое участие. Для характеристики Дарси показательно также то место, где он говорит об «образованных женщинах». Самое важное для Дарси в такой женщине — «развитый обширным чтением ум».

С. 81. *...протанцевать рил...* — Рил — веселый шотландский танец. Обычно исполняется восемью партнерами — четырьмя кавалерами и четырьмя дамами.

С. 82. *...представители одной и той же профессии... хотя и разных ее сторон...* — В словах этих чрезвычайно наглядно отражена судебная иерархия, столь характерная для Англии тех лет. Дед Дарси — судья, дядя Элизабет — атторни, то есть, попросту говоря, стряпчий. Они стоят на двух различных концах лестницы судебных чинов. Еще в XIII веке в Англии были основаны корпорации юристов, так называемые Инны. Они готовили полноправных юристов — судей и баристеров, уполномоченных выступать во всех судах Англии (слово «баристер» произошло от слова «bar» — суд). Судебные Инны были строго аристократическими корпорациями; они управлялись старейшинами (бенчерами), издавна организовавшими юридические школы, студенты которых жили при Иннах и подчинялись распорядку, установленному бенчерами. С течением времени доступ в эти школы, обучение в которых стоило очень недешево, получили и представители средних слоев, но замкнутый характер этих корпораций не изменился. Юристы, получившие практическую подготовку в адвокатских конторах (атторни), не имели доступа в корпорации Иннов. Таким образом, в английском суде укоренился обычай, по которому всю сложную подготовительную работу к процессу вели атторни, но выступали на суде баристеры. Последние общались со своими клиентами также через атторни.

С. 85. *...наготовит достаточно белого супа...* — Комментаторы расходятся в толковании этого термина. Некоторые полагают, что это старинное блюдо, подававшееся к ужину, который в те времена устраивался в конце бала. Другие думают, что это особый клейстер, которым слуги мазали волосы под пудру.

С. 91. *...подвергнут телесному наказанию рядовой...* — Телесное наказание было обычным явлением в армии и во флоте тех лет. За малейшую провинность виновному приказывали раздеться по пояс, привязывали его к столбу, который так и назывался — «столб для порки», и пороли кожаным ремнем. Сто, двести, триста, даже пятьсот ударов не вызывали ни в ком удивления. В армии и особенно во флоте царили варварские порядки. Вербовали солдат зачастую обманом, напоив их предварительно допьяна; практиковались насильные вербовки, когда юношей силой похищали из дому и сдавали в солдаты. Прибрежные деревни подвергались набегам своих же моряков, уводивших с собой все мужское население. Последний обычай считался освященным веками, ибо флот имел то «оправдание», что ему необходимы были люди, понимающие толк в навигации. Похищение отдельных людей вызывало, если сообщение о нем попадало в газеты, всеобщее возмущение. Известны были случаи, когда насильственно завербованных возвращали их семьям.

С. 92. *...сущность закона о майорате...* — См. коммент. к с. 55.

С. 93. *Хансфорд, около Уэстерхема, Кент...* — Хансфорд и Уэстерхем — вымышленные географические названия. Кент — графство в юго-восточной части Англии; главный город — Мейдстоун.

...удостоился прихода в поместье ее светлости... — Приходом в Англии тех лет назывался район, во главе которого церковные власти ставили священника с правом взимать с населения налог в пользу государственной англиканской церкви (десятина). Десятина платилась обычно в начале декабря, когда заканчивались все полевые работы, после чего устраивался большой сельский праздник. Место настоятеля прихода (ректора) передавалось по наследству или покупалось, причем вносимая сумма увеличивалась в зависимости от количества и благосостояния прихожан (бывали «богатые» и «бедные» приходы). Крупные землевладельцы, вроде леди де Бёр, на чьей земле находились приходы, как правило, сами представляли церковным властям кандидатов для утверждения на должность ректора. Таким образом, фактическое назначение настоятелей приходов в сельской местности находилось в руках крупных землевладельцев (лэндлордов).

С. 98. *Кадриль* — карточная игра для четырех игроков, весьма распространенная в XVIII веке.

Розингс-парк (графство Кент) — вымышленное название имения.

С. 99. *...в списках придворных дам...* — другими словами, была ли мисс де Бёр принята при дворе и занесена в списки придворных дам.

С. 100. *...книга из общественной библиотеки...* — Уже в начале XVIII века во многих крупных городах и курортах

Англии существовали так называемые циркулирующие, или общественные библиотеки. Они были также местом встреч для молодежи; время от времени там устраивались публичные лекции или даже концерты.

...на проповедях Фордайса... — Джеймс Фордайс (1720—1796) был пресвитерианским священником, оставившим ряд трудов богословского и нравоучительного содержания. Известностью пользовались его «Наставления молодым девицам», а также «Обращения к божеству», где, в частности, есть интересная характеристика Сэмюеля Джонсона, другом которого он был.

С. 101. *Трикрак* — старинная игра для двух игроков. Играют на доске, разделенной на две части. У каждого игрока пятнадцать деревянных фигурок (шашек), которые он передвигает, бросая кости.

С. 107. *...легкий горячий ужин...* — Завтрак в дворянской усадьбе подавался обычно в 10 часов. Время до завтрака часто посвящалось различным занятиям: прогулкам, чтению, письмам. Обедали не раньше четырех часов пополудни; в знатных домах или домах, претендующих на «элегантность», время обеда отодвигалось на более поздний срок. Сестры Бингли, например, обедали в половине седьмого вечера. Между завтраком и обедом не было точно установленного часа, когда все семейство собиралось бы в столовой. Обычно в комнату для завтрака, где семейство часто проводило первую половину дня, подавался поднос с едой, чаще всего с холодным мясом и различными закусками. Скатерти при этом не стелили.

Чай все еще считался новинкой, поэтому его предпочитали кофе. Стоил чай от 12 до 16 шиллингов за фунт, а кофе — от 4 с половиной до 5 шиллингов за фунт.

К обеду накрывался стол в столовой; дамы и мужчины переодевались; зажигались свечи в канделябрах. Подавал обед обычно дворецкий.

С. 110. *Вист* — карточная игра для трех или четырех игроков. Игра состоит из нескольких партий. Три партии или две выигранные партии именуются роббер.

С. 153. *Йорк* — главный город графства Йоркшир на северо-востоке Англии.

С. 157. *Гровнор-стрит* — улица в Уэст-Энде, аристократическом районе Лондона.

С. 185. *Грейсчёрч-стрит* — улица в одном из районов Лондона, где жили так называемые средние слои.

С. 199. *Озерный край* — живописный район на северо-западе Англии, находится на границах графства Кэмберлэнд, Ланкашир и Уэстморлэнд. Там же находятся самые крупные английские озера, включая Уиндермиер (10 с половиной миль в длину) и самые высокие в Англии горы, включая пик Скэфелл. Живописные пейзажи Озерного края, сочетание покрытых лесами гор, скал и озер, привлекли к себе внимание Даниеля Дефо, совершившего путешествие по этому краю в 1724 году. В XVIII веке Озерным краем восхищались Томас Грей, Уильям Гилпин и Анна Радклифф, описавшие свои путешествия в специальных эссе.

С. 204. *Фаэтон* — открытый двухместный экипаж, весьма элегантный и приятный для прогулок в хорошую погоду. Он не давал никакой защиты от дождя, так как в фаэтоне не было даже откидного верха. Употреблялся обычно для коротких прогулок.

С. 208. *...установить* **перед ее глазами защитный эк-** **ран...** — Чтобы свет от камина или свечей не бил слишком резко в глаза, на столе ставили небольшой защитный экран. Необходимая часть обстановки в XVIII веке, экраны были также предметами украшения. Их делали из бумаги и разрисовывали орнаментами (часто орнаменты бывали в восточном стиле; особенно модны были китайские) или рисовали на них акварелью какие-либо сценки. Бывали экраны шелковые, с вышивкой или шитые бисером.

С. 213. *Казино* — карточная игра для четырех партнеров, где выигрывает тот, кто первый набирает 11 очков.

С. 232. *...младшему сыну графа...* — По существующей традиции, имение наследовал старший сын (см. коммент. к с. 55); младшие сыновья должны были выбирать между армией, судопроизводством и саном священника. На покупку прихода, офицерского патента, а также для получения необходимого образования выделялась определенная сумма. Иногда старший сын выплачивал младшим пожизненно определенную годовую сумму.

С. 245. *...исписана даже оборотная сторона листа, слу-* *жившего конвертом...* — Во времена Остин готовых конвертов не существовало. Письмо писалось на одной стороне листа, потом складывалось и заклеивалось облатками; адрес писался на обороте. Иногда употреблялись самодельные конверты. Бумага была дорогой, с ней обращались очень бережно. Письма писались обычно убористым, мелким почерком. Размашистый почерк сам по себе был роскошью, которую позволяли себе лишь очень богатые люди. Интересно, что письмо Дарси, содержащее, как подсчитали, около 4000 слов, было умещено на двух листах бумаги. Правда, конвертом ему служил третий лист, также исписанный с одной стороны.

В те времена письма и всяческие другие почтовые отправления оплачивал не отправитель, а адресат. Оплата была сложная, она зависела не только от расстояния, но и от числа листков. Подсчет стоимости письма, которую оплачивал адресат, был длительным и сложным. Случалось, что адресат отказывался от уплаты и получения письма.

В пределах Лондона существовала особая почта. Оплата городских писем в Лондоне была унифицирована; в XVII веке — одно пенни, а с конца XVIII века — два пенса.

С. 250. *Кэмбридж* — город в восточной части Англии, известный своим университетом, основанным в XII веке. Университет делится на несколько колледжей, имеющих свой устав, но подчиненных ректору университета.

Большая часть города лежит на восточном берегу речушки Кэм, притока Аузы. Живописные берега, множество парков, старинная архитектура создают своеобразный облик этого, по мнению некоторых англичан, «единственного подлинно университетского города». Кэмбридж издавна соперничает с Оксфордом во всем, вплоть до спорта. Соперничество это ощущалось уже во времена Остин.

С. 252. *Рэмсгейт* — порт в восточной части графства Кент, расположенный в 79 милях от Лондона. Известен также как курорт. В середине XVIII века был большим и преуспевающим портом, но к 1790 году утратил былое значение.

С. 263. *...путешествовали на почтовых лошадях...* — Поездки в другие города или графства были во времена Остин нелегким делом. Пассажирские кареты курсировали между

470

городами, не придерживаясь определенного расписания. Владельцами этих карет были частные предприниматели. Места в каретах надо было заказывать заранее и вносить за них аванс. Междугородные кареты были окрашены в различные цвета, большей частью яркие. Некоторые из них носили названия. Так, например, по Лондонской дороге курсировала карета, носившая название «Воздушный шар» («Балун») в честь первого полета, осуществленного братьями Монгольфье в 1783 году. В каретах внутри обычно помещались четыре пассажира, а снаружи до двенадцати: впереди, рядом с кучером, сидели двое, позади, рядом с кондуктором, — еще двое, а остальные — на плоской крыше кареты. Там же помещался багаж (часть его укладывалась под сиденья кучера и кондуктора).

В 1784 году парламент принял акт о реформе почтового транспорта. Государство взяло на себя организацию сети почтовых контор, отправлявших в другие города специальные почтовые кареты. Почтовые кареты в отличие от пассажирских ходили по расписанию. Они перевозили не только почту, но и пассажиров. В почтовых каретах внутри сидели также четыре пассажира, но наверху помещалось меньше, так как на крыше находилась почта. Плата за проезд была очень высокая: внутренние пассажиры платили пять пенсов с мили, наружные — три пенса.

За право проезда платили дополнительно. Через определенные интервалы на дорогах находились ворота-«вертушки», миновать которые можно было, лишь выплатив определенную сумму. Через каждые восемь миль меняли лошадей.

Бромли — городок в северо-западной части графства Кент. Расположенный на берегу небольшой реки Рэвинсборн, Бромли окружен лесами, в основном ракитником (отсюда название города: «broom» по-английски ракитник). В центре города высится церковь св. Петра и Павла, прекрасный образец норманнской архитектуры. В 1775 году в Бромли был выстроен дворец епископов Рочестерских.

«Колокол» — гостиница в Бромли.

С. 270. *Брайтон* — город в восточном Сассексе, знаменитый морской курорт на южном побережье Англии. Первые упоминания о Брайтоне относятся к XIV веку. С 1783 года

Брайтон стал резиденцией принца Уэльского, позже принца-регента и короля Георга IV. Брайтон — один из лучших образцов архитектуры георгианского периода. Королевский павильон (так назывался королевский дворец) был выстроен в псевдоиндийском стиле, убранство его было китайским (китайский интерьер был в те времена очень моден). Были разбиты многочисленные парки и террасы, распланированные в классическом духе того времени. В 1850 году дворец был продан королевой Викторией городу, сохранившему его в первоначальном виде. В годы наполеоновских войн в Брайтоне размещались полки милиции.

С. 271. *Ливерпуль* — один из крупнейших английских городов и портов, расположенный на западном побережье Англии.

С. 292. *Мэтлок* — курорт с минеральными источниками в центральной части графства Дербишир; *Четсуорт* — городок на севере графства Дербишир, известный своей картинной галереей; *Давдейл* — красивая долина в графстве Дербишир, место паломничества английских художников; *Пик* — горный район на севере графства Дербишир, славящийся своими известковыми пещерами.

С. 293. *Оксфорд* — город в центральной части Англии (графство Оксфордшир), на берегу Темзы, знаменитый своим университетом. Полагают, что Оксфорд был основан в IX веке; впрочем, там найдены старинные саксонские захоронения, принадлежащие к более раннему периоду. В годы Возрождения и Реформации город принимал бурное участие в политической жизни страны. Однако в последней четверти XVIII века он отказался от своей роли политического центра. Город рос медленно. В 1801 году, во время первой переписи, в нем было 12 тысяч населения.

Уорик (или Уорвик) — город в графстве Уорикшир, расположенный на реке Эвон. В XVIII веке Уорик привлекал множество посетителей своими историческими памятниками, восходящими к Средним векам.

Кенилворт — город в Уорикшире, расположенный на одном из небольших притоков Эвона, находится в 99 милях к северо-западу от Лондона. Город знаменит развалинами средневекового замка (см. «Кенилворт» Вальтера Скотта). Сохранились часть замковой стены, которая до-

472

стигает 16 футов толщины, башня Мелвила и некоторые другие постройки. Недалеко от замка находятся руины августинского монастыря, основанного в 1122 году и превращенного позднее в аббатство. Во время гражданской войны замок был разрушен солдатами Кромвеля и с тех пор не восстанавливался.

Бирмингем — один из крупнейших городов Англии, большой промышленный центр.

Лэмтон — вымышленный городок (графство Дербишир).

КНИГА ТРЕТЬЯ

С. 295. *...Пемберлейского леса...* — Лесом в те времена нередко называли парк, окружавший помещичий дом. Описание красот Пемберли свидетельствует о том, что Джейн Остин, так же как и ее героиня, была поклонницей школы Гилпина. Об этом свидетельствует и ее брат, писавший, что «в очень юном возрасте она была очарована книгой Гилпина о живописном».

Уильям Соури Гилпин (1762—1843) был известным акварелистом и художником по планировке парков — в искусстве, которое в XVIII веке стояло на чрезвычайной высоте. Гилпин был президентом Общества акварелистов (1804—1806). Он распланировал парки во многих известных имениях (Дейнсфилд, Эннискиллен Касл и др.). Он был также автором трех эссе («О живописной красоте», «О живописных путешествиях» и «О писании ландшафтов»), вышедших в свет в 1792 году. В них он выступал противником академичности в планировке парков, высмеивая попытки «академиков» достигнуть естественности путем уничтожения прямых аллей и создания искусственных руин. Классическая простота и естественность были идеалом Гилпина.

С. 308. *Бейкуэлл* — небольшой городок в графстве Дербишир, расположенный на реке Уай, в 25 милях к северо-западу от Дерби.

С. 327—328. *Гретна-Грин* — местечко в Южной Шотландии, на границе с Англией. Согласно английским законам, для совершения бракосочетания требовалась специальная лицензия корпорации юристов гражданского и церковного права, так называемой Докторс-Коммонс, либо троекратное предварительное оглашение в церкви.

Для того чтобы получить лицензию в Докторс-Коммонс, нужно было присягнуть в том, что препятствий для брака нет, и уплатить за лицензию (правило это существовало до ликвидации церковных судов в 1857 году). Действие английских законов о бракосочетании, однако, на Шотландию не распространялось, а Гретна-Грин было ближайшим к Англии местом, где можно было без дальних проволочек вступить в брак.

С. 328. *Клэпхем* — район в южной части Лондона.

Эпсом — город в графстве Серрей, расположенный в 15 милях к юго-западу от Лондона. В 1816 году в Эпсоме были открыты минеральные источники; спустя столетие он превратился в широко известный курорт. Уже при короле Иакове I в Эпсоме проводились ежегодные скачки; в 1730 году был разработан порядок проведения скачек, сохранившийся и по сей день.

...в гостиницах Барнета и Хэтфилда... — Барнет — город в графстве Хартфордшир, расположенный в 10 милях к северу от Лондона.

В XVIII веке Барнет, расположенный на Большом северном тракте, был крупной почтовой станцией. Он был также известен своими кожевенными и металлическими фабриками. Ист-Барнет расположен в двух милях к югу от Хай-Барнета.

Хэтфилд — город в Хартфордшире, расположенный в 17 милях от Лондона. Знаменит старинной архитектурой — церковь св. Этельреды, образец ранней английской готики, часовня Солсбери — в классическом стиле; епископский дворец XII века, жилые здания XVII века. Город славился также своим парком, достигающим 10 миль в диаметре, и старинным монастырским виноградником на берегу реки Ли.

С. 356. *Ист-Бёрн* — курортный городок в юго-восточной части графства Сассекс, недалеко от Брайтона.

...свожу тебя на какое-нибудь обозрение... — В Лондоне существовало несколько увеселительных садов и парков, где в теплый летний вечер можно было погулять, полюбоваться иллюминацией, выпить чаю, полакомиться пирож-

ными и всякими сластями и, кроме того, посетить музыкальное обозрение в одном из так называемых музыкальных залов. Наиболее роскошным был музыкальный зал в парке Вокс-холл. Известностью пользовалась также «Ротонда» в Ранелагских садах, где, помимо концертов и музыкальных обозрений, давались также и балы-маскарады.

В Сэддлерс-Уэллс можно было выпить минеральной воды из горячих источников (названных так по имени землемера Сэддлера, открывшего их в 1683 году) и посмотреть музыкальное обозрение, включавшее в себя, помимо песен, выступление канатоходцев, жонглеров и клоунов. Наибольшей известностью пользовались в те годы песни доктора Арна (он положил на музыку сонеты Шекспира и был также автором известного гимна «Правь, Британия...».

С. 366. *Хэй-парк, Стоук, Эшуорт, Палвис Лодж* (вблизи от Лонгборна) — названия всех этих поместий вымышлены.

С. 375. *Ньюкасл* — крупный промышленный город и морской порт Северной Англии, расположенный в устье реки Тайн.

С. 376. *...настрелять птиц первого сентября...* — Первое сентября — начало осенней охоты.

...наденет ли он синий мундир... — См. коммент. к с. 57. Лидию интересует, появится ли Уикхем в мундире нового полка.

С. 377. *Малый театр* — театр в Лондоне. Был выстроен в 1720 году на участке земли, примыкающей с севера к теперешнему Хеймаркетскому театру. В 1821 году, когда было завершено новое здание Хеймаркетского театра, Малый театр был снесен. В Лондоне в это время существовало два больших театра — Оперный театр в Ковент-Гардене и Королевский театр на Друри-Лейн.

Труппы были не постоянные, а набирались для постановки данного спектакля. Ставили в те дни Шекспира, различные маски, в частности маску «Комус» Мильтона, Шеридана, Голдсмита, «Оперу нищих» Джона Гея.

С. 380. *Эдвард-стрит* — улица в Лондоне в одном из малофешенебельных районов.

С. 382. *Твоего отца уже не было...* — Здесь, по-видимому, вкралась ошибка, одна из очень немногих ошибок в книге Остин. Миссис Гардинер не могла приехать после отъезда мистера Беннета и последовавшего за ним разговора Дарси и Гардинера, так как она, судя по всему, приехала в карете, которая была послана за Беннетом в Лондон.

С. 388. *Кимтон* (графство Дербишир) — название деревни вымышлено.

С. 397. *...сообщалось в «Курьере» и в «Таймсе»...* — Сообщения о браках печатаются в «Таймсе» и по сей день в той же лаконичной форме под рубрикой «Браки». Обычно указываются имена родителей новобрачной и место их жительства; в данном случае опущение было нарочитым.

С. 402. *Скарборо* — город в Северном Райдинге (графство Йоркшир). Уже в начале XVII века Скарборо был известным курортом (в 1620 году там были открыты минеральные источники, привлекавшие множество туристов).

С. 440. *Оукхемский холм* (вблизи от Лонгборна) — название вымышлено.

С. 452. *...я была бы рада сказать...* — Это место примечательно тем, что здесь единственный раз на протяжении всего романа Джейн Остин говорит от собственного лица.

С. 455. *Бат* — известный курорт в юго-западной части Англии (графство Сомерсетшир). Город основан в 1660 году; знаменит своими горячими минеральными источниками. Расположенный широким амфитеатром на изгибе реки Эвон и окруженный со всех сторон высокими холмами, Бат по праву считается одним из самых красивых городов Англии.

Н. Демурова